W0210028

10
18

12, AVENUE D'ITALIE. PARIS XIIIe

Sur l'auteur

Jean d'Aillon, né en 1948, vit à Aix-en-Provence. Docteur d'État en sciences économiques, il a fait une grande partie de sa carrière à l'université en tant qu'enseignant en histoire économique et en macro-économie, puis dans l'administration des Finances, avant de démissionner en 2007 pour se consacrer à l'écriture. Il a reçu en 2011 le Grand prix littéraire de Provence pour l'ensemble de son œuvre.

JEAN D'AILLON

LES EXPLOITS D'EDWARD HOLMES

Les chroniques d'Edward Holmes sous la régence du duc de Bedford et durant la cruelle et sanglante guerre entre les Armagnacs et les Bourguignons

INÉDIT

10/18

Grands détectives

créé par Jean-Claude Zylberstein

© Éditions 10/18, Département d'Univers Poche, 2017.
ISBN 978-2-264-06875-0

LA MAUDITE GUERRE ENTRE LES ARMAGNACS ET LES BOURGUIGNONS

Le roi de France Charles VI était fou depuis trente ans. Trente ans de malheurs pour le royaume des lys. Au début, son frère Louis d'Orléans et ses oncles Louis d'Anjou, Jean de Berry et Philippe de Bourgogne avaient gouverné le royaume durant ses crises de démence. Cependant, l'ambitieux Jean sans Peur, le fils du duc de Bourgogne, s'était heurté à Louis d'Orléans dont on disait qu'il était l'amant de la reine, Isabeau de Bavière. Pour assurer son pouvoir, Jean sans Peur avait fait assassiner Louis d'Orléans en 1407. Après ce meurtre, le duc de Bourgogne s'était emparé du pouvoir d'autant plus facilement que, dans ses accès de lucidité, Charles VI l'approuvait.

Le duc de Berry et le fils du duc d'Orléans, Charles, qui avait épousé la fille du comte Bernard d'Armagnac, avaient alors constitué une ligue contre Jean sans Peur. Le dauphin les ayant rejoints, on nomma ce parti les Armagnacs car c'est Bernard d'Armagnac, seigneur féodal violent et brutal, qui s'était imposé comme chef. Dès lors, deux factions s'affrontèrent dans le royaume de France : les Bourguignons contre les Armagnacs, ces derniers réclamant vengeance pour la mort de Louis d'Orléans.

À Paris, avec la complicité de la confrérie bouchère menée par Simon le Coutelier, dit Caboche, Jean sans Peur avait laissé massacrer les Armagnacs en 1413. Mais après ces violences, il avait été banni par le Conseil du roi et les Armagnacs étaient revenus.

C'est dans ce grand désordre que le nouveau roi d'Angleterre, Henri V, avait envahi la Normandie avec l'aval de Jean sans Peur, même si nombre de Bourguignons avaient combattu les Anglais à Azincourt[1] au côté des Armagnacs.

Vainqueurs, les Anglais s'étaient alliés à Jean sans Peur tandis que les partisans du dauphin conservaient Paris.

Cependant, le roi fou retrouvait de moins en moins souvent la raison et son épouse Isabeau avait plusieurs fois ouvertement marqué sa préférence pour les Bourguignons, aussi le comte d'Armagnac l'avait-il fait enfermer sous le prétexte d'adultère. On racontait qu'après avoir été la maîtresse du duc d'Orléans, Isabeau avait été celle du duc de Bourgogne et qu'elle aurait même demandé à Jean sans Peur de tuer son amant avant d'en devenir la maîtresse.

En 1418, à la suite d'une félonie, le capitaine bourguignon L'Isle-Adam avait pénétré dans la capitale avec ses troupes. De nouveau, les bouchers parisiens avaient massacré les Armagnacs, dont Bernard d'Armagnac. Le dauphin Charles était parvenu à s'enfuir et à se réfugier à Bourges, protégé par le prévôt de Paris, Tanneguy du Châtel.

L'année suivante, ce même Tanneguy du Châtel avait assassiné Jean sans Peur lors d'une conférence de paix avec le dauphin.

1. En 1415.

Depuis, le fils de Jean sans Peur, Philippe le Bon, s'était définitivement allié aux Anglais. La reine Isabeau, désormais seule à régner, avait signé à Troyes un traité avec lui et le roi d'Angleterre par lequel Henri V, époux de la fille d'Isabeau et du roi de France, devenait régent du royaume et serait le prochain roi. Quant à Charles, le dauphin réfugié à Bourges, il perdait tout droit à la couronne pour avoir commandité l'assassinat de Jean sans Peur. D'ailleurs, il se murmurait que ce onzième rejeton d'Isabeau de Bavière n'était qu'un bâtard tant sa mère jouait du serre-croupière avec tous les hommes qui lui plaisaient.

Ce traité ne réglait pourtant rien. Le dauphin n'était nullement vaincu et pouvait compter sur la moitié sud du royaume qui reconnaissait sa légitimité. Il était surtout entouré de redoutables capitaines qui guerroyaient pour leur compte : La Hire, Harcourt, le Bâtard d'Orléans, Poton de Xaintrailles étaient les plus redoutés de ces barons qui ravageaient le Parisis, l'Orléanais, la Picardie et la Champagne avec des mercenaires écossais, aragonais ou espagnols.

Pendant ce temps, dans Paris devenu ville anglaise, vivaient un clerc et un archer : Edward Holmes et Gower Watson…

PERSONNAGES

Amaury, orphelin
Geoffroy d'Anfreville, chevalier, serviteur de Jean de Puligny
Michelette d'Auxerre, veuve de Guyot le Bossu
Philippot Bontemps, ancien capitaine de la porte Saint-Jacques
Gontier Blanchard, chanoine, maître-gouverneur et trésorier de la Sainte-Chapelle
Constance Bonacieux, logeuse de Holmes et Watson
Enguerrand Chabridel, serviteur d'Isabeau de Bavière
Guyot de Champdivers, conseiller du roi, premier secrétaire de la reine Isabeau
Charles, dauphin, puis roi sous le nom de Charles VII
Tanneguy du Châtel, ancien prévôt de Paris, Armagnac
Jean Chuffart, chanoine et chancelier de Notre-Dame, chancelier de la reine Isabeau
Jehan Doule, receveur général des tailles
Clément de Fauquembergue, conseiller à la Chambre des enquêtes et greffier en chef du Parlement
Germain Feret, orfèvre
Rogier Fourlin, sergent à verge
Gilles Girard, drapier
Gracieux, chien
Grand Collet, chef de la bande des Tricoteurs

John Fastolf, grand maître de la maison de Lancastre auprès du duc de Bedford, gouverneur de la Bastille
Enguerrand de Ganay, chevalier, capitaine de la Grosse Tour du Louvre
Loys Griselot, servante chez Michel de Lallier
Hélisenne, fille d'un maître maçon
Edward Holmes, clerc anglais
Jehan le Jeune, ymagier
Dreux Lallemand, orfèvre
Michel de Lallier, maître des comptes, bourgeois de Paris
Jean de Lancastre, duc de Bedford, frère puîné de feu Henri V, régent du royaume de France
Hue de Lannoy, grand maître des arbalétriers, chambellan du duc de Bourgogne
Gabrielle de Landes, amie de Marie de Savoisy
Jean L'Archer, lieutenant criminel
Grégoire Lestrade, examinateur au Châtelet
Jean de Louviers, drapier, bourgeois de Paris
Robert de Lusignan, ancien lieutenant du prévôt de Paris, Armagnac
Simon Morhier, ancien maître de l'hôtel d'Isabeau de Bavière, prévôt de Paris
Jacotin des Marets, clerc de l'évêché
Simon de Martroy, orfèvre
Laurent Piedefer, avocat au Châtelet
Thomas Pigache, changeur
Colin du Puis, potier d'étain
Jean de Puligny, chevalier, garde des joyaux du roi
Germain Rapine, lieutenant civil de la vicomté de Paris
Marie de Savoisy, chambellane d'Isabeau de Bavière
Raoul Tassin, sergent d'armes au Louvre
Robin Testard, sous-trésorier et chanoine de la Sainte-Chapelle

Thomassin, orphelin
Clément Vaillant, serrurier, ancien compagnon de Guyot le Bossu
Gower Watson, archer anglais

Le chanoine à la lèvre tordue

1

Lundi 12 octobre de l'an de grâce 1421

Ce soir-là, Constance Bonacieux, Gower Watson et Edward Holmes conversaient dans la grande salle à trois travées de la maison à la Corne-de-Cerf qui appartenait désormais à Constance[1].

Watson, archer habile, avait combattu à Azincourt où il avait été blessé. Sa navrure lui ayant laissé une légère claudication, il avait quitté l'armée et était entré au service de maître Bonacieux, un receveur de la ville de Paris, comme garde du corps.

Edward Holmes, demi-frère et intendant du baron de Roos, maréchal d'Angleterre, avait connu Gower Watson à la taverne de la *Coupe-d'Or* qu'ils fréquentaient tous deux et, quand Holmes avait perdu sa charge, à la mort du baron tué à la bataille de Baugé, l'archer lui avait proposé de partager la chambre qu'il occupait chez maître Bonacieux.

Puis tous deux avaient été mêlés à un complot fomenté par lady Mortimer, une arrière-petite-fille d'Édouard III qui voulait que son frère remplace le roi Henri sur le trône d'Angleterre. Lors de cette

1. Voir *Une étude en écarlate*, 10/18, n° 4889.

mésaventure, maître Bonacieux avait trouvé la mort et Holmes avait obtenu que la maison de la Corne-de-Cerf soit donnée à dame Bonacieux en dédommagement.

Le souper terminé, les domestiques s'étaient retirés. Le plateau de la table avait été rangé et tous trois se tenaient devant la cheminée dans laquelle ronflait une belle flambée. Les deux Anglais étaient assis sur un banc coffre au dossier ciselé, et dame Constance sur une haute chaise, plus près du foyer que les hommes car elle brodait une tapisserie et avait besoin de lumière.

Durant la repue prise avec les serviteurs de la maisonnée, ils avaient beaucoup parlé de l'évêque de Paris. Après la mort de Gérard de Montagu, le 25 septembre 1420, le chapitre de la cathédrale avait élu évêque Jean de Courtecuisse. Aumônier du roi, siégeant au Grand Conseil, chanoine de Notre-Dame de Paris, doyen de la faculté de théologie, nul n'aurait fait un meilleur guide spirituel pour la capitale du royaume de France. Ne l'appelait-on pas le « docteur sublime » ? Seulement, Courtecuisse avait prononcé l'oraison funèbre du duc d'Orléans[1] et eu le tort de se ranger dans le parti des Armagnacs. L'Anglais Henri V, régent du royaume, prétendait, lui, imposer un Bourguignon, arguant qu'en Angleterre c'était la coutume d'élire les évêques que le roi choisissait. Mais pressions et menaces n'avaient servi à rien et les chanoines avaient décidé selon leur conscience[2].

1. En 1407, Jean sans Peur, duc de Bourgogne, avait fait assassiner son oncle, le duc d'Orléans.

2. À Notre-Dame de Paris, le chapitre élisait l'évêque et recevait son serment de fidélité. Quant à l'évêque, il désignait les chanoines et installait le doyen qu'ils avaient élu.

En vérité, un quart d'entre eux seulement, car les autres s'étaient éloignés depuis longtemps d'une ville dévastée par la disette et la maladie.

Le mécontentement d'Henri V s'était si rudement manifesté que Courtecuisse avait préféré se réfugier dans l'abbaye de Saint-Germain-des-Prés, hors les murs de Paris. Depuis quelques semaines, on savait que le Saint-Père avait confirmé sa nomination et, le 17 septembre, le chapitre avait attribué un bénéfice au nouvel élu. Le dimanche, on avait annoncé dans les églises de la capitale que la bulle de confirmation serait lue en chapitre solennel le jeudi suivant. Après quoi, l'évêque élu recevrait les sceaux et serait installé dans la chaire épiscopale. Mais viendrait-il en personne ou serait-il représenté par le sous-chantre, comme cela se murmurait ? Les négociations n'étaient pas complètement rompues avec Henri V car Pierre Cauchon, évêque de Beauvais, négociait pour l'heure avec le chapitre et le chancelier de Notre-Dame, Jean Chuffart, Bourguignon avéré.

Après le souper, les Anglais et la jeune veuve avaient aussi discuté un moment des changements incessants des valeurs de la monnaie. En juin, le roi d'Angleterre avait ainsi décidé que le gros[1] de vingt deniers tournois n'en vaudrait désormais plus que cinq et que le blanc[2] de dix deniers en vaudrait deux. Réduites au quart de leur valeur, ces monnaies ruinaient ceux qui les possédaient. De surcroît, on annonçait l'émission de nouvelles espèces et l'interdiction de la circulation

1. Le gros, ou gros blanc, était une monnaie d'argent qui valait à l'origine vingt-quatre deniers. Rappelons que douze deniers faisaient un sou et vingt sous une livre.

2. La plus petite pièce d'argent.

des anciennes monnaies. Ces décisions provoquaient la thésaurisation des espèces et ce manque de numéraire faisait encore grimper les prix, déjà très élevés du fait de la raréfaction des approvisionnements sur les marchés. De mémoire d'homme, jamais l'indigence et le dénuement n'avaient été si criants à Paris. Près de la moitié des maisons étaient abandonnées, beaucoup de Parisiens ayant quitté la capitale. Les commerces de luxe et de qualité étaient les plus touchés car le roi fol restait enfermé dans l'hôtel Saint-Pol et la plupart des gentilshommes étaient partis soit à Gand ou à Dijon, à la cour du duc de Bourgogne, soit à Bourges, auprès de celui qui se disait dauphin. Quant aux nobles anglais qui auraient pu remplacer la noblesse française, ils suivaient leur roi qui bataillait dans le Parisis et en Picardie. Même les grands prélats avaient abandonné leur hôtel, et ne restaient à Paris que les gens de robe et les officiers dont les gages étaient de plus en plus rarement payés.

Cependant, misère et infortune étaient des sujets si rebattus que les trois amis ne pouvaient s'y attarder longtemps. De plus, on approchait de l'heure où les gens aux habitudes rangées commençaient à bâiller. D'ailleurs, depuis un moment, Holmes restait silencieux et dame Constance mettait de l'ordre dans sa corbeille avant de se retirer.

C'est alors que Watson aborda une autre matière.

— J'ai appris cet après-midi que samedi, en pleine journée, rue Saint-Denis, les Tricoteurs du Grand Collet ont dérobé les cens collectés par l'évêché à la Grange-Batelière et à la Ville-l'Évêque, fit-il.

— Incroyable ! s'exclama Mme Bonacieux en s'interrompant dans sa tâche. Pourtant personne ne m'en a parlé aux Halles où je me suis rendue avec

Catherine, la cuisinière. Qui vous a dit cela, mon ami ?

Pour la première fois de la soirée, Holmes leva un sourcil intéressé et Watson en fut secrètement satisfait. Depuis quelques semaines, Gower observait avec inquiétude combien son ami se montrait taciturne et indifférent à tout. D'expérience, il n'ignorait pas que Holmes avait besoin d'occuper son esprit pour ne pas tomber dans une langueur dont il lui était ensuite difficile de s'extirper.

Après le complot de dame Mortimer, Edward aurait pu s'abandonner à ce néfaste alanguissement s'il n'avait appris par deux moines venus le voir que le corps de son frère consanguin, John, avait été identifié et mis en terre dans le cimetière d'un couvent près de Baugé, alors qu'il le croyait enfoui anonymement au fond d'une fosse avec des centaines de cadavres.

Edward avait donc décidé de faire exhumer le corps afin de le transporter en Angleterre dans un cercueil de plomb pour qu'il soit enseveli dans le prieuré familial. Cette pieuse entreprise lui avait coûté beaucoup de temps et une grande partie de ce qu'il possédait.

Seulement, à compter de la fin du mois d'août, le désœuvrement était revenu. Holmes n'avait eu à régler que deux insignifiantes affaires pour lesquelles il avait été chargé d'obtenir des lettres de rémission. Dans un cas, il s'agissait d'une querelle d'ivrognes au cours de laquelle un des protagonistes avait reçu un coup de couteau fatal. Pour l'autre, c'était une jeune nourrice poursuivie par la justice après la mort de l'enfant qu'elle nourrissait. Holmes ne s'était intéressé à ces deux situations qu'à la suite de l'insistance de Constance Bonacieux, amie de l'épouse de l'un des ivrognes et parente de la nourrice.

Depuis, trois semaines s'étaient écoulées et personne n'était venu quérir l'aide de l'ancien intendant. La bile noire l'avait envahi à tel point qu'il n'éprouvait même plus le désir de se rendre à la *Coupe-d'Or* ou d'aller tirer à la haquebute sur le talus de l'enceinte.

Quant à Grand Collet, il s'agissait d'un larron réputé pour son audace. Avec ses Tricoteurs, des coquins armés de tricots, c'est-à-dire de longs bâtons ferrés, il s'en prenait la nuit à ceux qui circulaient sans garde du corps, ou aux maisons mal rembarrées. Les hommes étaient alors meurtris et les femmes subissaient d'ignobles violences. La bande s'était même attaquée au guet bourgeois, laissant les archers dénudés et dépouillés de leurs harnois. Pourtant, jusqu'à présent, ces estropiats n'avaient jamais agi au grand jour.

— Cet après-midi, à la *Coupe-d'Or*, on ne parlait que de ça ! s'enflamma Watson.

— Que s'est-il exactement passé ? s'enquit Holmes.

— Escorté d'un sergent et de quatre archers, le receveur de l'évêché avait franchi le pont-levis et la porte et descendait la rue Saint-Denis. Compte tenu de l'absence d'écorcheurs armagnacs en ce moment autour de Paris, l'évêque avait envoyé ses gens collecter des cens impayés car, depuis des mois, aucun receveur ne sortait de la capitale. Bref, ils revenaient avec une centaine de livres quand une bande de fredains les a attaqués. Ils ont été frappés à coups de bâton et le chef des Tricoteurs a saisi le coffret de la recette.

— Est-on certain qu'il s'agisse de ce fameux Grand Collet ? demanda Holmes à nouveau.

— Nul doute. D'après des témoins, celui qui commandait la herpaille portait un pourpoint avec grand collet qui lui montait aux oreilles ainsi qu'un chaperon dont la bande couvrait le reste de son visage jusqu'aux yeux.

— Singulier ! Je crois me souvenir que les précédentes agressions de ces estropiats avaient toujours eu lieu dans le quartier de l'Université. Ce serait la première fois que ce truand détrousserait sur la rive droite.

— Que le seigneur Dieu nous protège, murmura Constance en se signant.

— Je suis là, ma mie, la rassura Watson d'un ton martial en lui lançant un regard langoureux.

C'est alors que la cloche extérieure de la maison retentit et qu'on frappa plusieurs coups sur l'huis de chêne ferré.

Holmes et Watson se dressèrent de leur banc, tandis que dame Bonacieux devenait livide en laissant tomber sa corbeille par terre.

— Le Grand Collet ! murmura-t-elle. C'est lui ! On n'aurait pas dû caqueter sur lui ! Il est comme le Fourchu, il suffit de l'évoquer pour qu'il paraisse !

— Je ne crois pas que ce brigand sonne avant d'entrer, plaisanta Edward Holmes. Mais prudence vaut mieux que regrets...

Déjà Watson avait saisi sa bonne épée posée sur une huche. Il s'approcha de la porte située au fond d'une sorte d'antichambre qui précédait la première travée d'ogives. À côté de l'encadrement se trouvait une petite ouverture grillagée percée dans le mur épais. Il en ouvrit la portière de bois et interrogea :

— Qui est là ?

— Maître Chuffart !

Jean Chuffart ! Le chancelier de la reine Isabeau, par ailleurs chanoine et chancelier de Notre-Dame. Mais pourquoi cet important personnage venait-il à cette heure tardive, quand la ville était déjà livrée aux frappards et aux truands ? D'autant que maître Chuffart habitait dans le cloître Notre-Dame, cette petite cité fortifiée réservée aux maisons canoniques située sur le flanc nord de la cathédrale, donc assez loin de la rue du Coq.

Watson tira les trois gros verrous de bronze et donna un tour de clef avant d'entrebâiller la porte. Le chanoine entra, emmitouflé dans son épaisse houppelande fourrée couleur feuille-morte et coiffé d'un chaperon cramoisi. Il était accompagné de deux robustes valets portant lanterne et bâton. Holmes et Watson saluèrent le chancelier avec beaucoup de considération tandis que Constance, qui s'était levée, s'agenouillait.

— Relevez-vous, gente dame, lui dit-il, bonhomme, tout en délaçant le cordon de son manteau et en s'approchant du foyer.

— Que le Seigneur Dieu vous protège et vous garde, messire Chuffart, répondit Holmes en lui proposant le siège de dame Constance. Je suppose que vous devez avoir une grave raison pour venir me trouver ici à l'heure des chandelles allumant.

Car le clerc ne doutait pas que le chancelier venait pour lui parler.

— Très grave et très affligeante, répondit maître Chuffart qui prenait place, tout en ôtant ses gants.

Il soupira.

— Certes, je confesse volontiers que j'aurais pu attendre à demain, mais je n'aurais pu dormir sans vous avoir parlé.

Constance, qui s'était éclipsée, était déjà de retour avec un jeune valet engagé depuis peu qui apportait du vin et des hanaps.

Le foyer dégageait une chaleur infernale, aussi le chancelier ouvrit sa chape, dévoilant un garde-corps indigo à larges manches. Pour sa sortie nocturne, il n'avait pas conservé sa soutane de religieux.

— Voici quelques heures, mes confrères et moi assistions à la fin des vêpres en présence de l'évêque de Beauvais qui, comme vous le savez, doit rencontrer notre nouvel évêque pour trouver une solution au conflit qui l'oppose au noble régent de France, dit-il en saisissant le verre de vin qu'on lui tendait. Soudain, un pauvre crocheteur[1] que nous connaissons bien – il ramasse du bois flotté –, s'est précipité dans la cathédrale en faisant de tels signes que le sous-chantre s'est interrompu dans la lecture des psaumes. Un de nos sergents allait repousser l'agitateur quand ce dernier a crié : « Mes nobles seigneurs, il y a un mourant à la motte aux Papelards !»

— Qu'est-ce que la motte aux Papelards ? interrogea Watson.

— C'est vrai que vous connaissez mal Paris ! Il s'agit d'un morceau de grève, derrière le cloître, recouvert par les décombres de l'ancienne église Notre-Dame qui a été détruite quand on a bâti la cathédrale. L'endroit sert aussi d'abreuvoir et la rivière y rejette tout ce qui flotte, et parfois des noyés.

» Dans un grand désordre, nous nous sommes tous levés et l'un des archidiacres a fait approcher

1. Pour porter les fardeaux, les portefaix de Paris se servaient de « crochets », faits de deux bâtons liés par deux traverses qui s'appliquaient sur le dos avec des bretelles.

le miséreux qui s'est expliqué : il venait de découvrir un corps rejeté là où on mène les bêtes à boire. Selon lui, il s'agissait d'un homme ayant encore un souffle de vie, mais qui avait reçu une grave blessure car sa robe était sanglante.

» Comme le crocheteur ne pouvait répondre aux innombrables questions que nous lui posions, Pierre Cauchon, le sous-chantre et moi-même avons décidé d'aller voir sur place. Au demeurant, l'office ne pouvait se poursuivre. Nous sommes tous sortis, non seulement les chanoines mais aussi les fidèles qui assistaient à la liturgie. Nous avons traversé le cloître et pris la poterne qui permet le passage vers l'abreuvoir. Arrivés sur la berge, nous avons en effet vu un corps allongé, les pieds baignant encore dans l'eau. L'un de mes confrères, médecin du duc de Bourgogne, l'a examiné mais, à ses signes de tête, nous avons compris que le pauvre homme se trouvait dans un état désespéré. Cependant, il fallait tout tenter pour le sauver. Tandis que quelques-uns de ceux qui étaient là priaient le Seigneur, d'autres ont amené une charrette et le mourant a été conduit à l'Hôtel-Dieu, lequel, comme vous le savez, appartient au chapitre. Hélas, à peine était-il dans un lit que ce malheureux a rendu l'âme.

Chuffart se tut, récitant *in petto* une courte prière.

— Chaque jour, la Seine rend des cadavres, observa Watson, fataliste. Votre noyé, ou votre meurtri, a dû être victime d'une rixe ou d'un voleur. Nous parlions à l'instant des marauds qui hantent la ville. Avec leur nombre, quoi d'étonnant à trouver des cadavres…

Holmes considérait Chuffart sans mot dire. Lui aussi s'était fait cette réflexion, mais un inconnu ordinaire n'aurait pas mis le chancelier de la reine

Isabeau dans cet état, et ne l'aurait pas incité à venir si tard.

— Vous le connaissez, c'est cela ? demanda-t-il.

— Comment avez-vous deviné, maître Holmes ?

Edward réprima un sourire contraint.

— Je ne devine jamais, messire. Je déduis.

— Je le connaissais, en effet. Il se nomme Robin Testard et il était chanoine de la Sainte-Chapelle.

— Un chapelain du roi ?

— En effet.

— Comment le corps d'un chanoine de la Sainte-Chapelle a-t-il pu arriver derrière le cloître de Notre-Dame ? s'interrogea Watson à haute voix.

— C'est la première question que je me suis posée, approuva Chuffart.

— A-t-on prévenu le trésorier[1] ?

— Cela n'avait pas encore été fait quand j'ai quitté l'Hôtel-Dieu, mais le sous-chantre a dû s'en occuper depuis.

— Quel genre de blessure avait reçu la victime ?

— Un vilain coup de couteau dans le petit ventre.

— Avait-il encore son escarcelle ? Ses clefs ? L'a-t-on fouillé ?

— Il n'avait plus sa bourse, mais ses clefs se trouvaient à sa ceinture. En revanche, je ne puis vous assurer si on l'a fouillé, tout a été si confus.

— Même un chanoine peut être volé par un coquin, conclut Watson.

— Certes, mais pas sur cette grève. Qu'y aurait-il fait ? observa Chuffart.

1. Les chanoines de la Sainte-Chapelle étaient dirigés par le trésorier appelé également le maître-gouverneur. Ils étaient aussi chapelains du roi.

— Il a pu être blessé en amont et il se sera maintenu à flot jusque-là, répondit Holmes.

De nouveau, il se plongea dans un silence de réflexion avant de proposer :

— Demain, j'irai à l'Hôtel-Dieu à la pique du jour. Pourrez-vous prévenir de ma visite ? Que l'on garde le corps dans son lit.

— Je m'en occupe et je serai présent.

— Cependant, vous ne m'avez pas expliqué ce que vous attendez de moi, ajouta le clerc anglais. Si maître Testard a été attaqué par des truands, je ne saurai les retrouver. Vos prévôts et le bailli de l'évêché seront plus efficaces que moi.

— Votre regard sur cette mort m'intéresse, maître Holmes. Jamais aucun chanoine n'a été occis ainsi et la reine Isabeau va me demander des explications. Il s'agissait tout de même d'un chapelain de son royal époux. De plus, l'évêque Cauchon s'interroge. Peut-être l'ignorez-vous, mais lui-même a été chanoine à la Sainte-Chapelle… Cette mésaventure ne peut plus mal tomber à trois jours de l'installation de l'évêque.

— Connaissiez-vous bien ce chanoine ?

— Oui… répondit le chancelier, mal à l'aise.

— Vous m'en avez trop dit ou pas assez, maître Chuffart, déclara Holmes d'un ton égal. Quelle fonction exerçait-il ?

— Maître Testard était clerc extraordinaire à la Chambre des comptes, mais, surtout, il était sous-trésorier à la Sainte-Chapelle. Il s'agissait du prélat le plus proche du maître-gouverneur.

2

L'aube crevait. Dans la petite salle voûtée et glaciale de l'Hôtel-Dieu, Edward Holmes examinait le mort. La trentaine, plutôt jeune pour un chapelain du roi, il avait une figure qu'on ne pouvait oublier. En effet, une large balafre traversait son visage de l'œil au menton. En se cicatrisant, la blessure avait relevé un côté de la lèvre supérieure et découvert ainsi trois dents qui donnaient au trépassé un air hargneux.

Le cadavre restait revêtu de la robe qu'il portait quand on l'avait trouvé. Un vêtement de velours noir avec une entaille rouge sombre sur le ventre.

Holmes se tourna vers maître Chuffart et son compagnon : un prélat revêtu d'une grande chape brodée d'argent sous laquelle on apercevait son rochet cramoisi et une soutane immaculée. Le religieux portait au majeur droit un large anneau d'or représentant saint Pierre. Petit, de complexion rondouillarde, âgé de trente-cinq ans environ, il était coiffé d'une aumusse en petit-gris. L'ecclésiastique avait été présenté par Chuffart comme étant Gontier Blanchard, conseiller du roi, ancien chantre de Notre-Dame et présentement maître-gouverneur et trésorier de la Sainte-Chapelle.

Ce dignitaire, nommé également l'archichapelain, détenait le droit de célébrer la messe avec la mitre, l'anneau et les autres ornements pontificaux. Il pouvait même donner la bénédiction au peuple pendant les processions qui se déroulaient dans l'enclos du Palais.

Voulant paraître d'un rang égal au chapelain du roi, le chancelier de la reine Isabeau avait lui aussi revêtu une soutane blanche et un camail brodé d'une dentelle d'or. Il portait son habituel chaperon.

— Savez-vous comment il a reçu cette balafre ? s'enquit Holmes en désignant la lèvre.

Chuffart secoua la tête en signe de dénégation.

— Dans sa jeunesse, une rixe à l'Université, m'avait-il dit, répondit le maître-gouverneur de la Sainte-Chapelle.

Holmes laissa son regard s'égarer un instant sur le dignitaire. Peau et tonsure blonde, un grand menton, un nez camus, des sourcils épais tirant sur le roux, avec une lueur autoritaire dans le regard. Le prélat paraissait fort imbu de son importance, mais il montrait une expression inquiète, redoutant à coup sûr les conséquences de la mort de son confrère.

— Une rixe… Que savez-vous de ses fréquentations, messire l'archichapelain ?

— Que voulez-vous dire ? demanda l'autre, sur la défensive.

— Blessé dans une rixe, maintenant tué par un coup de couteau… Je m'interroge sur maître Testard. Quel genre de prélat était-il ?

— Un homme honorable. Quelqu'un de bien, laissa sèchement tomber Blanchard.

Mais son ton était tout sauf convaincant.

La veille, avant qu'il ne quitte la maison à la Corne-de-Cerf, Holmes avait interrogé le chancelier sur les chanoines de la Sainte-Chapelle, car il avait entendu des rumeurs à leur sujet. Chuffart lui avait confirmé que ces chapelains, pourtant comblés de richesses, avaient laissé le désordre s'installer parmi eux. Le service divin était négligé et les religieux affectaient de se vêtir d'habits séculiers magnifiques suivant la mode du temps. Mais ces faits s'étaient déroulés une dizaine d'années plus tôt. Charles VI était alors intervenu, et tout était rentré dans l'ordre.

Holmes devina qu'il n'en saurait pas plus, pour l'instant.

— J'ai deux faveurs à vous demander, messires, dit-il.

— Lesquelles ?

— J'aimerais visiter sa maison.

— Pourquoi ? interrogea l'archichapelain d'un ton peu amère.

— Si vous souhaitez que je découvre qui l'a tué, j'ai besoin d'en savoir plus sur la victime.

Le maître-gouverneur retint à peine une grimace. Il échangea alors un regard avec Chuffart, puis branla du chef.

— C'est d'accord, mais je resterai avec vous. Quelle est la deuxième faveur ?

— Quand avez-vous prévu les funérailles ?

— Demain, dans la cathédrale. Tout à l'heure sa dépouille sera transportée dans une chapelle ardente, dès que ses domestiques lui auront fait sa toilette et l'auront habillé. Ils voulaient le faire hier soir, mais j'avais ordonné qu'ils ne lavent pas leur maître avant mon retour. Et plus tard vous m'avez demandé qu'on ne touche pas le corps avant que vous ne l'ayez examiné, déclara Chuffart.

Edward opina.

— Où se trouvent les domestiques, en ce moment ?

— Ses deux valets l'ont veillé cette nuit. Pour l'heure, ils sont allés à la cuisine se restaurer.

Holmes n'ajouta rien. Joignant l'extrémité de ses doigts fins, il parcourut la salle des yeux tout en réfléchissant. À son arrivée, le chanoine blessé n'avait pas été installé dans une des grandes salles communes de l'Hôtel-Dieu où les malades couchaient à quatre par lit. On l'avait conduit dans cette petite pièce peinte en blanc avec, sur une corniche, une statue en bois coloré représentant saint Antoine. Le lit était étroit et haut et son chevet s'ornait d'un crucifix. Sur une table ronde se trouvaient une aiguière et deux pots de terre.

Comment savoir pourquoi ce chanoine avait été tué ? songeait-il. C'est alors qu'une idée lui vint.

— Il pourrait être astucieux qu'on ne sache pas qu'il est mort, suggéra-t-il.

— Comment cela ? s'enquit Chuffart, perplexe.

— Qui a eu connaissance de sa fin ?

Tout en plissant le front, le chancelier se passa une main sur la bouche et le menton.

— Nous, les domestiques, bien sûr monseigneur Cauchon, le chanoine médecin et une religieuse qui était présente, énuméra-t-il. Mais d'autres s'en doutent... Les chanoines qui étaient là, des gens de l'hospice...

— En exigeant le silence, on pourrait laisser croire que maître Testard n'est pas encore mort...

— Impossible ! répliqua le maître-gouverneur. Les obsèques doivent avoir lieu dans les plus brefs délais.

— Elles peuvent attendre deux jours.

— Pourquoi ? demanda Chuffart.

— S'il ne s'agit pas du crime d'un pendard, le criminel pourrait vouloir réitérer sa tentative.

— Absurde ! Il s'agit forcément d'un truand, s'indigna le chanoine de la Sainte-Chapelle.

— Peut-être, reconnut Holmes en écartant les mains, mais cela ne coûte guère d'essayer. Voulez-vous ou non retrouver l'assassin ?

Chuffart prit le maître-gouverneur par l'épaule, et ils s'éloignèrent de quelques pas. Ils échangèrent des paroles à voix basse avant de revenir.

— C'est d'accord, je convaincrai tout le monde de garder secrète la mort du sous-trésorier jusqu'à demain, déclara le chancelier. Mais pas au-delà de none.

— Entendu. Je n'ai donc pas de temps à perdre. Allons chez Testard. Avez-vous les clefs de sa maison ?

— Je les ai, dit Blanchard en montrant un trousseau attaché à sa ceinture. Je me les suis fait remettre hier soir, dès que j'ai été prévenu.

Le maître-gouverneur de la Sainte-Chapelle était venu à dos de mule, bien que l'Hôtel-Dieu soit situé à une faible distance des maisons canoniales. Chuffart avait fait de même pour affirmer son statut, bien qu'il logeât encore plus près. Quant à Watson, il avait pris Holmes en croupe sur son cheval, plus exactement sur le destrier confisqué à Ralph Grey après le complot Mortimer[1].

Les montures et les serviteurs de Blanchard et de Chuffart les attendaient dans la cour de l'hospice. Si la mule du chancelier d'Isabeau était un bel animal au poil gris et lustré, celle du maître-gouverneur était plus magnifique encore, car la selle reposait sur une couverture qui tombait presque à terre et sur laquelle

1. Voir *La Ville de la peur*, 10/18, n° 5167.

étaient brodées des mitres et des croix dorées. Quant aux harnais, richement décorés, ils étaient ornés de sonnettes d'argent. Un frère lai conduisait le splendide animal.

Malgré le nombre de maisons désertées, la rue de la Calandre restait fort encombrée et toujours aussi bruyante. Un crieur annonçant l'ouverture d'un fût au cabaret de la *Pomme-de-Pin*[1] faisait un vacarme épouvantable. Quelques colporteurs proposaient de la mort-aux-rats, de l'aiguisage ou la réparation de pots d'étain.

Watson suivait les mules des chanoines. Dans le quartier, on connaissait les deux dignitaires, et les gens s'écartaient sur leur passage. S'ils ne le faisaient pas assez vite, le valet de Chuffart dégageait la voie en brandissant un bâton.

À l'enceinte du Palais, ils entrèrent par la porte Saint-Michel. L'enclos canonial se situait à leur gauche. Le cloître était bordé par un très ancien mur percé d'une porte voûtée où se tenait un sergent d'armes à la surcotte fleurdelisée. À droite, majestueuse et grandiose, se dressait la Sainte-Chapelle érigée par Saint Louis. Devant eux s'étendait le bâtiment de la Chambre des comptes.

Watson suivit les deux prélats jusqu'à une fontaine accolée à l'ancien mur, à proximité d'une écurie où ils laissèrent leurs montures, avant de revenir à la porte de l'enclos et de pénétrer dans une rue intérieure le long de laquelle s'alignaient plusieurs maisons de pierre, chacune disposant d'une petite fenêtre ogivale en bas et d'une plus large, géminée, au premier étage.

1. La *Pomme-de-Pin* a été démoli vers le milieu du XVIIIe siècle. Le cabaret se situait à l'emplacement de l'un des pavillons de l'actuel Hôtel-Dieu.

Les façades étaient toutes agrémentées d'une niche, ornée d'archivoltes et d'un dais, où se dressait un saint. Blanchard s'arrêta devant la deuxième demeure dont les murs étaient couverts de lierre. La porte était en retrait sous une large voussure ciselée. À côté s'étendait un banc de pierre au dosseret sculpté.

— Chaque maison est affectée à un chanoine en fonction de sa dignité. Je dispose de la plus grande, et maître Testard, sous-trésorier, bénéficie du plus beau logis après le mien, affirma le maître-gouverneur avec suffisance, tout en faisant tourner une clef dans la serrure.

Ils pénétrèrent à sa suite dans une longue salle basse meublée de bancs à coffre, d'une armoire, d'un dressoir à quatre degrés et d'un pupitre au pied de la fenêtre. Une cathèdre se trouvait près du pupitre. Aux murs pendaient des tapisseries. Un retable représentant l'Annonciation faisait face à la cheminée.

Le maître-gouverneur resta devant la porte pendant que Holmes, Watson et Chuffart, qui apparemment n'étaient jamais venus, examinaient les lieux.

Tout révélait l'intérieur de qualité, confortable et somptueux, mais Holmes avait entendu dire que les prébendes des chanoines de la Sainte-Chapelle étaient substantielles. Dans un angle, un très étroit escalier en viret permettait d'accéder à l'étage.

Sur le dressoir s'accumulaient des rouleaux de parchemins noués par des lais de soie ou des rubans. Holmes les examina mais il lui sembla qu'il s'agissait de documents sans rapport avec le crime. Quant à l'écritoire, sur le côté de laquelle pendaient des cornes d'encre, s'y accumulait une pile de feuillets écrits à la plume ainsi qu'une main de papiers vierges au format royal italien. Le clerc anglais prit un des feuillets. Il s'agissait de la première page d'un ouvrage sur la vie des papes. Le papier, de qualité grossière, n'était pas de provenance arabe, aragonaise ou lombarde mais venait d'un moulin de la Seine. La trame en était rugueuse et la couleur d'un brun jaune. Holmes distingua un griffon en filigrane. Près de la rame s'étalaient des plumes, un canivet et une pierre à poncer.

Les coffres des bancs et l'armoire ne révélèrent rien d'intéressant, et pas davantage le placard bâti dans l'épaisseur du mur. Jugeant avoir tout vu, Holmes passa dans un cabinet en retrait qui contenait une couchette pour un domestique. Puis il pénétra dans la cuisine parfaitement propre et rangée. La salle se poursuivait par un cellier, un lardier et l'entrée d'une cave.

Le cellier ne manquait pas de pommes, de salaisons et contenait même deux gros tonneaux. Le chanoine mangeait à sa faim en ce temps où régnait la famine. Une porte était verrouillée. Edward l'ouvrit et découvrit une tonnelle et un verger qui s'étendait jusqu'à l'enceinte de la Cité. Il revint sur ses pas. Chuffart parlait à voix basse à Blanchard. Watson n'était pas là. Il devait être monté à l'étage. Holmes prit donc l'escalier.

En haut, l'archer examinait le mobilier de la chambre. Une table étroite encore sur ses tréteaux à entretoise, deux escabeaux, un grand banc à dossier sculpté à décor de feuillage. Une tapisserie décorait tout un mur. Le carrelage de terre cuite émaillée était recouvert d'un tapis. Watson s'intéressait à un dressoir sur lequel s'étalait de la vaisselle. Intrigué, Holmes s'approcha. Son ami tenait une coupe prise sur un des degrés du meuble, une sorte de ciboire doré.

— Que voilà un chanoine nanti d'opulentes prébendes ! ironisa Watson en donnant la coupe à Holmes.

Il s'agissait d'un calice muni de deux anses ciselées. Entre le pied et le bol, la tige était agrémentée d'un large renflement, pratique pour l'ostension au cours de la messe. D'après son poids, il s'agissait d'or. Holmes le manipula de diverses façons sous le regard surpris de son ami.

C'est alors que Chuffart et Blanchard apparurent.

— Je ne vois rien à découvrir ici, annonça le maître-gouverneur d'un ton légèrement méprisant.

Holmes lui tendit le ciboire.

— Beaucoup de chanoines de la Sainte-Chapelle possèdent-ils de tels vases d'or ?

Blanchard devint pâle. Il prit la coupe et s'approcha de la fenêtre pour la regarder en détail. Son comportement changea alors et il balbutia :

— Impossible… Impossible.

— Qu'y a-t-il ? interrogea le chancelier en le rejoignant.

— Regardez, le ciboire…

Chuffart le prit en plissant le front et murmura à son tour :

— Par le saint corps du Christ…

— Ce vase semble en or, remarqua Holmes, est-ce cela qui vous étonne ?

— Non… Non… Ce calice provient de la Sainte-Chapelle !

3

— Maître Testard l'aurait-il emprunté dans le Trésor ? s'étonna Holmes.

— Non, il n'aurait pu ! Seul notre noble roi garde les clefs du Trésor et il ne me les confie que contre une lettre de créance que je signe. D'ailleurs, cette coupe ne fait pas partie du Trésor qui renferme les reliquaires de la Sainte Couronne, du sang du Christ, du fer de la Lance et de tous ces précieux objets ayant connu Notre Divin Seigneur ou sa sainte Famille, elle provient d'une armoire basse de la sacristie où l'on conserve les burettes, aiguières et vases sacrés qui servent à la liturgie. Sont rangés là les calices et les ciboires en or ou ornés de pierres, dont celui-ci avec ses anses ciselées d'angelots.

— Maître Testard avait-il accès à cette armoire ?

— Oui... Oui, hélas... Quand il assurait la garde. Étant anglais, vous l'ignorez peut-être, mais le Trésor ne se situe pas dans la Sainte-Chapelle. Les reliques, les chartes, les livres d'église aux couvertures enrichies d'or et de perles et les objets les plus précieux du royaume sont rangés dans un bâtiment attenant à deux niveaux. On y pénètre soit par la chapelle basse, soit par la chapelle haute, soit par le Palais. Mais seule Sa Majesté peut utiliser ce dernier passage qui communique avec les chambres royales. De la chapelle partent donc deux galeries fermées par des portes de fer et, à tour de rôle, chaque chanoine assume la capitainerie de la garde de la sacristie qui est assurée par des archers de confiance. Il y a d'ailleurs une loge avec un lit – qu'on appelle le gîte – dans l'escalier qui relie les deux niveaux. Maître Testard se rendait donc souvent dans ces salles, et il disposait de la clef de l'armoire basse qui contient les vases nécessaires à la célébration du culte. Les autres clefs, comme je vous l'ai dit, restent en possession de notre noble roi qui me les remet parfois ou qui les communique au chancelier lorsque celui-ci veut consulter des chartes.

— Y a-t-il déjà eu des rapines ?

— Rarement. La garde vérifie qui peut entrer dans le Palais, donc des voleurs ne peuvent larronner. De plus, le guet est vigilant et fait des rondes de jour et de nuit. Malgré ces mesures, voici quelques mois, un garde a volé des chandeliers, mais ils ne se trouvaient pas dans les armoires. Les sanctions sont sévères pour ceux qui commettent de tels larcins. Un cachot est aménagé dans le passage de l'étage conduisant de la chapelle à la sacristie. Il est si exigu que le prisonnier ne peut s'y tenir ni couché ni debout et reste enfermé des semaines avant de connaître la potence ou d'être jeté dans la Seine. Ce garde a d'ailleurs été cousu dans un sac et noyé dans la rivière.

Il s'arrêta de parler, comme si une idée lui était venue.

— Je ne crois pas que maître Testard ait volé ce vase, il a dû l'emprunter pour une raison que j'ignore et il allait le rapporter. Je vais le faire à sa place et cette affaire ne sera plus qu'un mauvais souvenir. Je suis persuadé qu'il n'y a plus rien à découvrir ici.

— Nous n'avons pas tout regardé, observa Holmes.

— Mais que pourriez-vous dénicher d'autre ?

— Messire l'archichapelain, fit le clerc d'une voix égale, je ne suis venu ce matin qu'à la demande de messire Chuffart que j'estime fort. Pour ce que j'ai vu jusqu'à présent, je ne pense pas que maître Testard ait seulement emprunté ce vase, comme vous semblez le croire. Au contraire, sa mort est sans doute liée à ce calice.

— Comment pouvez-vous affirmer cela ? s'entêta le maître-gouverneur.

— Je vous le dirai quand j'aurai terminé cette perquisition.

— Messire Blanchard, intervint le chancelier, maître Holmes est votre seul espoir de vous sortir de ce mauvais pas.

— Quel mauvais pas ? Testard n'a fait qu'emprunter ce vase, j'en ai la certitude ! Une grave faute, certes, mais si chacun garde le silence, personne n'en saura rien.

— Vous paraissez oublier que maître Testard a été assassiné.

Le regard du trésorier de la Sainte-Chapelle passa du chancelier à Watson puis au clerc anglais. Il paraissait désemparé.

— Pardonnez-moi, maître Holmes, mais je suis bouleversé. Croyez-vous vraiment que la mort du sous-trésorier puisse avoir un rapport avec la substitution du vase sacré ?

— Je peux même vous le prouver.

— Comment ?

— Je n'ai pas fini de fouiller cette maison.

— Faites-le… accepta le maître-gouverneur, vaincu.

— Fouillez aussi de votre côté ; à plusieurs, nous serons plus prompts à découvrir la vérité.

Holmes se rendit dans la somptueuse chambre de retrait meublée d'un grand lit aux courtines en damas brodé avec un dais assorti. Mais ce qui attira l'attention du clerc anglais, ce fut le coffre de fer scellé au mur par deux gros crampons.

Bien sûr, il était fermé à clef.

Holmes revint dans la première salle. L'air sombre, Chuffart méditait sur les conséquences de cette désagréable affaire. Blanchard, lui, n'avait pas bougé. Il commençait à entrevoir les épreuves à venir si la mort de Testard s'avérait en rapport avec l'emprunt du vase. Quand le roi ou la reine Isabeau découvrirait la vérité, il serait forcément sanctionné pour ne pas avoir assez surveillé le comportement du sous-trésorier.

— J'ai besoin des clefs, lui déclara Holmes.

Sans répondre, le chanoine lui tendit le trousseau.

Le clerc revint dans la chambre et ouvrit le coffre qui contenait quelques centaines de pièces d'or, florins, agnels[1], esterlins. Mais surtout, par-dessus, se trouvait un morceau de papier plié en quareignon. Holmes le déplia et le lut.

Maître Testard, je vous attends lundi à haute none sur la berge devant la Tournelle[2]. Vous m'apporterez le calice de Marc et le ciboire de saint Médard. Sinon…

1. L'agnel est une monnaie d'or créée par Philippe le Bel avec, sur l'avers, un agneau pascal.

2. Il s'agissait à l'origine de la tour de l'enceinte de Philippe Auguste la plus en amont sur la rive gauche de la Seine. De là, on pouvait tendre une grosse chaîne, soutenue par des barques, jusqu'à la tour Hamelin, sur la rive droite, et ainsi empêcher la navigation. Cette Tournelle, appelée aussi tour Saint-Bernard car située à côté du couvent des Bernardins, avait été en partie démolie et transformée par Charles VI en bastide à plusieurs tours qu'on nommait aussi le Tournelle.

Malgré l'importance de cette découverte, le clerc resta impavide. Une explication prenait forme dans son esprit, et ce qu'elle impliquait changeait tout.

Edward leva les yeux. Blanchard et Chuffart entraient dans la chambre, l'air interrogatif.

Holmes leur lut le texte à haute voix avant d'ajouter :

— Ce billet explique la mort de votre chanoine.

À ces mots, Blanchard chancela. Il s'assit sur le lit et se prit le visage dans les mains.

— Un chantage ! murmura Chuffart. Il faisait l'objet d'un chantage ! Il s'est rendu à ce rendez-vous, et celui qui le menaçait l'a tué.

— Je crains que ce ne soit plus compliqué, messire, observa Holmes. Connaissez-vous le calice de Marc et le ciboire de saint Médard ?

— Ce vase (il le tenait toujours à la main) est le calice de Marc ! Le ciboire de saint Médard est une autre magnifique coupe en or, murmura Blanchard d'une voix éteinte.

Il n'avait plus d'échappatoire et il se reprochait durement son manque de vigilance.

— Mais Testard n'a pas apporté le calice, puisque vous le tenez dans les mains, intervint Chuffart. Je gage qu'il n'a pas davantage porté l'autre vase, ce qui explique qu'on l'ait navré !

Le maître-gouverneur leva les yeux, plein d'espoir, mais, quand son regard croisa celui du clerc anglais, il n'y lut rien de rassurant.

Edward Holmes ne prononça pas une parole, puis se détourna et commença à fouiller la garde-robe mitoyenne tandis que Watson examinait l'intérieur d'une huche qui contenait du linge. Même Chuffart se mit alors à vérifier les étagères d'une crédence. Seul l'archichapelain resta assis, perdu et désemparé.

Au bout d'un moment, la perquisition n'ayant rien donné, le clerc déclara :

— Allez à la sacristie de la Sainte-Chapelle vous assurer que le ciboire de saint Médard s'y trouve encore et qu'il ne manque pas d'autres pièces. Quant à moi, j'ai besoin de procéder à des vérifications en dehors du Palais. Pour les faire, messire Blanchard, il me faut le vase.

— Mais… je dois le ramener dans l'armoire…

— Pas tout de suite. Je vous retrouverai à la chapelle dans moins d'une heure et je vous le rendrai.

— Mais, pourquoi ? Où allez-vous… Je n'ai pas le droit de vous confier ce vase sacré !

L'archichapelain semblait avoir retrouvé un peu d'ardeur.

— Ne craignez rien, messire. Mon ami Watson veillera sur lui comme à la prunelle de ses yeux. Personne n'oserait s'en prendre à nous.

Il tendit la main.

Blanchard regarda Chuffart qui lui fit signe d'accepter, et le chanoine donna le ciboire au clerc.

— Gower, trouve un sac ou un linge pour transporter cette coupe.

L'archer sortit une besace du coffre qu'il avait fouillé. Holmes y plaça le calice et s'en alla en déclarant :

— Dans une heure, pas plus !

4

— Où allons-nous ? s'enquit l'archer tandis qu'ils sortaient de l'enclos canonial. Dois-je chercher mon cheval ?

— Inutile, nous n'allons pas loin, répondit Holmes. Je suppose que tu te souviens de l'orfèvre du pont au Change qui t'a acheté les plats d'argent gagnés au tournoi des archers…

— Bien sûr, mais… Comptes-tu lui vendre le calice de Marc ?

Holmes le gratifia d'un sourire.

— Non, rassure-toi. Je désire juste connaître son opinion.

Ils sortirent du Palais, prévenant le sergent de garde qu'ils reviendraient sous peu car le maître-gouverneur les attendait. Après quoi ils longèrent l'enceinte jusqu'au pont au Change.

En chemin, Watson fit part de ses conclusions :

— Ce Testard me semble avoir été un fort mauvais garçon. Bagarreur certainement, fréquentant les endroits louches, je crains qu'il n'ait fait sa pelote qu'en écoulant des vases d'or volés au Trésor. Quelqu'un l'aura appris et menacé de révéler la vérité. Dieu, dans sa justice immanente, l'a châtié comme il se doit.

— N'as-tu rien observé d'autre, quelque chose qui vaudrait la peine d'être remarqué ?

— La richesse de sa maison, qui provient à coup sûr de ses malversations.

— Certes…

Watson considéra son ami qui paraissait satisfait de sa réponse. Il en éprouva une grande fierté. Bien sûr, il n'était pas aussi perspicace que lui, mais à l'occasion il savait également tirer des déductions à partir de simples faits.

Ils arrivèrent au pont dont la moitié des échoppes étaient fermées. En dix ans de guerre civile et d'émeutes, beaucoup de changeurs avaient été occis ou avaient préféré quitter Paris. De plus, le métier périclitait car de moins en moins de marchands forains ou de voyageurs venaient à Paris et, avec les nouveaux décrets sur la monnaie, personne ne désirait faire connaître ce qu'il possédait.

La boutique à l'enseigne des Trois-Coquilles, celle où Watson s'était rendu quelques mois plus tôt, était la dernière du pont. Elle possédait un soubassement de pierre avec un étal d'une toise de large peint en vert. La porte attenante était découpée en deux parties dans la hauteur.

Fort exiguë, l'officine avait pour unique ameublement un placard de fer scellé au mur, des étagères montrant quelques pièces d'orfèvrerie en argent et une tablette supportant des coffrets et une balance à plateaux.

Devant l'étal, un client comptait les pièces que le changeur avait déposées sur un tapis vert. Dans le dos du boutiquier, son épouse, revêtue d'une robe rouge et d'une coiffe blanche, remplissait un livre de comptes, assise devant un pupitre.

Le client ramassa sa monnaie et partit.

Coiffé d'un feutre à calotte ronde, le marchand arborait une robe capitonnée couleur olive avec col et extrémité des manches en fourrure. C'était un homme vigoureux, au visage triangulaire, à la bouche fine et au regard pénétrant. Il reconnut Watson et lui sourit.

— Dieu vous garde, mon maître, avez-vous quelque objet à me proposer ? demanda-t-il d'une voix chuintante.

— Dieu vous salue aussi, maître changeur, dit Watson. Aujourd'hui, c'est mon ami qui a besoin de vos conseils.

— De conseils, c'est tout ? s'enquit le commerçant, déçu.

Holmes déposa la besace sur la table.

— Mon maître, j'ai là-dedans un objet dont il me faut connaître la valeur. Mais je ne souhaite pas le montrer dans la rue. En échange de votre estimation, je vous remettrai un gros blanc.

Le changeur hésita. Il n'avait pas pour habitude de faire entrer quiconque dans sa maison, les risques étaient bien trop grands avec ce qu'il conservait.

Watson devina sa crainte.

— Mon ami se nomme Edward Holmes, nous logeons à la maison à la Corne-de-Cerf, dans la rue du Coq. Nous sommes anglais tous deux, et hommes honorables. Edward est le frère du baron de Roos, qui fut maréchal d'Angleterre. Il aurait pu aller demander conseil à un autre changeur, mais je lui ai dit que vous étiez quelqu'un de confiance. Cependant, si vous ne voulez pas traiter avec lui, nous irons en face.

L'épouse s'était approchée.

— J'ai entendu parler de maître Holmes par maître Pigache, intervint-elle. N'est-ce pas vous qui connaissez le fils de maître Girard[1] ?

Pigache était un autre changeur du pont au Change, un des riches bourgeois qui avaient participé au complot Mortimer. Le fils du drapier Girard, qu'Edward avait laissé libre après lui avoir sauvé la vie, avait dû raconter ce qu'il savait.

— Je l'ai rencontré, en effet, répondit Holmes avec prudence.

— On dit que vous obtenez des lettres de rémission aussi facilement que le Seigneur fait tomber la pluie, plaisanta-t-elle d'une voix flûtée.

— Peut-être pas si facilement, gente dame, sourit Holmes. De plus, je ne crois pas que vous en ayez besoin.

Le changeur esquissa un sourire. Grâce aux dires de sa femme, la confiance s'installait. Il ajouta pourtant :

— Mais le gros de vingt deniers tournois n'en vaut plus que cinq, mon maître.

— Malgré tout un gain rapide pour une simple estimation, ne croyez-vous pas ?

L'homme hocha la tête en acceptant la réponse, même s'il avait espéré obtenir plus. Il alla ouvrir la porte.

Le sol de la boutique était revêtu de grands carreaux de terre cuite. Juste derrière, un escalier étroit avec une rampe d'appui à balustres, montait raide. Le marchand leur demanda de l'emprunter et les suivit tandis que son épouse refermait l'huis et poussait les verrous.

Les maisons étaient étroites sur le pont au Change. L'étage ne comprenait qu'une chambre avec, par-derrière, une petite garde-robe ou un cabinet.

1. Voir *Une étude en écarlate*, *op. cit.*

Ils pénétrèrent dans une sombre pièce meublée d'un lit, d'une huche, d'un dressoir, d'un comptouer[1], d'une monstre[2] grillagée et de quelques tabourets.

Le changeur désigna la table bureau et alla ouvrir la fenêtre aux carreaux en vessie de porc pour laisser entrer la lumière. Holmes sortit le ciboire de la besace et le posa sur le comptouer.

Le marchand plissa le front en secouant la tête.

— De l'or ? Je ne peux l'acheter, messire, je n'en ai pas les moyens.

— Je ne le vends pas, mon bon maître, je veux seulement savoir s'il s'agit d'or.

L'autre lui jeta un regard mi-inquiet, mi-contrarié. Il devinait quelque intrigue qui lui déplaisait. Ce calice provenait d'une église, de la cathédrale peut-être. S'agissait-il d'un vol ?

— Je vous en prie, sachez que j'effectue ici une démarche officielle, dit Holmes qui avait perçu son alarme. Toutefois, personne ne doit prendre connaissance de ce que je vous demande.

Quelque peu rasséréné, le changeur saisit la coupe et la soupesa un moment, la faisant passer d'une main à l'autre, puis il essaya de la garder en équilibre à partir de la tige et du nœud. Il ouvrit ensuite un coffret sur la table et en sortit un petit morceau de céramique qu'il frotta sous le pied.

— Regardez ! fit-il à Holmes.

La pierre gardait une minuscule traînée noirâtre.

— De l'or des fous, ricana le changeur. En d'autres termes, une peinture.

— Je m'en doutais, pourtant son poids…

1. Table bureau.
2. Vitrine.

— La coupe doit être en étain, peut-être en cuivre, mais je penche pour l'étain. La tige et le nœud contiennent du plomb. Dans l'ensemble, le vase pèse à peu près comme de l'or, mais il est déséquilibré.

— Qui peut fabriquer ce genre de calice ?

— Il est interdit de dorer ainsi. Je ne peux donc vous répondre. Des orfèvres vous en apprendront plus.

— Avez-vous des noms à me proposer ?

— Il n'y a plus beaucoup de joailliers à Paris avec la misère qui règne.

— Mais il reste d'honnêtes marchands, j'ai besoin d'en savoir plus, insista Holmes en sortant un gros en bel argent.

Le changeur le prit.

— Simon de Martroy et Mathieu Gaucher, marchands maîtres orfèvres sur le pont Notre-Dame, sont des gens de confiance. L'un est à l'enseigne du Sagittaire et l'autre au Moulin-Vert. Sinon, voyez Dreux Lallemand qui a sa boutique rue Quincampoix, à l'enseigne de l'Éperon, ou Germain Feret, rue des Arcis, à l'enseigne de l'Échiquier. Les autres, je ne vous les recommande pas. D'ailleurs, ils ne travaillent presque plus. Sans la cour, sans notre noblesse, sans les abbés et les prieurs qui apprécient l'orfèvrerie, il ne reste plus guère de clients.

— Autre chose : ces orfèvres achèteraient-ils cette coupe si elle était en or ?

— Certainement.

5

Dédiée à la Vierge, l'église inférieure de la Sainte-Chapelle était destinée aux habitants de la cour du Palais et on y pénétrait donc sans difficulté.

Chuffart et le maître-gouverneur attendaient Holmes et Watson en bavardant. Les apercevant, Blanchard s'avança vers eux. Il paraissait soulagé, et annonça à mi-voix :

— Dieu soit loué, tout n'aura été qu'un cauchemar ! Ne manque aucun vase, sauf celui que vous avez emporté (rapide coup d'œil à la besace dont la forme bombée le rassura). Le ciboire de saint Médard se trouve dans l'armoire, à sa place.

— Puis-je aller le voir ? lui demanda Edward.

— Si vous voulez, mais cela ne vous apprendra rien.

Devant l'air préoccupé de Holmes, le chancelier Chuffart s'approcha pour l'interroger.

— Qu'avez-vous appris ?

— Je vais vous le révéler, mais rendons-nous d'abord à la sacristie. Inutile qu'on nous entende.

Ne comprenant pas l'attitude du clerc anglais, Blanchard, de nouveau inquiet, plissa le front. Mais il parvint à se rassurer puisque tous les vases étaient là.

Il passa en tête et se dirigea vers l'abside. À l'extrémité de la travée de gauche se trouvait une porte de fer. Prenant son trousseau, il introduisit une clef dans la serrure et fit jouer un mécanisme compliqué. L'huis étant déverrouillé, il le tira et entra dans un corridor.

Le passage débouchait dans une salle basse avec un mur peint en bleu parsemé de fleurs de lys. Les trois autres étaient couverts d'armoires en fer disposées le long d'une galerie surélevée. Chapiteaux et clefs de voûte étaient dorés, comme dans la Sainte-Chapelle. Des motifs végétaux sur fond rouge décoraient les arcades.

Dans un angle débouchait un escalier circulaire. La garde avait dû les entendre car un archer apparut.

— Maître Holmes, un clerc fort savant, qui souhaite voir les armoires, m'accompagne. Vous pouvez nous laisser, je refermerai en partant.

Le garde hocha la tête, non sans avoir dévisagé les deux Anglais, et remonta.

— La salle située au niveau de la chapelle consacrée à la Sainte Couronne et à la Sainte Croix[1] accueille les actes et les sceaux royaux, ainsi que les reliquaires. Comme elle est plus lumineuse et plus confortable que celle-ci, c'est là que se tiennent les archers de garde, expliqua le maître-gouverneur.

Il se dirigea vers une armoire et, avec sa clef, en ouvrit la porte de chêne parée de fer. Sur des étagères s'alignaient ciboires, plateaux, calices et vases, tous en or ou en argent, certains richement décorés de pierres précieuses et rares.

— Baillez-moi le calice, je vous prie, demanda le maître-gouverneur. Sa place est ici, entre ces deux vases.

1. La chapelle de l'étage.

Holmes ne bougea pas, s'abîmant dans le silence.

Chuffart le considéra avec surprise, ne comprenant pas le refus de l'Anglais de remettre le vase. Le maître-gouverneur fronça les sourcils et ouvrit la bouche pour insister, mais le clerc intervint avant lui :

— Montrez-moi le ciboire de saint Médard, messire.

Interloqué, Blanchard désigna une coupe tout en or, sans la moindre décoration. Comme celle de Marc, elle possédait un large pied et une tige épaisse.

Holmes prit le vase, le soupesa et le manipula de diverses façons sous le regard déconcerté des deux chanoines. Puis il le reposa.

Il sortit alors le calice de saint Marc de la besace et le mit à sa place en déclarant :

— Ces deux coupes ne sont pas en or mais en étain doré.

— Quoi ?

— Vous m'avez bien entendu. D'ailleurs, d'autres sont peut-être aussi des faux, vous devrez vérifier avec un orfèvre.

— Billevesées ! éclata Blanchard.

— Libre à vous de me croire ou non. Avec mon ami Watson, nous sommes allés interroger un changeur du Grand-Pont qui m'a confirmé ce que je pensais. La coupe est en étain, peut-être en cuivre, l'intérieur de la tige est en plomb. Il s'agit du travail d'un artisan habile. Grattez le fond du pied et vous verrez que ce n'est que de la peinture.

— Je… Je ne vous crois pas… balbutia Blanchard qui voyait son monde s'écrouler.

Un lourd silence s'abattit. Watson guettait les réactions des deux chanoines, mais seul le désespoir s'affichait chez le maître-gouverneur. Chuffart se frottait le menton, évaluant les conséquences d'une aussi incroyable affaire. Finalement, il déclara :

— Si vous avez raison, tout s'explique, hélas ! Testard conservait cette fausse coupe car il venait de l'obtenir du faussaire. Il devait donc détenir la véritable, ainsi que celle de saint Médard. Celui qui a écrit le billet le savait. Comment ? Il s'agit d'un mystère qui sera difficile à percer. Mais à coup sûr Testard s'est rendu au rendez-vous avec les deux vases en or. Et on l'a tué après les lui avoir pris.

Blanchard ferma les yeux et, lentement, hocha la tête.

— Pardonnez-moi, maître Holmes, murmura-t-il. Une nouvelle fois j'ai mis en doute votre sagacité. Je crains que vous n'ayez raison. La colère et la honte me serrent à la gorge quand je pense à ce qui s'est passé, à ces friponneries commises sous mes yeux sans même que je m'en rende compte. Il faut maintenant examiner un par un les vases de l'armoire pour savoir si ce félon de Testard en a volé plusieurs.

Edward l'approuva, malheureusement certain de découvrir d'autres rapinages.

Après un long examen, il parut évident que huit vases étaient en étain et en plomb. Cela représentait une fortune de plusieurs centaines de livres. Blanchard demeura décomposé.

— Je vais reprendre le calice, décida Holmes. J'ai des questions à poser à quelques marchands.

— À qui ? demanda Chuffart.

— Ce n'est pas tout d'avoir volé ces vases. Testard a dû ensuite les vendre, peut-être à bas prix. Or, qui achèterait facilement ces pièces ?

— Des orfèvres…

— En effet. Messire Chuffart, je serai occupé toute la journée. Je passerai chez vous ce soir afin de vous rendre le faux calice et vous informer de ce que j'aurai appris.

— Je souhaite vous accompagner, décréta Blanchard.

— Voilà une mauvaise idée. On vous connaît et personne ne doit se douter de ce qui s'est passé. Peut-être est-il encore possible de retrouver ces pièces, bien que j'en doute.

6

— Maître Simon de Martroy ?

— C'est moi.

— Je suis chanoine à Saint-Victor…

— Je ne vous ai jamais vu… observa l'orfèvre, le visage imperscrutable.

— C'est normal, je suis anglais et me nomme Hugues Doyle, je viens de l'abbaye de Glastonbury.

L'orfèvre hocha doucement la tête. Il avait entendu dire que le régent Henri V avait déjà fait nommer des fidèles comme chanoines dans des abbayes normandes et picardes.

C'était un homme jeune. Il portait un chaperon dont la bande lui pendait sur l'épaule et une robe cramoisie recouverte d'une pelisse sans manches. Plusieurs bagues ornaient ses doigts. Son épouse et un jeune garçon, à coup sûr son fils tant il lui ressemblait, polissaient des plateaux d'argent. Dans l'arrière-boutique, surélevée de quelques marches, on voyait un compagnon et un ouvrier s'activer sur une petite forge. Ces deux-là devaient loger sur place, le maître leur devant feu, lit, nourriture et lumière en échange de leur travail.

— Voici ce qui m'amène, je suis chargé des vases liturgiques et l'un d'eux a attiré mon attention.

L'abbaye l'a acheté il y a peu et je crains qu'il ne soit faux.

L'orfèvre le considéra un moment, hésitant à faire entrer un inconnu. Puis il balaya d'un regard les alentours et ne vit rien d'anormal. Peu de badauds sur le pont. Le plus proche était un rouquin, à quelques toises, mais il s'intéressait à l'étal d'un de ses confrères. Il s'agissait d'un homme d'armes ou d'un gentilhomme car il portait épée. Nullement un truand.

Devinant les craintes du marchand, Holmes écarta le cordon du sac et montra rapidement la coupe.

— Entendu, fit l'orfèvre. Entrez et nous discuterons dans ma salle.

Son épouse et son fils restant devant l'étal, l'orfèvre alla à la porte qu'il déverrouilla. Holmes entra et le marchand referma avec soin. Il montra au visiteur la direction de l'atelier.

Ils traversèrent la petite salle et pénétrèrent dans une pièce en saillie, au-dessus de la rivière, sur laquelle ouvraient deux baies de croisées. L'intérieur était en boiseries de chêne avec des paysages peints. Une poulie supportée par une barre de fer permettait de tirer de l'eau directement dans la rivière.

Holmes déposa sa besace sur un comptouer à deux guichets et sortit le vase qu'il tendit à Simon de Martroy. Ce dernier n'eut pas à l'examiner longtemps.

— Faux, il l'est sans aucun doute. Une belle pièce, mais coulée en étain et en plomb. Qui vous l'a vendu ?

— Je ne peux vous le dire. Vous est-il arrivé qu'on vous propose de tels objets ?

— Rarement, et je n'en achète jamais. Il est interdit de teinter d'or l'étain.

— Quel artisan peut produire un tel résultat ?

Martroy ne répondit pas tout de suite. Même si on distinguait sa tonsure sous son bonnet, cet homme n'était pas chanoine à Saint-Victor et ne s'occupait pas des vases sacrés. Il venait pour tout autre chose. Une enquête conduite par le roi d'Angleterre ? Possible. Or l'orfèvre ne souhaitait pas contrarier les nouveaux maîtres du royaume et il préféra jouer le jeu ; d'ailleurs il n'avait rien à cacher. En principe.

— Un potier d'étain adroit.

— Vous en connaissez ?

— Il n'y en a plus beaucoup.

— Donc, il en reste.

— En effet. Mais cela m'ennuie de livrer des noms d'honnêtes artisans.

— Je le comprends. Je vous promets que je ne parlerai pas de vous.

Le ton était devenu plus dur.

— Colin du Puis, qui a échoppe sous les piliers des Halles, à l'enseigne de la Cloche d'Or près de la rue de la Ferronnerie, en serait capable. J'ai parfois eu besoin de son aide pour de grosses commandes. Il est fort habile à la forge. Sinon, voyez Raoulet Petart, rue Saint-Jacques à l'enseigne de la Croix-Blanche, ou Jean de Meaux, rue Saint-Antoine.

Holmes replaça le calice dans le sac et s'abîma un moment dans ses pensées devant les objets exposés dans une monstre protégée par une solide grille et deux serrures.

— Imaginons que cette coupe soit en or, dit-il. Si on vous la proposait, l'achèteriez-vous ?

— Tout dépend du vendeur. S'il offre des garanties, sans doute. Encore faudrait-il que le prix soit raisonnable. Je préfère acheter des gobelets, des tasses ou cuillers. Une telle coupe peut valoir trois cents livres et je n'en dispose pas. Mais je pourrais la payer cent livres. Peut-être.

— Vous propose-t-on souvent de l'orfèvrerie ?

— Cela arrive, car tout le monde a besoin d'argent. Mais beaucoup de vendeurs ne sont que des larrons et des gens sans aveu qui tentent d'écouler leurs larcins, cela au grand déshonneur de Dieu. En général, ces gens-là cherchent à vendre leurs rapines en les proposant au bout du pont Notre-Dame. Hélas, le prévôt n'agit guère, bien qu'il soit fait défense de vendre pièces d'or, d'argent, perles et pierreries si l'on n'est du corps de l'orfèvrerie.

— Comment peut-on dorer l'étain ?

— Je vous l'ai dit, c'est interdit, mais le procédé est assez simple. Par exemple, avec de la gomme arabique réduite en poudre, puis dissoute dans de l'eau-de-vie avec de l'or en poudre. On laisse reposer le mélange avant de l'appliquer avec un pinceau. Après quoi, il suffit de polir le métal peint. Mais le poids de l'objet permet toujours de déceler la fraude, c'est pourquoi il faut un artisan habile qui aura placé du plomb à l'intérieur de l'objet, ici dans la tige.

— On pourrait faire fondre cette coupe, si elle était en or, et vendre le métal, observa Holmes.

— On pourrait.

— Vous l'achèteriez plus facilement…

— Beaucoup achètent l'or ainsi, en particulier les maîtres de la monnaie[1].

— Merci, maître Martroy. Vous m'avez beaucoup appris.

1. Les maîtres de la monnaie avaient reçu l'affermage de la fabrication des pièces, ils avaient donc besoin d'or et d'argent en lingots.

— Vous n'êtes point chanoine de Saint-Victor, n'est-il pas vrai ?

— Je préfère vous le laisser croire, répondit Holmes en le saluant et en se dirigeant vers l'échoppe.

Il sortit dès qu'on lui eut déverrouillé la porte. Watson se trouvait du côté de la rive droite. Edward Holmes se dirigea vers lui et lui glissa sans s'arrêter :

— Reste un moment, tu me retrouveras chez Dreux Lallemand, rue Quincampoix.

La boutique à l'enseigne de l'Éperon avait belle allure avec ses colombages peints et dorés. Holmes se présenta de la même façon à un orfèvre qui avait tout du colosse. Pas d'épouse, ou alors elle était absente, mais un commis et un compagnon à la forge.

L'orfèvre le fit entrer et regarda le calice dans son ouvroir. Il se mit aussitôt à rire si fort que l'ouvrier en fut distrait.

— À qui les chanoines ont-ils acheté ça ?

— Un orfèvre itinérant.

— Un larron sans aveu, plutôt ! Ils n'ont pas dû le payer cher et ont cru faire une affaire. Ce vase ne vaut pas douze deniers ! Vous direz à vos amis que, la prochaine fois, ils s'adressent à un membre de notre confrérie.

Dreux Lallemand avait l'air satisfait de la tromperie qui servirait de leçon aux moines trop avides.

— C'est cependant du beau travail, objecta Holmes.

— Du travail de potier d'étain, rétorqua l'autre en haussant les épaules.

— Qui a pu faire ça à Paris ?

— Je l'ignore, je ne m'intéresse pas aux potiers d'étain. N'avez-vous pas un prévôt pour retrouver votre vendeur ?

— Je n'étais pas certain que ce vase fût en étain.

— Allez vous plaindre à l'official ou au bailli de l'évêché, peut-être y connaît-on votre fripon.

— Je le ferai. Mais, dites-moi, achetez-vous parfois des vases en or ?

— Comme celui-là ?

De nouveau, il s'esclaffa à gueule bec.

— Les mêmes, mais en or, insista Edward.

— Jamais ! C'est bien trop cher pour moi.

Holmes eut la nette impression que l'orfèvre se moquait. Il le remercia, reprit son vase et s'en alla.

Watson se trouvait à quelques toises. Il lui passa devant en murmurant :

— Personne ne m'a suivi ?

— Personne.

— Je vais aux piliers des Halles. Simon de Martroy m'a parlé d'un potier d'étain capable de fabriquer notre calice. Sa boutique est à l'enseigne de la Cloche d'Or. Je t'attendrai un moment à l'angle de la rue de la Ferronnerie.

Holmes avait choisi cet étainier car sa boutique ne se trouvait pas loin. Il se rendrait ensuite chez Germain Feret, rue des Arcis.

7

Plus tôt le matin, en se rendant au pont Notre-Dame, Holmes avait expliqué à son ami :

— Mes questions vont intriguer et à coup sûr inquiéter. Si un des orfèvres que j'interroge a quelque chose à se reprocher, il me suivra pour savoir qui je suis réellement, ou il préviendra un complice. Tu verras alors sortir quelqu'un de sa boutique et tu resteras dans ses pas. Après chaque visite, je te dirai à quelle échoppe je me rends. Quand j'arriverai sur place, je patienterai jusqu'à ce que je t'aperçoive. Si tu ne te montres pas, c'est que tu seras en chasse. Alors j'arrêterai mes investigations et je rentrerai rue du Coq où je t'attendrai.

Il repéra l'enseigne de la Cloche d'Or au bout de la rue de la Ferronnerie. Il s'agissait d'une minuscule boutique serrée entre un fripier et un cuirassier.

Installé près d'une borne d'angle, il patienta en faisant semblant de s'intéresser aux étals. Cependant, il n'eut pas longtemps à attendre car, assez rapidement, il aperçut Watson qui, par un signe de dénégation, lui fit comprendre que l'orfèvre de la rue Quincampoix n'était pas sorti de chez lui. Holmes s'approcha donc de l'échoppe à la Cloche d'Or.

C'était une vieille maison à deux étages en torchis et pans de bois. Sur l'étal trônaient un pichet ciselé, une timbale gravée de personnages et un pot à eau. Sur des étagères dans l'ouvroir, on voyait des plats à venaison, une palette à saigner et des coquetiers ciselés.

Le potier d'étain discutait avec un client et Edward resta à les écouter. L'acheteur marchandait un plat. Il l'obtint en fin de compte pour un sou et quatre deniers.

— Dieu vous garde, mon maître, fit Holmes quand le client fut parti.

— Il vous salue, messire abbé, dit le potier à son tour.

C'était un jeune homme robuste, aux traits anguleux et aux yeux très clairs. Edward remarqua ses mains calleuses. Il portait une robe sombre et un tablier de cuir, cheveux rondis serrés sous un bonnet droit. Sa courte barbiche détonnait, car peu de marchands portaient la barbe.

— Vos étains sont remarquables, fit Edward, dommage qu'ils ne soient pas en or ou en argent.

— Un orfèvre vous en procurera, messire abbé.

— Je ne suis que chanoine, rétorqua le clerc. On m'a dit qu'on pouvait peindre des étains de telle sorte qu'ils paraissent en or.

— Cela se peut, en effet.

— Vous pourriez le faire ?

— Il est interdit de dorer l'étain.

— Bien des choses sont interdites, mon maître… rétorqua Holmes avec une expression complice. On les tolère cependant. Mon église a acheté un vase d'étain doré et nous en voudrions plusieurs du même genre. Nous ne sommes pas riches, mais nous devons tenir notre rang. Il suffit que les fidèles croient à notre prospérité. J'ai apporté ce calice pour savoir si vous pourriez en fabriquer un autre de la même sorte.

En parlant, Holmes défaisait le cordon du sac et sortit la coupe.

L'étainier la prit pour l'examiner. Il la fit tourner entre ses mains, la soupesa et la rendit.

— Un beau travail.

— À votre portée ?

— Hélas, non.

— Connaissez-vous quelqu'un capable de le faire ?

— Peut-être Jean de Meaux, rue Saint-Antoine.

Un nom que lui avait donné l'orfèvre du pont Notre-Dame. Holmes remit la coupe dans le sac et le remercia.

Apercevant Watson, il s'éloigna et reprit le chemin suivi afin de se rendre rue des Arcis, chez l'orfèvre Germain Feret.

None sonnait aux clochers des couvents.

La rue des Arcis se situait près de la Seine, en bas de la rue Saint-Martin. Holmes repéra l'enseigne de l'Échiquier et patienta près d'un pas de mule.

L'attente se prolongea près d'une heure sans que Watson arrive. Holmes en conclut qu'il avait suivi quelqu'un et que le potier d'étain était peut-être complice du chanoine de la Sainte-Chapelle.

Il rentra rue du Coq, affamé et assoiffé.

La cuisinière avait préparé un dîner composé de petits coquelets, de foies de volaille et de bouillon de bœuf. Holmes le dévora de bon appétit en racontant leurs pérégrinations à dame Bonacieux. Constance s'inquiétait de savoir si son cher Gower rentrerait vite. Il la rassurait quand, justement, l'archer arriva, lui aussi le ventre criant de malefaim.

Son couvert fut vite mis. Il restait un coquelet et une abondance de foies. Dame Bonacieux servit elle-même le bouillon sur le tranchoir tandis que Watson emplissait son hanap de vin.

L'ayant vidé avec un claquement de langue de satisfaction, il commença ses explications :

— À peine étais-tu parti que le potier d'étain a relevé son étal et abaissé son volet. Il a fermé sa boutique et a filé par la rue de la Ferronnerie. Je pensais qu'il voulait te suivre mais il a pris la rue Saint-Denis, puis le pont au Change. Il a traversé l'île, franchi le Petit-Pont et suivi tout droit la rue Saint-Jacques jusqu'à une taverne, le *Plat-d'Étain*, à l'angle de la rue du Plâtre.

» J'ai attendu un moment, pas loin d'une heure, mais je ne l'ai pas vu ressortir, alors je suis revenu.

— Que diable est-il allé faire là-bas ?

En même temps, Holmes se demandait si le nom du cabaret avait un rapport avec le métier de l'artisan.

— Prévenir quelqu'un de ta visite, répondit Watson. Comment s'est-il comporté quand tu lui as montré le calice ?

— Aucune réaction particulière. Il m'a dit être incapable d'exécuter un tel travail. Mais ce n'était pas ce qu'avait affirmé Simon de Martroy. Tu dois avoir raison, il a prévenu quelqu'un, mais pourquoi rester si longtemps ? Il aura perdu une demi-journée de travail.

Il réfléchit un moment avant d'ajouter :

— Si tu as terminé ta repue, repartons !

— Mais je commence à peine ! grommela Watson en balayant la table des yeux.

Constance avait déposé deux pigeons rôtis, un pâté et un plat de saucisses.

— Emporte un morceau de pain et une saucisse, tu mangeras en route !

L'archer vida un nouveau hanap de vin tandis que Constance préparait pain et saucisse.

— Quand reviendrez-vous ? demanda-t-elle.

— Je ne sais pas, mais ne vous inquiétez pas. Pour le moment, je me rends chez le chancelier Chuffart.

8

Ils partirent pour le cloître Notre-Dame dans lequel ils pénétrèrent par la porte des Marmousets. Jean Chuffart les attendait avec impatience et, dans la chambre du chanoine, les deux Anglais racontèrent leur enquête et la singulière visite de Colin du Puis à la taverne du *Plat-d'Étain*.

— Connaissez-vous ce cabaret, maître Chuffart ? demanda Holmes.

— Vaguement. Il est bien sûr fréquenté par les écoliers et les clercs de l'Université, mais on dit que des coupe-bourses y trouvent refuge. Au demeurant, la distinction entre coquins et écoliers n'est pas flagrante tant les clercs sont impudents.

— Si on y trouve des larrons, cela confirme que Colin du Puis est complice dans le vol des vases. Il faudrait que j'en sache plus sur ce cabaret et ses habitués. Et puis, j'aurai peut-être besoin d'un appui si je me rends dans ce tripot. Pourrais-je compter sur le prévôt de Paris ?

— J'en doute. Pierre Le Verrat[1], qui a remplacé Pierre de Marigny, ne s'occupe guère de l'ordre

1. Pierre Le Verrat, seigneur de Crosne, bailli de Montargis. Capitaine du château de Vincennes en 1420, il fut nommé prévôt de

public. De surcroît, en allant le voir, vous me mettriez dans un profond embarras.

— Pourquoi donc ?

— Meurtres et rapts sont du ressort de la justice du roi et non du bailli de l'évêché qui s'occupe des crimes temporels, encore que, pour la mort d'un chanoine de la Sainte-Chapelle, cela puisse se discuter devant le Parlement. Seulement, jusqu'à présent et à votre demande, j'ai ordonné silence sur la mort de maître Testard. J'avais prévu de prévenir messire Le Verrat à partir de demain. Si la justice de la vicomté de Paris apprend que j'ai caché ce crime, l'affaire ira devant la reine et le chancelier. À coup sûr, je serai désavoué.

— Une difficulté à laquelle je n'avais pas songé, grimaça Holmes. Comment faire ?

Chuffart soupira avant de proposer :

— Adressez-vous au lieutenant criminel. Dites-lui la vérité et, comme il m'est redevable de quelques services, il ne fera pas de scandale. De plus, vous le connaissez.

— L'Archer ? Je ne l'apprécie pas et n'ai guère confiance en lui. Il m'est apparu chattemite et je doute qu'il vienne à mon secours, répondit Holmes, pas convaincu.

— C'est pourtant un fidèle bourguignon et un zélé partisan des Anglais, insista le chanoine.

— Que pensez-vous du nouveau lieutenant civil ? Celui qui a remplacé Hugues Rapiout ? intervint Watson. On m'en a dit du bien.

Paris le 31 juillet 1421. Le 12 janvier 1436, il organisa la défense de la capitale menacée par le roi Charles VII. Après l'expulsion des Anglais, il dut se retirer auprès du duc de Bourgogne, dont il devint l'un des conseillers.

— Germain Rapine ? Nul doute qu'il s'agisse d'un homme honorable. Écuyer, avocat au Châtelet, il est issu d'une famille de petite mais bonne noblesse. Cependant, son ralliement à la cause bourguignonne apparaît opportuniste pour notre noble reine, bien que ce soit le duc de Bourgogne qui l'ait fait lieutenant civil pour la première fois, voici trois ans, après le massacre des Armagnacs. Il a d'ailleurs été vite remplacé pour devenir procureur du roi et on ne l'a rappelé dans cette charge que faute de meilleurs officiers[1].

— Si je le rencontre de votre part et que je le mets dans la confidence au sujet de la mort de maître Testard, il pourrait être flatté de votre confiance. Sa situation étant incertaine, il ne cherchera pas à vous nuire, suggéra Holmes.

— Possible, fit Chuffart en balançant la tête, dubitatif. Je suis un Bourguignon avéré, vous le savez, et je doute que ma recommandation lui fasse de l'effet. Néanmoins, vous pouvez essayer. Germain Rapine s'est toujours montré loyal sujet à son roi et sa reine. Dites-lui surtout que vous êtes au service de dame Isabeau.

— Entendu. Je vous laisse le calice dont je n'ai plus besoin. Où loge le lieutenant civil ?

— Rue de la Verrerie, la maison à l'enseigne du Soleil. Confisquée à Miles Baillet[2], elle lui a été baillée par notre roi contre trente-deux livres parisis par an.

Le chanoine le raccompagna jusqu'à sa porte.

— Faites très attention, maître Holmes. N'oubliez pas la fin de Testard, et que prudence est mère de sûreté.

1. Il deviendra maître d'hôtel du roi Charles VII, avocat à la cour du Trésor et ambassadeur.

2. Trésorier de Charles VI.

Rue de la Verrerie, le soubassement et le premier niveau de l'hôtel à l'enseigne du Soleil étaient en pierre et les deux suivants en colombages peints et décorés. L'escalier desservant les étages se trouvait à l'intérieur d'une tourelle dans la cour, accolée à la bâtisse.

Holmes et Watson se présentèrent comme envoyés par la reine Isabeau. Impressionné, le majordome les fit patienter dans une salle basse meublée de coffres et de bancs. Il revint peu après et, par la tour, les guida au premier étage, dans une salle haute où les attendait un homme de petite taille au regard incisif. Il portait un long pourpoint à collet droit vert pomme, matelassé de boudins verticaux, serré à la taille et au torse, avec des manches écarlates boutonnées sur les avant-bras. Par-dessus, il arborait un mantelet violet à larges emmanchures et au col fourré de petit vair. Une dague de belle taille et une boursette avec des clefs pendaient à sa ceinture. Ses chausses étaient de soie avec des souliers à boucles et il était coiffé d'un chaperon à cornette enroulée sur un bourrelet. Près de lui se tenaient deux écuyers en surcot aux armes de Paris.

Holmes et Watson s'abîmèrent dans une profonde révérence.

— Que le Seigneur vous garde, très honoré seigneur, commença le clerc. Je me nomme Edward Holmes. Mon compagnon Gower Watson…

— Vous êtes anglais ? s'enquit sans ambages le lieutenant du prévôt.

— Nous le sommes. J'ai été l'intendant du baron de Roos.

— Vous avez déclaré venir de la part de notre noble reine, observa le lieutenant civil d'un ton contrarié.

— J'ai eu l'occasion de rencontrer plusieurs fois la noble et généreuse dame Isabeau, messire, et j'avoue avoir utilisé son nom pour vous rencontrer.

Germain Rapine devait avoir dans la trentaine. Son visage, déjà peu avenant, se ferma.

— Expliquez-vous !

— Je suis clerc et on fait parfois appel à moi pour régler des situations délicates, messire. On vient de me confier une affaire singulière pour laquelle je viens implorer votre aide.

Le lieutenant civil resta impassible.

— Il s'agit d'une enquête fort confidentielle dont la reine souhaitera connaître le résultat.

Rapine fit un signe de la main aux écuyers, leur demandant de s'éloigner. Pour Holmes, ce signe signifiait également qu'il acceptait d'être mis dans la confidence.

— Un crime a eu lieu hier, messire. Le corps d'un chanoine de la Sainte-Chapelle a été découvert sur la motte aux Papelards.

L'officier royal fronça les sourcils.

— J'ai entendu parler d'un chanoine blessé...

— Sa mort ne sera révélée que demain. Maître Chuffart préviendra lui-même le prévôt de Paris...

— Je suis fort fâché d'apprendre une telle nouvelle de votre bouche, maître Holmes, le coupa fort sèchement Rapine. Un chanoine blessé, cela dépend de l'official ou du bailli de l'évêque. Mais un meurtre relève toujours du prévôt de la vicomté de Paris.

— Vous dites vrai, messire. C'est la raison pour laquelle j'ai demandé au chancelier Chuffart de vous mettre dans la confidence. Pour l'heure, à part mon ami Watson et moi-même, seules deux personnes sont informées de cette mort : le chancelier de Notre-Dame et le maître-gouverneur de la Sainte-Chapelle. Vous serez la troisième. Vous devinez bien que ce crime complique la situation de l'Église de Paris, alors que l'évêque va être confirmé contre l'avis du roi d'Angleterre.

Holmes en avait trop dit pour ne pas piquer la curiosité du lieutenant civil, somme toute flatté qu'on fasse appel à lui sans passer par le prévôt.

— Pourquoi attendre avant de révéler cette mort ? s'enquit-il.

— Ce délai me permettra peut-être d'identifier l'assassin, si j'obtiens votre aide.

— De quelle manière ?

— Dans l'enquête que j'ai conduite, un homme m'est apparu suspect. Il s'est rendu cet après-midi dans une taverne à l'enseigne du *Plat-d'Étain*, rue Saint-Jacques. J'ignore tout de ce cabaret et j'ai pensé que vous pourriez me révéler ce que vos sergents savent sur cet endroit.

Rapine s'accoisa[1]. Le *Plat-d'Étain* était fréquenté par les plus turbulents des écoliers de l'Université. Les prévôts de Paris avaient souvent été mis en cause, voire en accusation, pour s'être opposés aux franchises des étudiants. Ceux-ci, clercs ou assimilés, bénéficiaient du double privilège de juridiction, celle du prévôt et celle de l'Église – *privilegium fori et privilegium canonis* – quand ils commettaient des troubles. Ils abusaient évidemment de cet avantage.

Si ce chanoine avait été tué par un écolier tonsuré, n'était-il pas prudent de rester à l'écart de cette mauvaise affaire ? De plus, ce Holmes était anglais,

1. Resta silencieux.

or si un Parisien ne portait pas les Anglais dans son cœur, c'était bien lui. Une autre bonne raison pour ne pas se mêler de cette fâcheuse histoire tant qu'il n'aurait pas reçu des instructions du prévôt de Paris.

Cependant, Germain Rapine savait aussi combien l'attribution de sa charge était fragile. La reine se méfiait de lui et ne l'avait accepté que par défaut comme lieutenant civil. Ce Holmes pourrait peut-être conforter sa position, si tant est qu'il soit bel et bien apprécié de dame Isabeau.

Il décida finalement de s'avancer, mais avec une excessive prudence.

— Le *Plat-d'Étain* est en effet un établissement que mes sergents surveillent, dit-il. Je demande chaque jour les noms de ceux qui y logent, bien que cette liste se montre souvent incomplète.

Il marqua une pause avant d'ajouter :

— Je peux cependant vous révéler ceci : mes espions ont aperçu plusieurs fois Grand Collet au *Plat-d'Étain*.

— Le fameux larron, le chef des Tricoteurs ! intervint Watson.

— Lui-même. Ce renseignement peut-il vous être utile ?

Holmes ne répondit pas tout de suite. Son esprit s'activait. L'apparition du chef de bande dans la mort du chanoine à la lèvre tordue éclairait l'affaire sous un autre jour. Surtout, elle le confortait dans ses déductions.

— M'apporterez-vous votre aide si je vous livre Grand Collet en échange, messire Rapine ?

— Difficile. Les clercs de l'Université ont une fâcheuse tendance à s'en prendre aux sergents du roi prétextant de leurs privilèges ecclésiastiques. Je ne peux agir qu'avec modération, sauf à intervenir en flagrant délit.

— Laissez-moi vous dire ce que je compte faire, et en quoi j'ai besoin de vous… Vous déciderez ensuite.

Vêpres approchait quand ils quittèrent l'hôtel du lieutenant civil. Le temps filait bien trop vite, songeait Holmes et, à sa demande, Watson fit presser son cheval pour se rendre dans la ruelle des Vieilles-Étuves-Saint-Honoré. C'est là que Holmes se baignait et se faisait raser et tonsurer. Mais ce soir-là, il demanderait tout autre chose.

Ils rentrèrent deux heures plus tard à la maison à la Corne-de-Cerf après un arrêt dans une curieuse échoppe.

9

La salle du *Plat-d'Étain* regorgeait de monde. Pourtant ce n'était pas un cabaret bien pompeux : quatre tables de longueurs différentes, un plafond noirci par la fumée, un escalier si raide qu'il ressemblait à une échelle, une cheminée dans laquelle était pendue une marmite contenant un bouillon touillé de temps en temps par l'aubergiste, voilà ce qu'on découvrait en entrant.

Les murs lépreux, couverts de crasse, ne supportaient que quelques lanternes à chandelles de suif qui faisaient danser les ombres. Entre l'escalier et la cheminée, des planches mal dégrossies posées sur deux vieux tonneaux supportaient des pots de bois et des cruches de terre cuite.

Sur les dalles de pierre du sol s'étalait une paille souillée. Le lieu dégageait un remugle écœurant de sueur, de vinasse et de relents de cuisine.

À la plus grande des tables, une douzaine d'écoliers et de clercs avinés rimaillaient, chantaient et riaient à gueule bec avec trois drôlesses qui laissaient palper leurs seins généreux à travers leur corsage. Parfois, l'un des garçons se levait et partait coqueliquer avec une des paltonières sous les clameurs de ses camarades.

La deuxième table rassemblait quelques manouvriers et colporteurs de passage. Un camelot avait posé près de lui des lanternes en corne, un autre gardait sa hotte de mercerie dans son dos, un troisième proposait des souricières et de la mort-aux-rats. Celui-là avait laissé contre un mur la perche à laquelle étaient suspendus plusieurs gros mulots, preuves de l'efficacité de ses poisons. Lui-même portait un long rat naturalisé à la taille de son sayon de laine et s'était présenté à ses compagnons de tablée comme le « Fléau des rongeurs », ce qui les avait fait rire, bien que la plupart n'aient pas le cœur joyeux. Ils parlaient peu, se contentant de boire la piquette dans leur pot en espérant que l'ivresse leur ferait oublier leur misère.

À la troisième se tenaient cinq fripons hâves et déguenillés, avec des figures terribles et des yeux de loup. Ils clabaudaient à voix basse en jouant aux dés et aux cartes. L'un était borgne, un autre manchot, plusieurs essorillés. Certains gardaient leur tricot, un long bâton ferré, à portée de main. Tous possédaient de longs couteaux soit à leur taille soit posés devant eux.

À la dernière table, deux moines bedonnants souriaient, béats, devant une ribaude flétrie qui retroussait sa robe en leur faisant des propositions. Ce tableau serait incomplet si l'on oubliait de mentionner les deux chiens faméliques en train de ronger des os près du feu.

La porte s'ouvrit et un nouveau religieux pénétra. En chape sombre sur sa soutane, coiffé d'un chapeau plat à large bord porté en arrière et révélant sa tonsure, il balaya la salle des yeux avant de se rendre, en boitillant et se tenant le flanc, jusqu'à la table des religieux. L'un des frocards se levait justement pour aller s'escambiller avec la bagasse. Le couple fila à l'étage et le prélat au chapeau plat s'assit à sa place.

Si les écoliers, les clercs, les crocheteurs et les colporteurs avaient ignoré le nouveau venu, ce n'était pas le cas des truands qui le considéraient avec attention.

Le gargotier, un homme énorme avec des jambes comme des barriques, s'approcha du religieux au chapeau plat et, d'autorité, emplit le pot vide abandonné par le moine parti paillarder.

— Vous voulez de la soupe, l'abbé ?

— Non, j'attends quelqu'un.

Le client posa un neret[1] sur la table et le cabaretier l'empocha sans rien dire, ne s'attardant qu'un bref instant sur le visage singulier du nouveau venu. En effet, la bouche de ce religieux était déformée par une cicatrice qui lui relevait la lèvre supérieure, le forçant à une éternelle grimace.

Tête baissée, le religieux s'efforça de boire l'infâme piquette au goût amer. À la table des truands, l'aubergiste dit quelques mots et le borgne se leva pour disparaître par l'escalier.

Soudain, un banc fut renversé avec fracas, puis des torrents d'injures fusèrent de la table des écoliers. Deux clercs se levèrent, couteau à la main, agressifs et prêts à en découdre.

— Sale trogne vérolée, excuse-toi !

— M'excuser ? Mais par les tripes de Dieu ! Je vais plutôt t'étriller, conchieur !

Les godinettes s'enfuirent en hurlant, tandis que plusieurs écoliers s'esclaffaient.

1. Denier en billon (alliage contenant du cuivre et un peu d'argent), qu'on appelait aussi denier noir.

Dressés comme des coqs, les deux combattants se tournèrent un moment autour, puis l'un d'eux se fendit et balafra le bras de son adversaire en lançant :

— Prends ça, suppôt de Satan !

Un clerc plus âgé cria :

— Assez, le sang a coulé !

Mais le blessé ne l'écouta pas. Il changea sa dague de main et allongea le bras, seulement il manqua son ennemi qui lui planta son couteau dans la panse.

L'autre s'écroula dans la paille, le sang jaillissant de son petit ventre.

Deux colporteurs se levèrent pour vider les lieux, imités par les crocheteurs qui détalèrent aussi vite. Le guet allait arriver et ceux qui se trouveraient dans le cabaret pourraient bien finir à la hart. Les clercs s'égaillèrent à leur tour, mais le cabaretier en retint deux par le col tandis qu'un des truands avait saisi le meurtrier et lui tordait le bras.

À ce moment, un homme descendit par l'escalier. Chausses noires et pourpoint de même couleur avec un grand collet qui lui montait aux oreilles. Il s'agissait à l'évidence du bandit qui terrorisait Paris, le fameux Grand Collet, car, lorsqu'il arriva dans la salle, chacun put se rendre compte que la bande de son chaperon lui couvrait le visage jusque sous les yeux. On ne pouvait distinguer ses traits.

— Que s'est-il passé ? gronda-t-il.

— Les écoliers, messire. Ils se sont battus, affirma le cabaretier.

Le blessé s'étouffait, la bouche pleine de sang, les yeux vitreux.

— Vous, les jouvenceaux, ordonna l'homme en noir, prenez votre compère et allez le jeter dans la rivière. Je veux plus jamais vous voir ici. Martin (il s'adressait à l'aubergiste), après leur départ, tu fermeras la porte et tu mettras les barres.

Les garçons obéirent sur-le-champ et Collet s'approcha du religieux à la lèvre tordue pour s'asseoir en face de lui. Le frocard qui se trouvait à la table avait disparu.

— Que fais-tu ici, compère ? interrogea le chef de bande.

— Je suis venu chercher un ami, répondit le révérend.

Rire grinçant de l'estropiat.

— Plutôt un ennemi… précisa-t-il.

— Un ennemi ? fit le religieux en haussant les sourcils.

— Oui. Tu vois cet escalier ? Monte et attends-moi en haut, on va parler.

L'homme à la lèvre tordue se vit alors entouré par les truands qui avaient abandonné leur table. Le borgne les avait rejoints.

Le chef de la bande ayant quitté son siège, le religieux se leva à son tour, lentement, tenant son flanc et grimaçant.

— Presse-toi ! gronda le truand.

— J'essaie, seigneur, mais j'ai été blessé et ma navrure est douloureuse.

Après un dernier regard aux colporteurs, il se dirigea vers l'escalier.

Il s'y trouvait à quelques pas quand le moine et la jeune ribaude descendirent. Les découvrant, Grand Collet ordonna :

— Le frocard, disparais ! Et toi, Jeanneton, retourne à l'étage.

Le moine se précipita vers la porte d'entrée, que le cabaretier n'avait pas encore close, et la nommée

Jeanneton se glissa dans un coin sombre, sans obéir à l'ordre du truand.

Le religieux au chapeau plat la considéra un instant, puis entreprit de monter l'escalier en boitillant. Grand Collet désigna trois des truands pour le suivre avant de s'approcher de la table des crocheteurs à laquelle ne restaient que le colporteur de lanternes et le marchand de souricières. Deux Tricoteurs patibulaires suivaient leur chef.

Le capitaine des larrons s'assit en face des marchands ambulants, puis ouvrit l'escarcelle qu'il portait à la taille et en sortit deux feuilles de chêne. Il les déposa devant lui et attendit. Le forain aux lanternes dénoua à son tour sa bourse et en tira également une feuille qu'il plaça dessus les autres. Le signe de reconnaissance des ribauds.

— Qui t'envoie ? s'enquit Collet, l'air satisfait.

— Boutedieu, messire. À Rouen, il m'a dit que vous pourriez me loger et me trouver de la besogne.

— Ton nom ?

— Chapelleur.

— On te cherche ?

— Oui, messire.

— Monte au deuxième étage et trouve-toi une place.

Il s'adressa alors au camelot aux rats empaillés. Ce dernier, un rouquin, gardait le silence.

— Toi, tu n'en es pas, mon compère.

Le rouquin secoua la tête.

— Mais je veux bien en être, affirma-t-il, tout sourire.

— Possible… Je recrute. Tu t'appelles ?

— Berthaud le fléau des rats ! plaisanta le colporteur.

Collet émit un sourire glacial.

— D'où tu viens ? demanda-t-il.

— Orléans.

— Montre ton couteau…

Le marchand ambulant sortit un canif du fourreau attaché à sa ceinture, à côté du rat naturalisé.

— Mets-toi debout, ordonna Grand Collet.

L'autre obéit et un des Tricoteurs le fouilla consciencieusement.

— Pas d'armes ! affirma le pendard.

— Bon… Conduisez-le dans le cachot.

Il désigna la porte du cellier.

— Pourquoi m'enfermer ? protesta le colporteur, je vous ai rien fait !

— C'est comme ça, fallait pas venir ici. Si tu es pas d'accord, tu peux rejoindre l'écolier qui va nourrir les poissons. Que préfères-tu ? Au demeurant, tu as pas à t'inquiéter. Quand j'en aurai fini avec l'autre là-haut (il montra l'escalier), je reviendrai te chercher.

— Je peux donc attendre ici.

— Non. Impossible de laisser mes hommes te surveiller. Au cachot, il y a un verrou. Maintenant, arrête de discuter, j'ai pas le temps. Emmenez-le, vous autres ! Martin m'accompagne et vous nous rejoindrez là-haut quand vous l'aurez enchartré.

Il se leva et, le cabaretier dans ses pas, se dirigea vers l'escalier.

Contraint, l'homme aux rats grimaça en écartant les mains. De la pointe du long couteau qu'il brandissait, l'un des Tricoteurs lui indiqua la porte du cellier. Le second truand, il s'agissait du manchot, alla détacher une lanterne du mur.

10

En haut, le religieux à la lèvre tordue attendait dans une salle meublée de deux grands lits et d'une huche. La pièce étant à peine éclairée par des lanternes sales, il distingua une porte en face de lui et une échelle grimpant dans un solier. Pas d'échappatoire possible avec les trois marauds qui venaient d'arriver. Au demeurant, il n'envisageait pas de fuir mais il s'inquiétait pour son compagnon. On parlait en bas. Il ne distinguait pas les paroles mais heureusement il n'y avait pas d'éclats de voix. Tout à coup, les marches craquèrent. Il s'agissait du colporteur aux lanternes. L'homme passa en tête et grimpa dans le solier sans rien dire.

L'attente se poursuivit.

Enfin Grand Collet remonta. Il s'arrêta un moment devant son prisonnier pour le dévisager à nouveau puis donna ordre de le fouiller. Les marauds lui retirèrent la dague qu'il portait sous sa chape. Ensuite, le bousculant, ils l'entraînèrent vers la porte. De près, le religieux vit qu'elle était bardée de fer et hérissée de clous.

Le truand au couteau avait ouvert le cellier. Le marchand de mort-aux-rats fit deux pas dans le noir et s'arrêta. Le second estropiat, le manchot, entra à son tour en tenant une lanterne de son unique main. Le cellier contenait deux tonneaux et un empilement de paniers de salaisons, de choux, de pommes et d'autres légumes. Si beaucoup de Parisiens mouraient de faim, ce n'était pas le cas des membres de la bande des Tricoteurs. Contre un mur, deux bancs aux pieds brisés et une échelle. En face se trouvait une porte fermée d'un verrou, à main droite une seconde porte, mais celle-là ouverte sur l'obscurité. Le manchot qui tenait la lanterne la désigna au prisonnier.

— Voilà ton cachot, entre !

Le colporteur avait dénoué le lacet qui retenait le rat empaillé à sa taille. Il attrapa l'animal par la tête.

— Tu m'entends ? Qu'est-ce que tu fais ? demanda le manchot.

Le prisonnier se retourna vers celui qui tenait le couteau et le frappa avec le rat. La peau de l'animal contenait de la paille, cela ne lui aurait donc causé aucun mal, mais, au milieu du foin se trouvait aussi une dague. La pointe pénétra sous une côte et perça le cœur du coquin.

Avant que le manchot n'ait pu réagir, il était à son tour poignardé au petit ventre ; les deux truands s'effondrèrent en gargouillant. Le marchand de mort-aux-rats ramassa la lanterne, trancha la gorge du manchot, récupéra le couteau et le glissa à sa taille, puis se précipita jusqu'à la porte fermée, tira le verrou et l'ouvrit. Comme il le pensait, de l'autre côté se trouvait un jardin.

À ce moment-là, retentirent successivement deux hurlements. D'abord, le cri d'un homme qu'on torturait. Il venait de l'étage. Ensuite ce fut celui d'une femme, toute proche.

Le colporteur se retourna et vit Jeanneton, bouche ouverte, horrifiée. C'était elle qui avait hurlé. La drôlesse n'avait pas obéi à Grand Collet afin de satisfaire sa curiosité. Puis elle était entrée dans le cellier et avait découvert les corps sanglants.

— Ma commère, tu ferais mieux de filer, lui lança-t-il.

Sans attendre, il souleva l'échelle et sortit, le cœur battant le tambour. À coup sûr le cri provenait de son ami. Plus de temps à perdre ! De surcroît, les autres truands allaient descendre, mais le hurlement de la fille serait en fin de compte une bonne diversion.

Dehors, c'était la nuit. Il fit trois pas et s'embroncha dans quelque chose de mou. Vaguement éclairé par la lanterne restée dans le cellier, il distingua un corps. Qui cela pouvait-il être ? Aux habits, il sut que ce n'était pas son compagnon et en fut rassuré. Au moins on ne l'avait pas tué et jeté dehors. Il leva les yeux vers l'étage et aperçut une fenêtre, comme il l'espérait, et de la lumière. Un nouveau cri de douleur retentit. Puis un appel à l'aide.

C'était son ami ! Il avait reconnu sa voix, suivie d'un silence mortel.

Par Dieu, s'ils l'ont tué, je n'en laisserai pas un vivant ! se jura-t-il.

Fou de rage, il appuya l'échelle contre l'encorbellement et grimpa quatre à quatre. Sans même chercher à savoir ce qu'il allait affronter, il brisa la croisée de bois tendue de parchemin graissé et enjamba la fenêtre, sautant dans la pièce comme un démon.

Il trouva le gargotier en face de lui. Surpris par le bris du châssis, le colosse s'était avancé sans arme. Le colporteur le poignarda de sa longue dague dont il avait ôté le fourreau en rat.

Comme l'autre s'écroulait, le rouquin appréhenda la scène. L'homme à la lèvre tordue, suspendu par les poignets à une poutre, le regardait. Grand Collet saisissait une épée et s'apprêtait à fondre sur lui. La porte était ouverte. Les autres marauds étaient descendus pour savoir qui avait crié et pourquoi. Dans un instant, ils seraient de retour.

Le colporteur tira le second coutelas de sa ceinture. Ses deux armes étaient plus courtes que l'épée de Grand Collet, mais il était un guerrier aguerri. Quand le truand abattit son fer vers lui, il coinça la lame entre les siennes et donna un coup de genou dans le ventre de son adversaire. Sous la douleur, Grand Collet se plia en deux mais parvint à repousser le rouquin le temps de s'enfuir, abandonnant toutefois sa coiffe qui s'était défaite.

— Ferme la porte ! hurla l'homme à la lèvre tordue.

Le marchand de mort-aux-rats s'était déjà précipité sur l'huis. Il le tira et poussa les deux verrous de bronze.

Ensuite, il saisit une escabelle, grimpa dessus et trancha la corde qui suspendait son ami. Le religieux tomba et son sauveur le saisit dans les bras.

— Ça ira ?

— Je me suis senti mieux, grimaça le prisonnier.

— Que t'ont-ils fait ?

— Pas grand-chose, heureusement. Mais j'ai cru ma dernière heure arrivée.

La pièce contenait un lit, un dressoir et un coffre, peut-être était-ce la chambre de Grand Collet. Le prisonnier délivré s'assit sur la couche et entreprit de dénouer le lien qui serrait toujours ses poignets. D'un œil distrait, il surveillait aussi l'aubergiste qui agonisait dans son sang. Pendant ce temps, son compagnon fouillait la huche, la vidant de son contenu de vêtements, linges et coiffes.

Les marauds allaient revenir. Comme il leur serait impossible de briser la porte, ils passeraient par la fenêtre. Ou alors ils casseraient la cloison de torchis.

Au fond du coffre, le marchand de mort-aux-rats découvrit une seconde épée, un bassinet et une arbalète avec une trousse de carreaux. Ce n'était pas rien. Gardant l'estramaçon de Grand Collet et donnant l'autre à son ami, il se rendit à la fenêtre avec l'arbalète. Dehors, la nuit était totale. Bien sûr, l'échelle était toujours là et il la repoussa dans le jardin. Une faible défense puisque les autres n'auraient aucun mal à la remettre en place.

Cependant, à deux, le passage de la fenêtre pourrait être tenu. En revanche, si leurs ennemis brisaient un mur, ils se retrouveraient à un contre deux. Soucieux, le rouquin tendit le câble de l'arbalète et plaça un carreau sous la fausse corde.

Le religieux le rejoignit. Sa lèvre toujours retroussée lui donnait un air sardonique.

— Grand Collet a vraiment cru que tu étais le chanoine ? demanda l'archer tout en continuant à regarder dans le jardin.

— Sans difficulté ! Laisse-moi te raconter…

— Tu sais qui je suis, mon compère ?

— Oui, vous êtes Grand Collet, celui que je veux rencontrer.

— Pourquoi ? Que viens-tu faire chez moi ?

— Reprendre deux calices qui m'ont été volés.

— Trop tard, mon sottard ! ricana le voleur.

— J'en appelle à votre foi, je vous supplie de me dire où ils sont car ils appartiennent à Notre Bien-Aimé Seigneur.

Grand Collet s'esclaffa, imité par ses hommes. Puis il s'arrêta de rire et demanda d'un ton suspicieux :

— C'est moi qui t'ai flanqué le coup de couteau…

Le religieux posa sa main sur le côté de son ventre et considéra Grand Collet avec surprise.

— Pourquoi ? Je vous avais rien fait…

— Décidément, tu es un vrai coquebert. Comment tu t'en es sorti ?

— Le courant m'a entraîné à la motte aux Papelards. On m'a secouru et un médecin m'a soigné. La blessure n'était qu'une entaille.

— Qui t'a envoyé ici ? Qui t'a parlé de moi ?

— J'ai juré de ne pas le révéler. Je veux juste ramener les calices dans la Sainte-Chapelle.

— Alors il m'a giflé et j'ai hurlé aussi fort que possible. Tu as dû m'entendre. Puis il a ordonné à ses hommes de m'attacher les poignets et de me suspendre là où tu m'as trouvé. Je ne me suis pas trop débattu, car je craignais un mauvais coup, mais j'ai crié tant que j'ai pu. Heureusement que tu es arrivé et que je ne suis pas resté pendu longtemps.

— Grand Collet a donc admis que Robin Testard ne pouvait pas le reconnaître quand il lui a remis les deux calices. Cela veut dire que, à ce moment-là, ce brigand ne portait ni son collet ni son chaperon.

L'homme à la lèvre tordue lança à son ami un regard ironique, mais n'ajouta rien. Peut-être que le rouquin lui aurait fait part d'autres déductions mais il n'en eut pas l'occasion car une silhouette apparut dans le jardin. L'homme tenait une épée et une lanterne. Les assiégés reconnurent un des truands.

Le marchand de mort-aux-rats épaula l'arbalète et tira. Le maraud tomba.

Aussitôt, ils reconnurent la voix de Grand Collet :

— À l'abri, ils ont pris l'arbalète !

— Ils ne sont plus que trois, observa le religieux avec satisfaction.

— S'ils ne reçoivent pas de renfort.

— Il faut prévenir le lieutenant civil. Lui et ses archers ne doivent pas être loin.

— Attendons un moment, proposa le rouquin. S'il n'y a pas d'attaque, on sortira par la porte et on montera à l'étage. Il doit être possible de gagner le toit.

Effectivement aucune attaque ne se produisit. Durant l'attente, le colporteur raconta comment il avait été conduit au cachot et s'était débarrassé des truands. Mais il n'eut pas le temps de terminer car retentit un grand fracas : des cris, des ordres, des claquements de lames de fer et d'armures. Puis une voix inquiète et autoritaire :

— Maître Holmes, êtes-vous ici ?

11

Ils avaient reconnu le timbre de Germain Rapine. Le rouquin se précipita à la porte pour la déverrouiller. L'ayant poussée, il découvrit devant lui le lieutenant civil et trois archers.

Épée en main, l'officier de police portait un plastron de fer sur une chemise de mailles. Des tassettes protégeaient ses cuisses, des palières ses épaules et une barbière son cou. Les autres arboraient des cuirasses articulées de lames de fer recouvertes d'une cotte fleurdelisée. Deux tenaient épée, le troisième une courte arbalète. Tous portaient des salades.

— Messire Watson ! s'exclama l'officier du prévôt qui était coiffé d'un bassinet sans visière. Où est maître Holmes ?

— Je suis là ! répondit l'ancien prisonnier de Grand Collet qui apparut, tenant un linge et la cruche d'eau.

Rapine plissa le front. Qui était ce religieux à la lèvre tordue, aux cheveux et à la peau claire ? Pas Holmes, en tout cas.

L'inconnu mouilla le linge et se frotta vigoureusement la figure et la tête. La tonsure s'assombrit. Les sourcils clairs devinrent noirs et la peau apparut plus mate. Ayant tendu la cruche à Watson, le religieux pinça un morceau de peau sous son nez et le décolla, faisant disparaître la cicatrice qui lui relevait la lèvre.

— Permettez-moi de vous présenter maître Holmes ! s'écria Watson dans un rire joyeux.

— Incroyable ! balbutia le lieutenant du prévôt. Comment avez-vous fait ?

— Ce n'est pas moi, mais mon étuveur, sourit Holmes.

— Un étuveur ?

— J'ai l'habitude de me rendre chez maître Houssay, dans la rue des Vieilles-Étuves-Saint-Honoré.

— Que je connais, puisque les tarifs des étuviers sont décidés par la prévôté de Paris.

— Bien qu'il ait un apprenti, c'est maître Houssay qui s'occupe de ma tonsure et, lorsqu'il officie, nous prenons toujours le temps de bavarder. Un jour, il m'a expliqué que sa confrérie joue chaque année un mystère pour Noël et pour la fête de saint Michel, le patron des maîtres baigneurs. À cette occasion, maître Houssay est chargé de grimer les comédiens. Il m'avait plusieurs fois assuré qu'il pouvait modeler un visage, changer la couleur d'une peau et même des cheveux. Après vous avoir rencontré, je suis donc allé chez lui. Je lui ai décrit la face du chanoine qui avait été tué, en particulier une cicatrice qui lui relevait la lèvre, et lui ai demandé s'il pouvait me faire un tel visage…

Holmes cessa de parler quand apparurent deux archers qui bousculaient un prisonnier. Watson reconnut le vendeur de lanternes. L'homme geignait, suppliant qu'on le laisse aller mais le lieutenant civil donna ordre qu'on l'emmène.

— Rien d'autre en haut ? s'enquit-il ensuite auprès d'un des archers.

— Non, messire.

— Pardonnez-moi pour cette interruption, maître Holmes. Vous avez donc obtenu de maître Houssay qu'il vous grime ?

— Vous venez d'en voir le résultat, je dois dire assez ressemblant. Maître Houssay a modifié la couleur de ma tonsure et de mes sourcils avec du vinaigre mélangé à de l'urine, de la cendre et une potion dont il garde secrète la composition. Ensuite, il a relevé ma lèvre à l'aide d'un petit morceau de taffetas couleur de chair. Il a dessiné une balafre avec une sorte de colle, puis il m'a éclairci la peau avec de la céruse de froment délayée dans de l'eau de rose.

» Mais, assez bavardé, avez-vous saisi Grand Collet ?

— Pour l'instant nous n'avons trouvé personne, sinon des cadavres. L'avez-vous vu ?

— Sans Watson, je ne serais plus là pour vous le dire ! Il s'apprêtait à me battre à mort. C'est lui qui a tué le chanoine de la Sainte-Chapelle.

Le lieutenant civil fit la grimace.

— Peut-être est-il temps de m'en dire plus, maître Holmes. J'ai accédé à vos souhaits en plaçant des hommes ce soir autour du *Plat-d'Étain*. Mais finalement cette entreprise n'a donné aucun résultat.

— Votre arrivée nous a tout de même sauvé la vie, et croyez que je vous en suis reconnaissant. Votre reine le saura et je suis persuadé qu'elle vous récompensera. Mais vous avez raison en me demandant de vous révéler toute l'affaire. Cependant, puis-je vous supplier de patienter jusqu'à demain matin ? À huit heures, j'irai informer le chancelier Chuffart des événements de cette nuit. Rejoignez-nous chez lui et je ne vous cacherai rien.

— Racontez-moi déjà ce qui s'est passé ici ce soir et j'accepterai peut-être d'attendre jusqu'à demain, marchanda Rapine.

— Entendu. Toutefois, avant de commencer, pouvez-vous donner des ordres pour qu'on fouille de fond en comble cette maison. Grand Collet a volé deux vases sacrés. Il a également larronné les revenus de l'évêché et commis d'autres maraudages. Son butin est peut-être caché quelque part.

— Tu as entendu, Étienne ? fit le lieutenant civil en s'adressant à un sergent. Occupe-toi de ça et préviens les archers que, si l'un d'eux tente de voler ce qu'il aura découvert, je le ferai écorcher. Maintenant, maître Holmes, je suis tout ouïe…

— Des vases liturgiques en or ont été volés à la Sainte-Chapelle. C'est à cause de ces malversations qu'un chanoine a été meurtri. Quand vous m'avez dit que le cabaret où s'était rendu un des suspects était fréquenté par Grand Collet, il m'est apparu évident que ce truand était lié au meurtre.

— Une simple supposition…

— Non, et je vous expliquerai plus tard en quoi cette déduction était évidente. D'ailleurs, elle s'est confirmée. J'avais donc décidé de venir au *Plat-d'Étain* et de faire en sorte que Grand Collet m'interpelle. C'était le seul moyen de l'interroger et de connaître la vérité.

— Je vous l'avais déconseillé. Il aurait eu vite fait de vous donner un coup de dague et de vous jeter en Seine.

— Bien entendu, il fallait donc que je l'intéresse assez pour qu'il ne me navre pas tout de suite. Afin d'y parvenir, je me suis fait passer pour celui qu'il avait poignardé. Il ne pouvait être certain de sa mort et, s'il apprenait ma présence dans le cabaret, c'est-à-dire celle d'un religieux à la lèvre tordue, il ne manquerait pas de me saisir afin de m'interroger. J'étais persuadé de pouvoir lui faire dire la vérité. Bien sûr, pour éviter qu'ensuite il ne me fasse passer à trépas, Watson interviendrait dès que je l'appellerais. Il fallait donc que mon ami soit présent, mais sans apparaître suspect. Pour cela, il ne devrait pas porter d'armes car il pouvait être fouillé. Pourtant, il aurait besoin d'une épée ou d'une longue dague afin de venir à mon aide. Seulement, où la dissimuler ? C'est en passant devant la boutique d'un marchand de mort-aux-rats que Watson a eu une magnifique idée : il se ferait passer pour un de ces colporteurs qui proposent du poison et transportent toujours des rats empaillés au bout d'une perche afin de montrer l'efficacité de leur mixture. Seulement, un des rats, le plus gros, contiendrait une dague. Nous avons donc acheté une boîte de mort-aux-rats et quelques animaux naturalisés au marchand. De retour chez nous, nous avons décousu le corps du plus gros et placé une dague à l'intérieur. Celui-là, Watson l'a gardé à la taille tandis que les autres étaient suspendus à une perche.

» Certes, ce n'est pas avec cette pauvre lame qu'on aurait vaincu la bande des Tricoteurs. C'est pourquoi je vous avais demandé de placer vos archers aux alentours, prêts à intervenir en cas d'alerte.

» Mon plan s'est déroulé comme prévu. Grand Collet n'a jamais douté que j'étais celui qu'il avait poignardé et il m'a appris ce que j'ignorais encore. En revanche, les truands ont saisi Watson, ce que je n'avais pas envisagé. Heureusement, il s'est débarrassé d'eux grâce à sa dague. Ensuite, avec une échelle, il est entré par la fenêtre dans la pièce où j'étais attaché et battu. Il a occis le cabaretier et

Grand Collet s'est enfui. Par chance, ses hommes venaient de sortir après avoir entendu une femme hurler. D'ailleurs, comment avez-vous su que nous avions besoin d'aide ?

— Mes hommes cernaient le quartier et surveillaient le *Plat-d'Étain* quand ils ont vu plusieurs clients détaler au même moment, puis des écoliers sont sortis en transportant un corps. Ceux-là ont été saisis et on me les a amenés. Ils ont reconnu une rixe ayant mal tourné et je les ai fait conduire au Grand Châtelet où ils seront jugés demain. Lors de leur interrogatoire, ils m'ont confirmé avoir vu Grand Collet. Quant à vous deux, j'ignorais si vous étiez dedans. Les écoliers nous ont décrit les clients mais aucun ne paraissait vous ressembler. Nous sommes donc restés à surveiller sans intervenir, cependant en encerclant les maisons des alentours.

» Puis ont retenti des hurlements et, alors que je rassemblais ma troupe, une femme s'est enfuie. Un archer l'a attrapée mais elle l'a griffé et mordu de telle sorte qu'il a dû la lâcher. Mes gens d'armes l'ont pourchassée dans les ruelles et je n'ai pas voulu pénétrer dans le cabaret tant qu'ils ne l'avaient pas reprise, car il ne me restait que quatre archers. De surcroît, le calme semblait revenu dans le *Plat-d'Étain*. Finalement, la fille a été rattrapée et je l'ai questionnée. Elle m'a dit que Grand Collet avait saisi un religieux et qu'un colporteur avait tué deux Tricoteurs. J'ai bien sûr compris que c'était vous. On s'est donc précipités. En bas, on a découvert les cadavres, j'ai laissé des archers garder la porte et je suis monté en envoyant quelques hommes à l'étage supérieur.

— Collet est forcément encore ici puisque vous surveilliez la maison ! fit Watson. D'ailleurs, je viens d'atteindre un de ses hommes dans le jardin.

— C'est là qu'il doit se cacher ! Descendons !

Au rez-de-chaussée, une poignée d'archers mettait à sac le cellier tandis que d'autres se trouvaient dans le jardin.

Germain Rapine fit allumer des torches et transporter les lanternes dehors. Watson en profita pour montrer à Holmes le cadavre qu'il avait découvert. S'étant accroupi, le clerc reconnut le potier d'étain.

— C'est Colin du Puis, dit-il en se relevant.

Il s'adressa à Watson et plaisanta :

— Il est raide, donc mort depuis plusieurs heures. Tu pouvais l'attendre longtemps cet après-midi !

— Je connais cet homme, il a boutique aux Halles, intervint le lieutenant du prévôt en s'accroupissant à son tour. Quelle est sa place dans l'histoire ?

— C'est lui qui coulait et ciselait des coupes en étain doré pour remplacer celles volées dans le trésor de la Sainte-Chapelle, lui glissa Holmes à mi-voix afin que les archers n'entendent pas. Après ma visite, il est venu prévenir Grand Collet, lequel l'a tué pour s'assurer de son silence. Je suppose qu'il avait prévu de l'enterrer dans un coin.

— Messire lieutenant, intervint un sergent, il y a une cabane avec un fourneau au fond du jardin, et de cette masure un escalier descend sous terre…

— Par le diable, que la peste emporte Grand Collet ! Il a dû fuir par là ! Prends quatre hommes et voyez où conduit ce passage !

Tout en parlant, le lieutenant civil se dirigeait à grands pas vers la cabane. Il était fort contrarié. Son expédition se révélait un échec, même s'il avait sauvé Holmes et Watson. Comment retrouver désormais Grand Collet ? Sans compter que la picorée du coquin semblait également avoir disparu.

Il pénétra dans la cabane avec le sergent et ses hommes tandis qu'Edward restait dehors. Le fourneau l'intéressait beaucoup plus.

En vérité, il s'agissait plutôt d'une forge construite en brique avec un soufflet de cuir pour alimenter le foyer. Le métal fondu s'écoulait dans un creuset de bronze.

Posant la lanterne dessus, Holmes examina le récipient. Comme il le présumait, il découvrit des traces d'or.

Les coupes avaient été fondues. Elles avaient disparu à jamais.

Ils attendirent le résultat des recherches. L'escalier communiquait avec une cave et un autre jardin. Mais, de là, les larrons avaient fui sans laisser la moindre piste. À son retour, Germain Rapine annonça son échec en quelques mots hachés. Holmes tenta de le réconforter, lui assurant que tout n'était pas perdu, mais il n'écouta pas. Les deux Anglais restèrent encore un moment, au cas où les archers découvriraient le butin, mais les fouilles ne donnèrent rien. Grand Collet avait disparu, emportant ses secrets et le fruit de ses vols.

Le lieutenant civil laissa quelques hommes afin de garder la maison, et Holmes lui annonça qu'il rentrait chez lui avec Watson. Germain Rapine répondit à peine tant il était contrarié.

12

Holmes et Watson arrivèrent à l'enclos canonial de Notre-Dame à haute prime. Il était un peu plus de huit heures à l'horloge de la tour carrée du palais. Comme ils le faisaient souvent, le clerc montait en croupe sur le cheval de Watson.

Les gardes de l'enclos du cloître, qui les connaissaient désormais, les laissèrent passer sans les interroger. Il faisait froid, une petite bise soufflait sur Paris.

Le valet qui servait de concierge à la maison à l'enseigne de la Croix-Blanche les fit entrer dans la salle où travaillaient les clercs. Ceux-ci levèrent les yeux un instant avant de se replonger dans les actes qu'ils préparaient pour la chancellerie de Notre-Dame.

— Messire Chuffart m'a commandé de vous faire monter dans sa chambre quelle que soit l'heure à laquelle vous vous présenterez, annonça le valet avec un immense respect.

Ceux qui bénéficiaient d'un tel droit de visite se comptaient sur les doigts d'une main.

Un petit feu chauffait la chambre du chancelier qui, assis sur une chaire, lisait un feuillet que lui avait donné son secrétaire, lequel écrivait devant son pupitre surchargé de parchemins et de registres.

À peine les Anglais pénétraient-ils dans la pièce que Chuffart, revêtu d'une houppelande fourrée de petit vair, se leva et leur tendit les bras :

— Maître Holmes ! Messire Watson ! Sans nouvelles de vous, je n'ai pas dormi de la nuit.

— La soirée et la nuit ont été rudes, messire.

— Racontez-moi tout ! Avez-vous retrouvé les coupes ? Découvert l'assassin ? Comment s'est passée votre entrevue avec le lieutenant du prévôt ?

— Les coupes ont, hélas, été fondues. L'assassin se nomme Grand Collet et a échappé à messire Rapine que j'ai pris la liberté d'inviter ici pour lui conter, en votre présence, toute l'affaire depuis le début.

— Grand Collet ! Ce démon est donc mêlé à cette histoire ? Mais installez-vous plutôt sur ce banc. (Il se tourna vers son secrétaire :) Samuel, laissez-nous. (Puis, vers son valet :) Pierre, allez chercher du vin et des beignets.

Les Anglais s'assirent sur un banc-coffre à dossier tapissé de cuir gaufré.

— Quand Germain Rapine viendra-t-il ?

— Je lui ai proposé neuf heures, il ne tardera donc pas. Je n'ai eu qu'à me louer de son attitude, et je dois dire que sans lui nous ne serions certainement pas là.

— Racontez-moi tout, répéta le chancelier.

Holmes commença son récit par la rencontre avec le lieutenant du prévôt. Il rapporta son attitude réservée, mais aussi son accord pour surveiller le *Plat-d'Étain*. Le clerc anglais expliqua alors quel avait été son plan, sa visite au barbier et la façon dont il avait été grimé, le déguisement de Watson et enfin ce qui s'était passé au cabaret des truands.

Il y eut une brève interruption quand le valet apporta du vin chaud à la cannelle et des friandises.

Il servit chacun dans les verres de Venise du dressoir, les distribua, puis ressortit.

Holmes reprit son récit et il expliquait ce qu'il avait découvert dans la forge quand ils entendirent des chevaux et le cliquetis des plates d'armure. Chuffart, qui était retourné sur sa chaire, se leva et ouvrit la croisée. Devant chez lui, six chevaux venaient d'arriver. Des hommes d'armes mettaient pied à terre. L'un d'eux tenait le guidon de la vicomté de Paris.

— Voilà messire Rapine. Vous ne m'avez pas dit ce que vous lui avez révélé…

— Peu, mais avec votre accord je souhaite tout lui dire.

— Est-ce nécessaire ? Le vol des calices aura de désagréables conséquences.

— Il l'apprendra de toutes les façons, et j'ai encore besoin de son aide.

— Pourquoi ?

On gratta à la porte et Chuffart donna l'ordre d'entrer.

C'était le valet accompagné de Rapine qui portait la même tenue que la veille.

— La bonté de Dieu est grande, messire lieutenant, puisqu'elle me permet de vous recevoir, fit le chancelier de la reine Isabeau en joignant les paumes de ses mains.

Rapine parut flatté d'être accueilli ainsi. Les deux Anglais s'étaient bien sûr levés.

— Que Dieu soit avec vous, messires, et que loué soit Son Nom pour nous retrouver ainsi en franche et bonne amitié.

— Vous arrivez à temps pour partager cette petite collation, messire, déclara Chuffart, chaleureux.

Ayant laissé sa place au lieutenant du prévôt, Holmes alla s'asseoir sur le matelas du lit aux courtines ouvertes tandis que le valet remplissait une coupe de vin pour l'officier.

— Maître Holmes vient d'arriver. Il m'a raconté ce qui s'est passé hier au *Plat-d'Étain* et m'a demandé de vous éclairer complètement sur cette malaventure de vol et de crime.

Rapine hocha la tête tandis qu'il portait le verre à ses lèvres.

Chuffart commença à narrer l'histoire, la découverte du corps de Testard, fit une présentation rapide du chanoine meurtri et rapporta ce qu'avait donné la fouille de son logis. En particulier, le courrier découvert dans le coffre.

On gratta à l'huis.

— Je vais ordonner qu'on ne me dérange plus, bougonna Chuffart, contrarié.

Il se leva et se rendit à la porte. De nouveau, il s'agissait du valet, cette fois en compagnie du maître-gouverneur de la Sainte-Chapelle.

Devant l'air interloqué du chancelier, Holmes intervint :

— Maître Chuffart, pardonnez-moi mais j'ai oublié de vous dire que j'avais non seulement demandé à messire le lieutenant criminel de venir, mais aussi à messire Blanchard.

Ce dernier paraissait contrarié et Watson lui laissa sa place. Le chanoine salua alors chacun avec les formules d'usage, mais de façon fort peu empressée.

— Maître Blanchard, lui dit Holmes, j'ai du nouveau. Nous savons désormais qui a assassiné Testard. Il s'agit du bandit Grand Collet.

— Lui !

Blanchard resta bouche bée devant cette affirmation inattendue.

— Messire Rapine a failli le saisir hier soir, dans un piège que je lui avais tendu, mais le coquin a filé entre les mailles du filet.

Il s'interrompit et rassembla les extrémités de ses dix doigts avant d'ajouter, pour marquer l'importance de ce qu'il allait dire :

— Cependant ce n'est que partie remise, car ce soir l'estropiat dormira au Grand Châtelet.

— Comment cela ? intervint le lieutenant du prévôt, les yeux écarquillés par la surprise.

— Parce que nous allons le saisir.

— Nous ? Quand ? demanda Chuffart, éberlué.

— Avant de répondre à vos questions, je préférerais que chacun soit complètement informé des faits, précisa-t-il avant de se tourner vers Blanchard :

» Maître-gouverneur, messire le lieutenant criminel ne connaît qu'une partie de l'histoire, nous autorisez-vous à évoquer pour lui la forfaiture de Testard ?

Watson fronça les sourcils. C'était la première fois qu'il voyait Holmes accuser ouvertement le chanoine assassiné.

— Certes… Certes… Néanmoins, je vous prie, messire Rapine, de ne point ébruiter ce que vous allez apprendre. Il y a eu des malversations dans le trésor de la Sainte-Chapelle, mais ce sera à moi de les révéler à notre bonne reine et j'espère, auparavant, avoir retrouvé les saints objets larronnés.

— Messire Chuffart, vous pouvez donc librement narrer ce que nous avons découvert au domicile de Testard.

Le chancelier poursuivit son récit, et termina par l'inventaire des calices remplacés par de faux vases en étain doré.

Holmes raconta à son tour ses visites chez les orfèvres, puis chez Colin du Puis. Comment Watson avait suivi le potier d'étain, et enfin il termina par le récit de la soirée et de la nuit au *Plat-d'Étain*.

Comme on pouvait s'y attendre, quand il évoqua l'existence d'une forge et les traces d'or qu'il y avait vues, le maître-gouverneur perdit toute contenance, se mit même à trembler et retint difficilement ses larmes.

— Fondus… Seigneur… Quelle abomination… marmonna-t-il.

— Les faits sont donc évidents, conclut Germain Rapine, indifférent aux lamentations du religieux. Ce perfide chanoine, Testard, a remplacé des vases d'or par d'autres en étain, Grand Collet l'a appris par le potier qui fabriquait les faux et a menacé Testard de tout révéler. Votre confrère s'est exécuté et le truand l'a navré.

Chuffart et Blanchard opinèrent.

— Seulement Grand Collet n'est pas un truand, intervint Holmes.

Les regards se braquèrent sur lui et un silence intrigué s'installa.

— Que savez-vous d'autre que nous ignorons ? s'enquit Chuffart au bout d'un instant.

— Pas grand-chose, sinon que j'ai vu notre homme. Mais reprenons depuis le début sur les exploits de ce larron. Il agit dans le quartier de l'Université, celui des clercs et des écoliers. Un milieu qu'il connaît donc bien. Mais il ne montre pas son visage. Pourquoi ? Tout simplement parce qu'il pourrait être reconnu… par ses pairs.

— Ce serait un clerc ? avança Rapine en hochant la tête. J'y avais songé.

— C'est un clerc, mais pas n'importe lequel. Quand il s'est enfui de sa chambre, où il me battait, à l'arrivée de mon ami Gower, il a perdu son chaperon et j'ai vu sa tonsure. Or, ce clerc, qui jusqu'alors ne s'en prenait qu'aux passants isolés, la nuit, ou aux maisons mal défendues du quartier de l'Université, a volé la recette de l'évêché. Il connaissait le sergent et le receveur, il savait par où ils passeraient, et quand. Comment pouvait-il être si bien informé ? Cela faisait des mois que l'évêché ne collectait plus ses cens.

— Un clerc de l'évêché ? s'interrogea Chuffart en se passant la main sur le menton. Possible en effet, mais l'évêché emploie beaucoup de clercs.

— Il est forcément proche du grand vicaire, puisqu'il connaissait le jour de la collecte des cens. Peut-être même est-il chargé de cela. Surtout, je sais autre chose sur lui : quand il m'a battu, il a laissé voir une estafilade sur sa main gauche. Une simple égratignure, mais récente et faite par une lame. Or Testard, nous le savons, savait manier le couteau. Je pense qu'il a blessé Grand Collet quand ce dernier l'a poignardé. C'est à cause de cette blessure que Grand Collet n'a pu s'assurer de la mort de sa victime. Craignant d'autres mauvais coups, il a préféré le laisser se noyer, emporté par le courant.

» Bref, il me sera facile de le reconnaître. Maître Chuffart, pouvez-vous obtenir du grand vicaire que je puisse rencontrer maintenant les clercs de l'évêché ?

— Bien sûr. La plupart travaillent dans le scriptorium, mais il faut aussi prévenir le bailli au For-l'Évêque[1] pour qu'il vienne avec ses archers car, si vous identifiez Grand Collet, il ne se laissera pas faire.

— Inutile, dit Germain Rapine, mes hommes sont là.

— Mais vous ne pouvez intervenir dans un fief de l'évêché, messire lieutenant, encore moins dans

1. Le For-l'Évêque, entre la rue Saint-Germain-l'Auxerrois et la Seine, était le tribunal et la prison de l'évêché. Le bailli en était l'officier principal.

l'évêché même, objecta le maître-gouverneur de la Sainte-Chapelle. C'est le domaine du bailli de l'évêché.

— Oubliez-vous qu'un crime a été commis ? La justice du roi passe partout quand il y a rapt et meurtre, lorsque les coupables sont pris en flagrant délit, ou s'ils font spontanément l'aveu de leur crime. Ce serait différent si Grand Collet se réfugiait en un lieu consacré, mais ce n'est pas le cas du scriptorium.

— Ce point devra peut-être être débattu, nuança Chuffart. Pour l'heure, le temps n'est pas à la controverse mais à la loi.

13

Ils partirent donc pour l'évêché, tout proche. Chuffart avait fait seller sa mule, Blanchard montait la sienne, conduite par le frère lai. Quant à Germain Rapine, il commandait son escorte d'hommes d'armes.

Sorti du cloître, le petit groupe passa sur le parvis et pénétra dans la cour située entre la cathédrale et l'évêché.

C'est en 1160, en même temps que la construction de la cathédrale, que Maurice de Sully, évêque de Paris, avait fait ériger son évêché au sud de l'église, entre l'ancienne muraille romaine et la Seine. Le palais était un long bâtiment orienté comme la cathédrale et séparé de celle-ci par une cour. À l'origine, il s'agissait de deux salles superposées longues de six travées. La salle basse, voûtée d'ogives, était formée de deux nefs séparées par des colonnes. La haute était couverte d'une charpente lambrissée. À l'extrémité de ces salles se situaient une chapelle sur deux niveaux et une tour rectangulaire dont une partie était réservée aux appartements de l'évêque. Une galerie à deux étages faisait communiquer l'église, la tour et les grandes salles. On trouvait là une sacristie et l'administration de l'officialité où des teneurs d'écritures travaillaient sous les ordres du grand vicaire.

À la fin du siècle précédent, ce bâtiment archiépiscopal avait été agrandi d'une seconde double salle avec un appartement d'apparat pour l'évêque. Dès lors des étages de la tour avaient été libérés afin que puissent y loger et y travailler les clercs.

Ceux-ci ne manquaient pas de besogne tant les domaines de l'évêché de Paris étaient nombreux. La manse épiscopale se composait de dix églises ou abbayes qui versaient d'importants revenus, mais l'évêque recevait également des droits sur les ventes de bêtes et de vivres, des censives, des revenus de fiefs sans compter les amendes récoltées par l'official et le bailli au titre de la justice. Des prévôts et nombre de sergents s'occupaient de l'encaissement de ces revenus.

C'est ce qu'expliqua Chuffart à Edward Holmes et maître Watson tandis qu'ils traversaient la cour où ils avaient laissé les montures.

À la tour carrée, le chancelier se fit annoncer par le concierge et un valet conduisit la troupe à l'étage où logeait le grand vicaire. Germain Rapine avait gardé son sergent avec lui et laissé ses archers devant la porte de la tour.

Le vicaire général, ou grand vicaire, était un prêtre désigné par l'évêque afin de le seconder dans ses responsabilités. Évidemment, en cette période de vacance de l'évêque, il disposait de pouvoirs immenses. Les visiteurs furent introduits dans son appartement, une grande chambre carrée, avec un lit au pavillon en drap écarlate et une custode assortie attachée par des anneaux. Sur un dressoir en cerisier s'étalaient plusieurs reliquaires et, dans une Annonciation suspendue à un mur, l'archange Gabriel resplendissait de ses dorures.

Le grand vicaire se tenait assis sur une chaire avec le sous-chantre, debout devant lui.

— Mes beaux sires, que me vaut l'honneur de votre visite inattendue ? demanda-t-il avec surprise. Je suppose que c'est en rapport avec la journée de demain…

C'était un homme de petite taille vêtu d'une soutane noire agrémentée de soie cramoisie finement brodée. Il portait par-dessus une fine pèlerine de velours rouge descendant jusqu'à la taille avec une croix pectorale suspendue à une chaîne. Des yeux gris et perçants, sous des sourcils épais, lui conféraient un air d'autorité. Il affichait un visage fatigué, aux traits creusés, avec un menton fuyant.

— Non, vénéré père, nous venons pour une tout autre raison. Une démarche délicate qui explique la présence de messire le lieutenant civil et de deux de mes amis, messire Watson et maître Edward Holmes, lesquels ont toute la confiance de notre noble reine.

Les Anglais s'inclinèrent.

Le grand vicaire n'avait pas besoin d'autre explication. Il s'agissait d'une affaire confidentielle qui allait s'ajouter à ses préoccupations actuelles. Il s'adressa au sous-chantre :

— Pouvez-vous m'attendre à la sacristie ? Je ne serai pas long.

L'autre sortit et le vicaire ajouta à l'intention des visiteurs :

— Demain aura lieu l'installation de notre évêque dans sa chaire. Pour cette cérémonie, je reçois dans moins d'une heure messire Cauchon, l'évêque de Beauvais. Vous devinez donc que le temps me manque.

— Je le sais, vénéré père, aussi serai-je bref. Il s'agit de la mort du père Testard, dit Chuffart.

— Mort ? J'avais cru comprendre qu'il avait survécu à la noyade et à sa blessure et qu'il était soigné à l'Hôtel-Dieu.

— Non, monseigneur. Testard a été occis par un truand, le nommé Grand Collet. Mais laissez-moi vous conter toute l'affaire…

— Prenez donc place sur ce banc, proposa le prélat en désignant une longue fourme[1] au dossier ciselé et couvert d'épais coussins.

Les visiteurs s'installèrent et Chuffart commença son récit. Le grand vicaire ne l'interrompit pas mais, quand le chancelier eut terminé, il déclara :

— Voilà, je vous l'accorde, une détestable affaire, seulement elle concerne le bailli de l'évêché. Je ne saurai vous aider.

— Cela ne concerne ni le bailli de l'évêché ni la justice ecclésiastique, monseigneur, intervint le lieutenant civil. Il y a eu meurtre et, quel que soit le lieu où il a été commis, sa punition relève de la justice royale. Au demeurant, ajouta-t-il dans un sourire conciliant, Grand Collet subira au moins l'éventration pour ses crimes, et l'Église déteste le sang[2].

— Dans la punition des crimes gravissimes, l'Église est sans pitié et n'hésite pas à mettre à mort les coupables. Souvenez-vous de Jean Hardy[3] ! protesta le vicaire.

1. Siège garni de bras et d'un dossier.

2. *Ecclesia abhorret a sanguine.* Selon ce précepte, l'évêque ne faisait pas mettre à mort sur les terres épiscopales, mais dans la banlieue de Paris pour que le sang ne souillât pas les terres de l'Église. Ainsi, un homme condamné à avoir les oreilles coupées était essorillé hors des remparts ou à l'extrémité de la rue Saint-Honoré.

3. Le bailli de l'évêque de Paris avait condamné Jean Hardy à être brûlé pour avoir fait des enfants à une Juive, un crime jugé effroyable, et avoir admis que ceux-ci soient élevés dans la religion de leur mère.

— En vérité, nous ne venons pas débattre de juridiction, monseigneur, intervint Edward, mais pour saisir Grand Collet qui se trouve dans l'évêché.

— Quoi ?

— Maître Holmes pense que ce… truand pourrait être un clerc de l'église.

— Absurde ! protesta le vicaire.

— Il est aisé de vérifier, ou d'infirmer, cette supputation en nous laissant aller au scriptorium et dans les différentes salles où travaillent vos clercs, observa Chuffart.

— Inutile ! railla le prélat. Je n'ai aperçu aucun clerc avec un grand collet !

— Monseigneur, j'étais hier le prisonnier de Grand Collet. J'ai parfaitement vu sa tonsure. D'ailleurs, qui d'autre qu'un de vos clercs aurait pu connaître le jour de la collecte des cens ? J'ai également distingué une éraflure sur le dos de sa main. S'il est ici, je le reconnaîtrai.

Ébranlé, le grand vicaire considéra ses visiteurs à tour de rôle. Chuffart, le visage comme sculpté dans la pierre, lui signifiait des yeux une muette mise en garde. Le chanoine Blanchard paraissait plein d'inquiétude et de confusion. Le nommé Holmes avait l'air d'un faucon prêt à fondre sur sa proie. Son compère présentait une face sanguine aussi écarlate que ses cheveux, mais son regard affichait une dureté inquiétante. Et, surtout, le lieutenant civil le considérait dans un mélange de menace, d'assurance et d'arrogance.

Quelle alternative lui laissaient-ils ? Refuser ? Germain Rapine en référerait sur-le-champ au prévôt de Paris, lequel préviendrait le duc de Bedford, capitaine de Paris. Henri V disposerait alors d'un nouveau prétexte pour réfuter monseigneur de

Courtecuisse. Le roi anglais n'hésiterait pas à faire éclater le scandale le jour même de l'intronisation. Un évêque abritant en son sein un truand ! Lui-même, le grand vicaire, serait balayé par un tel esclandre.

Il laissa échapper un soupir et inclina la tête en signe d'adhésion.

— Je vous accompagne au scriptorium.

Ils descendirent à l'étage inférieur.

La salle dans laquelle les clercs travaillaient comprenait une dizaine de pupitres, deux grandes tables sur lesquelles étaient entreposés des registres et plusieurs armoires. Le maître des clercs se tenait sur une chaire et surveillait les teneurs d'écritures, tous appliqués à leur besogne, chacun ayant à portée de main plusieurs cornes d'encre de diverses couleurs, des mines, des plumes, un grattoir et un canivet. Ils levèrent les yeux en voyant entrer le grand vicaire et ceux qui l'accompagnaient. Quelques chuchotements se firent entendre car cette visite inattendue les sortait un moment de leur routine ennuyeuse.

Le maître du scriptorium quitta sa chaise pour venir les saluer. Il haussa les sourcils de surprise en voyant le sergent à verge du lieutenant civil traverser la salle afin de se poster devant la seconde porte qui permettait de passer dans la galerie reliant la tour à la cathédrale. Mais il n'eut pas le temps de poser de questions. Le grand vicaire le prit à part et lui dit quelques mots à voix basse.

Holmes s'avança à son tour pour circuler entre les pupitres tandis que Watson restait devant la porte principale, dans l'ombre. Si Grand Collet était là, il ne reconnaîtrait pas l'homme à la lèvre tordue de la veille, mais il pouvait l'identifier grâce à ses cheveux.

Le quatrième clerc avait une légère entaille entre le pouce et l'index droits. Holmes reconnut aussi la forme de la main, fine mais forte. Il considéra attentivement le teneur d'écriture, retrouvant sans peine quelques traits de son bourreau. Grand Collet était de taille moyenne. Comme la veille, il n'était pas rasé, mais les clercs ne se faisaient faire la barbe qu'une ou deux fois par semaine. La peau de son front était un peu grêlée. Il avait le nez camus.

Ses yeux noirs se posèrent sur celui qui l'examinait et il afficha une moue indifférente.

Germain Rapine se tenait à quelques pas derrière Edward. Voyant que l'Anglais demeurait près du clerc, il s'approcha.

— Voici votre homme, déclara Holmes.

— Que dites-vous, monsor ? répliqua le clerc.

— Mon compère, tu vas m'accompagner sans discuter, décida le lieutenant du prévôt.

Le vicaire et Chuffart arrivaient à leur tour, ainsi que le sergent.

— Quel est ton nom, l'ami ? Et pose tes deux mains sur le pupitre.

L'autre ne broncha pas.

— Je me nomme Jacotin des Marets. Je ne comprends pas ce que vous me voulez, répondit-il.

— Tu te nommes aussi Grand Collet, affirma Rapine.

Le clerc pouffa.

— Vous voulez rire, messire.

Holmes lui saisit le poignet.

— Cette nuit, au *Plat-d'Étain*, tu aurais dû porter des gants. J'étais l'homme à la lèvre tordue.

Jacotin des Marets lança un bref regard vers la seconde porte. Mais avant qu'il ne tente quelque chose, Rapine lui avait attrapé un bras.

— Étienne, mets-lui le bracelet.

Le sergent se précipita. Des Marets ne chercha pas à se débattre. Étienne détacha de sa taille une pièce de fer avec deux boucles et y plaça les poignets du clerc, puis il tourna un verrou qui bloqua la fermeture.

— Vous devez vous tromper, intervint le grand vicaire, Jacotin des Marets a toute ma confiance.

— Je l'emmène !

— Non, je veux l'interroger moi-même, insista le grand vicaire. Tout cela ne peut être qu'une erreur.

— Je vous jure que je ne sais pas ce que me veulent ces gens, monseigneur, assura des Marets d'une voix émue.

— Messire Rapine, laissez-nous l'interroger ! insista Chuffart.

— Entendu, accepta le lieutenant du prévôt qui en vérité n'avait aucune certitude.

Toute l'accusation reposait sur ce Holmes et le lieutenant avait besoin d'un aveu.

14

Ils remontèrent dans la chambre supérieure, Jacotin des Marets encadré entre le sergent et le lieutenant du prévôt. En haut, chacun s'assit sur les sièges que proposa le vicaire général, le présumé Grand Collet restant debout au milieu de la pièce.

— Une accusation gravissime a été portée contre vous, Jacotin, commença le prélat. Maître Holmes vous accuse d'être le brigand Grand Collet et de l'avoir battu, hier soir, au cabaret du *Plat-d'Étain*.

— Je récuse cette accusation, monseigneur ! s'écria le jeune homme. Par le Saint Nom de la Benoîte Vierge, je vous jure que je suis un honnête clerc.

— J'ai reconnu vos mains et votre estafilade, fit Edward d'un ton égal.

Jacotin regarda sa main, puis secoua la tête avec une triste expression.

— Je me suis blessé en déplaçant le coffre de ma chambre, une écharde dans le bois. Quant au *Plat-d'Étain*, je n'y suis plus allé depuis des années.

— Jacotin des Marets connaissait-il le jour de la collecte des cens de l'évêché ? demanda Chuffart.

Le grand vicaire lança un regard interrogatif au prévenu.

— Non ! répondit fermement le clerc.

— Watson, peux-tu aller chercher le maître des clercs ? J'ai des questions à lui poser, demanda Edward Holmes.

Gower opina du chef et sortit.

— J'ai eu l'occasion d'approcher maître des Marets plusieurs fois, intervint Blanchard, et je ne le vois pas dans le méchant rôle que vous voulez lui faire jouer. C'est un clerc de confiance.

— En somme, il n'y a qu'un témoignage contre moi, observa des Marets.

— La question te fera bien avouer, gredin ! gronda le lieutenant du prévôt.

— Je suis soumis à la justice de l'Église, messire. Je n'ai commis aucun rapt ou crime de sang. Vous ne m'avez pas saisi en flagrant délit et vous n'avez pas le droit de m'emmener. Monseigneur l'évêque me défendra et, s'il le faut, j'en appellerai à notre Saint-Père pour réfuter cette ignoble accusation.

— Où étiez-vous hier soir ? s'enquit Holmes.

— Dans mon lit, maître. Je loge derrière Saint-Éloy.

Le silence s'installa.

Chuffart se sentait fort embarrassé. Certes, il avait une totale confiance en Edward Holmes mais, après tout, celui-ci pouvait bien se tromper. Pour sa part, comme chanoine de Notre-Dame, il lui était difficile de prendre parti contre l'Église.

Le vicaire général, lui, souhaitait mettre fin sans tarder à cette mascarade. De quel droit cet Anglais se permettait-il d'accuser ainsi un clerc de l'évêché sans la moindre preuve ? Il se promettait de le faire punir, sitôt que l'évêque aurait été installé.

Germain Rapine commençait à éprouver des doutes, songeant que cette affaire pourrait se retourner contre lui. S'il insistait pour emmener le suspect, il obtiendrait gain de cause sans difficulté car l'Église de Paris avait admis depuis près d'un siècle le droit de prévention qui permettait au prévôt de garder dans ses prisons des présumés coupables. Mais ceux-ci devaient ensuite être jugés par le bailli, et si Jacotin ne reconnaissait pas les faits, il serait élargi. Dans ce cas, le prévôt l'accuserait de s'être engagé à la légère et d'avoir ridiculisé la justice du roi.

Blanchard, lui, réfléchissait à la défense qu'il invoquerait quand on lui reprocherait d'avoir perdu plusieurs vases sacrés.

Enfin le maître des clercs entra, accompagné de Watson.

— J'ai deux questions à vous poser, l'interpella Holmes. Maître des Marets savait-il que le receveur se rendrait dans les fiefs de l'évêché samedi afin de collecter les cens ? Et avez-vous vu maître des Marets samedi ?

Ne comprenant pas ce qui se passait, le maître lança un regard inquiet, et interrogateur, au grand vicaire.

— Parlez librement, lui répondit ce dernier.

— J'ignore si Jacotin connaissait le jour de la collecte. J'ai fait préparer les actes durant la semaine et plusieurs clercs ont travaillé dessus. En ce qui concerne la journée de samedi, je l'ai vu le matin. Mais pas plus tard, car personne ne travaille après none.

La déclaration du maître n'apportait donc aucune information supplémentaire. Le maître-gouverneur de la Sainte-Chapelle intervint alors :

— Chaque clerc a sa propre façon d'écrire, n'est-ce pas ?

— En effet, même si j'exige qu'ils forment leurs lettres de telle sorte que les textes se ressemblent.

— Pouvez-vous reconnaître qui a écrit quoi en regardant simplement un acte ?

— En général, oui.

Blanchard sortit alors un papier qu'il porta au maître des clercs.

— Grand Collet a envoyé ce texte afin d'attirer maître Testard près de la Tournelle pour le navrer. Reconnaissez-vous la façon d'écrire de maître des Marets ?

Le maître des clercs prit le document et l'examina avec grande attention. Chacun était suspendu à sa réponse.

— Non, pas du tout, dit-il enfin.

Chacun s'entre-regarda. L'accusation tombait. Puis tous les yeux convergèrent vers Holmes. Des regards accusateurs, contrariés, déçus.

Holmes se leva et alla chercher le papier, puis il se planta devant Blanchard.

— Grand Collet n'a jamais écrit ce billet, dit-il. Donc ce ne peut être l'écriture de Jacotin des Marets.

Ce fut la stupeur, mais Holmes ne laissa à personne le temps de poser des questions car il ajouta :

— C'est vous, maître Blanchard, qui l'avez écrit !

15

Blanchard pâlit sous la surprise, mais nia aussitôt :

— Sornettes ! Encore une de vos stupides allégations !

Holmes se tourna vers le grand vicaire. Il écarta les bras, présentant ses paumes en signe d'évidence et expliqua :

— Lors de la fouille de la maison de Robin Testard, je me suis intéressé aux papiers sur son pupitre. Le sous-trésorier écrivait une vie des papes. Pour son travail, il avait préparé une main de papiers vierges provenant d'un moulin de la Seine.

Holmes s'adressa alors au lieutenant civil :

— Il vous sera facile de le vérifier. La trame en était rugueuse et un griffon formait filigrane. Comme celui-ci.

Il brandit le billet découvert dans le coffre du sous-trésorier.

— Dès lors, j'avais compris beaucoup de choses sur la fin de ce pauvre chanoine. Le billet avait été écrit après sa mort par quelqu'un disposant de ses clefs. Or, une seule personne se trouvait dans ce cas : vous !

De l'index, il désigna Blanchard.

— Vous qui aviez fait chercher les clefs la veille à l'Hôtel-Dieu ! Vous vous êtes ensuite rendu chez Robin Testard, vous avez déposé la coupe en étain doré, écrit le faux message et l'avez placé dans le coffre. Ainsi, tout conduirait à la culpabilité de votre confrère, alors que c'est vous qui voliez le trésor de la Sainte-Chapelle…

Tout se passa très vite. Le maître-gouverneur, qui se tenait toujours debout, se précipita vers la porte de la chambre. Jacotin se rua à sa suite. Mais le clerc de l'évêché trouva en chemin le sergent à verge du Châtelet qui tenta de l'arrêter. De ses poings réunis par la tige de fer, Jacotin frappa l'homme d'armes au visage. Ce dernier, surpris et étourdi, tomba à genoux.

Watson s'était dressé quand le maître-gouverneur de la Sainte-Chapelle avait détalé. En se précipitant à sa suite, il bouscula Jacotin qui arrivait à la porte. Blanchard, lui, l'avait déjà franchie.

Grand Collet parvint à repousser Watson qui l'avait saisi par un bras, mais il tomba à son tour : le lieutenant civil venait de le frapper dans le dos avec le plat de son épée, lui faisant perdre connaissance.

Watson se rua à la porte et descendit l'escalier quatre à quatre. Il vit Blanchard devant lui et, sans hésiter, se jeta en avant, tombant sur le dos du maître-gouverneur qui roula dans les marches, l'Anglais agrippé à son cou.

Leur chute s'arrêta au palier. L'archer se releva, un peu étourdi, attrapa le chanoine par le col et le gifla plusieurs fois à la volée. Ce dernier ne se débattit pas. Il avait perdu et se savait vaincu.

Déjà le lieutenant civil arrivait. Il saisit lui aussi Blanchard et, aidé de Watson, tous deux le remontèrent dans la chambre.

En haut, le grand vicaire et Chuffart demeuraient pétrifiés par cette succession de violences.

Quand l'archer et le lieutenant du prévôt entrèrent avec leur prisonnier, le sergent était assis par terre, essuyant sa bouche et son nez sanglants.

— Ça ira, Étienne ? s'enquit Rapine.

— Ça ira, messire. Mais je serai au premier rang quand il dansera la giguedouille.

Le futur danseur n'avait pas repris connaissance.

— Dans ce cas, Étienne, descends chercher les archers et qu'ils l'emmènent au Grand Châtelet.

Cette fois, le grand vicaire ne protesta pas.

— Quant à toi, dit Rapine à Blanchard qu'il tutoyait désormais comme le larron qu'il était, tu vas tout nous raconter. Si tes aveux sont complets, j'en tiendrai compte.

Watson poussa le chanoine jusqu'au tabouret sur lequel il le contraignit à s'asseoir.

— Maître Blanchard, comment avez-vous pu imaginer et conduire pareille perfidie ? balbutia le grand vicaire qui espérait encore une dénégation.

— Je ne sais... Je ne sais... Que Dieu me pardonne.

— Depuis quand connaissez-vous Grand Collet ? s'enquit Holmes.

— J'ai rencontré Jacotin des Marets dans une des maisons de la rue Glatigny[1]. Nous partagions parfois la même fille et nous étions devenus de bons camarades. Or, j'avais de plus en plus souvent des problèmes d'argent. Vous l'ignorez peut-être, mais nos prébendes sont versées avec une grande irrégularité. Or, tout devient très cher à Paris : la nourriture, le vin, les vêtements, les fourrures, le bois de chauf-

1. Principale rue de prostituées dans la Cité.

fage. Quand je parlais à Jacotin de mes difficultés financières, il se moquait. Lui semblait ne manquer de rien. Un jour, il me dit qu'il ne comprenait pas comment je pouvais être dépourvu d'argent alors que j'étais entouré de tant de richesse.

» Offensé par de telles paroles, je lui rappelai que j'étais le gardien des biens du roi. Mais cela ne l'impressionna pas et il me traita de coquard : "Ma foi, s'il manquait un chandelier d'argent, qui s'en apercevrait ?" ricana-t-il.

» Puis, cette année, nos prébendes ne furent pas du tout payées. Mon indigence devenait extrême alors que j'étais le représentant du Saint-Père et que je devais tenir mon rang. Un jour, pour mon malheur, nous reparlâmes de ce chandelier d'argent. Je lui dis que, si j'en prenais un, je ne pourrais rien en faire, car je ne saurais le vendre puisqu'on me connaissait. Il me rétorqua qu'il pouvait s'en charger.

» Dieu me pardonne de le dénoncer mais il fut mon tentateur. Je cédai donc au Malin en lui faisant passer un chandelier qu'il me paya avec six gros d'argent, une valeur bien faible pour un tel crime. J'avoue avoir recommencé deux fois jusqu'au jour où un chanoine s'aperçut de la disparition des porte-cierges. Il y eut une enquête que je diligentai en personne et on trouva un coupable, un garde du palais entré dans la sacristie sans en avoir le droit. Il paya cher un vol qu'il n'avait pas commis.

» Seulement il ne m'était plus possible de recommencer. Des Marets me proposa alors de lui faire passer un calice d'or. Je m'insurgeai, lui répondant que j'étais le dépositaire des vases sacrés, et qu'on s'apercevrait bien vite du vol. Il me répliqua qu'il pouvait faire fabriquer la copie d'une coupe d'une telle façon que personne ne découvrirait la vérité. Je refusai, mais, hélas pour moi, pas suffisamment car, étranglé par le besoin d'argent, je finis par lui remettre le calice de Marc, lui expliquant que je ne pouvais le lui laisser que deux jours. Il fut de parole et me le rendit dans ce délai. Quelques jours plus tard, il me donna cette coupe que vous avez fait examiner par un changeur.

Blanchard se mit la tête entre les mains, ne voulant pas affronter les regards de ceux qui l'écoutaient tandis que Holmes murmurait à l'intention de Chuffart :

— *Quis custodiet ipsos custodes*[1] ?

Arrivèrent alors le sergent et les archers. Ils entravèrent Grand Collet qui gémissait, dans un état de semi-conscience.

Sur un ordre de Germain Racine, le maître-gouverneur poursuivit :

— À ma grande honte, je fis l'échange des vases et je donnai à des Marets le calice d'or pour lequel il me remit cette fois cent livres.

Le chanoine se mit alors à pleurer et balbutia :

— J'étais cependant taraudé par la honte… et la crainte qu'on découvre la substitution…

— Alors vous avez pensé au garde qui avait été condamné à tort, intervint Holmes, et vous avez songé à recommencer…

— Je vous en supplie… Je ne peux pas continuer… murmura Blanchard.

— Vous avez élaboré cet infâme stratagème qui a coûté la vie à maître Testard et devait l'incriminer ! accusa le grand vicaire, horrifié.

Blanchard leva les yeux vers lui.

1. « Qui gardera les gardiens ? » Phrase attribuée à Juvenal.

— J'avais si peur… Je ne dormais plus… Je ne vivais plus…

— Et Robin Testard faisait un coupable idéal, observa Holmes.

— Non… Non… Ce n'est pas moi… J'ai seulement dit à Jacotin des Marets que tôt ou tard ma faute serait découverte et c'est cet envoyé du Fourchu qui a tout décidé…

— C'est faux !

Jacotin venait de reprendre conscience. Frémissant de rage, méconnaissable, il poursuivit :

— C'est lui qui m'a déclaré vouloir faire accuser Testard ! Qu'il soit maudit et qu'il brûle en enfer ! cracha-t-il. Il m'a même demandé de faire faire des copies de quatre autres calices, m'expliquant qu'après la découverte du vol, il ne serait plus possible de vendre de nouveaux vases !

— Non… C'est lui ! protesta Blanchard dans un sanglot.

— Il m'a affirmé que seul un chanoine pouvait être accusé des vols ! Il m'a nommé Robin Testard car, comme sous-trésorier, il possédait lui aussi la clef de l'armoire où se trouvaient les coupes. Le problème, c'est que, s'il restait vivant, il se défendrait de cette accusation et la vérité serait révélée. Aussi il m'a demandé de le navrer ! Que le Malin emporte ce fourbe et lui fasse souffrir mille morts !

— Jamais ! Je n'ai jamais dit cela !

— Je ne voulais pas ! cria Jacotin, plus fort que le chanoine. Je suis un voleur, oui, je le reconnais, mais je n'ai jamais tué. Je n'avais pas le choix car il m'a menacé, il m'a dit que, s'il était pris, je le serais également. Son entreprise contre maître Testard ne pouvait manquer, assurait-il et il m'a convaincu : Testard avait un passé de bagarreur qui expliquerait tout à fait sa participation à une rixe. De plus, disposant de quelque fortune il vivait dans le luxe et il serait facile de faire croire que sa richesse provenait de sa malhonnêteté…

— Il ment ! protesta Blanchard dans un sanglot.

— Voilà deux jours, il a dit à Testard qu'un pèlerin l'avait approché afin de lui proposer une magnifique relique ramenée d'Orient, haleta le clerc de l'évêché. Mais il ne pouvait le rencontrer, car il devait se rendre à l'hôtel Saint-Pol. Aussi lui a-t-il demandé de le remplacer, lui assurant qu'il était autant savant que lui pour juger de la qualité de l'objet. Flatté, ce sot de Testard a accepté.

— Ce rendez-vous, c'était sur la rive, devant la Tournelle, anticipa Holmes.

— Oui, mais Testard connaissait l'endroit. Il le savait mal famé et avait emporté un couteau. Quand je l'ai approché, il m'a demandé que je lui montre la relique. Je n'avais pas pensé à prendre un objet pour le tromper. Il s'est méfié, a insisté et je me suis jeté sur lui pour en finir. Je ne voulais pas le tuer, juste le précipiter dans l'eau. S'il s'était noyé, cela aurait été la décision du Seigneur. Mais il s'est défendu, c'est ainsi qu'il m'a blessé. Dans ma colère, je l'ai frappé à mon tour, mais j'ai abandonné le combat quand j'ai vu que le courant l'emportait.

» J'ai ensuite retrouvé Blanchard à la *Pomme-de-Pin* où il m'attendait. Je lui ai dit que je n'avais pas pu prendre les clefs de son confrère comme il me l'avait demandé et que je n'étais pas certain de sa mort. Il s'est fâché contre moi et je ne l'ai plus vu.

— Aussi, dès que vous avez appris que le corps de Testard avait été retrouvé, vous vous êtes précipité à l'Hôtel-Dieu pour reprendre ses clefs, dit Holmes en s'adressant à Blanchard.

Mais ce dernier, la tête toujours entre les mains, n'arrêtait pas de sangloter et resta coi.

— Comment avez-vous apporté le vase en étain trouvé chez Testard ?

Seuls les sanglots se firent entendre. Quant à Jacotin des Marais, calmé de sa colère, il s'était perdu dans le silence.

— Par les cornes de Belzébuth, répondez ! ordonna le lieutenant du prévôt. À moins que vous ne préfériez avouer avec les brodequins !

— Je... Je me suis rendu au Trésor où j'ai expliqué au chanoine de garde que je voulais vérifier une armoire. Il m'a laissé seul, j'ai pris le ciboire de Marc et je me suis rendu chez Testard où je l'ai déposé...

— Et vous avez écrit ce billet !

— Oui, murmura le maître-gouverneur.

— Qui aurait pensé à vérifier que le papier du message prétendument reçu par Testard provenait de chez lui ? fit Chuffart d'un ton autant admiratif que désespéré.

— On peut tirer de grandes déductions à partir de petits faits, dit Holmes avec malice.

— Grand Collet n'aurait donc jamais tué ? Parlez-nous alors de Colin du Puis ! ordonna le lieutenant civil en s'adressant à Jacotin.

— Il est venu au *Plat-d'Étain*, mais je n'y étais pas, car je travaillais ici. Je ne me rendais au cabaret que certains soirs. L'étainier était terrorisé et voulait me rencontrer. Mes hommes lui ont dit de revenir, il a refusé. Il y a eu querelle et un Tricoteur lui a donné un coup de couteau. Je n'y suis pour rien.

On gratta à la porte et Watson, qui était le plus près de l'huis, alla ouvrir. C'était un clerc.

Il s'avança, intimidé par la présence de tout ce monde et s'adressa au grand vicaire :

— Monseigneur, messire Cauchon vient d'arriver. Il se trouve dans le scriptorium.

— Messire Rapine, je n'ai plus aucune objection. Vous pouvez emmener Jacotin et maître Blanchard, décida le vicaire qui ne voulait pas que l'évêque de Beauvais apprenne trop tôt les turpides de la Sainte-Chapelle.

Il se tourna vers Holmes :

— Je vous dois des excuses, maître Holmes. Pardonnez-moi d'avoir douté de votre perspicacité.

Le clerc anglais émit un sourire, salua Chuffart, le lieutenant civil, son sergent, puis le vicaire et le maître des clercs qui était toujours là.

— Viens, Watson, notre journée est terminée, dit-il en se levant.

16

Pour Holmes, la suite de l'affaire ne présentait plus d'intérêt. Peu lui importait ce que deviendraient Grand Collet et le maître-gouverneur. Mais Watson, lui, souhaitait connaître la fin de l'histoire et ce fut avec satisfaction que, quelques jours plus tard, il fit entrer le chancelier Chuffart dans la maison à la Corne-de-Cerf.

Comme ils allaient se mettre à table, Chuffart partagea leur dîner en racontant les derniers événements qu'il connaissait.

Avec l'intervention de Pierre Cauchon, un accommodement allait voir le jour entre Jean de Courtecuisse, le chapitre cathédral et Henri V. Il nécessitait cependant encore l'accord du Saint-Père. Courtecuisse deviendrait évêque hors de France[1] et une nouvelle élection aurait lieu. En attendant, le vendredi 16 octobre, au nom de l'évêque, le sous-chantre de Notre-Dame avait pris possession de la juridiction ecclésiastique, reçu les sceaux et avait été installé dans la chaire épiscopale.

Bien sûr, ces manœuvres n'intéressaient pas Watson. Chuffart le savait et ne les avait rapportées

1. Il devint évêque de Genève.

que pour se gausser. Il en vint donc enfin à Grand Collet et à la mort de Testard.

Jacotin avait été mis à la question ordinaire. Sous la torture, il avait décrit tous ses forfaits et on avait même récupéré une partie de ses rapines, cachées dans un mur de sa chambre. Deux de ses complices avaient été saisis et tous trois devaient être pendus à la Croix du Trahoir quelques jours plus tard, après avoir fait amende honorable à Notre-Dame, puis avoir eu les poings coupés.

Quant à Blanchard, le prévôt l'avait finalement rendu à la justice de l'évêché puisqu'il n'avait pas commis de meurtre. Le maître-gouverneur espérait échapper au châtiment corporel en promettant une fondation de messes et un pèlerinage à Saint-Jacques-de-Compostelle. Il n'en avait rien été et le bailli de For-l'Évêque l'avait condamné à mort : il serait jeté dans la Seine, cousu dans un sac. Ainsi le sang ne coulerait pas. Enfin, la reine Isabeau avait été informée de l'enquête d'Edward Holmes. En remerciement de ses services, elle lui offrait une croix en or.

C'était la raison de la visite du chancelier qui remit le bijou au clerc. Quant à Watson, il n'avait pas été oublié et le vicaire général lui laissait, toujours par l'entremise de Chuffart, la somme de quatre livres en esterlins pour avoir empêché la fuite de Blanchard.

Les deux Anglais remercièrent chaleureusement Chuffart. Cependant, en songeant que rien n'allait occuper son esprit dans les semaines à venir, Holmes ressentait déjà une sourde mélancolie l'envahir.

Cinq médailles d’argent

1

Octobre 1422

Après la mort d'Henri V, régent de France et roi d'Angleterre[1], le roi Charles VI avait fait son entrée dans Paris le samedi 19 septembre, où il avait été acclamé par une foule en liesse. Même son épouse Isabeau, qui l'accompagnait, avait été ovationnée, bien que la Bavaroise ne soit guère aimée des Parisiens.

Le couple royal avait ensuite regagné l'hôtel Saint-Pol, mais chacun dans sa demeure, le roi fol restant quasiment seul dans le plus grand abandon. C'est là qu'il devait s'éteindre le mercredi 21 octobre 1422 à sept heures du matin, après un accès de fièvre quarte.

Deux jours plus tard, le Parlement se réunissait sous l'autorité de Jehan Le Clerc, le chancelier de France, afin d'ouvrir le testament royal. Ce document avait été rédigé trente ans plus tôt et les exécuteurs testamentaires choisis étaient morts, certains depuis longtemps. À l'instigation de la reine Isabeau, on en désigna donc de nouveaux et, parmi eux, fut nommé Michel de Lallier, richissime bourgeois, maître

1. Le 31 août 1422.

des comptes et ancien changeur, qui avait toute la confiance de la souveraine. Il fut chargé de faire l'inventaire des meubles du défunt et de s'occuper des funérailles.

Lors de la séance suivante du Parlement, on lut une ancienne ordonnance du feu roi décidant qu'à sa mort son fils aîné soit roi couronné avec toute autorité sur le royaume. Cette disposition de succession avait été écrite avant le traité de Troyes, dûment enregistré en 1420, qui désignait comme héritier du royaume de France le roi d'Angleterre, en l'occurrence le jeune Henri VI, fils d'Henri V et petit-fils de Charles VI.

Partagé, le Parlement décida d'attendre la venue du duc de Bedford[1], nouveau régent de France, pour prendre une décision. Ce dernier revint à Paris le 5 novembre et, le jour même, il visita la reine Isabeau en l'hôtel de Saint-Pol avant d'aller se recueillir dans la chambre du roi, devant sa dépouille.

Le lendemain, Michel de Lallier se tenait dans cette même pièce. Le corps embaumé de Charles VI avait été mis dans un cercueil de plomb et le maître des comptes, en compagnie de plusieurs échevins, recevait ceux qui venaient rendre hommage à ce pauvre roi fou, pourtant tant aimé des Parisiens.

Lallier gratifiait chaque visiteur d'un triste sourire de circonstance, agrémenté souvent d'une parole de sympathie. Ceux qui venaient saluer une dernière fois leur roi étaient surtout des conseillers des cours judiciaires, de grands bourgeois et de hauts prélats. Quelques rares Anglais aussi, auprès desquels Lallier

1. Jean de Lancastre, duc de Bedford, frère cadet d'Henri V. Les autres frères d'Henri V étaient le duc de Clarence (Thomas de Lancastre), tué à la bataille de Baugé, et le duc de Gloucester.

jurait de sa fidélité envers le jeune Henri VI. Le maître des comptes donnait l'impression d'un homme profondément peiné. Et il l'était bel et bien. Ce n'était cependant pas la mort du roi qui le chagrinait, mais le fait qu'elle soit survenue bien trop tôt à son gré.

La fortune de Michel de Lallier trouvait son origine dans le bail qu'il avait signé lors de la reconstruction du pont Saint-Michel, emporté par les glaces en 1407. En contrepartie du financement du nouveau pont, le changeur avait obtenu l'attribution des maisons construites dessus. Par la suite, il avait toujours adroitement manœuvré entre les factions armagnac et bourguignonne, même si, comme manieur d'argent ayant des intérêts à Bruges, la capitale financière de l'Europe, il penchait plutôt pour les Bourguignons. De surcroît, le duc Jean sans Peur s'était toujours opposé à une fiscalité confiscatoire, un comportement que le richissime bourgeois qu'il était ne pouvait qu'approuver.

Cependant, Michel de Lallier avait accepté le gouvernement armagnac entre 1414 et 1418. Il avait même dénoncé un complot conduit à Pâques 1416, par une poignée de fidèles du duc de Bourgogne, qui visait à occire le prévôt de Paris – Tanneguy du Châtel –, le chancelier, le duc de Berry et la reine Isabeau. Mais s'il avait agi ainsi, c'était surtout pour protéger la reine qu'il aimait fort. D'ailleurs, quand celle-ci avait été exilée et enfermée par le comte d'Armagnac pour cause de paillardise, il était intervenu auprès de Jean sans Peur afin que celui-ci la libère.

Mais plus qu'une loyauté envers tel ou tel parti, ce qui guidait Michel de Lallier, c'était son désir de paix. Car sans sécurité, pas de négoce, et aucun moyen honnête de s'enrichir.

Après l'entrée des Bourguignons dans Paris en 1418, il avait cru à la paix que négociaient le dauphin Charles et Jean sans Peur. Mais les gens du dauphin, avec à leur tête Tanneguy du Châtel, avaient traîtreusement assassiné le duc de Bourgogne. Depuis, son fils Philippe le Bon s'était allié aux Anglais.

Convaincu par la reine Isabeau que l'alliance anglaise provoquerait la fin de ce long conflit, Michel de Lallier avait approuvé le traité de Troyes qui faisait fi de la loi salique et offrait le trône des lys à l'Angleterre. Mais Henri V ne s'était pas imposé et les combats s'étaient poursuivis dans le royaume avec encore plus de violence. Maintenant, les routiers écorcheurs se rapprochaient de Paris, où la misère s'aggravait, et le régent de France ruinait les bourgeois en les accablant d'impôts iniques.

Un an plus tôt, Lallier avait donc accepté une proposition de lady Mortimer dont le frère se présentait comme le légitime héritier du trône d'Angleterre. Il ferait assassiner Henri V et livrerait une porte de Paris pour faire entrer le dauphin dans la capitale. En échange, Mortimer, devenu roi d'Angleterre, quitterait la France. Mais l'Anglaise et ses complices s'étaient joués de lui et de ses compagnons, assassinant même son ami le drapier Clément Girard. Finalement, la conspiration avait été mise au jour par un clerc anglais nommé Edward Holmes, et avait tourné court[1].

La mort d'Henri V avait donné un nouvel espoir à Michel de Lallier. Certes, le traité de Troyes prévoyait que le prochain roi de France serait le fils du roi d'Angleterre, mais ce dernier n'était qu'un nourrisson. Tout devenait possible si Charles VI retrouvait

1. Voir *Une étude en écarlate*, *op. cit.*

sa lucidité durant quelque temps et rappelait son fils de Bourges. Vaine espérance ! Non seulement le roi de France n'était pas sorti de sa folie, mais il avait trépassé.

Le désordre allait s'installer dans le royaume des lys, plus violent que jamais. Maldicte soit la mort, songeait Lallier, au bord du désespoir. Toujours n'aurons que guerre, puisque notre roi bien-aimé nous a laissés.

Dès lors, il envisageait de reprendre langue avec le dauphin. Mais comment ? Même rencontrer son frère Guillaume, qui avait rejoint la cour de Bourges, se révélait impossible, car il était très difficile de sortir de Paris, et d'y entrer.

Lallier fut tiré de ses sombres pensées par des éclats de voix provenant de la galerie conduisant à la chambre royale. Apparut alors une importante délégation de gentilshommes tous de noir vêtus, avec, attachée au bras, une plaque d'argent sur laquelle il y avait une croix de Saint-André émaillée, l'emblème des Bourguignons. Leurs pages étaient revêtus de cottes tissées au motif de cette même enseigne.

Ayant reconnu parmi eux Hue de Lannoy, le chambellan de Charles VI et du duc de Bourgogne, pour l'heure gouverneur de Lille, Lallier s'avança avec respect.

Lannoy, la quarantaine, était un homme au caractère rude, réputé pour sa hardiesse et plus encore pour son arrogance. Deux ans auparavant, devant le duc son maître, il avait provoqué en duel un écuyer bourguignon. Fort fâché de cette agression, Philippe le Bon l'avait publiquement blâmé, mais lui avait aussi vite pardonné, ne pouvant se passer de ce chevalier fidèle et courageux.

Le maître des comptes s'abîma dans une révérence devant le gouverneur de Lille et les autres gentilshommes avant de les conduire auprès du corps du roi qui reposait sous un drap d'or.

Charles VI, en robe fleurdelisée, avait le visage découvert. Porteur de sa couronne, il tenait dans une main le sceptre royal, et de l'autre faisait la bénédiction de deux doigts.

Les Bourguignons se recueillirent un moment en murmurant force prières, puis Hue de Lannoy se tourna vers Lallier qu'il scruta d'un regard de feu. Devinant qu'il souhaitait lui parler, le maître des comptes s'approcha.

— Monseigneur le duc m'a demandé de vous transmettre son amitié, fit le chevalier d'un ton rude.

— Je suis honoré de sa prévenance. Assurez monseigneur de ma fidélité en ces temps difficiles.

Lannoy prit alors Lallier par le bras et s'écarta de ses compagnons.

— Je voulais évoquer cela avec vous, maître Lallier, murmura le Bourguignon.

— Ici ?

— Non point. Je me rendrai demain à votre domicile, à la pique du jour.

— Ce sera un immense honneur pour moi de vous recevoir, messire.

Le chevalier hocha du chef et revint vers la délégation ducale.

2

Bien plus tard arrivèrent Edward Holmes et Gower Watson. Ce dernier accompagnait sa maîtresse, dame Bonacieux, qui voulait rendre un dernier hommage à ce roi qu'elle aimait fort.

Le clerc Edward Holmes avait été intendant de la maison du baron de Roos, son frère germain qui était maréchal d'Angleterre. Mais à la mort de ce dernier à la bataille de Baugé, il avait été chassé de sa charge et s'était retrouvé sans toit.

Son ami Watson, archer ayant combattu à Azincourt où il avait été blessé, lui avait proposé de venir loger dans une chambre qu'il louait à maître Bonacieux, un receveur de la ville, dont il était garde du corps. Edward vivait alors de la préparation de suppliques pour des personnes accusées ou emprisonnées à tort. S'il parvenait à convaincre le roi – mais en vérité il s'agissait de la reine –, Sa Majesté accordait des lettres de rémission qui arrêtaient le cours de la justice.

C'est durant la préparation d'une telle requête qu'il avait découvert un complot visant à assassiner Henri V. Lui et Watson avaient failli y perdre la vie, mais ils avaient triomphé des comploteurs. Seulement ceux-ci avaient tué maître Bonacieux.

En échange de la non-dénonciation de leur félonie, Holmes avait obtenu des conspirateurs que la maison du baron de Roos soit donnée à dame Bonacieux en dédommagement. Il y logeait depuis, avec son ami Watson.

C'est dans les jardins de l'hôtel de Saint-Pol qu'ils rencontrèrent maître Chuffart en compagnie d'autres religieux.

Jean Chuffart, chanoine et chancelier de Notre-Dame, mais aussi chancelier de la reine Isabeau, était un fidèle tenant du camp bourguignon. Holmes le connaissait depuis presque deux ans et ils étaient devenus de véritables amis. Ils se saluèrent avec une grande cordialité. Chuffart en était à sa deuxième visite pour se recueillir et prier devant le corps du roi, aussi proposa-t-il aux Anglais et à dame Bonacieux de les guider.

La chambre royale dégorgeait de monde. En dépit de cette foule, la première personne que vit Holmes fut Michel de Lallier, debout près du dais surmontant la royale dépouille.

Edward n'avait jamais parlé au riche maître des comptes, mais il n'ignorait rien de sa participation au complot visant à assassiner le roi d'Angleterre. Il ne s'approcha pas de lui, l'observant simplement du coin de l'œil tandis que le chancelier Chuffart allait le saluer. Constance Bonacieux, elle, s'était mise dans la file qui passait devant la dépouille royale, Watson demeurait près de sa mie.

Au bout d'un moment, le chancelier Chuffart revint vers le clerc anglais.

— Avez-vous rencontré la reine depuis le trépas de Sa Majesté ? lui demanda-t-il.

— Non, mais je lui ai envoyé un courrier pour lui témoigner de la part que je prends à son malheur. Je suppose qu'elle doit être fort occupée en ce moment et ma place n'est pas auprès d'elle. Je lui rendrai visite dans quelques semaines, répondit Edward.

— Je lui ferai part de votre courtoisie.

Le regard de Holmes fut soudain attiré par quelqu'un qu'il avait déjà rencontré et dont il conservait un détestable souvenir. Cet individu discutait avec un groupe d'officiers royaux, tous en robe noire.

— Maître Chuffart, vous qui connaissez tout le monde à Paris, que savez-vous de cet homme en pourpoint violet et chaperon bleu qui discute avec ces officiers en noir ?

Le chancelier se retourna discrètement.

— Jehan Doule, avez-vous eu affaire à lui ?

— Voici quelques semaines. Il s'est fort grossièrement présenté chez dame Bonacieux pour réclamer la taille levée par notre bon roi Henri l'année dernière et qu'elle n'avait pas encore payée. Les deux marcs d'argent exigés avaient été préparés et elle les lui a remis sans barguigner, mais il s'en est pris à nous, demandant au quartenier[1] qui l'accompagnait pourquoi nous ne devions rien payer.

— Vous êtes clerc, et messire Watson membre de la ligue des archers parisiens, donc tous deux dégrevés.

— Gower le lui a dit, aussi cet insolent a-t-il demandé des justificatifs, ce qu'il n'avait nul droit de faire. Il était accompagné de ses archers et sergents, ce qui ne nous aurait pas empêchés de le jeter dehors,

1. Bourgeois responsable d'un quartier, en particulier pour la collecte de la taille.

et quand il a vu que les choses tournaient mal, il a déguerpi.

» Je suis resté intrigué par cette insolence. Beaucoup d'imposés ne peuvent payer la taille et, en général, les receveurs ne cherchent pas l'affrontement avec les débiteurs. Ils acceptent même d'encaisser moins que ce qui leur est dû pour ne pas partir les mains vides.

— Pas lui, c'est vrai. Doule était maître des paiements à l'Échiquier de Normandie. Il s'était d'abord opposé à votre roi quand Henri V avait envahi la province. Il a alors été déclaré rebelle, chassé de sa charge et a vu ses biens confisqués. Beaucoup s'attendaient à ce qu'il rejoigne le soi-disant dauphin, comme d'autres Normands dans sa situation, mais, chose curieuse, il a été approché par Thomas Montagu[1].

— Le lieutenant-général de la Normandie est un bon compère du duc de Gloucester[2], ricana Holmes.

— Vous devez le connaître mieux que moi, ironisa le chancelier d'Isabeau. Gloucester lui a en effet proposé une charge de maître des requêtes en échange de sa soumission. Doule était un parlementaire écouté et influent, une position qui intéressait le duc au plus haut point. Cependant, cette trahison ne lui a pas fait gagner l'estime du roi Henri.

— Notre monarque détestait la déloyauté.

— Je le pense aussi. Quoi qu'il en soit, Gloucester a obtenu pour son serviteur la charge de receveur général à Paris. On dit que Doule serait en vérité son espion, et que, en collectant la taille, il en profite pour jauger ceux qu'il visite et obtenir de précieux

1. Ou Montacute, comte de Salisbury en 1421.

2. Humphrey, duc de Gloucester, était le frère puîné d'Henri V et du duc de Bedford.

renseignements sur leur entourage et leur fortune, afin d'en informer le duc.

— Possible. Le duc de Gloucester s'est vu confier la régence en Angleterre, il ne doit pas avoir beaucoup de renseignements sur ce qui se passe à Paris. Or, il ne s'est jamais entendu avec son frère Bedford. Il pourrait bien utiliser un jour les informations que recueille maître Doule afin de prendre le pouvoir.

» Ce receveur semble disposer de moyens considérables, ajouta Edward, pensif. Il avait avec lui quatre hommes d'armes et deux commis.

— Il loue deux livres parisis par an l'hôtel de la Croix-Blanche, rue Saint-Martin, devant le pilori et le prieuré de Saint-Martin-des-Champs, au coin de la rue Guerin-Boucel. Il s'agit d'une maison ayant appartenu à Nicolas Flamel, en fort mauvais état, mais très grande.

— Vous savez décidément tout, messire Chuffart, observa Holmes avec un sourire.

— Je me contente d'écouter ! Ce vaste hôtel lui permet de loger ses domestiques mais aussi les commis s'occupant des tailles, ses sergents et ses hommes d'armes. Un personnel qu'il dit nécessaire car il entrepose chez lui d'importantes sommes, avant de les faire porter dans la Grosse Tour du Palais.

— Tout cela doit lui coûter fort cher.

— Gloucester le finance mais, surtout, il prélève le denier dix[1], et un peu plus, sur les sommes qu'il encaisse.

1. Dix pour cent.

3

Rue de la Bretonnerie, Michel de Lallier occupait une grande maison à trois étages en encorbellement. Peintes de couleur verte, les extrémités saillantes des solives étaient magnifiquement sculptées de têtes de saints et de diables. Ce samedi, le riche bourgeois avait prévenu son intendant : un chevalier, peut-être accompagné, se présenterait au lever du soleil. Il devrait être conduit sans délai dans sa chambre.

Lui-même s'était levé et préparé avant la fin de la nuit. Il avait ensuite demandé que l'on apporte une collation de confitures et de pâtisseries pour son visiteur. La servante qui s'en était occupée, une jeune femme nommée Loys, nouvelle venue dans la maisonnée, n'avait point jugé utile de sortir la vaisselle d'argent et il avait dû la réprimander afin qu'elle le fasse.

Hue de Lannoy arriva avec une escorte mais demanda à être conduit seul près du maître des comptes. Lallier le reçut avec une immense déférence, lui proposa son meilleur siège et ne prit place assise qu'après avoir vérifié que les portes étaient closes, cela à la demande du gouverneur de Lille. Il se doutait, bien sûr, que son visiteur venait traiter avec lui de choses confidentielles.

Ce dernier n'était pas homme à tortignoner. Après avoir déclaré qu'il regrettait fort la disparition du roi Charles, un prince qui resterait irremplaçable au cœur des Français pour sa bonté, il ajouta :

— Mon maître le duc se tourmente fort de l'avenir.

— Moi de même, messire. Je peux l'avouer.

— Le duc a approuvé le traité de Troyes en un temps où il avait foi en Henri, mais hélas celui-ci n'est plus. Le royaume de France sera donc gouverné par Bedford, qui certes poursuivra les desseins de son frère, mais sans en avoir les talents. Et surtout, il est mortel, comme nous.

Il soupira et fit une pause pour marquer l'importance de ce qu'il allait ajouter.

— Or, s'il venait à disparaître, Humphrey de Lancastre, le duc de Gloucester, deviendrait régent de France. Gloucester hait mon maître, le duc de Bourgogne, plus que tout au monde. Conseillé par cet ambitieux qu'est le comte de Salisbury, il fera tout pour abaisser le duc Philippe, ou pis. N'est-ce pas lui qui a intrigué pour faire enfermer L'Isle-Adam[1] ?

Sachant parfaitement cela, Lallier écoutait sans rien dire.

— Vous ne paraissez pas surpris que je me livre ainsi à vous, sourit, glacial, le chambellan du duc de Bourgogne. La raison en est simple, je sais pouvoir vous faire confiance.

Comme Lallier haussait les sourcils, le gouverneur de Lille ajouta :

— En janvier, mon maître n'a pas participé au siège de Meaux, car il devait convaincre plusieurs villes bourguignonnes de respecter le traité de Troyes.

1. Villiers de L'Isle-Adam, capitaine bourguignon qui avait chassé les Armagnacs de Paris en 1418.

Mais il ne s'est pas seulement rendu en Bourgogne. Il a aussi rencontré le dauphin en Savoie, chez le duc Amédée[1].

Cette fois, le maître des comptes écarquilla les yeux tandis que le chevalier levait une main afin qu'il ne tire pas de conclusions hâtives.

— Pour le duc, il ne s'agissait que de faire l'inventaire avec son cousin de ce qui les séparait, et de ce qui les rapprochait. Charles lui a de nouveau juré n'être pour rien dans la mort de son père et lui a promis qu'il éloignerait les assassins, si la paix se faisait entre eux, et si Bourgogne le reconnaissait comme roi.

» Mon maître n'a rien promis, mais tous deux ont convenu de poursuivre leur relation par l'intermédiaire de fidèles. C'est ainsi que le dauphin a donné votre nom, comme celui d'un sujet dévoué.

Lallier grimaça. Voilà une confidence qui pouvait le conduire dans la Seine, cousu dans un sac. Qu'avait raconté le dauphin ? Avait-il parlé du complot Mortimer ? Il frissonna d'inquiétude.

Le visiteur prit conscience du malaise du bourgeois parisien, car il leva une main protectrice en déclarant :

— Rassurez-vous. Seul le duc et moi-même connaissons vos sentiments. Tout cela pour vous dire que nous souhaiterions que vous vous rapprochiez de Bourges, de manière à pouvoir agir promptement, en cas de nécessité.

— Je n'y suis point opposé, messire, opina Lallier. Et je crois pouvoir parler au nom de mes amis, car nous désirons tous la paix. En fait, il s'avère impossible de se rendre à Bourges avec les écorcheurs qui

1. Il s'agit d'Amédée VIII, le duc de Savoie.

pullulent dans les campagnes. De surcroît, comment approcher le dauphin ?

— Le roi, le corrigea le chevalier.

Lallier branla du chef, mais sans se reprendre. La prudence s'imposait.

— S'il est difficile de faire route de Paris à Bourges, un homme vaillant peut cependant y parvenir. Je suis d'ailleurs en mesure de vous aider, car le duc m'a remis un laissez-passer pour vous-même ou un de vos proches.

Il fouilla dans un pli de son pourpoint noir et sortit un papier plié.

— De plus, le duc vous protégera, si vous aviez des ennuis.

Comme Lallier restait muet, laissant ainsi percer ses doutes, le chevalier ajouta :

— Je sais à quoi, ou plutôt à qui vous pensez : au maréchal de L'Isle-Adam, enchartré[1] alors qu'il était un fidèle de monseigneur le duc. Sachez donc que Gloucester voulait le mettre à mort, et que mon maître a mis son amitié dans la balance pour que ce crime ne soit point commis. J'ajoute que j'ai rencontré Bedford à ce sujet, hier. Le duc a exigé la libération de son serviteur et, en ce moment même, le seigneur de L'Isle-Adam a quitté la bastille Saint-Antoine pour l'hôtel d'Artois, d'où il gagnera ses terres dans la journée, restitué en ses biens et dans ses offices.

— J'apprécie pleinement cette liberté, approuva cette fois Lallier.

L'Isle-Adam avait été emprisonné l'année précédente, accusé à tort de complot, et son arrestation avait donné lieu à une émeute. En vérité, Gloucester haïssait le maréchal et Henri V détestait son franc-

1. Emprisonné.

parler depuis le jour où L'Isle-Adam, ayant soutenu son regard, le roi anglais lui avait dit qu'on devait baisser les yeux devant lui ; ce à quoi le maréchal avait répondu fièrement qu'un homme qui ne regardait pas face à face ainsi était, en France, tenu pour fourbe et mauvais.

Le gouverneur de Lille se leva.

— N'oubliez pas que le temps presse, dit-il. J'ai appris qu'à compter de lundi toutes les lettres royales seront faites au nom d'Henri VI roi de France et d'Angleterre.

— On me l'a dit, confirma Lallier, toujours prudent.

Hue de Lannoy fut sans doute déçu que le maître des comptes ne montre pas plus d'ardeur pour sa proposition, mais il en comprenait fort bien la raison. Si le bourgeois approchait l'ancien dauphin, en vérité le roi Charles VII, et si le roi Henri l'apprenait, c'était la mort assurée pour lui, les siens et ses amis, et cela dans des conditions atroces. Même le duc de Bourgogne ne pourrait le sauver.

4

Après avoir raccompagné le gouverneur de Lille, Michel de Lallier revint dans sa chambre où il resta méditatif, debout devant une fenêtre aux petits carreaux en losange colorés qui ne permettaient pas de voir dans la rue.

Que faire ? La raison lui conseillait de ne pas se lancer dans une nouvelle intrigue pour laquelle il risquait de perdre ses biens et sa vie. Mais il se sentait flatté d'avoir la confiance du roi Charles VII et du duc de Bourgogne, lui simple roturier n'ayant fait fortune que par son talent. Une fois de plus, il se trouvait à la veille d'un choix décisif. Qu'il soutienne Charles et que celui-ci revienne à Paris, il pourrait alors briguer les plus hautes charges, peut-être même devenir prévôt des marchands et être anobli.

Les risques étaient immenses, mais la fortune aussi. Il alla prendre le sauf-conduit et le lut une nouvelle fois :

Philippe, à tous nos lieutenants, maréchaux, maître des arbalestiers, sénéchaux, baillis, prévôts, châtelains, capitaines, maires, échevins, gardes de bonnes villes, forteresses et ponts, sujets auxquels ces présentes seront montrées, salut.

Savoir faisons que, pour certaines causes qui nous meuvent, nous avons donné et donnons par ces présentes à..., et à ceux de sa compagnie, bon et loyal sauf-conduit du jour de la date de ces présentes jusques à deux mois prochains.

Donné à Paris le 7 novembre

Philippe, duc de Bourgogne

Toujours hésitant, Lallier ouvrit la croisée pour faire disparaître l'oppression qui l'étouffait. Il faisait froid. Le ciel était gris. Dans les rues, quelques tas de neige noircis, restes de la première chute de l'hiver, n'avaient pas encore fondu. Un temps désagréable pour entreprendre un long voyage vers Bourges, mais il pourrait être pire.

Il referma et alla à sa table de travail, tailla une plume et écrivit cinq billets qu'il cacheta avec son sceau. Après quoi, il revint à la porte de la chambre, l'ouvrit et appela son intendant qui arriva aussitôt. Il désigna sa table.

— J'ai écrit cinq billets et mis les noms des destinataires dessus. Faites-les porter sur-le-champ.

À basse none[1], Jean de Louviers arriva le premier, suivi de peu par Thomas Pigache.

Louviers, échevin, drapier et bourgeois de Paris, avait dépassé la quarantaine. C'était un homme bedonnant, ayant du mal à se déplacer contrairement au changeur Pigache, maigre et sec, lui aussi échevin.

Ces deux-là étaient les plus proches amis de Lallier et, s'ils participaient à nombre d'affaires ensemble, ils partageaient surtout les mêmes idées : dix ans de guerre civile avaient mis à mal leurs négoces et

1. Vers dix heures passées.

ils étaient prêts à prendre de grands risques pour le retour de la paix.

En attendant l'arrivée des autres personnes que le maître des comptes avait conviées, ils échangèrent quelques informations sur les obsèques du roi, lesquelles auraient lieu le lundi suivant à Notre-Dame avant le transfert du corps, le lendemain, à la basilique de Saint-Denis. Pigache apprit aussi à son ami qu'un changeur lui avait rapporté la présence du dauphin à Puy, en Auvergne, le jour où celui-ci avait appris la mort de son père. Le jeune homme avait beaucoup pleuré car, même si on le disait bâtard et si le roi avait peu d'affection pour lui, Charles aimait celui à qui il devait succéder sur le trône de France, selon la loi de Dieu.

Arriva alors Gilles Girard, un jeune drapier. Celui-ci était le cadet d'un autre ami des trois bourgeois, assassiné hélas par les gens de lady Mortimer l'année précédente. L'aîné des fils Girard avait repris la boutique de draperie, sise à quelques pas de la rue de la Court-du-Roi, devant le Palais, tandis que Gilles, l'aventurier de la famille, s'occupait plutôt des achats d'étoffes en Flandre, à Rouen et à Lyon. Le jeune homme avait été mêlé de près au complot auquel son père avait participé, et d'ailleurs c'est lui qui avait découvert son corps au fond d'un puits. Il s'était aussi lié à Robert de Lusignan, l'Armagnac envoyé à Paris par le dauphin pour aider les conjurés. Naturellement, Gilles avait pris la place de son père dans ce petit groupe de notables parisiens qui œuvraient pour la paix.

Lallier commençait à leur expliquer pourquoi il les avait fait venir quand se présentèrent, presque ensemble, Laurent Piedefer et Philippot Bontemps.

Piedefer était un jeune avocat au Châtelet, comme ses deux frères, plus âgés que lui. Son visage, aussi rond que celui d'une pomme, lui donnait un air poupin et affable, mais il s'entraînait régulièrement aux armes et on le disait d'une belle force à l'épée. Il ne rêvait que plaies et bosses et n'aimait guère les Anglais. Lallier le connaissait depuis son enfance, car sa mère était une cousine éloignée. Ayant appris par ses deux frères qu'il envisageait de rejoindre le dauphin, il l'avait plusieurs fois sondé pour savoir s'il souhaitait vraiment le retour du duc de Touraine[1] – désormais leur roi – dans sa capitale. Mis en confiance, le jeune homme n'avait pas tergiversé.

Quant à Philippot Bontemps, robuste bonhomme dans la cinquantaine, à la figure carrée et aux yeux énergiques, il s'agissait de l'ancien capitaine de la porte Saint-Jacques. Lallier l'avait fréquenté quand il était lui-même lieutenant de la milice urbaine et, lors du complot Mortimer, il avait obtenu de lui qu'il ouvrirait la porte dont il avait la garde si le dauphin s'y présentait. Taciturne et austère, Bontemps était avant tout bon chrétien et, selon lui, seul Dieu pouvait changer les règles de succession au trône de France. C'est parce qu'il en avait fait état, et qu'il avait refusé de jurer fidélité à Henri V, qu'on lui avait retiré la garde de la porte et la clef de la poterne.

Chacun s'étant installé dans la pièce où ronflait un bon feu, les portes étant bien closes, Lallier raconta la visite du gouverneur de Lille, puis fit circuler le sauf-conduit.

Un silence de réflexion s'installa quand il eut terminé. Chacun comprenait que leur hôte leur propo-

1. Charles de Ponthieu, onzième fils de Charles VI, duc de Touraine, deviendra Charles VII.

sait de s'engager dans une voie fort périlleuse. Se faire prendre signifierait une rude mort, au mieux noyé, au pis écartelé ou brûlé vif. Mais réussir, c'était la fortune.

Gilles Girard fut le premier à s'exprimer. Il s'était déjà lourdement compromis avec les partisans du dauphin et, désormais, il se sentait capable d'aller jusqu'au bout.

— Ce laissez-passer permet sans doute de quitter Paris, peut-être de rejoindre Bourges, mais après ? Que pourrions-nous proposer au dauphin, pardon, à notre nouveau roi ? Nous sommes cinq ici. Rien que cinq.

— Tu le sais, Gilles, nous pourrions rassembler quelques dizaines de fidèles si cela s'avérait nécessaire, objecta Lallier.

— Quand bien même. Sans possibilité d'ouvrir une porte, notre affaire est vouée à l'échec, intervint Louviers.

— C'est certain, confirma l'ancien capitaine de la porte Saint-Jacques, d'un ton sans réplique.

— Vous n'avez aucune idée sur la façon dont on pourrait obtenir une clef ? interrogea le changeur Pigache.

— Aucune ! Bedford a pris toutes les précautions imaginables. Chaque capitaine garde l'instrument chez lui et ne circule qu'accompagné d'une escorte. Or tous ont vendu leur âme et leur corps à l'Angleterre. Aucun n'est même bourguignon, tant Henri se méfie du duc, bien qu'il soit son allié.

— Pourtant, nous ne pouvons rester les bras ballants, intervint Laurent Piedefer. Rien ne serait pire que le roi imagine qu'il n'a aucun fidèle dans sa capitale.

Il prit le sauf-conduit.

— Je veux bien partir pour Bourges et rencontrer Sa Majesté. Je lui dirai que nous sommes ses serviteurs, même si nous n'avons aucun moyen d'ouvrir une porte, s'enflamma-t-il.

— Pourquoi pas ? approuva prudemment Pigache. Peut-être l'un de ses officiers aura-t-il une idée.

— J'avoue que je suis tenté de vous accompagner, Laurent, dit Girard, mais la mort de mon père est encore trop présente, et mon épouse et mon frère m'en voudraient si je repartais. Néanmoins, je peux vous aider à ma manière…

Lallier leva des sourcils interrogatifs.

— Vous vous souvenez comment Lusignan et moi avons été pris par les gens de Mortimer, puis délivrés par ce clerc anglais… Le nommé Holmes ?

Tous les participants hochèrent la tête. Piedefer avait entendu l'histoire quand Lallier l'avait instruit sur leur groupe.

— Avant de quitter Paris, j'ai accompagné le chevalier dans son logis, car il avait à prendre quelques affaires. Après quoi, je lui ai proposé de loger chez moi le temps de lui dénicher un cheval et un équipement.

Pigache opina. C'est lui qui s'était occupé d'obtenir un sauf-conduit pour Lusignan en le faisant passer pour un coursier devant se rendre à un comptoir de change lyonnais.

— Durant les deux jours où il est demeuré dans ma maison, messire de Lusignan a eu le temps de m'écrire une lettre qui peut faire office de laissez-passer. Certes, ce n'est pas un sauf-conduit mais, présenté au capitaine d'une troupe armagnac, un tel papier peut éviter d'être pendu. Il me l'avait laissé au cas où j'aurais à revenir à Bourges.

— En effet, un tel document complétera à merveille celui du duc de Bourgogne, acquiesça Lallier.

Il s'adressa à Piedefer :

— Vous pourrez aller jusqu'à Auxerre sans difficulté avec le sauf-conduit bourguignon mais, ensuite, le voyage à Bourges sera plus compliqué, même avec le billet de Lusignan. Le pays est aux mains des Armagnacs et des écorcheurs. Vous en sentez-vous capable ? Vous ne connaissez pas la route, et on ne pourra vous fournir que deux ou trois hommes d'armes comme escorte.

— Je n'ai pas besoin d'escorte, maître Lallier, décida l'avocat en secouant la tête. J'irai plus vite et plus sûrement en n'étant pas accompagné. Voyager seul ne m'inquiète pas, bien au contraire.

Girard grimaça, jugeant que le garçon sous-estimait la difficulté d'une telle expédition.

— Vous prenez de bien grands risques, observa alors Louviers, qui se garda cette fois de proposer que son fils se joigne à l'expédition comme il l'avait fait lors de l'affaire Mortimer.

— Je n'ai pas peur…

Il laissa sa phrase en suspens avant d'ajouter, avec un sourire de circonstance :

— Je peux vous l'avouer, j'ai envie de faire mes preuves. Je veux savoir de quoi je suis capable.

— Entendu ! décida Lallier. Partez donc dès demain dimanche, car le mauvais temps pourrait bien arriver rapidement et tout compliquer. Il faut profiter de l'absence de neige. Vous choisirez ici l'équipement nécessaire et je vous offrirai le cheval.

5

Laurent Piedefer arriva à Bourges le 13 novembre après un voyage à peu près sans histoires. À Nemours, on lui avait conseillé de filer vers Montargis, puis de suivre la Loire jusqu'à Cosne où les bacs ne manquaient pas pour franchir la rivière. C'est là qu'il était tombé aux mains d'une troupe armagnac qui rejoignait la compagnie d'Étienne de Vignolles, celui que les Anglais surnommaient la Hire-Dieu[1], lequel guerroyait en Lorraine afin d'aider René d'Anjou, héritier du duc Charles II de Lorraine et fils de Yolande d'Aragon. Sans la lettre de Lusignan, le chevalier qui commandait la troupe aurait certainement branché l'avocat mais, étant parent de Robert de Lusignan, il invita son prisonnier à souper, lui prodiguant de nombreux conseils pour atteindre Bourges sans malaventures et lui remettant également un billet permettant d'entrer dans la ville.

Cependant, il le prévint que le nouveau roi ne s'y trouvait pas. Après s'être fait sacrer en la cathédrale Saint-Étienne de Bourges, Charles de Ponthieu, duc de Touraine devenu Charles VII, était parti pour La Rochelle. Cependant, ni Tanneguy du Châtel

1. Il sera un compagnon de Jeanne d'Arc.

ni Lusignan ne l'avaient accompagné et il devrait pouvoir rencontrer ces capitaines, tous deux proches du roi.

Piedefer se rendit en premier lieu chez Guillaume Lallier, qui habitait près de l'église Notre-Dame-du-Fourchaud. Ce dernier ne cacha pas sa surprise en apprenant que ce voyageur était envoyé par son frère, mais il l'accueillit avec allégresse tant il avait peu de nouvelles de sa famille parisienne.

Après un souper copieux et avoir posé mille questions, Guillaume se rendit chez Tanneguy du Châtel qui logeait rue de la Porte-Jaune, derrière le chevet de la cathédrale.

Chambellan du roi Charles VI, messire du Châtel, puissant seigneur breton, avait longtemps été un intime du dauphin. Prévôt de Paris en 1413, puis maréchal et gouverneur de la bastille Saint-Antoine, il était alors l'un des piliers du pouvoir armagnac. C'est lui qui avait sauvé le prince héritier lors de l'entrée des Bourguignons de L'Isle-Adam dans la capitale, après la félonie de Périnet Leclerc qui avait ouvert la porte de Bucy en subtilisant la clef à son père.

Mais, l'année suivante, Tanneguy du Châtel avait été l'instigateur de l'assassinat de Jean sans Peur, ayant même été le premier à frapper le duc de Bourgogne d'un coup de hache sur le pont de Montereau alors qu'il s'était engagé sur l'honneur, au nom du dauphin, à sa sûreté. Il avait ainsi voulu venger le duc d'Orléans et le comte d'Armagnac, assassinés à Paris, mais n'avait fait que précipiter le fils du duc – Philippe le Bon – dans les bras des Anglais. De surcroît, à cause du crime, le dauphin avait été accusé de félonie et déchu de ses droits à la couronne par le roi son père et le parlement de Paris.

Convaincu par sa future belle-mère, Yolande d'Aragon, de la stupidité de ce meurtre, Charles avait éloigné Tanneguy du Châtel de son conseil, malgré tout ce qu'il lui devait.

L'ancien prévôt occupait une belle maison au soubassement de pierre dont les deux étages de pans de bois, desservis par un escalier à vis dans le mur côté rue, étaient entièrement garnis à l'intérieur de panneaux de menuiserie sculptés. L'endroit était particulièrement fortifié et défendu, car Tanneguy redoutait la vengeance des partisans de Jean sans Peur, et il savait ne pas avoir que des amis à la cour du nouveau roi.

Un écuyer accueillit Laurent Piedefer et lui fit abandonner ses armes dans la salle des gardes. Après quoi, par un escalier en viret, il le conduisit au premier étage avant de le faire entrer dans une vaste chambre lambrissée. Deux hommes s'y tenaient, attablés autour de plusieurs plats de pâtés et de pâtisseries. Aucun serviteur.

Le premier des convives, véritable force de la nature, imberbe et au front haut, était revêtu d'un pourpoint cramoisi matelassé sur une chemise de soie bouton-d'or. Il portait un chapeau rond à haute calotte sur lequel brillait une médaille émaillée écarlate représentant la benoîte Vierge, ainsi qu'une écharpe blanche, marque des Armagnacs.

Son compagnon arborait une chevelure de neige et une épaisse barbe sur un long pourpoint noir supportant une jaque de mailles sans manches. De loin, il ressemblait à un vieillard mais en s'approchant il parut à Piedefer bien plus jeune, car son visage tanné par le soleil était peu ridé. Il portait une lourde épée à son baudrier, quand l'ancien prévôt ne conservait qu'une longue dague.

Piedefer s'inclina, intimidé et le cœur battant. Dans l'homme imberbe, il avait reconnu l'ancien prévôt de la vicomté de Paris, aperçu plusieurs fois près du Louvre quand il était plus jeune.

— Très hauts et gracieux seigneurs, balbutia-t-il.

— Dieu te dit bonjour, l'ami, fit Tanneguy du Châtel avec désinvolture. Tu sais qui je suis ?

— Oui, messire.

Du Châtel désigna son compagnon :

— Voici le sire de Lusignan, tu n'as pas à avoir de secret avec lui. Donc, tu arriverais de Paris ?

— Oui, messeigneurs. Je me nomme Laurent Piedefer et je suis avocat au Châtelet. Ce sont maître Lallier et maître Girard qui m'envoient.

— Comment va maître Girard ? plaisanta Lusignan, mais d'un ton si sinistre qu'il fit frissonner le visiteur.

— Il m'a demandé de vous transmettre son salut et sa fidélité, messire.

— Allez-vous nous livrer Paris ? s'enquit sans ambages du Châtel.

— Si nous le pouvions, nous le ferions de tout cœur, et tout de suite, messire.

— Donc vous ne pouvez pas, ou ne voulez pas ! gronda l'ancien prévôt. Quoi donc vous amène ici ?

— Mes amis et moi voulions, par ma bouche, témoigner à Sa Majesté de notre fidélité après la mort de son père, notre souverain bien-aimé. De surcroît, maître Lallier a reçu un envoyé du duc de Bourgogne, et il souhaitait que je vous fasse part de cette entrevue.

Du Châtel lui fit signe de poursuivre, tandis qu'il portait à sa bouche un hanap de vin. Il n'avait pas proposé au visiteur de s'asseoir.

Piedefer entama son récit et, pendant celui-ci, Tanneguy guigna à plusieurs reprises Lusignan qui opina chaque fois.

— Nous pouvons réunir jusqu'à une centaine de partisans, messire, conclut l'avocat. Mais même faible, la milice urbaine est trop forte pour nous. Quant aux Anglais, ils sont peu nombreux, mais bien armés et bien commandés. Impossible de nous emparer d'une porte par la force.

Tanneguy grimaça. Il connaissait bien la question, ayant été prévôt. Et il savait que si Périnet Leclerc n'avait pas volé la clef de la porte de Buci, il serait toujours garde de la prévôté à cette heure, et Charles roi.

— Je transmettrai à Sa Majesté ce que vous venez de nous apprendre. Si j'ai été rude avec vous, n'y voyez pas malice, mais seulement lassitude et colère. Philippe de Bourgogne a voulu manger avec le diable, il l'a fait entrer à Paris et maintenant il le regrette. Il découvre un peu tard que si le Lancastre en a l'occasion, il lui fera connaître malaventure car le pouvoir ne se partage pas.

— Tout de même, intervint Lusignan, il est bon de savoir que si une porte pouvait être ouverte, nous aurions des alliés sur place. J'ai rencontré Girard, et j'ai fiance en lui. Je me remémore qu'il m'avait assuré de la complicité du capitaine de Saint-Jacques…

— Hélas, Bedford l'a destitué. Et les nouveaux capitaines ont tous prêté serment aux Anglais.

— Il m'est arrivé d'entrer dans une ville dont quelques partisans avaient fabriqué un double de la clef d'une porte, observa alors du Châtel.

— Fabriquer une clef ? répéta l'avocat. Nous n'y avions pas pensé. Mais cela me paraît impossible, messire. Ne faut-il pas un modèle ? Et dès lors, comment l'obtenir ? De plus, comment dénicher un bon serrurier qui soit prêt à risquer sa vie pour le roi ?

Lusignan restait silencieux, paraissant réfléchir.

— Vous pourriez vous renseigner sur les ferronniers et les clavelliers de Paris, proposa du Châtel.

— Nous le ferons, je m'y engage.

— J'ai peut-être une idée, suggéra alors Lusignan.

— Laquelle ?

— L'épouse de mon intendant porte des chemises et des chausses à ravauder à une couturière. L'autre jour, elle m'a parlé de cette femme. J'avoue n'avoir guère écouté, mais je me souviens que la ravaudeuse venait de Paris, et que son époux avait été serrurier.

— À Paris ? s'enquit du Châtel.

— Je ne sais. Mais il est facile de le découvrir. Je peux aller le lui demander maintenant.

— Vas-y et fais venir la ravaudeuse. Si son mari était clavellier, elle pourra peut-être nous renseigner.

Il s'adressa à l'avocat :

— Maître Piedefer, retrouvons-nous ici à basse none. Si cette femme nous apporte des informations intéressantes, nous aviserons. Sinon, je prendrai des dispositions pour que vous puissiez repartir avec une troupe se dirigeant vers Paris, et nous aurons une autre discussion avant votre départ.

6

Michelette d'Auxerre aurait été belle si elle avait su sourire. Mais elle avait oublié la façon de s'y prendre.

À la faible lueur passant par l'unique carreau de papier huilé de son bouge, elle ravaudait à grand-peine une chemise. Le froid rendait gourds ses doigts et elle n'allumerait le feu que pour faire chauffer la soupe, dans ce galetas qu'elle occupait au pied de la vieille muraille, à deux pas de la porte Saint-Privé.

Michelette avait également effacé de ses souvenirs la prospérité et la douce vie qu'elle avait connue. À quatorze ans, elle avait épousé un homme trois fois plus âgé qu'elle, Guyot le Bossu, serrurier de son état. Si ses parents avaient été satisfaits de ce mariage, elle beaucoup moins car elle rêvait de noces avec un preux chevalier. Pourtant, Guyot avait été un bon époux. Fort habile dans son métier, il était réputé pour ses serrures ornées de fleurs et de feuilles et ses clefs ciselées. Il était même parvenu à construire une horloge à poids. Prospère, il avait un valet et un apprenti. À la cour, on faisait appel à ses talents et le maréchal du roi, officier royal et justicier des ouvriers en fer, fèvres, couteliers et clavelliers, le tenait en grande estime.

Certes les Armagnacs le taxaient à outrance, mais pas plus que les autres bourgeois de Paris. Il avait même fait deux enfants à Michelette, des marmots bien droits dont elle était fière.

Puis les Bourguignons étaient entrés dans Paris, chassant et massacrant les Armagnacs ou ceux qu'on disait tels. Guyot le Bossu et elle avaient failli perdre la vie, mais avaient eu la chance d'être sauvés par de bons voisins. Seulement, une fois Jean sans Peur au pouvoir et l'ordre revenu, ils n'avaient plus reçu de commandes de la cour. Heureusement, ils avaient toujours du travail car les serruriers manquaient à Paris.

Le mal avait alors à nouveau frappé et les enfants de Michelette avaient été emportés par une fièvre quarte. La vie était devenue de plus en plus dure, la nourriture manquait, les Anglais exigeaient des impôts et des tailles insupportables, la monnaie ne valait plus rien.

Comme des milliers d'autres Parisiens, Guyot avait alors décidé de partir afin de rejoindre la Touraine où, disait-on, la vie était facile.

Le voyage avait été éprouvant. Ils l'avaient fait en compagnie de deux autres familles et avaient dû payer des rançons et des péages qui avaient réduit à presque rien leur pécule.

Mais à Bourges, la vie n'était pas celle qu'ils attendaient. Des clavelliers, il y en avait beaucoup trop, et même en se tuant au travail, Guyot le Bossu n'avait pas réussi à trouver une clientèle. Il en était mort.

Depuis six mois, Michelette survivait dans ce bouge, sans chauffage, ravaudant des chemises pour payer la bouillie d'orge, seul aliment dont elle se nourrissait. À vingt-trois ans, elle n'était plus qu'une vieille femme qui attendait la mort. Elle y songeait quand on gratta à l'huis.

— Entrez, dame Guillemin. C'est ouvert.

Il s'agissait en effet de sa logeuse dont elle avait reconnu le pas. Mais celle-ci était accompagnée d'un homme inconnu.

— Michelette, maître Longuejoie est l'intendant d'un grand et honorable seigneur. C'est lui qui me fait porter quelques-unes des chemises que vous raccommodez. Il voudrait vous parler.

— À moi ?

La veuve resta ébahie.

— À vous, gente dame, confirma l'intendant en s'avançant dans la pièce qu'il balaya des yeux.

Pas de feu alors qu'il gelait à pierre fendre dehors. Il frissonna.

— Dame Michelette, votre logeuse m'a parlé une fois de votre époux…

— Guyot le Bossu, Dieu ait son âme.

— Il se trouve certainement dans Son paradis, car il était, je crois, un bien brave homme et un bon chrétien.

— Le meilleur qui soit.

— Guyot était serrurier à Paris, c'est cela ?

— Oui, nous tenions une belle boutique et un atelier, rue de la Tixeranderie, mais nous avons tout perdu avec l'arrivée des Bourguignons et des Anglais, maudits soient-ils.

— Ils le seront, Dieu les punira.

L'intendant jugea avoir obtenu les informations qu'on lui avait demandé de vérifier. Il fit une courte pause avant d'ajouter :

— Mon maître, le seigneur de Lusignan souhaite vous rencontrer.

— Moi ? répéta-t-elle, de plus en plus surprise.

— Vous, et tout de suite.

Cette fois, elle resta interloquée, ne comprenant rien à cette visite et à cette demande.

— Dame Michelette, ne faites pas attendre le seigneur de Lusignan, déclara dame Guillemin en souriant. Je suis certaine qu'il saura récompenser votre déplacement.

— Voilà une certitude ! renchérit l'intendant. Il m'a dit qu'il vous remettrait un écu.

— Je ne sais si je peux, répondit Michelette, prudente.

Même vieillie, amaigrie et malheureuse, elle se savait attirante avec sa gorge opulente et, sans le vouloir, elle pouvait bien avoir séduit ce seigneur. Elle connaissait les chevaliers armagnacs et savait que le viol d'une pauvre femme n'était pas un crime pour eux.

— Vous ne risquez rien, dame Michelette, dit l'intendant qui comprenait son hésitation. D'ailleurs, nous n'irons pas chez le seigneur de Lusignan. Il vous attend chez messire du Châtel, qui comme vous le savez était prévôt de Paris.

— Messire le prévôt…

— Oui, ce qu'il a à vous dire est important. Lui et messire Lusignan souhaitent vous poser des questions sur Paris, c'est tout.

— Dans ce cas, je vous suis, décida-t-elle.

Un écu ! Avec un écu, elle pourrait acheter du bois et un peu de lard pour mettre dans sa bouillie. Elle avait oublié le bon goût du lard. Maintenant pressée, elle attrapa sa houppelande de laine, seul reste du temps de sa prospérité, attacha le cordon du col et mit le capuchon sur sa tête.

— Dame Guillemin, merci pour ce que vous faites pour moi. Je prierai chaque jour le Seigneur pour qu'Il vous conserve en sa Sainte Garde.

La logeuse sourit tristement. Elle aimait fort sa locataire, et aurait souhaité faire plus pour elle, mais elle-même était veuve aussi, et n'était pas riche.

L'intendant fit passer Michelette devant elle.

En chemin, la jeune veuve posa quelques questions afin d'en savoir plus, mais l'intendant lui avait dit tout ce que Lusignan lui avait révélé.

Arrivés à l'hôtel de Tanneguy du Châtel, son guide la laissa aux bons soins d'un sergent d'armes qui les attendait. L'homme, bourru, lui demanda de la suivre. Ils traversèrent une salle où se tenaient une douzaine de gens d'armes, lesquels la suivirent des yeux sans rien lui dire, mais avec des regards de prédateurs.

Le cœur de Michelette battait le tambour. Que lui voulait-on ? Pourrait-elle partir librement de cette maison ? Elle commençait à regretter d'avoir accepté de suivre l'intendant. En haut de l'escalier se tenait un valet. Il gratta à la porte, puis fit entrer la jeune veuve.

7

Une partie de ses craintes s'effacèrent en découvrant les quatre individus assis dans la pièce, autour de la grande cheminée où brûlait un feu d'enfer. Il s'agissait bien de Tanneguy du Châtel et de Robert de Lusignan, qu'elle avait déjà aperçus. Les deux autres, elle ne les connaissait pas. Le plus jeune, à la figure avenante et ronde comme un nourrisson, devait être un écuyer car une épée pendait à sa taille. Le second, homme d'armes dans la cinquantaine, ressemblait singulièrement à son ancien mari. Bien qu'il affichât une expression empreinte de rudesse, il lui sourit avec chaleur. Lui aussi portait épée, mais une lame bien plus imposante que celle de l'écuyer.

— Dame Michelette ? s'enquit l'ancien prévôt de Paris.

— Oui, messire.

Pleine de respect et débordante d'émotion, elle s'agenouilla.

— Relevez-vous et mettez-vous sur cette escabelle ! ordonna du Châtel.

Elle obtempéra.

— Dame Michelette, votre mari était serrurier à Paris…

— Oui, messire.

— Connaissez-vous les autres clavelliers de la capitale ?

Une fois de plus, elle resta ébahie. Pourquoi messire du Châtel s'intéressait-il aux serruriers ?

— Quand j'ai quitté Paris avec mon époux, il n'en restait que deux, messire. Ils n'avaient jamais été nombreux[1], mais beaucoup d'artisans sont morts, ou ont quitté notre ville.

— Parlez-moi d'eux.

— Des serruriers, mon seigneur ?

— Oui.

— Guillaume Le Dru est le plus important. Il possède une vaste maison à l'enseigne de l'Ange, dans la grand-rue Saint-Jacques. Il est syndic juré de la corporation. Le second est Caisin Poret. Je le connais moins bien. Je ne les ai rencontrés que lors de la Saint-Éloy, dans l'église Saint-Symphorien où se tient la confrérie des ferronniers et des clavelliers.

— Penchent-ils pour les Bourguignons ?

— Oui, messire. Mon mari s'était plusieurs fois querellé avec eux à ce sujet.

— Il n'y aurait aucun serrurier fidèle au roi ! s'exclama Lusignan.

— À notre nouveau roi... Je ne sais. Quand j'ai quitté la capitale, il ne restait qu'eux. Mais peut-être d'autres ont-ils été admis dans la confrérie. Sans doute le valet ouvrier que nous avions car, en partant, mon mari lui avait confié notre maison, de quoi payer son chef-d'œuvre, et avait rencontré Guillaume Le Dru pour qu'il soit admis comme maître.

— Quel est le nom de ce compagnon ?

— Clément Vaillant.

— Est-il pour le parti bourguignon ?

1. En 1313, Paris ne comptait que dix-sept maîtres serruriers.

— Non, il est de son propre parti, messire.

Les deux chevaliers échangèrent un regard entendu, puis du Châtel s'exprima ainsi :

— Il est temps que je vous explique pourquoi nous vous avons fait venir, dame Michelette. Paris est ville rebelle et le roi ne peut y pénétrer à cause de ses portes bien closes. Depuis la fourberie de Périnet Leclerc, il n'est plus possible de dérober une clef qui permettrait de laisser entrer les gens du roi. Alors, j'ai eu l'idée de faire forger le double d'une clef de porte. Mais, pour cela, il faut un serrurier.

— Et la clef, messire, observa-t-elle.

— Et la clef. Serais-tu prête à gagner Paris et à convaincre le valet de ton mari de t'aider ? Nous avons de nombreux partisans qui vous assisteront et, si l'entreprise réussit, le roi ne sera pas un ingrat. Je peux vous promettre en son nom que vous recevrez une belle récompense.

Elle chancela sous cette proposition. Ainsi ils voulaient qu'elle déniche un moyen d'ouvrir une porte de Paris, qu'elle devienne le Périnet Leclerc des Armagnacs ! Contre toute attente, cette aventure, pour dangereuse qu'elle fût, lui plut tout de suite. Certes, elle allait risquer sa vie, mais ne voulait-elle pas mourir ?

— Alors, ta réponse, ma fille ? gronda Lusignan qui craignait le refus.

— J'accepte, monseigneur, mais je ne sais si j'en serai capable. Déjà gagner Paris me sera difficile. Je n'ai aucune ressource. Là-bas, je pourrai peut-être convaincre Clément, mais nous n'avons aucun moyen de nous procurer une clef.

Lusignan soupira de satisfaction.

— Je resterai à votre service, gente dame ! intervint alors chaleureusement l'inconnu à la figure ronde.

Surprise par l'interruption, elle se tourna vers celui qu'elle croyait être un écuyer. Le jeune homme paraissait n'avoir d'yeux que pour elle et elle en resta troublée.

— Nous ne vous avons pas encore présenté ceux qui vous accompagneront. Lui, c'est Laurent Piedefer, il est avocat au Châtelet et arrive de Paris. Il fera le voyage avec vous et vous présentera à ses amis. Quant à lui (il désigna celui qui ressemblait à Guyot le Bossu), il se nomme Rogier Fourlin. C'est le meilleur de mes sergents d'armes. Il restera près de vous, vous aidera et vous protégera.

Timide, elle leur fit à tous deux un signe de tête. Piedefer lui rendit un sourire rayonnant et Fourlin un regard rude mais bienveillant.

— Vous partirez demain, décida du Châtel. Il n'y a pas de temps à perdre. Les Anglais ne sont pas encore parvenus à imposer leur volonté à Paris. Il faut agir vite avant que Bedford triomphe.

— Je… je n'ai rien pour le voyage, messire, fit Michelette en déglutissant de honte.

Du Châtel détacha sa boursette et en tira cinq pièces d'or qu'il déposa sur un gros coffre de bois situé à sa gauche.

— Tout à l'heure, vous irez dîner avec nos gens, ensuite Roger vous accompagnera où vous le désirez. Avec ceci, achetez ce qu'il vous faut. Cette nuit, vous dormirez dans ma maison. On vous trouvera une place. Fourlin s'occupera aussi de votre équipement et de votre cheval. Je vais rassembler une troupe pour vous escorter au plus près de la capitale mais, je vous préviens que les journées de voyage seront longues et fatigantes…

— Je saurai les supporter, messire, dit-elle avec un vrai sourire.

Pour la première fois, il lui sourit aussi en hochant la tête. Finalement, il n'était pas mécontent de cette drôlesse. Elle paraissait forte. Peut-être même allait-elle réussir !

— Messire… intervint alors l'avocat.

— Parle.

— Admettons que nous parvenions à faire une clef… Comment vous prévenir ?

— Fourlin quittera alors Paris et viendra m'avertir. Je lui fais confiance.

— Entendu. Ensuite, nous ouvrirons la porte dès que vos gens arriveront, mais moult massacres s'ensuivront, comme en 1418… Comment les troupes royales sauront-elles que nous et nos familles sommes des vôtres ?

Lusignan se gratta la barbe. Une fois les gens d'armes dans une ville, il savait combien il était difficile d'empêcher le pillage et les violences.

— Fourlin nous donnera les noms de vos maisons. Les capitaines seront prévenus de les protéger.

— Mais si nous sortons, ne serait-ce que pour puiser de l'eau aux fontaines ? Il nous faut un signe de reconnaissance pour ne pas être pris et branchés par erreur !

— Il a raison, intervint du Châtel. Seulement pour l'heure, je n'ai rien à proposer. Mais quand nous serons près de Paris, je vous promets de vous faire parvenir des insignes[1]… À moins que…

1. Armagnacs et Bourguignons portaient des insignes de plomb ou d'émail pour se reconnaître. Chez les Bourguignons, la plupart étaient des croix de Saint-André avec une fleur de lys en leur milieu. Pour les Armagnacs, on utilisait un dauphin ou un écu fleurdelisé surmonté d'une couronne. Ces insignes disposaient de petites « pattes » pour s'attacher au chapeau ou au chaperon.

Il se leva et se rendit à une desserte supportant un coffret ciselé en argent. Il l'ouvrit et en sortit une poignée d'objets émaillés qu'il déposa sur le coffre, à côté des pièces.

— Voici cinq médailles de la Vierge. Je n'en ai pas plus, ici. Le roi les a fait frapper à l'occasion de son couronnement. Seuls ses fidèles en possèdent et tout le monde les connaît. Il vous suffira de les montrer pour que l'on sache que vous êtes au roi. Vous n'aurez qu'à les partager en attendant d'en recevoir d'autres.

— Mais beaucoup portent des médailles de la Vierge, objecta l'avocat. En quoi celles-ci…

Du Châtel ôta son chapeau et détacha la sienne qu'il tendit.

— Regardez le revers.

Piedefer prit l'emblème et le retourna. Le roi Charles était représenté debout et de face, couronné, revêtu d'un manteau fleurdelisé. Il tenait deux sceptres et, autour de la pièce était gravé : *Karolus Dei Gra Francorv Rex.*

— Charles V, son grand-père, avait fait frapper des écus à cette image, expliqua du Châtel. Depuis quelques jours, tous les capitaines, chevaliers, écuyers et sergents des compagnies royales connaissent cette enseigne. Le roi l'a fait annoncer à son de trompe : quiconque la porte est protégé. Quiconque viole cette protection perdra la vie.

Fourlin se leva et alla en prendre une sur le coffre.

— Je suis celui qui en aura le plus besoin quand je quitterai Paris, décida-t-il.

— Je voudrais en porter une également afin d'affirmer ma foi dans mon roi, intervint Michelette.

Sa voix était ferme, mais elle n'osait se lever.

Piedefer regarda du Châtel qui hocha la tête. Cette femme allait prendre des risques inouïs. Elle avait le droit de se sentir protégée, reconnut l'ancien prévôt de Paris. L'avocat alla donc prendre les médailles et en donna une à la veuve de Guyot le Bossu.

Il lui en restait trois. Il en garderait une, une autre serait pour Michel de Lallier. Quant à la dernière…

8

Comme convenu, ils partirent le lendemain. Tanneguy du Châtel avait convaincu le capitaine d'une troupe de quatre lances[1] rejoignant la compagnie de Xaintrailles[2], en Picardie, de prendre Michelette, Piedefer et Fourlin avec lui. L'officier se montra malcontent de devoir emmener une femme et un jolet parisien, aussi ne fit-il rien pour rendre le voyage facile à ceux qu'on lui avait imposés. Les chevauchées duraient des heures et, sans l'aide de ses deux compagnons, la jeune veuve aurait abandonné.

Le capitaine les laissa au château de Montlhéry[3], toujours tenu par les gens du dauphin. Ils en repartirent à la pique du jour. La route d'Orléans était droite et sans danger. En poussant leurs montures, ils furent en vue de Paris à none. À la porte Saint-Jacques, l'avocat présenta le sauf-conduit du duc de Bourgogne.

1. Une lance était composée d'un chevalier, d'un écuyer, de quelques archers, d'un coutilier et d'un sergent d'armes.

2. Jean Poton, seigneur de Xaintrailles, sénéchal du Limousin, futur compagnon de Jeanne d'Arc.

3. Il avait été pris par Tanneguy du Châtel à Jean sans Peur. Le duc de Bedford le reprendra en 1423.

Michel de Lallier avait écrit son nom sur l'espace laissé en blanc. Pour sortir de Paris, Piedefer avait justifié de son identité avec une lettre qui lui était adressée par le prévôt de Paris. Certes le passeport précisait qu'il voyageait avec une compagnie, mais il avait dit qu'il se rendait à Auxerre et qu'il reviendrait peut-être avec un notaire. Cette invention se révéla finalement adroite.

La porte Saint-Jacques se présentait comme un édifice carré flanqué de deux tours et précédé d'un pont-levis. Quand il était dressé, le plateau du pont fermait le passage et des pièces de fer et de bois empêchaient qu'il soit abaissé de l'extérieur. Du côté intérieur de la ville, on trouvait une herse et un portail à deux battants fermé par de grosses barres, ainsi qu'une poterne à serrure. Chaque jour, le capitaine de la porte et un détachement de la milice urbaine venaient ouvrir la poterne. Une fois à l'intérieur de la fortification, ils pouvaient abaisser le pont-levis, lever la herse et ouvrir les battants.

Les voyageurs attendaient à l'intérieur de l'édifice. Le sergent de garde s'était déplacé vers le fossé afin de profiter de la lumière pour lire le laissez-passer. Les autres hommes d'armes examinaient les voyageurs, et surtout Michelette. Que faisait cette femme avec ces cavaliers ?

L'un des miliciens, huissier au palais de son état, reconnut alors Piedefer. Qui plus est, il l'avait vu partir dix jours auparavant par cette même porte et s'en souvenait.

— Vous êtes allé à Auxerre ? lui demanda-t-il en soulevant le ceinturon qui tenait son épée et avait tendance à passer sous son bedon.

— En effet, mais les gens de monseigneur le duc que j'ai rencontrés ne souhaitent pas que je parle de ce voyage.

— Qui me prouve que vous êtes le Piedefer nommé dans ce sauf-conduit ? demanda le sergent qui avait terminé sa lecture.

— C'est lui, c'est sûr ! Je l'ai vu plusieurs fois au Palais, affirma l'huissier.

Piedefer sortit la lettre du prévôt de Paris adressée à son nom. Le sergent la saisit, mais sans la lire.

— Qui sont vos compagnons ?

— Michelette d'Auxerre et son frère.

— Que viennent-ils faire à Paris ?

— Vous le demanderez au duc Philippe, répliqua sèchement Piedefer, persuadé que personne ne mettrait en question le sauf-conduit.

— Je suis parisienne, monsor, intervint Michelette, moins assurée que Piedefer quant aux capacités de la milice urbaine de leur nuire. J'ai quitté Paris voici deux ans avec mon mari, afin de nous installer à Auxerre où j'ai mes parents. Mais il est mort et je rentre chez moi. J'habitais rue de la Tixeranderie.

Le sergent resta impassible à ces révélations. Puis il s'écarta à nouveau et parcourut la lettre du prévôt, avant de consulter une seconde fois le sauf-conduit :

Philippe, à tous nos lieutenants, maréchaux, maître des arbalétriers, sénéchaux, baillis, prévôt, châtelains, capitaines, maires, échevins, gardes de bonnes villes, forteresses et ponts, sujets auxquels ces présentes seront montrées, salut.

Savoir faisons que, pour certaines causes qui nous meuvent, nous avons donné et donnons par ces présentes à Laurent Piedefer et à ceux de sa compagnie bon et loyal sauf-conduit du jour de la date de ces présentes jusques à deux mois prochains.

— C'est bon, laissez-les entrer ! ordonna-t-il, enfin convaincu de la bonne foi des voyageurs.

En dépit du froid, le sergent Fourlin suait à grosses gouttes. C'était lui qui risquait le plus s'ils avaient été interrogés longuement. Il avait été sergent d'armes de Lusignan quand celui-ci était lieutenant civil, et quelqu'un aurait bien pu le reconnaître.

Une fois dans la rue Saint-Jacques, Piedefer décida qu'ils se rendraient en premier lieu chez Michel de Lallier et ensuite à la maison de Michelette. Ils avaient fort faim, mais se remplir la panse attendrait.

Rue de la Bretonnerie, après avoir laissé les chevaux à l'écurie du maître des comptes, l'intendant les fit patienter. Mais à peine eut-il prévenu son maître que celui-ci fit monter les visiteurs dans sa chambre.

Lallier était en train de morigéner une servante qu'il fit sortir quand entrèrent ses visiteurs.

— Excusez mon irritation mais cette fille me rendra fou ! s'exclama-t-il. À mon service depuis deux semaines, Loys remplace sa tante, mais elle déteste obéir et n'en fait qu'à sa tête ! Je suis contraint de partir demain pour l'Angleterre et elle n'a pas préparé les vêtements dont j'ai besoin. Mais asseyez-vous, Piedefer, et présentez-moi vos compagnons. Je suis bien aise de vous revoir avant mon départ. Je craignais de devoir attendre mon retour pour savoir comment s'était passé votre voyage.

Tout en parlant, Lallier était allé vérifier que les portes de sa chambre étaient bien closes. En quelques mots, l'avocat fit le récit de son périple, raconta sa rencontre avec Tanneguy du Châtel, le roi étant absent de Bourges, et les décisions qui avaient été prises. En même temps, il expliqua qui était Michelette et son garde du corps.

— Fabriquer la clef d'une porte… fit Lallier en se grattant la tête. Croyez-vous cela possible sans modèle ?

— J'avoue ne pas savoir, messire, répondit Michelette. Si l'ancien ouvrier de mon mari est prêt à m'entendre, je le questionnerai. Je reconnais cependant que les possibilités d'y parvenir sont des plus faibles.

— Je le crains. De surcroît, imaginons qu'il refuse de vous entendre…

— Dans cette conjecture, dame Michelette et Fourlin viendront loger chez moi. Nous tenterons d'imaginer une autre solution et, si aucune ne s'avère possible, ils repartiront pour Bourges.

Lallier hocha la tête, tout en réfléchissant.

— Ce serait dommage, dit-il enfin avec une mimique de contrariété. Mais, après tout, le dessein de ce voyage était surtout de faire savoir au roi qu'il pouvait compter sur nous.

— Ce départ pour l'Angleterre tombe mal, observa Piedefer.

— C'est vrai, mais je n'ai pas le choix. La reine Isabeau m'a transmis un ordre du duc de Bedford m'intimant de me rendre à Londres avec plusieurs échevins. Nous devons porter les respects de la ville et prêter serment de fidélité au nouveau roi Henri VI. Je suis donc contraint de partir demain matin pour Lille.

— Mais si notre affaire avance et qu'il y a des dispositions à prendre ? insista l'avocat.

— En mon absence, Gilles Girard me remplacera. Nous en avons décidé ainsi avec maîtres Pigache et

Louviers. Si c'est nécessaire, il vous réunira. Piedefer, vous savez où le trouver…

L'avocat hocha la tête tandis que Lallier s'adressait à Michelette :

— Sa maison est sise rue de la Draperie. Le logis à deux pignons situé en face d'une enseigne de Saint-Éloy. Allez le voir à la moindre difficulté.

Lallier passa l'assistance en revue, interrogeant chacun du regard pour savoir s'il avait autre chose à dire.

— Messire du Châtel nous a remis des insignes qui serviront de reconnaissance, intervint alors Piedefer en montrant la médaille attachée à son chaperon.

Il fouilla dans son escarcelle et sortit les deux dernières.

— Le roi les a fait frapper et émailler à l'occasion de son couronnement. D'après messire du Châtel, elles assurent la protection de leurs porteurs, car tous les chevaliers de notre monarque et de ses partisans les connaissent. Mais il n'en disposait que de cinq. Dame Michelette, le sergent Fourlin et moi-même en avons gardé une…

Il montra celle que la veuve avait attachée comme une broche en bas de sa guimpe, et la seconde que portait l'homme d'armes de Lusignan sur son pourpoint de cuir capitonné, puis il donna les autres à Lallier qui les prit et les examina.

— Je vais mettre la mienne à mon chapeau, décida le maître des comptes. Quant à la seconde, vous la donnerez à Girard. En aurons-nous plus ?

— Messire du Châtel les a promises lorsque nous ouvrirons une porte.

— Entendu. Maintenant, laissez-moi, car j'ai encore des milliers de choses à faire.

Il enleva son chaperon à cornette et retira l'une des médailles accrochées pour la remplacer par celle du roi Charles VII. Au regard de n'importe quel observateur, l'insigne montrait seulement la Vierge, comme bien d'autres emblèmes du même genre. Personne n'aurait pu deviner que son revers représentait le nouveau roi, d'autant plus que Michel de Lallier arborait également une croix de Saint-André émaillée et l'écharpe verte des Bourguignons. Son engagement envers le traité de Troyes ne faisait donc aucun doute.

Les visiteurs partis, le maître des comptes fit venir Loys. Sa colère contre la domestique était passée.

— Ma fille, lui dit-il, allez maintenant chercher mes vêtements dans ma garde-robe et posez-les sur mon lit. Je veux vérifier que vous n'avez rien oublié.

Elle s'agenouilla.

— Je m'excuse de vous avoir fâché, mon maître, dit-elle.

Il lui jeta un regard maussade. En plus d'être bête, insolente et têtue, Loys était laide avec une grosse tête carrée, des cheveux filasse et un visage rougeaud. Quelle sottise avait-il faite de la prendre à son service !

— Je sais que vous ne recommencerez plus, mais suivez l'exemple de feu votre tante. Je n'avais jamais à vérifier sa besogne.

— Oui, mon bon maître. J'ai déjà préparé vos robes. Prendrez-vous le chaperon que vous portez ?

— Non, mettez dans mes affaires mes chaperons fourrés. Il fera froid à Londres.

Il retira alors sa coiffe pour la déposer sur son lit.

— D'ailleurs, il ne fait pas chaud ici, apportez-moi mon chaperon en petit vair pour remplacer celui-ci.

9

L'après-midi du même jour où maître Lallier avait reçu l'avocat et les envoyés de Bourges, le receveur Jehan Doule, accompagné du quartenier Jacques Pisseleu, de deux sergents d'armes et d'un commis, se présenta à l'hôtel de la rue de la Bretonnerie.

L'homme du duc de Gloucester était de petite taille avec un visage maigre, imberbe et au teint terreux. De lourdes poches violettes sous ses yeux et de profondes rides marquaient son front. Il était vêtu avec une certaine élégance d'une épaisse houppelande fourrée qui, entrouverte, laissait paraître un pourpoint cramoisi constitué de bandes matelassées. Une courte épée pendait à son baudrier ainsi qu'une dague, des clefs et une boursette. Il portait un chapeau rond en feutre de la même couleur que son pourpoint.

Ses deux sergents arboraient une livrée fleurdelisée aux armes de la ville, tout comme le commis. Les premiers portaient, outre leur épée, ces chaînettes que l'on attachait aux poignets pour emmener les prisonniers. Le dernier tenait aussi une lourde sacoche de cuir. Quant au quartenier, un riche fourreur, il arborait un épais manteau et un chaperon à longue cornette.

L'intendant les ayant accueillis, Jehan Doule annonça venir chercher quinze marcs d'argent[1], c'est-à-dire cent livres, montant de la taille qui avait été imputée à maître Michel Lallier. En même temps, il lui présenta la lettre royale ordonnant à « *Jehan Doule, receveur général des tailles, à cueillir et recevoir les marcs d'argent ordonnez être levés en la ville de Paris* » ainsi que le rôle précisant la somme à payer pour maître Lallier.

— Maître Lallier part demain pour Londres rendre hommage au nouveau roi de France et d'Angleterre, monsor. Il m'a fait savoir qu'il ne peut recevoir personne.

Doule laissa filtrer un sourire ironique tandis qu'une flamme méchante s'allumait dans ses yeux.

— Si j'écoutais les gens, je ne collecterais jamais rien, laissa-t-il tomber d'une voix calme.

Il se tourna vers Jacques Pisseleu afin de quérir son approbation, comme s'il venait de faire une bonne plaisanterie. Puis il reprit, cette fois durement :

— Pouvez-vous lire cette royale jusqu'au bout ? Il y est écrit : « *Mandons, commandons et expressément enjoignons Jehan Doule, receveur général des tailles, qu'il procède bien et diligemment...* » Le roi et son conseil déclarent plus loin que chacun m'obéisse et m'entende. Peu me chaut que votre maître soit présent ou non, je suis venu prendre quinze marcs d'argent et je repartirai avec. Conduisez-moi dans sa chambre et je me servirai. Mon commis porte une balance.

— Impossible... murmura l'intendant.

1. 3 700 grammes d'argent.

— Vous vous opposez aux ordres du roi ? gronda Doule. Jacquet, saisis ce rebelle et mets-lui les fers ! Ce soir, il couchera dans la Fin d'Aise[1] !

Embarrassé, le quartenier fit un pas en arrière. On ne pouvait se comporter ainsi chez maître Lallier !

— Non, pitié ! gémit l'intendant en fléchissant le genou.

» Je vous conduis à mon maître, balbutia-t-il encore.

— J'accepte votre repentir, pour cette fois ! répliqua le receveur.

L'intendant se releva et montra le chemin.

Dans sa chambre, Lallier houspillait à nouveau la nommée Loys. Il se retourna en entendant entrer les visiteurs.

— J'avais dit : personne ! tonna-t-il.

— Maître Lallier ? Mon nom est Jehan Doule, receveur général. Vous connaissez Jacques Pisseleu, votre quartenier. Je viens encaisser votre contribution à la taille. Vous en avez été avisé voici plusieurs jours. Vous me devez quinze marcs d'argent ou cent livres parisis en or.

— Pas le temps ! Revenez dans trois semaines.

— Ce n'est pas à vous, un maître des comptes et un maître de la monnaie, que je vais apprendre la loi, maître Lallier. J'ai tout pouvoir de police pour me saisir de ces quinze marcs d'argent. Êtes-vous exempté de taille ? Je ne crois pas, vous n'êtes ni noble, ni clerc, ni archer ou arbalétrier de la ville, ironisa le receveur. Donc, vous devez payer. Je vois là une aiguière, quelques plats et une salière en or qui devraient faire l'affaire.

1. Cachot du Grand Châtelet.

Désignant un dressoir sur lequel trônait l'orfèvrerie du changeur, il fit deux pas pour s'en saisir.

Lallier lui lança un regard de feu, hésitant à faire jeter dehors l'importun. Mais outre le fait que maître Doule était accompagné de sergents, il savait qu'une querelle ne ferait que lui attirer de graves ennuis. Le receveur des tailles était tout-puissant pour la confiscation de sommes dues, quelle que soit la position du débiteur.

— Patientez un instant, je vais chercher ces marcs d'argent ! ragea-t-il.

Il fila dans sa chambre de retrait où se situait son cabinet de travail et dans laquelle il gardait ses valeurs.

Doule laissa filtrer un sourire à l'intention de ses archers, du quartenier et du commis, puis envers Loys restée dans un coin de la pièce, ne sachant si elle devait sortir. Ensuite, le receveur baguenauda dans la chambre comme s'il était chez lui, évaluant en connaisseur la valeur des meubles, des tissus et de l'orfèvrerie. Lallier était fortuné, jugea-t-il avec un brin d'envie. Il aurait dû être taxé au moins de trente marcs d'argent, regretta-t-il. Mais ce serait pour la prochaine fois.

Il arrêta son regard sur le lit de parade posé sur un socle à deux marchepieds. Quatre colonnes torsadées peintes de fleurs de lys soutenaient un dais rigide. Les custodes circulant sur des anneaux étaient ouvertes et, sur la courtepointe, était posé un chaperon cramoisi.

L'attention du receveur fut alors attirée par la médaille.

Jehan Doule connaissait l'importance des talismans et des objets magiques. Il possédait plusieurs oraisons, charmes et incantations destinés à lui assurer richesse et santé, en particulier quelques « brefs », ces formules gravées sur du plomb, invoquant les noms secrets de Dieu ou des rois mages. Il avait aussi acheté à prix d'or une bague ornée d'un verset de saint Luc qui écartait les larrons. Surtout, il portait en pendentif un joyau à l'image de la Trinité gravé du mot sacré : *Ananizapta*.

Dans le passé, il avait également détenu de nombreux reliquaires mais l'Échiquier les lui avait confisqués avec ses autres biens. Et si, depuis, il avait reconstitué sa fortune grâce au duc de Gloucester, il n'était pas parvenu à retrouver tous les talismans qu'il avait jadis possédés.

Or cette médaille écarlate, représentant la Vierge en robe blanche, avait tout d'une amulette invoquant la protection de la mère de Dieu. Peut-être même Lallier tenait-il sa richesse de sa possession. S'il s'agissait d'un charme, elle devait porter au dos une formule magique, aussi décida-t-il de vérifier.

S'approchant, il saisit l'insigne et détacha l'une des pattes de fixation pour examiner l'autre côté.

Il ne cacha pas sa surprise. Pas de formule incantatoire mais un roi en majesté, tenant deux sceptres. La même figure que sur les écus de Charles V, avec la même devise : *Karolus Dei Gra Francorv Rex*.

Étonnant ! Il n'avait jamais vu cela au revers d'un emblème, et encore moins au dos d'une médaille de la Vierge. Il leva les yeux vers Loys qui le regardait en plissant le front. Il laissa alors filtrer un sourire contraint et remit la patte dans l'encoche de l'étoffe avant de revenir examiner l'orfèvrerie exposée.

À ce moment, Lallier entra en tenant à deux mains trois lingots d'argent sortis de quelque coffre secret.

— Voici la taille exigée, fit-il en déposant les lingots sur une table. Donnez-moi quittance et filez !

— Bien sûr.

Doule fit signe au commis de faire le nécessaire et parut s'en désintéresser, poursuivant son examen de la chambre.

En vérité, il restait troublé au sujet de la médaille de la Vierge. Que signifiait-elle, puisqu'il ne s'agissait pas d'un charme ?

Le commis sortit une balance de son sac et pesa les lingots, chacun de cinq marcs, après en avoir examiné les poinçons. Puis il sortit une quittance préparée et demanda au quartenier de la parapher, ce que l'autre fit aussitôt, ayant hâte de partir. Après quoi, il la tendit au receveur.

Doule s'approcha, prit la quittance qu'il relut, chose bien sûr inutile puis qu'il en connaissait parfaitement le contenu, mais il jugeait indispensable de respecter certaines formes.

Recepte de Michel Lallier, maître des comptes, assis en la dite cinquantaine à quinze marcs d'argent reçus de lui.

— Que Dieu vous garde et qu'il vous donne bon repos, maître Lallier, dit-il alors au maître des comptes, tandis que le commis rangeait balance et lingots dans son sac.

Il salua de façon fort insolente et passa la porte, ses gens sur ses talons. Le quartenier resta en arrière pour bredouiller une excuse que Lallier ignora.

10

Un peu de neige virevoltait quand Michelette d'Auxerre, Rogier Fourlin et Laurent Piedefer quittèrent la maison du maître des comptes. Sur sa monture, la jeune veuve passa en tête dans la voie étroite qui conduisait à la rue de la Verrerie. Elle avait hâte de retrouver son ancienne maison mais, en même temps, s'inquiétait de la façon dont elle serait accueillie par le valet ouvrier de son mari qui y vivait. S'il la rejetait, devrait-elle rentrer à Bourges et retrouver sa vie de ravaudage et de misère ? Et même s'il la recevait bien, il pouvait s'être marié, ce qui rendrait plus difficile leur logement car l'habitation n'était pas grande.

Ils traversèrent la rue de la Verrerie et empruntèrent une venelle conduisant à la rue de la Tixeranderie. La voie était bordée de minuscules échoppes en bois ou en plâtras dont la plupart gardaient leurs volets clos. Seuls deux fripiers présentaient un étal ouvert. Ils suivirent un moment la rue de la Tixeranderie où, là encore, la plupart des ateliers et des boutiques paraissaient abandonnés. La situation des commerçants semblait pire que lors de son départ de Paris, se tourmentait Michelette. Et si Clément Vaillant avait dû cesser son activité ? La douloureuse perspective de retourner à Bourges lui étreignait le cœur.

Elle conduisit ses compagnons dans une impasse. Avec inquiétude, elle observa que les ateliers longeant la ruelle étaient tous fermés. Cependant, en débouchant dans une courette, le soulagement l'envahit. Sous un auvent de bois, devant son échoppe, Vaillant travaillait sur une forge. Le serrurier, un garçon de petite taille, fortement charpenté, aux larges épaules et à la tête carrée, avec de gros yeux saillants et une chevelure coupée ras, s'arrêta et plissa le front en découvrant ces cavaliers en armes avec bassinet attaché à leur selle. Elle abaissa le capuchon qui lui couvrait le visage et il la reconnut.

Il posa son marteau et s'avança, ébahi.

— Dame Michelette ?

— C'est moi, Clément. Me voici de retour.

L'ancien ouvrier pencha la tête pour regarder vers la ruelle.

— Où est le maître ? s'enquit-il.

— Le Seigneur Dieu a rappelé Guyot à lui, l'année dernière.

Clément se signa.

— Je suis contente de te voir au travail, dit-elle en souriant. Es-tu passé maître ?

— Oui, dame Michelette, grâce à votre époux. Revenez-vous à Paris ?

— Oui-da, j'ai quitté Bourges.

— Cette maison est la vôtre, annonça l'homme avec humilité.

— Tu vis seul ? Une épouse ? Des apprentis ?

— Pas d'épouse, je ne suis pas assez riche et pas assez beau, plaisanta-t-il. Et pas d'apprentis non plus, j'ai trop peu de besogne. Mais ne restez pas sous la neige ! Je vais vous aider à mettre vos chevaux dans cette remise, dit-il en montrant un portail. Elle appartient à mon voisin tonnelier mais il a trépassé, voici six mois. Il reste de la paille et un peu d'avoine à l'intérieur. J'irai plus tard m'en procurer.

Il ne demanda rien au sujet des cavaliers en armes mais, à son regard insistant, Michelette devina les questions qui lui traversaient l'esprit.

Ayant dessellé les bêtes, ils se retrouvèrent dans l'ouvroir de la boutique. Michelette était rassurée par l'absence d'une autre femme. Sa maison comportant deux étages avec une petite chambre à chaque niveau, elle pourrait loger seule, Fourlin partageant le lit de son ancien ouvrier. C'en serait terminé de la promiscuité du voyage et de la gêne qu'elle avait souvent éprouvée. Certes Fourlin et Piedefer s'étaient toujours comportés courtoisement, mais ils se montraient parfois entreprenants ou faisaient des allusions salaces et elle ne savait comment réagir, bien qu'elle les aimât tous deux. Le sergent ressemblait à son époux dont il avait la solidité. Elle se sentait en sécurité près de lui. Cependant, Piedefer l'attirait par son ardeur et sa jeunesse. Elle ne voulait choisir, sachant qu'elle en rendrait un malheureux, et surtout qu'aucun d'eux ne l'épouserait.

Ses deux compagnons s'assirent sur le même banc. Clément Vaillant s'activait devant la cheminée qu'il avait regarnie de bois : il suspendait un coquemar de soupe à la crémaillère. Pendant ce temps, Michelette découpait des tranchoirs de pain qu'elle posait dans des écuelles. Rien n'avait changé chez elle. Elle éprouvait un immense bonheur à se retrouver ici, même si, par instants, son cœur se serrait douloureusement en songeant à ses enfants qui avaient trépassé dans cette maison.

— Je ne t'ai pas présenté Rogier Fourlin et maître Laurent Piedefer, annonça-t-elle à brûle-pourpoint, sans aucun préliminaire. Rogier est sergent d'armes et maître Piedefer est avocat au Châtelet.

Clément abandonna le feu et se redressa. Il comprit que venait le temps des explications.

— Comment est la vie ici ? poursuivit-elle.

— Dure, ma dame. De plus en plus dure. Pas plus tard qu'hier le dizainier est venu m'annoncer que je devrais payer une livre en marc d'argent pour la grosse taille. Je ne l'ai pas.

— Je la paierai pour toi, promit Michelette.

Le clavellier écarquilla les yeux de surprise. L'épouse de son maître était-elle si riche ?

Elle fit une courte pause avant de poursuivre :

— Avec Guyot le Bossu, nous avons toujours été fidèles au roi et à son fils le dauphin. Le duc de Touraine est notre nouveau roi, désormais.

— Je le sais. Je suis allé honorer la dépouille de notre souverain, j'ai suivi les obsèques et le cortège de Saint-Pol à Notre-Dame. La foule pleurait beaucoup, car on l'aimait fort. Maintenant qu'il est parti, qui nous protégera du mal ? Nous étions des centaines de Parisiens mais, en tête du cortège, il n'y avait aucun seigneur de sang français, seulement des Anglais, et surtout le duc de Bedford qui portait l'épée de notre roi.

— Son épée ? Comment a-t-il osé ? Personne n'a protesté ?

— Si, le peuple a murmuré, mais les gens du Parlement qui suivaient l'Anglais ont assuré qu'il en avait le droit, car il était notre nouveau régent. Malgré cela, aux fenêtres, beaucoup ont crié leur colère et leur désespoir.

— Parlons rond, Clément, je suis au roi, et c'est lui qui m'envoie ainsi que mes deux compagnons. Nous arrivons de Bourges. Si tu ne veux pas apprendre ce que nous préparons, dis-le-moi tout de suite et nous partirons. Je sais que tu ne nous trahiras pas.

Le serrurier parut embarrassé. Il demeura debout et silencieux.

Michelette échangea un regard avec le sergent. Fourlin fit un signe de tête, devinant que son ancien ouvrier avait peur. Ce dernier les regarda tous trois à tour de rôle avant de se retourner vers le feu.

— Laissez-moi remuer la soupe, sinon elle va brûler, marmonna-t-il.

Il touilla le contenu de la marmite avec une grande cuiller de bois, puis revint à la table, la tête baissée.

— Dame Michelette, je vous dois tout et je suis bon chrétien, dit-il après une ultime hésitation. Je ne veux pas d'un roi anglais. Je désire uniquement celui que Notre Seigneur nous a choisi.

Elle sentit s'évanouir l'étreinte qui serrait son cœur.

— Les gens du roi ne pourront pénétrer dans Paris que si une porte est ouverte, car un siège serait trop difficile, dit-elle.

— Il n'y a que six portes par lesquelles on peut encore passer, énuméra-t-il : Saint-Honoré, Saint-Denis, le Temple, Saint-Antoine, Saint-Victor et Saint-Jacques. Les autres sont terrassées. Et les poternes des fortifications sont soigneusement fermées à clef la nuit. Or, sans clef, impossible de pénétrer, d'ouvrir les battants et de baisser les ponts-levis.

— Te crois-tu capable de fabriquer une clef ?

— Bien sûr mais j'ai besoin du modèle. Et je ne l'aurai jamais.

— Guyot le Bossu m'avait dit qu'il était possible de forger une clef en examinant seulement la serrure du dehors.

— Bien sûr ! Je sais le faire aussi, mais ce n'est vrai que pour les serrures simples. Pas pour celles des poternes qui ont été forgées par Le Dru, le syndic de notre confrérie. Il y a mis tout son talent et elles sont incrochetables.

Michelette craignait cette réponse et baissa les yeux vers la table. Que faire ?

— Et si on cassait une serrure ? intervint le sergent.

Les autres se tournèrent vers lui.

— Si le mécanisme était bloqué ou cassé, le capitaine devrait le faire démonter…

— Oui, reconnut le serrurier, mais Le Dru s'en chargerait, c'est tout.

— Où vit-il ?

— Dans la grand-rue Saint-Jacques.

— Il suffit qu'il disparaisse…

— Qu'on le meurtrisse ? s'effraya Clément. Jamais ! J'ai juré sur les saintes reliques et les Évangiles de respecter l'autorité de mon maître juré.

Il leva les yeux vers la statue en bois de saint Éloy, le protecteur des clavelliers qui trônait dans une niche du mur.

— Il n'est pas nécessaire de le tuer, il suffit de le garder enchartré quelques jours, décida Fourlin en haussant les épaules.

— Possible, opina Piedefer. On peut l'attirer dans une maison abandonnée sous prétexte de refaire les ferronneries et le saisir avant de l'enfermer dans une cave.

— Je ne peux pas ! décida Clément Vaillant en secouant la tête, j'ai prêté serment.

— Nous ne sommes pas seuls, lui dit alors Michelette. Des amis nous aideront. Ils se chargeront d'enfermer Le Dru sans lui faire de mal. Mais te sens-tu capable de démonter la serrure et de la réparer, dans ce cas ?

— Certainement, mais il reste maître Caisin Poret. Les capitaines des portes feront appel à lui plutôt qu'à moi, car lui a prêté serment au roi anglais.

— On fera pareil avec lui, décida Fourlin. Si on en enferme un, on peut en enfermer deux. Ne reste plus qu'à bloquer la serrure. Comment s'y prendre ?

— Ça, je peux m'en charger, accepta le serrurier. Une nuit, j'irai introduire un crochet à l'intérieur, ça coincera le mécanisme.

— Voilà un plan solide ! conclut Michelette. Examinons-le un peu mieux et, ensuite nous irons en parler à nos amis.

Elle ne nomma pas maître Girard. Moins Vaillant en savait, mieux cela était.

11

Une heure plus tard, après avoir soupé et longuement discuté, les trois comploteurs partirent pour la rue de la Draperie. Michelette avait prévenu Vaillant qu'elle reviendrait avant la nuit et reprendrait sa chambre.

La neige voletait faiblement. Cette fois, Piedefer les guidait. Rue de la Draperie, il mit pied à terre devant l'échoppe des frères Girard et tira plusieurs fois la cloche. Le portier arriva enfin, tenant une lanterne en corne. L'avocat se fit connaître et on ouvrit l'huis.

— Je suis avec des amis, nous venons pour rencontrer maître Gilles, dit-il. Que quelqu'un s'occupe de nos chevaux.

Piedefer était venu plusieurs fois et le portier le connaissait. Il appela deux valets pour les chevaux, puis conduisit les visiteurs au deuxième étage. Fort sombre, l'escalier était à peine éclairé par quelques coupelles de fer contenant une mèche qui se consumait dans du suif.

Au palier, le concierge gratta à la porte et une jeune femme en houppelande verte, avec des manches évasées et un collet montant très haut, vint ouvrir.

Elle se tenait dans un ostevent empêchant la froidure de pénétrer, avec une tenture derrière elle.

— Des visiteurs pour maître Girard, ma dame.

L'épouse du drapier devait avoir la vingtaine. Elle scruta l'une après l'autre les trois dans l'escalier, s'attardant plus longuement sur Michelette en plissant le front.

— Gilles ! appela-t-elle alors en se retirant, sans la moindre formule de politesse.

Quelques instants plus tard, le drapier apparut, revêtu d'une épaisse robe fourrée et coiffé d'un chaperon à longue cornette.

— Piedefer ! Enfin ! Vous venez d'arriver ?

Il considéra les deux autres en haussant les sourcils, puis regarda derrière lui en se passant une main sur le menton. Sa femme s'était retirée, marquant ainsi son désaccord quant à cette visite tardive. Elle serait encore plus mécontente s'il descendait avec les visiteurs, mais tant pis…

— Allons dans la boutique, décida-t-il. Antoine, demanda-t-il au portier, vous nous apporterez du vin chaud et une seconde lanterne. Je prends la vôtre.

Il lança, un ton plus haut :

— Ma mie, je m'absente un moment.

Observant l'embarras du drapier, Michelette devina que son épouse ne connaissait rien de ses activités clandestines. À l'idée qu'elle-même partageait avec lui des secrets que sa compagne ignorait, elle éprouva un singulier sentiment de supériorité.

En bas, le drapier les fit pénétrer dans l'ouvroir, glacial et vide. En vérité, le local était constitué de deux parties, chacune correspondant à un étal. Sur d'innombrables étagères étaient entreposées des pièces de tissu.

Girard les conduisit dans un bouge au fond du second ouvroir.

— Prenez des escabelles en passant, dit-il. Il n'y a qu'un banc là-bas.

Le cabinet servait à entreposer le petit matériel des drapiers : ciseaux, règles, sceaux. Outre le banc, l'unique meuble était une écritoire avec quelques feuilles et des plumes posées dessus.

Ils s'installèrent. Girard alla fermer la porte, posa la lanterne sur la tablette de l'écritoire et s'assit sur le banc.

— J'avais prévu de venir te voir demain, commença Piedefer, mais c'est mieux de tout régler maintenant. Voici Michelette d'Auxerre et Rogier Fourlin. Rogier est à messire de Lusignan, que tu connais.

Girard hocha du chef.

— Laisse-moi d'abord te raconter mon voyage…

Il commença, mais fut interrompu par l'intendant qui apportait le vin chaud et des hanaps. L'avocat poursuivit après le départ du domestique. Il présenta Michelette et le sergent d'armes, puis rapporta l'entretien avec Lallier et ce qu'ils avaient décidé chez l'ancien ouvrier de Michelette devenu maître.

— Fabriquer une fausse clef ! Adroit ! reconnut Girard, le regard brillant.

— Mais nous devons mettre à l'écart les deux artisans susceptibles d'être appelés pour réparer la serrure. J'ai déjà songé à une maison abandonnée dans mon quartier où on pourrait les enfermer. Seulement, il nous faut de l'aide pour saisir Le Dru et Poret.

— Pierre Monstrelet, qui commande les gardes de Pigache, pourra s'en charger. Fourlin, vous serez de l'affaire ?

— Bien sûr !

— Parfait, demain j'irai parler à Pigache. On fera tout cela lundi. Mais… quel besoin avons-nous de les garder prisonniers ?

Un silence particulièrement pénible s'installa.

— Je l'ai promis à maître Vaillant, intervint Michelette après les avoir regardés à tour de rôle.

— Dans ce cas… Il faut que vous prépariez sans tarder une solide prison. De surcroît, il faudra les laisser enchartrés jusqu'à l'arrivée de l'armée du roi, donc bien plus d'une semaine.

— C'est vrai, reconnut l'avocat. Dame Michelette, en partant, je vous montrerai la maison à laquelle je pense. Vous irez demain avec maître Vaillant afin de faire les travaux nécessaires.

Elle approuva d'un signe de tête.

— J'ai également ceci qui te revient, ajouta l'avocat à l'intention de Girard.

Il sortit la dernière médaille de son escarcelle et la lui remit en lui expliquant son importance.

— Je la mettrai à mon chaperon, elle ne me quittera point ! promit Girard.

Les trois comploteurs repartirent. Après la voûte du Grand Châtelet, ils prirent la rue Saint-Germain-l'Auxerrois jusqu'à la rue des Bourdonnais, une ruelle qui aboutissait aux Halles. Piedefer et ses frères logeaient dans une venelle conduisant à la rue Tire-Chappe. Cependant, avant d'arriver à la rue au Lard, au carrefour où l'on brûlait d'ordinaire les hérétiques, l'avocat leur fit prendre une impasse. La bâtisse d'angle, un édifice aux murs bossués, sans portes et aux fenêtres en papier déchiré, était à l'enseigne de la Tête-Noire.

— Voici la maison à laquelle j'ai pensé. Si elle ne vous plaît pas, il y en a d'autres plus loin, tout aussi vides.

Pour Michelette, l'endroit convenait. Il ne serait pas difficile d'y attirer les serruriers en prétextant une remise en état du logis.

Ce fut donc là qu'ils se séparèrent.

Le lendemain, la jeune veuve se rendit chez le dizainier, un cordouanier qui occupait déjà cette charge avant son départ. Elle lui raconta que son mari, Guyot le Bossu, était mort à Auxerre et qu'elle était revenue avec un sien cousin : Rogier Fourlin. Le dizainier lui fit part de sa tristesse pour la mort de son mari, lui indiqua que son cousin devrait participer à la garde de l'enceinte et à la milice, et ne la questionna pas plus.

À leur retour, Clément Vaillant leur apprit que le clavellier Caisin Poret se trouvait au plus mal, atteint d'une fièvre quarte, et que, si son valet ouvrier le remplaçait pour les travaux courants, il était certain que le capitaine de la porte Saint-Jacques ne lui confierait pas le démontage et la réparation de la serrure de la poterne. Il suffirait donc d'écarter seulement Le Dru.

Dès lors, les trois compères partirent pour la maison à l'enseigne de la Tête-Noire afin d'aménager un solide cachot.

12

Abandonnant le cinquantenier chez Michel de Lallier, maître Doule rentra chez lui à dos de mule, escorté par ses sergents et son commis. Ayant gagné sa chambre au premier étage du vieil hôtel et fait allumer un feu, il resta longtemps devant la fenêtre à contempler le spectacle du pilori. Depuis deux jours, blanche de neige et de gel, la dépouille d'un homme se balançait au gibet. Doule avait assisté à son supplice.

Le condamné, un crocheteur transporteur de bûches, avait été dénoncé par son voisin pour avoir maudit la Vierge dans un coup de colère. Il aurait dû n'avoir que la langue percée et subir deux jours d'exposition mais, en fouillant sa chambre, le capitaine du guet avait trouvé des outils de serrurerie. Mis à la question, le crocheteur avait avoué vouloir ouvrir la poterne Saint-Martin, dont la porte était pourtant terrassée, afin de faire entrer quelques aguetteurs de chemins, ces gens devenus brigands à cause de la misère et qui auraient pillé le quartier « pour leur souper ». Que se serait-il passé si la conspiration n'avait pas été découverte ? Bien des bourgeois du quartier auraient perdu la vie et peut-être que les fredains auraient bouté le feu à nombre de maisons.

Doule en frémissait encore, car il aurait pu perdre sa fortune et sa vie.

Ce méchant complot avait été percé par hasard. Tout comme celui de cette femme complice d'un armurier demeurant rue de la Heaumerie et qui s'était rendue dans le faubourg Saint-Marcel où elle avait rencontré des gens d'armes armagnacs[1]. Elle avait parlé avec eux des moyens propres à livrer Paris au dauphin. Par chance, sa conversation avait été entendue par un prêtre depuis son jardin. Le religieux était aussitôt allé prévenir les gardes de la porte Saint-Jacques et, lorsqu'elle était rentrée dans Paris, la femme avait été arrêtée. Mise à la question, elle avait tout révélé. Après une instruction secrète, elle avait été noyée en Seine ainsi que ses acolytes.

Combien d'autres complots se tramaient-ils dans l'ombre en ce moment dans Paris ?

Doule était bien placé pour mesurer à quel point la fidélité des Parisiens était versatile. Que n'entendait-il pas en collectant la taille ! Combien de gens étaient prêts à se jeter dans les bras armagnacs en espérant la paix et la fin des impôts qui les pressuraient ?

Depuis qu'il avait vu le revers de la médaille de Lallier, une idée ne cessait de travailler le receveur général : et s'il s'agissait d'un insigne pour se reconnaître entre comploteurs ?

Quel meilleur moyen de s'identifier que d'arborer une représentation de la mère du Divin Jésus avec au revers le roi en majesté ?

Michel de Lallier pouvait-il être membre d'une telle confrérie séditieuse ? Certes, il avait plusieurs fois montré sa fidélité à la reine Isabeau, mais il avait aussi trahi Jean sans Peur.

1. Le 13 juin 1422.

Voilà les questions que se posait Doule.

Il devait découvrir la vérité. Avant tout pour éviter que les Armagnacs ne reviennent, car alors il ne donnait pas cher de sa peau (au sens propre, tant il devinait que beaucoup prendraient plaisir à l'écorcher), et ensuite pour gagner la confiance et la reconnaissance du duc de Bedford.

Mais comment faire ?

À force de réflexion, il songea que la domestique du maître des comptes, la nommée Loys, pourrait bien l'aider. Elle paraissait impertinente et calculatrice. Il fallait qu'il l'interroge. Il alla à la porte de sa chambre et héla :

— Colin !

Il s'agissait d'un de ses sergents, un homme fort adroit. Celui-ci, qui se trouvait dans la cuisine, arriva aussitôt.

— Tu vas aller te renseigner avec discrétion. Je veux savoir où les gens de maître Lallier vont à la messe le dimanche.

— Certainement à leur paroisse, à Saint-Merry.

— Sans doute, mais je veux en être certain. Il y a d'autres églises dans le quartier, dont les Blancs-Manteaux, où ils pourraient se rendre.

Le soir, le sergent confirma au receveur que la mesnie de Lallier assistait bien aux services religieux et aux prêches à Saint-Merry. Aussi, le dimanche 22 novembre, Jehan Doule alla écouter la messe dans cette église. À la fin de l'office, il fut un des premiers à sortir et attendit Loys sur le parvis. La servante apparut avec les autres domestiques et l'intendant. Ne souhaitant pas se faire remarquer, Doule envoya le sergent Colin. Celui-ci approcha la jeune femme et lui murmura à mi-voix :

— Maître Doule, que vous voyez là-bas, souhaite vous dire quelques mots. Inventez un prétexte pour demeurer un instant avec lui et il vous donnera un agnel d'or.

Loys se tourna dans la direction indiquée et le receveur hocha la tête en la regardant. Déjà, les gens de Lallier s'en allaient. Elle rattrapa l'intendant pour lui dire :

— Maître, j'ai égaré la croix que je portais à ma ceinture, j'ai dû la laisser tomber dans l'église. Puis-je vous rejoindre dans un instant ?

— Va, ma fille, dit l'homme, fort conciliant.

Maître Lallier était parti pour Londres et il n'avait pas à justifier le retard de tel ou tel domestique.

La meschinete[1] fila vers l'église dans laquelle Doule la rejoignit.

— Loys, lui dit-il en la retrouvant à la première chapelle latérale, veux-tu gagner dix livres en plus de cet agnel ?

Il lui donna la pièce.

— Cela dépend pourquoi, messire, répliqua-t-elle avec suspicion, supposant qu'il voulait s'ébattre avec elle.

Il réprima un sourire en cachant son mépris. Qu'imaginait cette fille si peu attirante ?

— J'ai juste besoin de renseignements…

— Ah !

— Je collectionne les médailles, et j'aimerais beaucoup posséder la même que celle de ton maître, la Vierge émaillée qui ornait son chaperon.

— Si vous voulez que je la vole, c'est non, messire ! répliqua-t-elle d'un ton agressif. Je suis une honnête femme !

1. Servante.

— Il ne s'agit pas de cela ! protesta-t-il mollement. J'aimerais juste m'en procurer une identique, et donc savoir comment ton maître l'a obtenue. Depuis quand l'a-t-il ?

— Depuis quand ?

Ne s'attendant pas à cette question, elle fit appel à ses souvenirs avant de dire :

— Il ne l'avait pas avant votre arrivée, j'en suis certaine, car c'est moi qui range ses coiffes, ses chapeaux et ses chaperons.

— Quelqu'un a donc dû la lui apporter ce jour-là. A-t-il eu des visiteurs ?

De nouveau, elle réfléchit.

— Oui-da, messire. Une femme et deux hommes sont venus le matin. Ce pourrait être eux…

— Tu les connais ?

— Non, messire, je ne les avais jamais vus, mais je ne suis dans la maison du maître que depuis trois semaines, et pas toujours présente quand il reçoit.

— Déniche-moi le nom de ceux qui sont venus ce matin-là. Je te promets dix livres par nom.

— J'essaierai, messire, mais comment vous le ferai-je savoir ?

— Je loge à l'hôtel de la Croix-Blanche, rue Saint-Martin, devant le pilori. Si je n'y suis pas, laisse les noms que tu auras récoltés à mon intendant. Je le préviendrai et il te remettra tes dix livres par nom.

— Pas en pièces d'argent, messire !

— Entendu. En or.

En rentrant chez maître Lallier, tout en serrant l'agnel d'or dans sa main, Loys ne cessa de s'interroger. Pourquoi ce receveur s'intéressait-il tant à cette médaille ? Il disait les collectionner, mais elle n'en voyait pas l'intérêt. L'insigne devait cacher autre chose, mais quoi ?

Loys n'ignorait rien des charmes magiques. Une commère lui avait montré une bague consacrée à sainte Marguerite qui protégeait de toutes les maladies. Sa mère elle-même avait acheté une lamelle de plomb gravée d'une invocation à sainte Apolline quand elle avait eu ce mal de dents qui avait fini par l'emporter.

Après mûre réflexion, Loys conclut que la médaille était un talisman et que la Vierge Marie protégeait son possesseur. Les trois visiteurs l'avaient offert à maître Lallier pour assurer sa fortune future.

Le lendemain, prétextant devoir brosser des vêtements, elle réussit à entrer dans la chambre de son maître. Le chaperon se trouvait à sa place, sur une étagère, et la médaille était toujours attachée à la cornette. Elle détacha l'insigne et l'examina à la lumière. En regardant le revers, elle fut à son tour surprise par la présence du roi en majesté et la formule latine gravée autour. Ne sachant pas lire, elle n'en comprit pas le sens, bien qu'elle en ait vu des similaires sur certaines pièces de monnaie. Pouvait-il s'agir d'une invocation ?

Le soir même et les jours suivants, elle interrogea les autres domestiques sur les visiteurs de la maison, s'efforçant de faire croire qu'elle voulait les reconnaître pour mieux les recevoir. Mais quand elle parlait des gens que leur maître avait reçus la veille de son départ, personne n'en savait rien. La femme ? On ne l'avait jamais vue. Les deux hommes ? Des inconnus, selon une chambrière qui les avait aperçus.

Loys pestait. Les dix livres allaient-elles lui passer sous le nez ?

De nouveau, elle s'intéressa à la médaille. Elle fit alors quelque chose qui aurait pu la conduire à la potence.

Le lundi 23 novembre, en compagnie de son ouvrier, maître Le Dru forgeait des pommelles commandées par l'intendant de l'hôtel des Tournelles quand un inconnu, revêtu d'un garde-corps noir sur sa robe de même couleur, arriva devant son atelier.

L'homme descendit de sa mule et s'approcha, le regard fureteur et intéressé par le travail de l'artisan.

— Maître Le Dru ? s'enquit-il.

— C'est moi…

— Que la Vierge Marie vous conserve dans son amour divin, dit l'homme au garde-corps, je me nomme Bastien Gripel et je suis le majordome d'un seigneur anglais.

L'homme fit une pause mais, comme le serrurier ne disait rien, il poursuivit :

— Mon maître va s'installer dans une maison jusque-là abandonnée et dont toutes les huisseries et serrures sont à refaire. Je sais que vous êtes le meilleur clavellier de Paris. Pourriez-vous venir voir l'étendue des travaux et m'en calculer le coût ?

— Bien sûr, mais pas avant quelques jours car la besogne ne me manque pas.

— Pour l'heure il ne s'agit que d'estimer un prix, ce ne sera pas long pour un habile artisan comme vous. Et tout travail méritant salaire, il vous sera payé de cet écu de Bourgogne.

Brusquement une pièce dorée apparut entre ses doigts.

— Mais si vous ne pouvez pas, je ferai appel à maître Vaillant, dont on m'a dit du bien.

— Vous n'y pensez pas ! Où se situe cette maison ?

— Dans une ruelle de la rue des Bourdonnais. Je peux vous conduire sur ma mule maintenant et vous serez de retour dans moins de deux heures.

De nouveau, il fit rouler la pièce d'or entre ses doigts.

L'attrait du gain fut le plus fort pour l'artisan.

— Entendu, accepta-t-il.

Il demanda à son valet, resté à regarder, de poursuivre son travail.

En pénétrant dans la maison à l'enseigne de la Tête-Noire, Le Dru se sentit mal à l'aise. La bâtisse était ruinée alors que restaient nombre de beaux hôtels vides et mieux situés dans Paris. Pourquoi ce seigneur anglais l'avait-il choisie ? Sans doute était-il moins fortuné qu'il ne voulait le faire croire.

Son guide surprit son malaise car il lui dit :

— Attendez de visiter l'étage ! Vous admirerez la splendide colonnade vers les jardins.

Ils grimpèrent un escalier branlant aux marches grinçantes. Avec les trous béants aux fenêtres, on y voyait bien, mais le froid était piquant.

Une porte neuve se dressait sur le palier. Elle était munie d'une serrure, ce qui surprit le clavellier.

— Je l'ai fait poser pour pouvoir entreposer des meubles, expliqua l'intendant.

Il poussa l'huis qui n'était pas fermé à clef. Derrière, la salle demeurait dans l'obscurité. Le serrurier y pénétra avec une certaine réticence et s'arrêta à deux pas.

— Diable, on y voit comme dans un four…

Il se retourna et resta figé. Un second individu venait d'apparaître. D'une main il tenait une lanterne et de l'autre une épée dégainée. L'intendant avait aussi sorti sa dague.

— Entrez et ne tentez rien, ordonna celui à la lanterne d'une voix dure et menaçante. Si vous vous laissez faire, vous serez libre dès que votre rançon sera payée.

— Vous… Vous êtes…

— Oui, des brigands… Entrez ! Vous dis-je !

L'ordre claqua, menaçant, et Le Dru obtempéra.

La lumière de la lanterne lui révéla une pièce vide avec un châlit pour seul meuble. Les ouvertures étaient toutes condamnées par des planches. L'endroit était glacial.

— Allez jusqu'au grabat et asseyez-vous !

L'artisan fit ce qu'on lui ordonna. Il découvrit alors une chaîne scellée au mur, plusieurs pains de seigle et trois cruchons d'eau. L'intendant prit la chaîne et passa l'anneau à la cheville de l'artisan, ensuite il le ferma à l'aide d'un gros cadenas.

— Ne tentez pas de fuir, lui conseilla-t-il d'un ton glacial. Nous logerons à l'étage et viendrons vous surveiller de temps en temps. Peu nous importe que vous soyez vivant quand la rançon sera versée, nous ne vous gardons vif que par pitié et pour l'amour de Dieu. Vous avez à boire et à manger, et pour les commodités, la chaîne est assez longue. Il y a également une couverture afin de vous protéger de la froidure. Dès que votre femme aura payé les cent livres demandées, je viendrai vous libérer. Soyez patient…

— Et… si elle ne paye pas… balbutia Le Dru, pas certain de l'amour de sa moitié.

— Couic ! répondit celui à la lanterne en passant sa main devant sa gorge.

Les deux hommes sortirent, abandonnant le prisonnier dans l'obscurité, le cœur débordant de désespoir.

Pierre Monstrelet, qui commandait les gardes du changeur Pigache – l'homme à la lanterne – ferma soigneusement la porte à clef et rejoignit le sergent Fourlin qui s'était fait passer pour un intendant.

Cette nuit-là, Vaillant et Michelette se rendirent à la porte Saint-Jacques. La place devant la fortification était vide et silencieuse. Tandis que la femme tenait la lanterne, l'artisan examina longuement la serrure. Le lendemain mardi, ils revinrent à la même heure et, cette fois, Clément Vaillant avait apporté des outils. Il introduisit un petit crochet dans le mécanisme et l'enfonça avec une barre. Après quoi, il donna un seul coup de marteau, bloquant le fer à l'intérieur.

13

Dans la journée du mardi 24 novembre, Loys alla porter des bas-de-chausses à ravauder. Avant de partir, elle avait réussi à subtiliser la médaille de son maître.

Ayant laissé les linges à la ravaudeuse, elle se rendit rue des Lombards où elle connaissait la boutique d'un changeur. Ce dernier était seul. Il pesait des monnaies. La servante s'accouda à l'étal et montra l'insigne, demandant ce qu'il valait.

Le changeur était un petit bonhomme rondelet porteur de bésicles. Il regarda d'abord la fille, la jugeant peu avenante mais fraîche et bien dodue, puis il examina la pièce avant de dire :

— Étonnant, je n'ai jamais vu de telles médailles.

— On m'a dit que c'était un charme…

Le changeur pouffa avec un curieux grincement de gorge, dévoilant de rares dents.

— Un charme ? Absurde ! C'est juste un morceau d'argent ! Je peux vous en donner trois deniers.

— Notre benoîte Vierge assure la protection de celui qui possède ce talisman ! affirma-t-elle. D'ailleurs, il y a même une invocation, là !

Elle montra l'inscription au revers. Cette fois, l'homme ne put se retenir de rire.

— Mais non, fillette ! Ces lettres veulent dire : *Karolus Francorum Rex*, c'est-à-dire Charles, roi des Francs. La formule qu'on mettait sur les pièces d'or du roi Charles V, parfois aussi sur les deniers tournois, les blancs ou les écus, sauf que, sur ces derniers, on a frappé trois fleurs de lys d'un côté et une croix de l'autre.

— Pourquoi aurait-on mis Charles V sur le revers ? s'enquit-elle avec agressivité. Pourquoi pas notre bon roi Charles VI qui vient de mourir ?

— Notre bon roi n'a pas fait forger de pièces le représentant en cotte d'arme fleurdelisée et tenant sous le dais l'épée et la main de justice.

Il hésita un instant avant de dire :

— Cependant, on m'a rapporté que le soi-disant dauphin aurait fait frapper de telles monnaies lors de son couronnement, mais je n'en ai pas encore vu.

Il prit la main de Loys.

— Je veux bien aller jusqu'à quatre deniers pour cette médaille, car j'ai peut-être quelqu'un que cela intéressera. Et puis, nous ferons ainsi plus ample connaissance…

— Je vais réfléchir, mon bon maître, sourit-elle en l'aguichant. Vous avez été fort gentil avec moi. Vous semblez tout savoir…

— À mon âge, on a beaucoup appris, chuchota-t-il en lui serrant la main.

Elle le laissa faire en souriant, avant d'ajouter, mutine :

— Un homme me fait la cour, et je ne sais si je dois l'écouter. Quel conseil me donneriez-vous ?

— Qui donc ? interrogea le changeur d'une voix outrée, comme s'il considérait que la meschinete lui appartenait déjà.

— Il se nomme Jehan Doule, c'est un receveur des tailles.

— Lui ! Maudit soit-il ! Que le diable le crève !

— Ce serait un mauvais homme ?

— C'est un félon vendu aux godons !

— En êtes-vous certain ?

— Il est normand mais a signé un pacte avec le démon, ou plus exactement avec le duc de Gloucester. Le frère du feu roi Henri rêve de devenir roi de France, lui aussi, et de nous pressurer encore plus d'impôts ! Fuis-le, ma fille, c'est le Belzébuth qui l'envoie ! On dit même que c'est un espion et qu'il œuvre contre nous, pauvres Parisiens.

Elle ôta sa main avec un timide sourire.

— Je n'oublierai pas votre conseil, mon bon maître, et je reviendrai vous voir.

À ces paroles, elle s'enfuit et il la regarda s'éloigner avec un brin de paillardise.

Rentrée chez maître Lallier, Loys remit la médaille en place sur le chaperon, mais n'eut de cesse d'y penser. C'est à force de se répéter ce qu'avait dit le changeur qu'une idée lui vint, car la servante était plus fine que son apparence ne le laissait entendre.

Et si cette médaille avait été frappée par celui qui se disait roi de France ? Le prétendu dauphin ? Et si c'était le signe de reconnaissance d'une confrérie secrète de rebelles ? Comme tout le monde, elle entendait parler de complots et elle avait vu nombre de pendus au cou desquels était attaché un panneau accusant le supplicié d'être armagnac.

Elle essaya de se remémorer les trois qui avaient rencontré son maître. L'un d'eux était armé comme un écorcheur… Et personne ne les connaissait.

Dès lors, elle cessa de poser des questions autour d'elle, car elle commençait à craindre cette maison où sa tante l'avait fait entrer. Si maître Lallier était un Armagnac déconnu[1], nul doute que les serviteurs devaient l'être aussi, s'inquiétait-elle. Or, si elle leur devenait suspecte, ils auraient tôt fait de la faire disparaître.

Cependant, n'oubliant pas la récompense promise par maître Doule si elle lui livrait les noms des trois mystérieux visiteurs, elle décida d'un autre procédé pour les obtenir.

Lors d'un repas, elle raconta qu'elle priait chaque jour la très Sainte Vierge afin qu'elle lui envoie un amoureux qui l'épouserait. Et comme d'autres servantes lui demandaient, en pouffant, à quoi devrait ressembler son futur mari, elle en fit une description si confuse que toute la tablée éclata de rire.

Presque en larmes, Loys déclara alors :

— Vous êtes méchants de vous moquer de moi qui ne sais utiliser que les mots que je connais. Comment devrait être mon mari ? Tenez, la veille de son départ, notre bon maître a reçu deux visiteurs, le plus jeune était semblable à celui que j'aimerai.

— Tu vises trop haut, ma fille ! intervint l'intendant dans un sourire. Cet homme qui te plaît, c'est Laurent Piedefer, un avocat au Châtelet. Et il n'épousera jamais une meschinete comme toi.

1. Qui cachait ses opinions.

14

Le mercredi 25 novembre, il gelait à pierre fendre. Aussi, quand le capitaine tenta de faire tourner la clef dans la serrure de la porte Saint-Jacques, il crut le mécanisme bloqué par le froid. On chauffa la clef sur un petit feu, on mit du suif dans la serrure, mais rien n'y fit. Il fallut se rendre à l'évidence, le mécanisme ne fonctionnait plus.

Déjà, voitures, cavaliers et piétons attendaient pour entrer ou sortir de la ville. On les prévint que la porte n'ouvrirait pas et qu'ils devraient se rendre à la porte Saint-Victor. Ensuite, le capitaine envoya un de ses hommes chez maître Le Dru, qui heureusement n'habitait pas loin, dans la grand-rue Saint-Jacques.

Le garde revint une heure plus tard pour apprendre que Le Dru avait été enlevé. Le serrurier avait disparu et, dans la nuit, un message avait été attaché à la porte réclamant une rançon de trois cents livres, somme que son épouse ne pouvait payer. C'est en tout cas ce qu'elle avait assuré.

Quelle guigne ! songea le capitaine.

Mais les affaires de Le Dru concernaient le prévôt et lui, il avait assez à faire avec sa porte. Il renvoya donc son garde chez le second clavellier qu'il connaissait, Caisin Poret, lequel habitait près de la place Maubert.

None sonnait quand l'homme revint avec l'ouvrier de l'artisan, car ce dernier était au plus mal. Le valet avait apporté ses outils et tenta de débloquer la rétive serrure.

— Impossible, conclut-il au bout de deux heures d'effort. Il faut la démonter.

— Pouvez-vous le faire ? demanda le capitaine après avoir constaté que de plus en plus de monde attendait l'ouverture.

— Sans doute, mais ça prendra du temps car il est nécessaire de limer les rivets. Et ensuite il faudra peut-être refaire la serrure, et ça, je ne suis pas certain d'y arriver.

— Vous voulez dire que la porte restera sans fermeture ?

— Oui, le temps que mon maître guérisse.

— Impossible ! Vous connaissez d'autres serruriers ?

— Il n'y en a plus que trois à Paris. Comme on vient de me dire que maître Le Dru a disparu, il ne reste que maître Clément Vaillant.

— Où loge-t-il ?

— Rue de la Tixeranderie, devant l'hôtel de la Reine Blanche. On le connaît, là-bas.

— Gillet, file le chercher !

Le dénommé Gillet repartit une troisième fois. Mais la rue de la Tixeranderie était loin et, de plus, il dut certainement s'arrêter pour se réchauffer dans une taverne car, quand il revint avec le clavellier, le crépuscule s'installait.

Clément Vaillant trifouilla un moment dans la serrure avant de déclarer :

— Je dois la démonter. Je peux le faire demain, car il est trop tard pour commencer.

— Il faudra la remonter aussitôt après.
— Je le ferai, n'ayez pas d'inquiétude.

Le jeudi, Vaillant fut à pied d'œuvre à la pique du jour. Limer les rivets lui prit plusieurs heures mais enfin la porte s'ouvrit. Ensuite, tout fut plus facile et le serrurier démonta le mécanisme sous le regard attentif du capitaine.

Comme il s'agissait de rouages compliqués, personne ne remarqua le crochet qu'il avait glissé à l'intérieur. Il l'enleva et annonça devoir limer une des clenches. Pour y parvenir avec précision, il prit des mesures et des empreintes sur une tablette de cire. Enfin il confectionna une petite pièce afin de remplacer un morceau de fer prétendument tordu et il remonta l'ensemble. La serrure fonctionna à la perfection.

Il rangea alors son matériel dans son sac et demanda une livre en paiement du travail. Le capitaine lui remit un bon pour se faire payer à la maison aux Piliers[1].

Le samedi de cette même semaine, Loys sortit pour aller chercher les chausses ravaudées, mais elle fila d'abord vers la rue Saint-Martin en espérant que le receveur des tailles s'y trouvait. À l'hôtel de la Croix-Blanche, on lui ouvrit dès qu'elle eut tiré le cordon de la cloche et le portier la conduisit chez son maître après qu'elle se fut nommée. Il avait été prévenu.

Dans sa chambre, assis devant son écritoire, Doule écrivait une longue missive au duc de Gloucester. Il retint un sourire de satisfaction en voyant entrer la servante. Certainement une bonne nouvelle, se réjouit-il.

1. Qui deviendra l'hôtel de ville.

— Dieu vous garde, maître Doule, fit Loys en s'agenouillant. Je vous apporte un nom.

Le receveur fit sortir le portier.

— Parle, ma fille.

— Ne deviez-vous pas me remettre dix livres ? s'enquit-elle avec un brin d'insolence.

Il se leva et se rendit à un bahut sur lequel reposait un coffre qu'il ouvrit avec la clef attachée à sa ceinture. À l'intérieur, il rechercha trois pièces d'or correspondant à dix livres.

— Il y a même un peu plus, fit-il en les lui remettant. Maintenant, donne-moi ce nom.

— L'un des visiteurs de mon maître se nomme Laurent Piedefer, il est avocat au Châtelet.

Doule hocha la tête. Il connaissait les frères Piedefer.

— Tu es certaine ?

— Oui, messire.

— Et les deux autres ?

— Je ne sais pas, mais je vais continuer à interroger.

— Entendu. File, maintenant. Et j'espère pour toi que tu ne m'as pas trompé.

C'est dans la nuit du dimanche 29 novembre que Clément Vaillant, Michelette et Fourlin se rendirent à la porte Saint-Jacques. Il neigeait et on n'aurait trouvé âme qui vive dans les rues. Même les truands étaient restés chez eux. Sur place, le soldat et la veuve firent le guet tandis que le serrurier essayait la clef.

Elle ne déclencha pas le pêne. Vaillant batailla un moment sous la neige, puis revint vers les deux autres.

— J'y arrive pas. Je vais la limer. Allons nous mettre à l'abri…

Ils se rendirent sous le porche du couvent des Jacobins et le clavellier, qui avait apporté quelques outils, lima les dents de la clef qui accrochaient. Fourlin tenait la lanterne devant lui. Ensuite l'artisan trempa la clavelle dans un pot de suif et revint à la porte.

Cette fois, la clef fonctionna parfaitement. Il lui fit faire deux tours et poussa l'huis. Il s'empressa de refermer et revint vers ses compagnons :

— La porte est au roi Charles VII, béni soit-il !

Tous trois murmurèrent une courte action de grâces à la benoîte Vierge, qui les avait protégés, avant de rentrer rue de la Tixeranderie.

Le lundi matin, la neige tombait toujours, épaisse, lourde, formant un rideau blanc qui permettait à peine de voir à deux toises devant soi. De surcroît, le froid était devenu si vif que le vin gelait dans les caves. La Seine charriait de gros glaçons et les berges étaient gelées. En dépit de ces conditions épouvantables, Michelette et le sergent Fourlin se rendirent rue de la Draperie, chez Gilles Girard.

Ils partirent à pied, car le sol durci et enneigé aurait fait courir le risque de chute à leurs chevaux. Quand ils arrivèrent, l'épaisseur de neige dans les rues atteignait plusieurs pouces. L'échoppe était fermée et ils durent sonner la cloche trois fois avant que le portier vienne leur ouvrir.

Gilles Girard lui avait ordonné de faire entrer tout visiteur porteur d'une médaille émaillée de la Vierge comme la sienne. Reconnaissant l'insigne sur la barbette[1] de laine de Michelette et sur la casaque

1. La barbette était une pièce d'étoffe couvrant la tête et les oreilles, parfois aussi le chapeau, et qui cachait le menton et le cou.

du sergent, il leur demanda juste d'attendre, le temps de prévenir son maître.

Le jeune drapier arriva dès que son domestique l'eut averti. Il portait un lourd garde-corps doublé de fourrure avec un bonnet en petit vair.

— Loué soit Jésus-Christ de vous voir ici ! dit-il, joyeux. Je m'ennuyais à mourir dans la grande salle où toute notre mesnie est réunie près de l'âtre, à cause de ce froid diabolique. Allons dans ma chambre.

Et se retournant vers le portier, il ajouta :

— Fais-nous porter du vin à la cannelle.

Il entraîna dans l'escalier les visiteurs, qui avaient eu le temps de secouer la neige les recouvrant.

Gilles et sa famille occupaient une partie du deuxième étage, deux pièces attenantes avec antichambre, cabinets pour les serviteurs et garde-robe.

Dans sa chambre, où trônait un grand lit aux courtines fermées, seules quelques braises rougeoyaient dans la cheminée. Gilles jeta un fagot, de belles flammes jaillirent, et il fit asseoir le couple sur une fourme en face du foyer, lui-même restant debout.

— J'attendais de vos nouvelles, dit-il sans dissimuler son impatience.

— C'est fait ! annonça Michelette. La clef fonctionne, monsor.

On gratta à la porte. Une servante apportait le vin. Elle remplit des gobelets d'argent, les distribua et se retira.

— Je partirai prévenir messire du Châtel dès que la neige aura cessé, mais il me faut un laissez-passer pour quitter Paris, dit Fourlin.

Gilles approuva d'un signe de tête.

— Allons chez maître Piedefer, décida-t-il. Il dispose encore de celui du duc de Bourgogne. Cela devrait convenir. Êtes-vous venus à pied ?

— Oui, impossible de prendre les chevaux.

— Je vais faire seller nos deux mules. Elles ont l'habitude de marcher dans la neige et vous monterez ensemble. Laissez-moi juste le temps de me préparer.

Quelques instants plus tard, ils se retrouvèrent dans l'écurie de la maison située dans le jardin intérieur. Un valet sellait les montures.

Piedefer et ses frères habitaient trois maisons mitoyennes dans un passage conduisant à la rue des Bourdonnais. En vérité, il s'agissait seulement d'une ruelle bordée de maisons à pans de bois dont les étages supérieurs se rapprochaient à tel point qu'ils formaient un corridor quasiment couvert.

Girard, Michelette et le sergent laissèrent les mules dans une écurie et firent le reste du chemin à pied. Le jeune avocat vivait dans la plus étroite des maisons de la ruelle, avec pour toute domesticité un valet, deux servantes et une cuisinière. Ce fut le serviteur qui vint ouvrir.

Par un ostevent, ils entrèrent dans une salle tout en longueur dans laquelle se tenaient attablés maître Piedefer et ses domestiques. Les femmes préparaient la soupe et l'avocat lisait un feuillet qu'il annotait avec une mine de plomb.

Il se leva immédiatement en voyant les visiteurs poudrés de neige.

— Si je m'attendais ! Que le Seigneur vous protège ! Venir par cette tempête !

— Dieu te dit bonjour, mon ami, fit Gilles Girard en l'accolant après avoir secoué son chapeau de feutre.

— Montons dans ma chambre ! proposa l'avocat. Collinette, porte-nous du caudell[1] bien chaud !

Il désigna l'escalier de bois.

La chambre, aux murs en torchis recouverts de tentures de toile afin de réduire la froidure, était glaciale car le feu n'avait pas été allumé.

— Installez-vous, proposa Piedefer en montrant le lit à courtines et un banc au dossier sculpté à décor de feuillage.

— Ils ont fabriqué la clef, annonça Girard à mi-voix en désignant Michelette et son compagnon.

— Dieu soit loué !

— Fourlin partira pour Bourges dès qu'il le pourra, mais il a besoin du sauf-conduit du duc pour quitter la ville.

— Il est là, dit Piedefer en désignant une chaire à écrire faisant corps avec sa table. Mais le papier porte mon nom.

— Je me ferai passer pour vous, décida Fourlin.

— Possible. Cependant, il n'y a que deux portes ouvertes sur la rive gauche. J'ai quitté Paris par Saint-Victor et on est rentrés par Saint-Jacques. Vous pouvez être interrogé par un sergent ou le capitaine qui me connaît. Je préfère gratter mon nom. Vous allez voir.

Il alla chercher le sauf-conduit, rangé dans un huchier avec d'autres papiers, et s'installa devant son lutrin sur lequel se trouvaient plumes, grattoirs, encres et canivets.

En raclant délicatement avec une lame, il fit disparaître son nom et écrivit celui de Fourlin à la place. L'avocat était fort habile et le papier assez épais pour que la modification paraisse invisible.

1. Mélange de jaunes d'œuf, de miel et de bière.

— Et si on veut vérifier que vous êtes bien Fourlin ? s'enquit Piedefer.

Une possibilité négligeable car il était très rare d'aller chercher des témoins afin d'identifier quelqu'un.

— Je garde un vieux billet de confession à mon nom, répondit le sergent en touchant le gousset de sa chemise[1].

— Alors, bonne chance, mais attendez la fin de la neige, et faites attention aux loups autour de Paris. Ils sont nombreux et féroces !

— Ce sera grande pitié pour eux s'ils s'en prennent à moi, plaisanta Fourlin.

1. Tout bon chrétien devait se confesser une fois par an et beaucoup de prêtres délivraient un certificat de confession, indispensable pour pouvoir communier quand on voyageait.

15

Dès que Loys lui avait révélé le nom de Piedefer, Jehan Doule avait envoyé un de ses valets surveiller la maison de l'avocat afin de le surprendre quand il sortirait. Mais, dès le dimanche soir, ce guet se révéla impossible à poursuivre. Les espions du receveur ne pouvaient rester immobiles dans le froid et la neige, sauf à périr gelés.

Jehan Doule changea donc de conduite. Le lundi, il se rendit au Grand Châtelet afin de savoir si Piedefer participerait à de prochaines audiences. Il apprit ainsi que, le mercredi 2 décembre, il interviendrait au sujet d'une succession. Le jour prévu, le receveur arriva avant l'aurore avec un de ses sergents et tous deux s'installèrent sur un banc de la grande salle du tribunal, bien enroulés dans leur manteau. Si des huissiers, des greffiers ou des gardes les remarquèrent, aucun ne vint poser de question. Le froid paralysait la curiosité.

Enfin Piedefer arriva. L'ayant reconnu, Doule demanda à son sergent de s'approcher de lui afin qu'il le dévisage et soit certain de le reconnaître, puis il partit rejoindre ses hommes d'armes dans une taverne située en face de la Grande Boucherie. C'est là que le sergent viendrait les avertir quand l'avocat quitterait le Grand Châtelet. Le mauvais temps faciliterait l'entreprise puisque les rues étaient désertes.

Piedefer resta tard et ne quitta en fin de compte le tribunal qu'à la nuit tombée. Quand le sergent vint prévenir le receveur des tailles, l'avocat avait déjà pris une belle avance dans la rue de Saint-Germain-l'Auxerrois.

Visiblement, il rentrait chez lui.

Par des ruelles transversales, Doule envoya deux de ses sbires à sa rencontre. Ces derniers barrèrent la route du jeune homme alors qu'il marchait dans la rue des Bourbonnais.

Bien que les inconnus soient enroulés dans des manteaux et coiffés de chapeaux de feutre, Piedefer devina, à leur attitude, avoir affaire à des truands. Ce n'était pas la première fois et il tira son épée en les menaçant :

— Filez, les gueux, ou vous allez goûter du tranchant de ma lame !

— Vous feriez mieux de jeter cette épée, on n'en veut pas à votre vie, répliqua une voix derrière lui.

Piedefer bondit sur un côté de la rue et se plaça dos au mur. Trois hommes à sa droite, les deux fredains devant. Un guet-apens !

En les considérant, il ne fut plus certain qu'il s'agissait de truands. Ils étaient trop bien vêtus.

— Que voulez-vous ? Ma bourse ?

— Abandonne ton arme et on ne te fera pas de mal ! ordonna celui qui avait parlé. J'ai juste des questions à te poser.

Donc ce n'étaient pas des estropiats, conclut l'avocat en essayant de distinguer le visage de son interlocuteur, mais celui-ci avait abaissé le capuchon de son manteau sur son front.

Il lui fallait de l'aide, aussi se mit-il à crier à plein gosier :

— Holà ! Au secours ! Des ribauds !

En même temps, il se précipita sur celui qui lui paraissait le moins attentif. Il le frappa d'un revers de son épée et détala vers la traverse conduisant à sa rue tout en vociférant :

— À l'aide, à l'aide, bonnes gens ! Au secours, la truandaille m'attaque !

Le choc dans son dos le fit trébucher. Il s'efforça de poursuivre mais ses jambes se dérobèrent et il tomba sur les genoux, dans la neige. Il comprit qu'une dague l'avait frappé.

— Imbécile ! Je le voulais vivant !

— Mais il fuyait, messire !

On se pencha sur lui et on le retourna. Les yeux vitreux, il reconnut Doule, le receveur général des tailles ? Pourquoi lui ?

Le jeune avocat trépassa sans connaître la réponse.

— Que se passe-t-il ? cria une voix provenant du bout de la rue.

Doule leva les yeux. C'était le guet !

— Querpissons ! lança-t-il à ses gens.

Soutenant celui qui avait été blessé par Piedefer, ils s'engouffrèrent dans une ruelle.

La neige permettait bien sûr de suivre leurs traces, mais Doule espérait que le guet s'occuperait d'abord de la victime. Effectivement, ils parvinrent à gagner la rue de la Ferronnerie sans être poursuivis.

Une fois près des Halles, ils rencontrèrent plus de monde et ils se fondirent dans la populace qui circulait encore dans les rues à cette heure. Ils contournèrent le cimetière des Innocents, prirent la rue Aubry-le-Boucher et remontèrent la rue Saint-Martin. En chemin, Doule ne cessa de maudire le coquard qui avait lancé sa dague dans le dos de l'avocat. Il tenait Piedefer et ce sottard avait tout gâché. Que faire désormais ? Loys parviendrait-elle à identifier les deux autres visiteurs de Lallier ?

Le sergent commandant le guet bourgeois ne put que constater la mort de la victime des truands. Ne connaissant pas le trépassé, il décida de transporter son corps au Grand Châtelet où il serait morgué, c'est-à-dire examiné par les gens du tribunal. Quelqu'un saurait certainement qui il était puisqu'il s'agissait à l'évidence d'un officier ou d'un homme de loi. En même temps, il envoya un de ses archers prévenir messire Germain Rapine, le lieutenant civil qui habitait rue de la Verrerie.

Un peu plus tard, la dépouille de Piedefer ayant été conduite dans la salle basse du tribunal où l'on gardait durant quelques heures les noyés et les cadavres trouvés en ville, afin de les identifier, un archer reconnut la victime. Sachant où Piedefer et ses frères habitaient, il partit les prévenir.

Le lieutenant civil arriva peu après. Il identifia à son tour le jeune avocat, se fit expliquer les circonstances de sa mort et conclut à une agression de truands qui avait mal tourné. D'ailleurs, le long couteau ayant causé la mort était une lame fort courante chez les gueux.

Germain Rapine fit fouiller le cadavre et rassembler les objets de valeur que possédait le défunt. Sa bourse était toujours à sa taille – les voleurs n'ayant pas eu le temps de s'en emparer – ainsi qu'un trousseau de clefs et une chaîne en argent. Quelques médailles et enseignes sans valeur étaient également attachés à son chaperon, que le sergent avait ramassé dans la neige.

Pourtant, en regardant les insignes, Rapine fut intrigué par l'une d'elles représentant la Vierge. De l'argent émaillé n'était pas courant pour ces ornements qui étaient la plupart du temps en fer ou en plomb doré. Sans doute celle-ci était-elle plutôt une amulette ou un porte-bonheur.

Saisissant la médaille, Rapine découvrit sa gravure frappée sur son revers : le roi en majesté.

Étonnant, se dit-il. Les insignes ne portaient en principe rien au dos. Et pourquoi avoir forgé un roi en majesté de l'autre côté d'une Vierge ? Apparemment, il s'agissait de Charles V car la frappe était la même que sur les anciens écus de ce monarque.

Voilà les questions, somme toute insignifiantes, que se posait le lieutenant civil quand arrivèrent les deux aînés du trépassé.

Bien sûr, ils reconnurent leur frère et se lamentèrent, l'un d'eux fondant même en sanglots. Rapine parla un moment avec eux afin de les réconforter et les autorisa à emporter le corps et les possessions du mort. Il leur promit que tout serait fait pour retrouver les assassins, en sachant cependant que ce serait fort difficile.

C'est en leur remettant bourse, épée, chaîne, clefs et enseignes qu'il les interrogea sur la curieuse médaille. Un objet qu'il aurait volontiers conservé tant il l'intriguait.

— Mon frère la portait depuis quelques jours, répondit l'aîné, mais il ne nous en a pas parlé. Nous ignorons sa provenance et le sens qu'elle avait pour lui. C'est néanmoins un beau bijou.

— À coup sûr, il s'agit d'un talisman. Mais cet objet a eu l'effet inverse, ajouta le cadet qui prit l'insigne.

Il la regarda un moment, le visage dur et fermé.

— Ce ne peut être la benoîte Vierge qui est représentée dessus. Elle n'aurait jamais laissé mourir ainsi Laurent, le meilleur des hommes.

Il se tourna vers son frère :

— Nous ne pouvons garder cette maudite médaille qui ne nous apporterait que le malheur, décida-t-il. Cet objet est damné !

L'aîné approuva du chef.

— Gardez-la et faites-la fondre afin qu'elle serve à la charité envers les pauvres, messire Rapine, dit-il.

Satisfait, le lieutenant civil la glissa dans sa propre boursette.

Le vendredi 4 décembre, la neige ne tombait presque plus et Fourlin décida de partir. Michelette aurait préféré qu'il attende un jour de plus, mais il refusa :

— Combien de temps pouvez-vous garder encore Le Dru prisonnier ? Dès que sa femme aura payé la rançon, il faudra bien le libérer, ou alors il finira par s'évader. Et il apprendra l'affaire de la serrure !

— Une fois libre, il aura autre chose à faire que de s'intéresser à la porte Saint-Jacques, le rassura-t-elle. D'ailleurs, il n'apprendra peut-être jamais que le capitaine a eu besoin de lui. Et même si on lui en parle, pourquoi imaginerait-il un rapport avec son enlèvement ?

— Il demandera des explications à Vaillant. Il voudra comprendre ce qui est arrivé à sa serrure.

— Je lui dirai qu'une pièce était cassée, répliqua benoîtement l'artisan. Rien de plus.

— Mieux vaut ne prendre aucun risque, on s'est donné trop de mal. Je pars maintenant. Je serai à Bourges lundi. Messire du Châtel rassemblera sans mal deux ou trois cents cavaliers qui arriveront mercredi ou jeudi. Je tâcherai de rentrer en ville pour vous prévenir. Dans une semaine, Paris sera libéré. Et vous pourrez relâcher Le Dru.

Voyant qu'elle ne le convaincrait pas, Michelette rassembla les provisions qu'il emporterait.

Fourlin avait choisi de sortir par la porte Saint-Victor et non par la porte Saint-Jacques où l'on aurait pu le reconnaître. Il présenta au sergent de garde le sauf-conduit du duc de Bourgogne, soigneusement gratté et modifié par Piedefer.

L'homme prit le papier et le porta à son capitaine. Ce dernier s'approcha pour examiner le cavalier : pas jeune, coiffé d'un bassinet, couvert d'un épais manteau, avec une épée de taille et une arbalète à la selle de son solide roussin : à coup sûr, il s'agissait d'un homme d'armes éprouvé.

— Où allez-vous ?

— À Dijon, messire, je porte une lettre au chancelier Rolin.

Les messagers du duc présentaient des sauf-conduits différents de celui-ci, observa le capitaine avec un soupçon de méfiance. Et surtout, il connaissait la plupart des coursiers.

— Vous êtes nouveau ? Je ne vous ai jamais vu.

— J'arrive de Gand.

Tout s'expliquait.

— Passez, mais faites attention aux loups. Ils sont nombreux et affamés. On les aperçoit même d'ici. Certains sont entrés dans la ville en se jetant dans la Seine et on en a tué dans des cimetières qui déterraient les cadavres. Rien ne les arrête. Rien ne leur fait peur.

— Hier, ils ont dévoré des réfugiés. Deux femmes et des enfants. On nous a apporté les restes de leurs corps, renchérit un sergent.

— J'ai l'habitude des fauves ! répliqua le cavalier avec un sourire de prédateur. Et mon arbalète aussi !

Il piqua des deux et franchit le pont-levis.

Bordée de nombreuses maisons, pour la plupart abandonnées, la route était gelée. Tout était immaculé et désolé autour du cavalier bien qu'il aperçût quelques cheminées fumantes, signes de présence d'habitants. Il mit sa monture au trot car il devrait la ménager s'il voulait arriver à Bourges en trois jours.

Au bout d'une heure, les flocons devinrent plus lourds et les maisons eurent tôt fait de disparaître tandis qu'une épaisse draperie blanche l'entourait. Les arbres et les haies s'effacèrent peu à peu et tout devint immaculé. Seules les fumées des habitations du bourg Saint-Marcel, sur sa gauche, lui permettaient vaguement de se situer. Mais à mesure qu'il s'en éloignait, ne demeurèrent autour de lui que des champs laiteux.

Craignant de sortir du chemin, il laissa sa monture avancer lentement. Les paturons du cheval s'enfonçaient dans l'épaisse couche de neige, de plus en plus collante. C'est alors qu'il perçut des hurlements venant de sa droite.

Les loups.

Un violent tourbillon blanc l'entoura. Brusquement, il ne distingua plus rien. Inquiet, il arrêta sa monture, songeant à dénicher un refuge. Il se retourna, essuya ses yeux couverts de poudre neigeuse et tenta d'apercevoir les maisons de Saint-Marcel. Rien. Il balaya alors du regard les alentours et finit par distinguer une vague forme à senestre. Une maison peut-être. Il engagea son cheval dans cette direction.

La bête avança prudemment, ses jambes s'enfonçant parfois jusqu'aux genoux. Soudain, l'une d'elles disparut jusqu'au ventre. Un trou. L'animal fut déséquilibré et tomba sur le flanc, entraînant son cavalier.

Fourlin parvint à sauter à temps, évitant d'être écrasé par l'animal. Il roula dans la neige et se releva difficilement. Les hurlements se rapprochaient. Les loups l'avaient-ils flairé ?

Le cheval se débattait, essayant de se remettre sur ses pattes. Enfoncé dans la neige jusqu'à mi-cuisse, il l'aida à se redresser. Mais dès que la bête fut debout, affolée par les hurlements, elle s'enfuit sans qu'il parvienne à la retenir.

Impossible de la rattraper. Fourlin se tourna vers ce qu'il pensait être une maison. Il devait atteindre ce refuge avant l'arrivée des prédateurs.

Sa progression était trop lente. Ses jambes s'enfonçaient profondément à chaque pas et restaient prises dans la gangue neigeuse. Il devait faire un effort épuisant chaque fois qu'il levait les pieds. Pendant ce temps, les loups approchaient, il les devinait. Il se retournait sans cesse et, soudain, il distingua les taches noires qui bondissaient dans la brume blanche. Il s'efforça d'aller plus vite. Impossible ! Tant la neige était épaisse. Il allait devoir livrer combat.

Ayant laissé son épée sur le cheval, il tira sa dague et attendit. S'il tuait un ou deux loups, les autres les dévoreraient et il aurait le temps de s'éloigner, décida-t-il.

Le cœur battant, il guetta de pied ferme le premier. La horde apparut, au moins deux douzaines de fauves qui s'arrêtèrent à quelques toises, ouvrant leur gueule rouge et redressant leur échine. Ils avaient arrêté de hurler.

Les bêtes commencèrent à l'entourer, mais il se tenait prêt. Il avait des gants, une solide cuirasse, un casque lui couvrant la nuque, il saurait bien leur résister.

Le silence s'abattit. Il tenait sa dague en avant, le premier qui approcherait serait éventré.

C'est alors qu'il tomba. Un fauve lui avait sauté dans le dos. Il tenta de se relever, mais déjà la meute fondait sur lui.

Il se débattit longtemps en hurlant de douleur tandis que les fauves lui arrachaient la chair et le dévoraient vivant.

16

Le dimanche 6 décembre, toute la mesnie de la maison à la Corne-de-Cerf était réunie dans la salle basse pour la soupe matinale.

Edward Holmes était d'une humeur massacrante. À cause de la neige, il n'était pas sorti depuis une semaine et cela faisait près d'un mois qu'aucune affaire de rémission ne lui avait été proposée. De surcroît, depuis la mort du roi de France, il n'avait aucune nouvelle de Marie de Savigny, la chambellane de la reine Isabeau qu'il estimait fort et avec qui il éprouvait tant de plaisir quand ils se mignotaient.

Certes, il ne restait pas totalement inactif car il donnait chaque jour des leçons de latin, de grammaire et de calcul à Thomassin et Amaury, deux orphelins qu'il avait recueillis[1]. Un magistère auquel se joignaient parfois Loyset le marmiton, Robin le plus jeune des valets, et même dame Bonacieux et Gower.

Cependant, l'enseignement n'occupait pas assez son esprit et l'ennui engendrait chez lui de la bile noire. De sombres sensations qui le conduisaient infailliblement à une morosité rendant son caractère exécrable. En revanche, Gower Watson éclatait de

1. Voir *Le Chien des Basqueville*, 10/18, n° 5033.

bonne humeur. Le mauvais temps le contraignait à rester avec dame Constance et il en profitait. Les domestiques aussi appréciaient cette neige et ce froid. Les marchés étaient fermés et la maisonnée vivait sur ses réserves de blé, de lard, de jambon, de fruits, de choux et de fèves. Les serviteurs ne sortaient que pour aller tirer de l'eau du puits, dans le jardin, ou pour s'occuper de la mule de maître Holmes et du destrier de messire Watson.

La cloche du porche d'entrée tinta et le concierge se leva de table pour se rendre dans le vestibule qui précédait la première croisée d'ogives de la salle. Là, il ouvrit un guichet ferré, dégageant un fenestron protégé par une grille, et s'informa sur les visiteurs.

Il s'agissait de messire Rapine, le lieutenant civil du prévôt de Paris, accompagné d'une escorte.

Rassuré, le portier tira les gros verrous de bronze et donna un tour de clef, mais, déjà, Holmes l'avait rejoint, certain que la visite lui était destinée.

— Loué soit Jésus de vous voir aujourd'hui, messire, fit Edward en s'inclinant devant le magistrat. Rien ni personne n'aurait pu me faire plus grand plaisir !

Il fit entrer son visiteur.

— Dieu vous garde, maître Holmes, et vous aussi messire Watson – ce dernier venant d'apparaître –, déclara le lieutenant de police dc son ton sec habituel. Je viens de braver la neige car je souhaite entendre votre opinion.

Rapine était venu avec quatre archers, tous en cotte aux armes de la ville. Holmes donna ordre à Bertrand, un de ses valets, de les conduire à l'écurie pour y abriter leurs chevaux, puis de les ramener dans la salle où Catherine la cuisinière servirait du vin chaud à tout le monde.

N'étant jamais entré chez maître Holmes, le lieutenant civil s'était avancé dans la pièce sans dissimuler sa curiosité. Son regard s'arrêta un instant sur un grand coffre ouvert, empli d'armes diverses, puis sur Gracieux, le chien des Basqueville, qui était retourné sommeiller devant la cheminée.

Watson lui présenta alors Constance, expliquant que la maison lui appartenait et qu'elle avait la bonté de les héberger. Dame Bonacieux s'abîma dans une révérence tandis que Germain Rapine lui rendait sa politesse.

— Amaury, Thomassin, nous allons dans ma chambre. Montez-nous du vin à la cannelle et des pâtés chauds, ordonna Edward.

Il se tourna vers le magistrat :

— Montons, messire, proposa-t-il ensuite en désignant l'escalier.

Il brûlait de savoir ce que signifiait cette visite.

Dans sa chambre, située dans le troisième corps de logis et à laquelle on accédait par une galerie, Holmes présenta à son visiteur son meilleur siège, une chaire à coussins garnie de bras, tandis que lui-même et Watson s'installaient sur un coffre à dossier aux panneaux finement sculptés d'arcatures.

Mais avant de s'asseoir, Rapine tendit au clerc deux médailles émaillées représentant la Vierge.

— Que pensez-vous de ces insignes ?

Constatant qu'elles étaient identiques, Holmes en donna une à Watson avant d'examiner celle qu'il avait conservée. Sentant du relief au dos, il la retourna et haussa les sourcils.

— Le roi Charles V ? s'enquit-il.

— Je l’ai de prime abord pensé. Mais j’ai comparé la figure des écus de Charles V et celle de cette frappe. Elles sont différentes. Je suis persuadé qu’il s’agit ici du duc de Touraine, du prétendu dauphin qui se dit roi de France.

— Pourquoi ? demanda Holmes en haussant les sourcils.

— Pour plusieurs raisons. Tout d’abord parce que je n’ai jamais eu connaissance de médailles ainsi faites avec Charles V au revers, et aucune avec Charles VI. Ensuite car la frappe est nette et récente.

Holmes hocha lentement la tête. Ce petit mystère était en effet intrigant.

— Comment êtes-vous entré en possession de ces objets ?

— La première, voici quatre jours. Sur le cadavre d’un avocat au Parlement tué près de chez lui, apparemment par des truands. Ses cris ont alerté le guet qui n’était pas loin mais qui est arrivé trop tard. La victime a tout de suite été identifiée et je suis aussitôt venu. Cette médaille était attachée à son chaperon qui avait glissé par terre…

On gratta à l’huis et Watson fit entrer le jeune Amaury et son frère qui apportaient vin chaud et pâtisseries. Ils servirent les verres et Rapine prit un pâté qu’il avala goulûment.

Visiblement, les deux enfants seraient volontiers restés, mais Watson lcur intima l’ordre de partir.

— … La seconde, c’était hier soir, sur le corps d’un pauvre homme découvert par des moines, à une lieue de Paris, et qu’on avait transporté au couvent des Jacobins, poursuivit le lieutenant civil. Il avait été dévoré par les loups, voici certainement deux ou trois jours car manquaient bras et jambes jusqu’aux cuisses. Le prieur m'a prévenu à cause de ce papier qui se trouvait dans un gousset de sa chemise.

Il tendit à Holmes un feuillet plié.

— Quand je suis arrivé, j'ai fait fouiller le cadavre. Il avait encore sa bourse et, à l'intérieur, j'ai déniché cette même médaille.

Holmes lut le document. Daté du 7 novembre et valable deux mois, il s'agissait d'un sauf-conduit bourguignon.

— Rogier Fourlin. Un homme du duc ? interrogea-t-il en levant les yeux.

— À coup sûr un messager arrivant de Bourgogne, mais pourquoi la même médaille chez cet avocat et chez lui ? Et surtout, une médaille dont je reste persuadé qu'elle provient du roi de Bourges ? De plus, pourquoi associer la benoîte Vierge avec celui qui se dit Charles VII ? Au début, j'ai songé à un charme, afin que la mère de Dieu protège le soi-disant roi. Auquel cas l'avocat était un fidèle du dauphin qui cachait bien son jeu.

» J'ai interrogé les frères de la victime. Ils m'ont assuré avoir vu cet insigne au chaperon de leur cadet voici à peine quelques jours. Eux étaient persuadés qu'il s'agissait d'une enseigne maléfique et ils me l'ont donnée afin que je la détruise. Mais pourquoi ce messager bourguignon la possédait-il aussi ? J'ai tourné et retourné le problème dans ma tête sans entrevoir le début d'une solution. Alors, connaissant votre perspicacité, je suis venu pour vous interroger.

— Il s'agit d'un moyen de reconnaissance entre serviteurs du duc, suggéra Watson.

— Avec celui qui se prétend Charles VII dessus ? ironisa Rapine.

Gower se renfrogna.

Holmes relut le laissez-passer, puis se leva et alla à la fenêtre dont il ouvrit la croisée. Le froid pénétra d'un seul coup. Le clerc leva le papier devant la lumière du jour et le regarda longuement avant de passer son index sur le grain, à un endroit précis. Après quoi, il referma la fenêtre et revint à sa place.

— Le nom de Rogier Fourlin a été rajouté sur un autre nom auparavant gratté.

Il rendit le document au lieutenant qui l'examina en écarquillant les yeux, sans rien discerner.

— Il faut une certaine habitude pour repérer des faux, ironisa Holmes. Disons que je possède cette aptitude. Quel est le nom de l'avocat ?

— Piedefer, Laurent Piedefer.

— Pour ce qui reste des marques visibles à travers le papier, ce nom pourrait être celui qui a été gratté. Que savez-vous de lui ?

— Il doit avoir votre âge. Je l'ai souvent rencontré au Châtelet. Il s'agit d'un fidèle sujet et d'un bon chrétien. Il est d'ailleurs présent à toutes les processions, ainsi que ses frères.

— Et ce Rogier Fourlin, le connaissez-vous ?

— Non, mais je n'ai pas encore chargé un examinateur[1] de l'affaire. Au demeurant, venant de Bourgogne, peut-être n'était-il connu de personne ici.

Comme Watson branlait du chef, Holmes demanda encore :

— Les sergents et les archers de la porte n'ont rien signalé en voyant son cadavre ?

1. Les examinateurs au Châtelet sont devenus plus tard les commissaires de police.

— À ma connaissance, ils ne l'ont pas vu. Comme je vous l'ai dit, ce sont des moines qui l'ont découvert et qui l'ont ensuite transporté dans une charrette, recouvert d'un linceul tant les morsures étaient atroces.

— Où se trouve le corps ?

— Au cimetière des Innocents afin qu'on l'enterre.

Edward grimaça.

— J'ai besoin de le voir.

— Pourquoi ? Vous ne le connaissez pas !

— Mais d'autres pourraient le connaître… répliqua Edward, énigmatique. Pouvez-vous conduire Watson aux Saints-Innocents et tenter de retrouver la dépouille ? Je vous rejoindrai.

— Maintenant ?

— Oui, tout de suite. Il n'est peut-être pas enseveli, avec cette neige, et on est dimanche.

— Entendu, maugréa Germain Rapine, tout décontenancé.

Il se leva et ajouta :

— Vous ne venez donc pas avec nous ?

— Je vous rejoindrai, promit Holmes en saisissant son manteau posé sur le lit. J'ai autre chose à faire avant. Et si vous n'y voyez pas d'inconvénient, je souhaite garder ces médailles et le sauf-conduit.

— Je vous les laisse…

Le lieutenant civil ajouta après une hésitation :

— Si je suis venu vous voir, c'est que je place beaucoup d'espoir dans votre sagacité, maître Holmes. Vous n'ignorez pas que messire de Champluisant[1] a perdu sa charge de prévôt au début

1. Champluisant, bailli de Vermandois, avait été nommé en février 1422. Il perdra sa charge en fin d'année. Le duc de Bedford lui attribua celle de quatrième président au Parlement.

de ce mois. Il a été remplacé par messire Simon Morhier[1], un fidèle de la reine Isabeau, or celle-ci ne m'aime guère. Si un complot se trame sans que je puisse le déjouer, ce serait un parfait prétexte pour m'éconduire.

1. Chevalier, Simon Morhier était maître de l'hôtel de la reine Isabeau. Il conserva la charge de prévôt pendant toute la durée de la domination anglaise.

17

Évidemment, l'escorte ne fut pas ravie de repartir si vite, les hommes n'ayant avalé qu'un hanap de vin. Ils se rendirent donc à l'écurie en maugréant.

Watson fit seller son cheval, et Holmes sa mule. Celle-ci, bien que fort douce, pouvait parfois se montrer récalcitrante, aussi Edward demanda-t-il à Thomassin de l'accompagner pour la tenir par la bride, au grand déplaisir de son frère Amaury qui voulait venir également. Les cavaliers se dirigèrent vers la grande-rue Saint-Louis[1], puis, par des rues boueuses et enneigées, filèrent jusqu'au cimetière des Innocents où Holmes les quitta. En chemin, Gower demanda à son ami où il se rendait.

— Mon cher Watson, tu connais mes méthodes, répondit Edward avec un fin sourire. Mets-les donc en application et tu déduiras sans peine ce que je veux faire.

L'archer grommela et ne demanda plus rien mais, arrivé aux Saints-Innocents, il vit Thomassin conduire la mule de son ami dans la rue de la Ferronnerie, vers la rue Saint-Denis. Il eut beau se creuser la cervelle, il ne trouva aucune explication à ce périple.

1. La rue Saint-Honoré.

C'est à basse none qu'Edward Holmes rejoignit Watson et Rapine dans le cimetière. En vérité, il les rencontra dans l'église car, pour gagner du temps, il était entré par la porte de l'édifice se situant dans la rue Saint-Denis. Thomassin, lui, était resté de l'autre côté, avec la mule.

Rapine avait retrouvé le corps dévoré après avoir fait fouiller plusieurs charrettes de cadavres qui devaient être enfouis le lendemain. Cela avait pris pas mal de temps, les dépouilles étant collées les unes aux autres par le gel. Ensuite, le cadavre, raide, sans bras et sans jambes, avait été transporté dans l'église et déposé sur des tréteaux. Il ressemblait maintenant à une de ces gargouilles de pierre qu'on apercevait en haut des tours de Notre-Dame.

Holmes n'était pas seul. Un jeune homme l'accompagnait et Watson reconnut l'ymagier venu avec eux à Basqueville. Edward était allé le chercher dans la rue Saint-Denis. Le jeune peintre portait à l'épaule, par une lanière, une boîte de bois turquoise.

— Messire Rapine, fit le clerc en s'approchant, voici Jehan le Jeune, dont j'ai déjà apprécié le talent. Jehan va dessiner un portrait de notre homme, si son visage n'est pas trop abîmé.

Heureusement la face du cadavre n'avait presque pas été mordue, à part une oreille arrachée. En revanche, l'expression de douleur atroce qui figeait la bouche prise dans la glace depuis trois jours le rendrait peut-être méconnaissable.

Tandis que l'ymagier l'examinait, Rapine interrogea Holmes :

— Pourquoi voulez-vous un portrait ?

— Jehan va faire revivre cet inconnu, vous verrez combien le résultat sera étonnant. Ensuite je me rendrai aux portes de la ville pour le montrer.

— Mais, à quoi bon ? Personne ne le reconnaîtra puisqu'il n'était pas encore arrivé à Paris.

— Dans ce cas, comment aurait-il tenu le sauf-conduit de Piedefer ? Et puisque tous deux portaient la même médaille, sans doute l'ont-ils eue ici. Selon moi, Fourlin sortait de la ville et a été tué en s'en éloignant.

Rapine haussa les épaules, rejetant une telle idée.

— Impossible. Personne n'aurait eu la bêtise de quitter Paris par ce temps, surtout avec les loups qui rôdaient dans la campagne.

— Messire, je n'ai pas assez de lumière, intervint l'ymagier. Pouvez-vous me donner un coup de main pour déplacer le corps dans le cimetière ?

S'étant réfugiés dans l'église pour avoir moins froid, les gardes du lieutenant n'étaient pas loin. Avec l'aide d'un fossoyeur, ils transportèrent le cadavre sous le porche extérieur.

Tandis que Holmes, Watson et Rapine les suivaient, une recluse les interpella, les suppliant de prier le Seigneur pour qu'Il la rappelle à Lui, tant elle souffrait.

Plusieurs cellules minuscules étaient en effet construites le long du mur extérieur de l'église, avec une ouverture grillagée du côté du sanctuaire afin que les occupantes puissent écouter la messe. Si la plupart des femmes recluses avaient de leur propre chef choisi cet enfermement jusqu'à leur mort pour honorer le Seigneur, il arrivait que des condamnées subissent cette atroce peine. Elles étaient alors emmurées vivantes, sans chaleur l'hiver, avec juste un peu de pain et d'eau pour survivre. Leur calvaire durait parfois des années. C'était le cas de celle qui les avait suppliés.

Holmes promit d'intercéder pour elle dans ses prières auprès de Jésus et de la Vierge, cela au grand mécontentement de Germain Rapine.

Installé sous le porche, Jehan ouvrit sa boîte. Il en sortit un feuillet de papier qu'il attacha à une planchette et commença à dessiner avec une mine de plomb.

— Maître Holmes, dit alors le lieutenant civil, je doute que votre enquête aboutisse, mais les voies du Seigneur sont impénétrables. Beaucoup de travail m'attend et je n'ai aucune raison de rester. Quand votre ymagier aura terminé, le corps sera mis en terre. Les fossoyeurs et le curé sont prévenus. Évidemment, si vous découvrez quelque fait nouveau, venez me trouver aussitôt.

— Je n'y manquerai pas, messire Rapine.

Le lieutenant fit rassembler ses hommes, Watson vint le saluer et la troupe remonta en selle avant de s'éloigner.

Edward les suivit un moment des yeux, puis posa son regard sur le travail de l'ymagier. Mais comme il savait que le jeune homme en avait pour un moment, il s'intéressa plutôt au cimetière.

C'était un grand cloaque fangeux dans lequel quelques chiens et cochons erraient à la recherche de nourriture. Le long des murs ceignant le terrain, des gens pieux avaient fait ériger des arcades qui soutenaient les charniers où l'on entreposait les ossements sortis des fosses quand la place manquait.

Plusieurs chariots de cadavres attendaient près de la tour Notre-Dame-des-Bois, un bâtiment octogonal de trois niveaux agrémenté d'une statue de la Sainte Vierge. Tout était blanc. Le sol et les édifices paraissaient enveloppés d'un suaire. Les fosses ouvertes étaient emplies de neige. Il régnait un silence oppressant.

Holmes se souvenait de sa dernière visite, quelques mois auparavant. L'endroit était alors plein de vie avec des écrivains publics installés devant les arcades, des garces qui proposaient des étreintes rapides dans les charniers et des lingères qui accrochaient leur linge un peu partout. Aujourd'hui, seuls quelques fossoyeurs s'étaient rassemblés près d'un feu.

Watson s'était éloigné vers eux, en direction d'un charnier, quand Edward le rejoignit.

— Que cherches-tu ? lui demanda-t-il sur le ton de la plaisanterie.

En effet, que pouvait-on découvrir dans ce lieu sinon des ossements ?

— J'ai entendu dire à la *Coupe-d'Or* qu'un bourgeois nommé Nicolas Flamel avait fait construire une arcade sur laquelle était révélé le secret de la pierre philosophale. Si je pouvais percer ce message, nous connaîtrions la prospérité ! répondit-il joyeusement.

— Ce n'est pas celle-ci ! intervint un vieux fossoyeur qui l'avait entendu.

Il désigna l'arcade dressée le long de la rue de la Lingerie.

— Flamel n'a fait sculpter ici que de pieuses inscriptions. Après avoir fait ériger le tombeau de sa femme Pernelle, il a fait bâtir une autre arcade du côté de la rue Saint-Denis. C'est là-bas qu'il a révélé ses secrets.

— Tout le monde peut les connaître ? lui demanda Holmes.

— Les connaître, oui. Les comprendre, non ! ricana le fossoyeur.

18

Le lundi 7 décembre, la neige avait cessé de tomber. En revanche, sous un ciel gris, la froidure se montrait de plus en plus rude. Dès qu'il fit suffisamment jour, Watson et Holmes, couverts de leurs épaisses houppelandes, quittèrent la maison à la Corne-de-Cerf, le premier sur le destrier et le clerc sur sa mule.

Ils se rendirent d'abord à la porte Saint-Honoré, la plus proche. Là, Holmes montra le portrait que l'ymagier avait apporté la veille au soir. Il représentait un homme imberbe à l'expression autoritaire et assurée. Ses yeux vert sombre lançaient un regard farouche. Une fine cicatrice lui barrait le menton. Le talent de Jehan le Jeune avait redonné vie au visage blanc et gelé du cimetière des Innocents.

Le portrait circula parmi les gardes, mais aucun ne reconnut le bonhomme. Holmes présenta aussi le laissez-passer bourguignon qui ne raviva nul souvenir.

Ils repartirent donc, filèrent au Grand Châtelet, passèrent sous la voûte, franchirent le Grand-Pont et traversèrent la Cité avant de poursuivre dans la rue du Petit-Pont, puis la rue Saint-Jacques jusqu'à la porte.

La placette devant le couvent des Jacobins était déserte. Quelques traces de roues, de sabots et des crottes indiquaient pourtant que des passages avaient déjà eu lieu depuis l'ouverture de la porte. Watson attacha les deux montures à un anneau et rejoignit Holmes qui approchait de la fortification.

Deux hommes, en chapel de fer et cotte armoriée de la ville peinte sur leur brigandine, se tenaient devant la herse, surveillant d'un œil distrait le pont-levis car la route au-delà était déserte. Ils ne portaient qu'une épée, mais une guisarme et une arbalète avec une trousse de viretons étaient déposées sur un banc de pierre.

— Dieu vous dit bonjour ! leur lança Edward chaleureusement.

Les gardes le considérèrent avec méfiance et l'un d'eux se rapprocha du banc supportant la guisarme. Qui pouvait être ce jeune clerc revêtu d'une houppelande au col de petit-gris et coiffé d'un chapeau de feutre noir ? Il ne s'agissait pas d'un voyageur quittant Paris, puisqu'il avait laissé sa monture attachée. Quant à celui qui l'accompagnait, il paraissait être un rude guerrier bien qu'il ne portât pas de casque mais une coiffe à calotte. Cependant, qui qu'ils fussent, ils devaient être fortunés pour posséder une si belle mule grise et un destrier de grand prix.

— Dieu vous garde, mon maître, répondit la plus proche des sentinelles.

— Mon nom est Holmes et voici mon ami Watson. Nous sommes anglais, comme vous l'avez peut-être remarqué. Je cherche quelqu'un dont voici le portrait.

Il sortit la planchette peinte et la montra aux hommes d'armes. Celui qui avait parlé, un individu au poil roussâtre et au visage rubicond, regarda longuement l'image en secouant la tête.

— Gillet, tu connais celui-là ?

L'autre approcha. C'était un destachalard d'une extrême maigreur, sale comme un verrat et puant plus qu'un putois.

— Jamais vu !

On entendait des éclats de voix provenant de la salle basse d'une des tours.

— Vos compères pourraient en savoir plus, suggéra Holmes en désignant de l'index la porte d'où parvenaient les bruits.

— Qui est-ce ? s'enquit le destachalard en montrant la peinture.

— C'est ce que je veux savoir, et le lieutenant Rapine aussi. Il se pourrait que ce soit un espion armagnac.

Le garde comprit qu'il s'agissait d'une enquête conduite par le prévôt. Il était donc inutile de discuter plus.

— Entendu, venez avec moi.

Il se rendit à la porte de la tour qu'il poussa. Assis sur des escabelles et des tonnelets coupés en deux, quatre hommes jouaient aux dés devant l'âtre d'une cheminée.

— Un enquêteur envoyé par le lieutenant du prévôt, déclara le maigre à l'assistance.

Le plus âgé, la quarantaine, cheveux noirs coupés en rondeau et épée à la taille, se leva, le regard interrogatif. Coiffé d'un chapeau à haute calotte de couleur verte avec une croix de Saint-André et une écharpe blanche, il arborait sous sa cape en futaine un pourpoint noir matelassé de longs boudins. À coup sûr le capitaine.

— Je recherche celui-là, fit Holmes après l'avoir salué, l'avez-vous déjà vu ?

Il brandit la planchette peinte. Les autres joueurs se levèrent à leur tour pour regarder.

— Je ne crois pas, répondit l'officier après avoir scruté le portrait.

— Moi, oui ! déclara un sergent revêtu d'une brigandine avec miséricorde et large brette à la taille.

Il souleva le ceinturon tenant son épée, lequel avait tendance à passer sous son bedon.

— Il est passé ici voici huit jours avec une femme et un avocat qui a présenté un sauf-conduit du duc de Bourgogne, dit-il d'une voix aigrelette mais assurée. Je les ai longuement interrogés. Ils avaient un je-ne-sais-quoi qui ne me plaisait pas. Seulement, comme Huet, l'huissier au Châtelet, connaissait l'avocat, je les ai laissés entrer.

Holmes échangea un regard satisfait avec Watson.

— Savez-vous autre chose sur eux ?

— Il faudrait demander à Huet, il sera de service vendredi. Mais je me souviens du nom de l'avocat, Piefer… Quelque chose comme ça.

— Piedefer ?

— C'est cela ! Il m'a dit venir d'Auxerre. La femme aussi…

Holmes sortit le laissez-passer et le lui montra.

— Il s'agissait de ce sauf-conduit ?

Le sergent le lut et balança la tête.

— Il ressemble, mais ce n'était pas ce nom qui était marqué.

Sur ces trois personnes entrées dans Paris, deux étaient donc mortes. Restait la femme. Holmes aurait juré qu'elle possédait aussi une médaille de la Vierge.

— Comment était leur compagne ?

— Entre vingt et trente, des cheveux gris et un visage fatigué. Mais, diable, elle venait de loin !

— Rien d'autre ? L'un des hommes a-t-il donné son nom ?

— Non, mais elle s'est nommée : Michelette d'Auxerre ! Elle a dit être veuve, qu'elle rentrait chez elle, elle a donné le nom de la rue de sa maison, mais j'ai oublié…

— Rue de la Tixeranderie, intervint le dénommé Gillet. Je m'en souviens car c'est là-bas que je suis allé chercher le serrurier.

— C'est ça ! approuva le sergent.

— Quel serrurier ? s'enquit Holmes, brusquement en alerte.

— La fermeture de la porte était cassée, on a fait venir un artisan pour réparer. Ce n'était pas grand-chose, il a démonté et débloqué une clenche tordue à cause du froid.

— Où a-t-il sa boutique, ce clavellier ? demanda Edward.

— Dans une cour, en face de l'hôtel de la Reine Blanche.

Holmes aurait volontiers posé d'autres questions, mais cela aurait pu mettre la puce à l'oreille du capitaine. Il préféra ne pas insister, quitte à revenir si cela s'avérait nécessaire.

— Merci pour ces renseignements, dit-il poliment.

Il écarta sa houppelande, saisit la boursette à sa taille, l'ouvrit et en sortit un esterlin.

— À boire à notre santé, dit-il en donnant la pièce d'argent au sergent.

Salués par les remerciements, les deux Anglais quittèrent la salle des gardes pour revenir à leur monture.

— Je suppose que nous allons rue de la Tixeranderie chercher cette femme, dit Watson. Mais la rue est longue et je ne vois pas comment on va la dénicher. Tu aurais dû demander qu'on nous la décrive mieux.

— Une peine inutile, rassure-toi. Mais allons d'abord à la porte Saint-Victor où j'ai d'autres questions à poser.

— Pourquoi ?

— Une vérification.

— Edward, je ne me crois pas plus bête qu'un autre, et cependant je me sens perdu dans tes investigations, fit Watson d'un ton où perçait le reproche.

Comme souvent dans de tel cas, Holmes s'accoisa et Gower n'insista pas. Il savait que son ami ne révélerait rien de ses déductions tant qu'il ne serait pas certain d'avoir tout découvert. Cependant, il savait aussi que viendrait bientôt le moment des explications, et qu'il serait le premier à connaître la vérité.

À la porte Saint-Victor, ayant de nouveau attaché leurs montures à un anneau, ils pénétrèrent sous la voûte servant de passage. Le capitaine s'y trouvait avec quelques hommes. Holmes se présenta et montra le portrait du mort.

— Il est passé vendredi, il a dit se rendre à Dijon, annonça tout de go le capitaine en fronçant le front. Qu'a-t-il fait ?

— Les loups l'ont dévoré, soupira Holmes.

— Les loups ! Je l'avais pourtant prévenu et lui avais déconseillé de partir avec toute cette neige ! Il a fait le faraud, me disant qu'il ne risquait rien avec son arbalète !

— Que vous a-t-il dit d'autre ?

— Qu'il arrivait de Gand et portait une lettre pour le chancelier Rolin. Il m'a montré son sauf-conduit.

— Celui-là…

Ce n'était pas une vraie question et Edward tendit le document.

Le capitaine le prit et le parcourut.

— En effet. N'était-il pas bourguignon ? s'inquiéta-t-il.

— Pour l'instant, je l'ignore. Et je vous remercie de votre aide. Messire Rapine l'apprendra.

19

Après avoir quitté la porte Saint-Victor, ils s'arrêtèrent place Maubert, à la taverne de La Corne, afin de se restaurer et de se réchauffer. Comme ils avaient beaucoup de voisins de table, Holmes ne parla guère, à part pour annoncer qu'ils iraient ensuite chez le serrurier de la rue de la Tixeranderie.

Gower ne put s'empêcher de demander :

— Et la femme ?

— Élémentaire, mon cher Watson, on la trouvera chez le clavellier.

L'archer resta ébahi. Il brûlait de poser d'autres questions, mais savait qu'il n'obtiendrait pas de réponses tant qu'ils ne seraient pas seuls. C'est donc en se rendant à l'écurie où ils avaient laissé leurs montures qu'il demanda :

— Me diras-tu quel rapport existe entre cet artisan et nos deux morts aux médailles ?

— La femme, l'artisan, l'avocat et Fourlin sont complices, asséna le clerc.

— Complices de quoi ?

— Ils s'apprêtaient à livrer la porte Saint-Jacques aux Armagnacs et les deux qui restent peuvent encore le faire. Nous allons les en empêcher. Ce soir, cette

Michelette et le serrurier feront leur nuit dans un cachot du Grand Châtelet.

— Par les cornes de Belzébuth, comment peux-tu affirmer tout cela ?

— Tu aurais pu le comprendre ! Réfléchis : ils sont trois qui arrivent, non d'Auxerre comme ils l'affirment, mais certainement de Bourges où ils ont reçu ces médailles. Ils vont rejoindre un clavellier. D'une façon que j'ignore, mais que je suppose aisée pour cet artisan, ils cassent l'intérieur de la fermeture de la porte Saint-Jacques. Le capitaine fait alors chercher un serrurier, lequel, en réparant la fermeture, relève la forme de la clavelle.

Watson fit la moue.

— Admettons. Mais il existe moult serruriers dans Paris, pourquoi le capitaine s'est-il adressé à celui-là ?

— Pour l'heure, j'avoue que je ne peux te répondre.

— Allons poser la question au capitaine, suggéra l'archer.

— Nous lui mettrions la puce à l'oreille. J'ai promis à Germain Rapine qu'il serait le premier à connaître les dessous de l'affaire qu'il m'a présentée. Il se fâcherait contre moi si ce capitaine éventait le complot.

Watson ne répliqua pas tout de suite, songeant que Holmes n'était peut-être pas aussi certain que ça de ses déductions. De plus, ils arrivaient à l'écurie et les valets pouvaient les entendre.

— Pourquoi ce Piedefer a-t-il été tué ? demanda Gower quand les palefreniers furent éloignés.

— Des truands…

— Justement lui ? Quelle coïncidence ! ironisa l'archer qui, même s'il admirait les déductions de son ami, n'hésitait pas à relever les points faibles de ses raisonnements afin de rappeler qu'il n'était pas un sot.

Holmes le considéra avec un air admiratif :

— En vérité, Watson, tu te surpasses ! À dire vrai, j'ai la certitude que nous ne sommes pas les seuls sur la piste de ces comploteurs.

Il n'en dit pas plus et ils filèrent vers la rue du Petit-Pont, puis franchirent la rivière et traversèrent la Cité jusqu'au pont Notre-Dame.

Au début de la rue de la Tixeranderie, Holmes se renseigna sur l'hôtel de la Reine Blanche. On lui en indiqua la direction et, comme ils arrivaient devant, ils aperçurent Gilles Girard qui sortait d'une cour en compagnie d'une jeune femme, tous deux en croupe sur une mule couverte d'un beau drap de laine azurée.

Le jeune drapier les identifia également et, si un voile de contrariété passa sur son visage, il s'efforça de sourire en reconnaissant ceux qui lui avaient sauvé la vie, plus d'un an auparavant.

— Maître Holmes, loué soit Jésus-Christ de vous rencontrer aujourd'hui, même si je suis dans une immense confusion de ne jamais être venu vous remercier pour m'avoir sauvé, dit-il. Ma seule excuse est que j'ai toujours remis à plus tard cette visite, tant il me coûte d'évoquer la triste fin de mon père.

Il lança un regard à Watson, impavide. L'archer avait vu la médaille de la Vierge sur le chaperon du drapier et venait de tout comprendre.

— Votre père se trouve à coup sûr près du Seigneur, maître Girard. Quant à moi, je me réjouis de vous voir gaillard et en charmante compagnie, répliqua benoîtement Edward en évitant de regarder la médaille.

— Ce n'est pas ce que vous croyez, maître Holmes ! plaisanta le drapier. Oubliez-vous que j'ai bonne et belle épouse ? En vérité, dame Michelette est une amie que je transporte chez un sien voisin pour éviter qu'elle salisse sa robe avec cette gadoue.

— Vous êtes bien obligeant et galant, le félicita Holmes.

Il s'adressa à Michelette :

— Dieu vous donne bonne encontre, gente dame, j'espère avoir le plaisir de vous revoir. Mais nous devons vous quitter, car nous nous rendons à l'hôtel Barbette et nous ne pouvons faire languir ceux qui nous attendent.

Ayant salué le drapier et la femme, les deux Anglais poursuivirent leur chemin jusqu'à la place Baudoyer, se retournant parfois pour constater que la mule du marchand les suivait d'assez loin. Cependant, arrivé à la place, Holmes découvrit que Girard et la nommée Michelette avaient disparu. Immédiatement, il mit pied à terre et demanda à Gower de dénicher une écurie où laisser leurs montures, puis de le rejoindre sans se faire voir du drapier.

Il détala alors dans la boue de la rue, éclaboussant et souillant sa robe et sa houppelande sans y prêter aucune attention. Au premier carrefour, ne voyant toujours pas la mule du drapier, il poursuivit sa course. Par chance, la rue était à peu près vide et la plupart des échoppes fermées. C'est au croisement suivant qu'il aperçut l'animal et ses cavaliers. Ceux-ci se trouvaient déjà au niveau de la rue de la Verrerie.

Ne perdant pas de vue la mule, il attendit que Watson le rejoigne.

Quand ce dernier arriva, maculé de boue et de neige et haletant d'avoir couru, il ne reconnut pas son ami : Holmes paraissait transformé. Le clerc méditatif et raisonneur avait disparu, laissant place à un homme à la figure sombre et aux yeux brillants, durs comme de l'acier. Épaules courbées, lèvres serrées, Edward ne perdait pas la mule du regard. Ses narines se dilataient comme celles d'un chien de chasse.

— Où sont-ils ? interpella l'archer.

Un grognement lui répondit. D'un geste, Holmes désigna l'animal qui tournait rue de la Bretonnerie. Ils repartirent en courant.

Arrivés au carrefour, ils n'eurent que le temps de voir des valets faire entrer la mule dans un porche. Pas de Girard ni de Michelette. Chez qui étaient-ils allés ? Avisant l'échoppe d'un pelletier, Edward s'approcha et s'adressa à une femme qui se tenait dans l'ouvroir.

— C'est là que demeure maître Musnier ? s'enquit-il en désignant le bâtiment où était entrée la mule, une belle maison aux étages en encorbellement avec des solives magnifiquement sculptées de têtes de saints et de diables.

— Pas du tout ! Il s'agit de l'hôtel de maître Lallier ! Je ne connais pas de maître Musnier ici !

— Ça alors ! On a dû m'induire en erreur ! Merci, gente dame.

Il fit signe à Watson et ils reprirent leur marche dans la rue, dépassant la maison du maître des comptes.

— Ainsi Lallier et Girard ont recommencé à comploter, gronda Watson.

— J'aurais dû m'en douter, soupira Holmes.

— Quels inconséquents ! poursuivit l'archer. J'ai de la peine pour ce pauvre Girard et sa famille. Son père a perdu la vie dans l'intrigue qu'il menait et le fils finira sur l'échafaud.

Holmes ne répliqua pas. Quand il croisa une ruelle qui lui convint, il y pénétra et s'arrêta.

— Qu'allons-nous faire ? interrogea Gower.

— Il me répugne autant qu'à toi de livrer Girard, mais je ne vais pas laisser entrer les Armagnacs dans Paris ! Attendons que le drapier sorte et je lui parlerai. S'il me jure d'abandonner ce projet criminel et s'il m'avoue toute la vérité en me remettant la clef qu'il a dû faire, peut-être garderai-je le silence.

— Pourquoi ne pas aller tout de suite chez Lallier et lui mettre le marché en main ?

— Nous ne sommes que deux, et ce riche bourgeois doit disposer de nombreux serviteurs. Que ferons-nous s'il tente de nous réduire au silence ?

Watson acquiesça, bien qu'il ne fût nullement inquiet quant à l'issue d'un affrontement avec de la valetaille. Il posa d'ailleurs une main martiale sur la garde de son épée.

Ils attendirent ainsi près d'une heure. Avec le froid, peu de monde se montrait et si on les remarqua, personne ne vint leur demander ce qu'ils faisaient là, immobiles. Enfin la porte de la maison de Lallier s'ouvrit et ils virent la nommée Michelette sortir. Ils attendirent qu'elle s'éloigne et, après qu'elle eut tourné vers la rue de la Verrerie, ils la prirent en chasse.

C'est alors que la porte s'ouvrit à nouveau. Une femme sortit à son tour, à coup sûr une servante d'après sa robe à la couleur passée et son manteau élimé. Elle détala vers la rue empruntée par Michelette.

Interloqués, les deux Anglais s'arrêtèrent. Mais voyant disparaître la femme, Holmes décida de la suivre. Ils auraient toujours le temps de retrouver Girard plus tard.

Loin devant eux, l'amie de Girard marchait sans se presser ni se retourner. La servante de Lallier demeurait dans ses pas.

La suivait-elle ? Difficile à dire. Holmes tentait d'imaginer une explication à cette nouvelle péripétie. Pourquoi Lallier pisterait-il la Michelette puisque Girard savait où elle logeait ? Et pour quelle raison utiliser une servante dans cette filature ?

À quelques pas l'une de l'autre, les deux femmes s'engagèrent dans la rue de la Tixeranderie que Michelette suivit jusqu'à la cour, face à l'hôtel de la Reine Blanche. Elle y pénétra et disparut. Sa suiveuse s'arrêta alors devant le passage et resta un moment à surveiller l'endroit.

— Elle veut être certaine que la Michelette habite là, souffla Watson.

Les deux Anglais s'étaient arrêtés dans une encoignure.

— Donc elle ne travaille pas pour Lallier, répliqua Holmes en hochant la tête. Il serait bon de connaître son maître.

— En attendant, mes pieds sont glacés, grommela l'archer.

La fille repartit alors de l'avant.

— Suivons-la ! souffla Edward.

Contrairement à Watson, il ne ressentait pas le froid. L'excitation de la chasse dominait tous ses sens.

La servante poursuivit jusqu'à une ruelle transversale, à main droite, et rejoignit la rue des Arcis. Là, elle fila par la rue Saint-Marin. Cette voie était très longue et Watson n'arrêta pas de ronchonner.

Il avait froid aux pieds et sa vieille blessure à la jambe commençait à le faire souffrir. Holmes, lui, ne l'écoutait pas. Il sentait qu'ils approchaient du moment de vérité.

Ils passèrent la vieille porte ruinée de l'enceinte construite par Philippe Auguste. À partir de là, les enclos et les jardins étaient plus nombreux que les maisons. Sur leur droite et devant eux, ils apercevaient la muraille entourant le prieuré de Saint-Martin-des-Champs. Ils virent alors la servante s'arrêter devant un hôtel décrépit. Elle tira la cloche, on lui ouvrit et elle entra.

— Que vient-elle faire là ? s'étonna Watson.

— Regarde l'enseigne : l'hôtel de la Croix-Blanche.

— Et alors ?

— C'est vrai que tu n'étais pas près de moi quand Chuffart m'en a parlé, voici un mois.

— Où donc ?

— À l'hôtel des grands ébattements[1], tu es resté avec dame Bonacieux qui voulait rendre hommage à son roi. J'ai aperçu là-bas le receveur des tailles insolent qui était venu chez nous : Jehan Doule. Tu t'en souviens ? J'en ai parlé au chancelier et il m'a révélé qu'il loge dans cet hôtel.

— Mais pourquoi irait-elle voir cet individu ?

— Doule est l'homme du duc de Gloucester à Paris. Cette servante trahit son maître, et c'est, à mon avis, Doule qui a tué Piedefer. Avec ses hommes d'armes, il en avait les moyens. Il n'y a plus de temps à perdre ! Hâtons-nous !

Il fit demi-tour.

1. Nom qu'avait donné Charles V à l'hôtel Saint-Pol lors de son aménagement.

— Mais où allons-nous ? s'exclama Watson, complètement perdu par ces explications auxquelles il ne comprenait goutte.

— Chez Lallier ! Sa conspiration a été mise au jour par Doule. Si nous laissons faire, lui et Girard finiront dans un sac en Seine et ce maudit receveur emportera la partie !

20

Michel de Lallier était revenu de Londres en fin de matinée. Impatient de savoir où en était son affaire avec le nouveau roi, il avait envoyé un valet chez Gilles Girard afin de lui demander de passer le voir dès qu'il le pourrait.

Le drapier était donc venu à la relevée et, en chemin, était allé chercher Michelette. Tous deux révélèrent au maître des comptes qu'ils disposaient de la clef de la porte Saint-Jacques et que le sergent Fourlin était parti pour Bourges. L'armée du roi ne devrait donc pas tarder. Girard lui apprit aussi que Laurent Piedefer avait été assassiné par des truands. Lallier en fut fort chagriné, mais pas totalement étonné tant il savait l'avocat imprudent et habitué à circuler seul la nuit. Il promit de faire dire des messes pour son âme.

Girard avait ensuite à débattre avec l'ancien changeur au sujet d'une commande d'étoffes de laine dont Lallier devait s'occuper à l'occasion de son passage à Lille, aussi Michelette était repartie seule.

À peine son maître rentré d'Angleterre, Loys avait décidé de surveiller les visites qu'il aurait afin de prévenir Jehan Doule et recevoir sa récompense. Mais l'intendant de la maison l'avait reléguée dans une chambre où elle devait faire des lits, après quoi elle aurait à vider les malles de son maître, lesquelles avaient été montées depuis l'écurie. Elle ne put donc surveiller les entrées dans la maisonnée et n'apprit l'arrivée de deux personnes que par un autre domestique qui lui en parla incidemment. Un homme et une femme.

Aussitôt, elle quitta la chambre du deuxième étage où elle travaillait et descendit au premier, où se trouvait celle de son maître. Elle allait pénétrer dans un cabinet attenant quand elle vit une porte s'ouvrir et une femme sortir.

Celle qu'elle avait déjà vue ! Elle portait même la fameuse médaille sur sa coiffe ! Elle la salua humblement et proposa de la raccompagner. En bas, elle expliqua au portier que cette dame s'en allait, et qu'elle-même avait une commission à faire pour le maître.

La suite, nous la connaissons.

Devant la maison de Michel de Lallier, Holmes tambourina si fort que le portier arriva aussitôt.

— Conduisez-moi à votre maître. Vite, ou il perdra la vie et vous avec !

Affolé, l'autre allait poser des questions mais Watson l'attrapa par le cou :

— Comprends-tu quand on te parle, l'ami ? Ou préfères-tu nourrir les corbeaux à Montfaucon ?

— Venez… balbutia le serviteur.

Ils grimpèrent l'escalier et, devant la chambre, le portier n'eut pas le temps de frapper. Déjà Edward était entré.

— Vous ! s'exclama Girard, interloqué.

— Qui est cet homme ? demanda Lallier, tout aussi ébahi.

— Maître Holmes, celui qui a percé le complot Mortimer… et m'a sauvé la vie, ainsi que celle de messire Lusignan.

— Les présentations étant faites, vous avez une heure pour quitter Paris, avec vos gens ou sans vos gens, maître Lallier. Votre complot est déconnu et dans deux heures, au plus, le lieutenant civil sera chez vous. J'ai grande bonté à vous prévenir.

Ayant fini de parler, il montra les deux médailles qu'il tenait et désigna celles sur leurs chaperons.

— Si vous en avez d'autres, donnez-les-moi !

— Mais qui…

— Assez ! Une de vos servantes vous a trahi ! Elle vient de dénoncer Michelette (à ce nom, les visages des deux comploteurs s'affaissèrent) à un agent du duc de Gloucester ! Je ne vous avertis que pour Gilles Girard, que j'apprécie, malgré sa sottise, et que je ne veux pas voir sur un échafaud avec sa famille, surtout après qu'il a perdu son père. La fin par éventration, le sort des traîtres, est très douloureuse.

Lallier était homme aux rapides résolutions. Comment cet Anglais connaissait-il Michelette, le rôle de la médaille et les éléments de la conspiration ? Peu importait à ses yeux. Il venait d'appréhender le gouffre qui s'ouvrait devant lui.

— Antoine, une servante est-elle sortie ?

Le portier se tenait toujours près de la porte, figé de stupeur par ce qu'il venait d'entendre, mais complètement terrorisé.

— Loys, mon maître, balbutia-t-il.

— La traîtresse ! ragea Lallier. Antoine, fais charger sur les mules mes bagages qui n'ont pas encore été ouverts, préviens tout le monde dans la maison, nous partons. L'hôtel sera vide quand le prévôt arrivera.

— Mais… nous n'aurons pas le temps, mon maître… et il n'y aura pas assez de mules.

— Il y en a six à l'écurie ainsi qu'un cheval. On ne prendra que ce qu'elles peuvent porter. Tant pis pour le reste.

— Dieu tout-puissant ! murmura Girard en retirant la médaille de sa coiffe.

Il ne pouvait retenir ses tremblements et se savait perdu, incapable de quitter rapidement Paris.

Prenant l'insigne qu'il lui tendait, et constatant combien la main qui la tenait frémissait convulsivement, Holmes devina son désespoir.

— La nommée Loys vous connaît-elle, maître Girard ?

— Non… Je ne crois pas…

— Elle ne le connaît pas ! affirma Lallier. Elle n'est ici que depuis un mois et n'a dû voir Gilles que deux ou trois fois, sans qu'il soit nommé devant elle.

— Alors filez chez vous. Si on vous interroge, si elle vous accuse, niez tout ! Sans aveux, vous ne risquez rien.

Il s'adressa à Lallier :

— J'ai vu des écuries dans la rue. On doit y vendre des mules. Faites acheter toutes celles que vous pourrez. Partez ensuite par la porte Saint-Antoine, mais n'oubliez pas qu'elle fermera dans moins de deux heures.

Edward prit la seconde médaille, celle que lui tendait le maître des comptes.

— Maître Holmes, je vous serai redevable… fit Lallier d'un ton solennel.

— Redevable de rien ! Je n'agis ainsi que pour maître Girard, en mémoire de son père. Sachez que je désapprouve ce que vous avez tenté, non seulement parce que je suis anglais, mais pour les massacres que l'entrée des Armagnacs dans Paris aurait provoqués.

Il n'ajouta pas avoir aussi un compte à régler avec Doule, et qu'il serait fort fâché de le voir triompher.

— Il n'y aurait pas eu de massacre, assura Lallier à voix basse.

Holmes haussa les épaules, n'en croyant pas un mot.

— Et Michelette... s'enquit Girard.

— Allez la prévenir, si vous voulez, mais je crains que ce ne soit trop tard pour elle.

» Que Dieu vous garde ! ajouta-t-il. Watson, nous partons.

Ils saluèrent les deux comploteurs et quittèrent la pièce.

Dans l'escalier, c'était l'effervescence. Des serviteurs galopaient en tous sens en portant des malles, des sacs et des besaces. Une fois dans la rue, Watson fit à son ami :

— Crois-tu qu'ils parviendront à s'échapper ?

— Selon maître Chuffart, Lallier est un renard. À coup sûr il réussira à quitter à Paris, mais il perdra tout ce à quoi il tient. Cela lui servira peut-être de leçon.

— Que vas-tu dire à Germain Rapine ?

— Les choses sont plus simples ainsi. Si je n'avais pas découvert que Girard était du complot, je lui aurais tout révélé, et je m'en serais voulu. Maintenant, c'est Doule qui fera la sale besogne.

— Pauvre Michelette ! fit Watson avec une sincère compassion. Cette femme paraissait bien malheureuse.

— Les temps sont aux malheurs, répliqua Holmes, fataliste. Pour elle, comme pour d'autres. Mais au moins n'aurons-nous pas participé à de plus grandes afflictions, tout en gardant la ville au duc de Bedford.

Ils arrivaient rue de la Tixeranderie et filèrent vers la place Baudoyer. Watson désigna l'écurie où se trouvaient leurs montures. Une fois en selle, ils reprirent la rue en sens inverse et rencontrèrent Girard sur sa mule.

— Êtes-vous toujours décidé à prévenir Michelette ? lui demanda sévèrement Holmes.

— Je le lui dois.

Watson hocha la tête, comprenant la loyauté qui guidait le jeune homme. Ils poursuivirent tous trois dans la rue quand, soudain, déboula une troupe de cavaliers. Quatre chevaux, chacun portant deux hommes d'armes. Et sur celui de tête chevauchait Jehan Doule.

Girard et les Anglais s'arrêtèrent à une vingtaine de toises de la cour et virent la troupe s'y engouffrer.

— Trop tard, fit Holmes entre ses dents. Maître Girard, filez chez vous maintenant, et n'oubliez pas : niez tout !

21

Revenons quelques heures en arrière.

Quand Loys Griselot arriva chez Jehan Doule, on la conduisit sur-le-champ chez le receveur.

— Que Dieu te garde, ma fille, m'apportes-tu quelques informations ?

— Je le pense, monsor, mais, pour vous les livrer, j'ai dû quitter mon travail. J'entends bien être payée, car plus personne ne voudra de moi.

— Je t'ai déjà remis dix livres.

— J'en veux cinq cents, et je les veux en or.

Le receveur général des tailles éclata d'un rire inextinguible.

— Alors, tu peux t'en aller, finit-il par hoqueter.

— Je vais le faire, mais sachez que j'ai deviné beaucoup de choses. Par exemple, pourquoi vous vous intéressez à cette médaille de la Vierge qui représente au revers le dauphin se disant roi. On m'a aussi rapporté que vous étiez un espion du duc de Gloucester. Or, je sais où habite la femme qui accompagnait l'avocat Piedefer. Ces deux-là complotent avec maître Lallier, et si vous ne voulez pas me payer, j'irai voir le duc d'Exeter[1] qui, lui, me récompensera.

Elle débita ce discours à toute allure puis lui tourna le dos et se dirigea vers la porte.

— Attends ! Tu saurais vraiment où est la femme ?

— Oui, je l'ai suivie. Mais pour ce faire, j'ai abandonné la maison de maître Lallier. J'avais confiance en vous et j'ai eu tort ! cracha-t-elle.

Le receveur réfléchit quelques instants tandis qu'elle ne bougeait pas, ne sachant en vérité que faire.

Cinq cents livres ! Une sacrée somme, songeait-il. La drôlesse était devenue gourmande ! Comment avait-elle découvert tout cela ?

D'un autre côté, faire saisir Lallier en prouvant qu'il complotait le ferait rentrer en grâce auprès de Bedford, et il n'aurait aucun mal à se faire attribuer sa maison et peut-être une partie de ses biens. Cela représenterait plus que cinq cents livres.

— Je te donnerai cet argent dès que la femme aura parlé. Par le saint nom de la Vierge, je te le jure !

— Non, je veux l'argent maintenant.

Se retenant de la frapper, il fit mine de se montrer conciliant.

— Je vais te le remettre, et même faire plus : la rue devant chez moi conduit à la rue Saint-Denis, au coin de laquelle se dresse l'auberge du Lion d'Or. On peut y avoir le vivre et le couvert pour une livre, je t'en donnerai sept, ce qui te permettra d'y loger une semaine. Un de mes hommes t'escortera même pour te protéger, afin qu'on ne te vole pas en chemin.

1. Thomas Beaufort, troisième des quatre enfants de Jean de Gand, duc de Lancastre, et d'une maîtresse. Légitimé, il fut chancelier d'Angleterre puis duc d'Exeter après la bataille d'Azincourt. En 1421, il était capitaine de Paris.

— Je veux bien, mais je suis capable de m'y rendre seule. Donnez-moi mon argent, et signez-moi une quittance comme quoi vous me remettez cette somme pour prix de mes services. Je ne veux pas être accusée de vol !

La garce ! songea-t-il en lui adressant un sourire mielleux.

— Patiente un instant.

Il passa dans le cabinet attenant où il conservait la collecte de la taille et les espèces lui appartenant dans une huche de fer munie de trois serrures. Ayant refermé la porte derrière lui, il ouvrit le coffre, choisit et compta soigneusement les pièces à remettre, puis pesa l'ensemble sur une balance.

Il revint avec un sac de toile bien dodu.

— Tu peux vérifier si tu veux.

Elle ouvrit le sac. Il contenait des écus d'or de Bourgogne de deux sous et des écus de France, des trente sols tournois, des moutons d'or, des esterlins et d'autres pièces d'argent. Elle retint sa joie. Sa vie allait changer. Avec cette somme, elle pourrait vivre deux ou trois ans et trouver un bon mari.

À aucun moment elle ne songea à Lallier et à ses serviteurs qui finiraient noyés et détranchés pour trahison.

Assis devant son écritoire, Doule écrivit à la plume quelques mots qu'il parapha.

— Je t'accompagne, lui dit-il d'un ton glacial en lui remettant la quittance.

En bas de l'escalier, il ouvrit la porte et lui déclara en tenant son bras :

— Où est-elle ?

— Rue de la Tixeranderie, elle habite dans la cour en face de l'hôtel de la Reine Blanche. Chez un serrurier.

Elle s'arracha de sa prise et détala. Il la suivit des yeux un moment, puis rentra et rassembla ses hommes.

Une heure plus tard, sa troupe pénétrait dans la cour du clavellier. Doule n'avait prêté aucune attention aux trois cavaliers arrêtés un peu plus loin dans la rue.

Vaillant terminait de forger une pièce de fer. En voyant arriver ces hommes armés, il devina la machination dévoilée. Il se rua dans la maison et hurla à Michelette de fuir par le jardin. Lui-même ne l'attendit pas et se précipita sur la porte de derrière.

Brandissant leur estramaçon, les gens de Doule se ruèrent à l'intérieur.

Ils attrapèrent Michelette alors qu'elle descendait l'escalier. Frappée, précipitée au sol, elle fut fouillée sans ménagement, mais Doule ne trouva rien sur elle.

Pendant ce temps, ses hommes s'étaient élancés dans le jardin où ils virent Vaillant grimper sur le mur de séparation avec l'enclos mitoyen. Un arbalétrier brandit son arme dont la corde était déjà tendue. Le vireton atteignit le serrurier dans le dos.

Quand les gens de Doule vinrent le chercher, il venait d'expirer. On trouva sur lui une grosse clef ressemblant furieusement à celles qui ouvraient les portes de la ville. Alors commença la fouille de l'atelier et de la maison. Pourtant, malgré une mise à sac en règle, on ne dénicha ni papier compromettant ni médaille de la Vierge. Plein de rage, Doule gifla Michelette et lui brisa même le nez sans parvenir à la faire parler.

Il la fit alors attacher et la troupe se mit en route vers la place Baudoyer.

La nuit était tombée, mais peu importait au receveur : Lallier ne lui échapperait pas. Il regrettait seulement de ne pas avoir mis la main sur la médaille de la Vierge qui aurait permis d'impliquer à coup sûr Lallier, puisque ce dernier possédait la même, mais la clef découverte sur le serrurier serait une preuve suffisante d'un complot visant à livrer une porte de la capitale. Pour le reste, la question ordinaire ou extraordinaire délierait les langues des complices.

Afin de conduire l'enquête et perquisitionner chez Lallier, Doule avait le choix entre le lieutenant civil et le lieutenant criminel. Germain Rapine logeait tout près, rue de la Verrerie, et disposait de plus de pouvoir que le lieutenant criminel. Mais s'il s'affichait bourguignon, on le disait aussi secrètement loyal au prétendu dauphin. En revanche, Jean L'Archer, qui possédait la maison à l'enseigne du Chaudron, porte Baudoyer, ne cachait pas sa fidélité aux Anglais et particulièrement au duc de Bedford. Le receveur des tailles trouverait chez lui une oreille attentive.

La maison du lieutenant criminel étant close et rembarrée, ce n'est qu'après avoir frappé à l'huis de nombreuses fois que quelqu'un parut à une fenêtre. Doule se fit connaître et on le fit pénétrer, tandis que ses gens et la prisonnière restaient dehors.

Petit bonhomme sombre et agressif, L'Archer se montra fort mécontent d'être dérangé. Doule lui présenta alors la clef trouvée sur le serrurier.

— Est-ce celle de l'une des portes de la ville ?

Le lieutenant criminel la prit et la reconnut. Un frisson glacial le parcourut.

— Où l'avez-vous eue ? s'enquit-il, la voix blanche.

— Chez le forgeron de la rue de la Tixeranderie. Cela fait un mois que je suis sur la trace de ce comploteur. Alors, oui ou non, est-ce une clef des poternes ?

— Oui… Je pense… Ce pourrait être celle de la porte Saint-Jacques que j'ai souvent eue entre les mains. Il faudra vérifier auprès du capitaine, mais comment ce serrurier l'aurait-il obtenue ?

— Par ses complices ! J'ai déjà une prisonnière dehors et j'ai besoin de vous pour saisir le principal coupable qui ne va pas se laisser faire.

— Qui est-ce ?

— Michel de Lallier.

— Par les cornes de Belzébuth, voilà une affaire gravissime ! Personne ne doit s'échapper de sa maison mais, pour réussir, il me faut du monde. Accompagnez-moi au Châtelet. On y enfermera cette drôlesse et je rassemblerai tous les archers et les sergents à verge présents là-bas. En attendant, je vais déjà faire prévenir quelques-uns de mes gens pour qu'ils nous rejoignent.

— Surtout ne parlez pas de Lallier. Il faut que la surprise soit totale !

— J'espère que vous ne vous trompez pas, fit L'Archer, malgré tout inquiet, car une erreur lui coûterait sa charge.

Ce n'est que vers onze heures du soir que la troupe se mit en route pour la rue de la Bretonnerie. Une trentaine d'hommes avec, à leur tête, L'Archer et Doule. Arrivé chez Lallier, le lieutenant criminel frappa à la porte, secoua la chaîne de la cloche à plusieurs reprises, mais personne ne répondit. Il tambourina alors sur l'huis avec le manche de son épée et provoqua un tel vacarme que des voisins se mirent aux fenêtres.

— Arrêtez de brailler ou on fera venir le guet ! menaça l'un d'eux.

— Je suis le lieutenant criminel ! Je viens appliquer la justice du roi !

— Chez maître Lallier ? lança une autre voix, d'un ton surpris.

— Oui, il est accusé de félonie !

— Mais il est parti, messire !

— Parti ? Quand ?

— Avec toute sa mesnie, au moins dix mules ont transporté ses affaires. C'était voici deux bonnes heures. Il nous a dit rejoindre le duc de Bourgogne qui l'appelait.

Le duc ! ragea Doule. Il serait donc aussi dans le complot ?

— Enfoncez la porte et fouillez tout ! hurla-t-il.

Il fallut cependant deux grosses heures pour y parvenir car l'huis ferré était solide et les gens du lieutenant criminel durent se procurer une poutre pour faire bélier. À l'intérieur, meubles et tapisseries étaient en place, mais les vêtements et les objets de valeur avaient disparu. Ayant fait allumer lampes et lanternes, Doule perquisitionna partout et récupéra nombre de papiers, mais apparemment rien pouvant impliquer le maître des comptes dans un complot. Seule sa fuite l'accusait, et ce n'était pas un aveu.

Restaient cependant deux certitudes : quelqu'un avait prévenu le maître des comptes et Loys Griselot l'avait joué. En réfléchissant, le receveur devina que Lallier avait appris que son complot était éventé et avait alors annoncé à ses gens qu'ils devaient quitter Paris. La servante l'avait su comme les autres et était venue pour dénoncer son maître afin de lui extorquer cinq cents livres en sachant pertinemment qu'il ne serait jamais arrêté.

Elle l'avait trompé, ragea Doule, mais elle allait le payer.

22

Le lendemain, à la pique du jour, Holmes et Watson se présentèrent chez le lieutenant civil. Edward raconta ses découvertes : Fourlin était arrivé à Paris voici une dizaine de jours en compagnie de Piedefer et d'une femme. Une semaine plus tard, il avait quitté la ville par la porte Saint-Victor. La femme vivait rue de la Tixeranderie, chez un serrurier, et ce dernier avait réparé la fermeture de la porte Saint-Jacques, façonnant certainement un double à cette occasion.

Les comploteurs arboraient tous un signe de reconnaissance : la fameuse médaille de la Vierge. Edward ajouta qu'il s'était rendu chez le clavellier mais, trouvant sa maison investie par des hommes d'armes, il s'était retiré.

— Que n'êtes-vous venus me le dire tout de suite ! ragea Rapine.

— Il était tard, messire, et surtout j'ai pensé que la prévôté avait percé la félonie de ces gens-là. Donc que vous le saviez. Si l'affaire était traitée par les officiers du Châtelet, je n'avais plus à m'en mêler. J'ai seulement jugé devoir vous en parler ce matin.

— Vous avez eu tort ! gronda le lieutenant civil. J'ignore tout de cette visite chez ce serrurier ! Pour quel coquefredouille vais-je passer maintenant ?

— Allez voir le duc d'Exeter et répétez ce que je vous ai dit ! Voici le portrait fait par Jehan le Jeune.

Il le sortit d'une sacoche qu'il avait apportée.

— Montrez-le au duc. Rien ne dit qu'Exeter soit déjà informé, vous serez alors le premier à lui révéler ce complot.

— Hum… Vous avez raison, je pars sur l'heure. M'avez-vous apporté les médailles et le sauf-conduit pour que je les remette également au duc ?

— Je n'y ai pas pensé ! Cependant je ne suis pas certain que révéler ce laissez-passer soit une bonne idée. Plus tard, le duc de Bourgogne pourrait vous en vouloir…

Lèvres serrées, Rapine balança un moment la tête.

— Peut-être, en effet. Je ferai chercher les médailles chez vous, si j'en ai besoin…

Durant les jours suivants, Holmes et Watson restèrent cois. Tout Paris bruissait du nouveau complot découvert. On parlait de la fuite de Michel de Lallier, mais ce n'étaient que des rumeurs et Edward ne chercha pas à se renseigner. La seule chose certaine était que le maître des comptes avait quitté Paris.

Le mercredi, Germain Rapine envoya un messager aux Anglais, leur demandant de venir chez lui sur-le-champ. Edward et Gower obtempérèrent.

— Maître Holmes, annonça le lieutenant civil de but en blanc, j'ai suivi votre conseil. J'ai dénoncé le complot auprès d'Exeter, du prévôt et de la reine Isabeau. Seulement, le lieutenant criminel et un receveur des tailles m'avaient précédé dans les investigations. Ce sont eux que vous avez aperçus chez le serrurier. Ils ont d'ailleurs trouvé chez lui un double de la clef de la porte Saint-Jacques et ils ont saisi deux femmes.

— Deux ? s'enquit Holmes en haussant les sourcils de surprise.

— Oui, la nommée Michelette, qui est entrée dans Paris avec Fourlin et Piedefer, est la veuve du précédent clavellier, lequel avait son atelier dans la cour. L'autre est une servante de maître Lallier, une nommée Loys, car figurez-vous que ce bourgeois insoupçonnable aurait été l'âme de l'intrigue !

— Incroyable !

— Je n'y crois guère, moi aussi, mais L'Archer et le receveur des tailles en sont persuadés.

— Ont-ils saisi d'autres personnes ?

— Ils ont interrogé plusieurs des proches de Lallier et les ont perquisitionnés sans cependant rien découvrir de compromettant. Aussi ces fouilles ont provoqué moult murmures dans la bourgeoisie, car pour l'instant seul le départ précipité de Lallier l'incrimine. Le receveur des tailles, un nommé Doule…

Holmes hocha la tête, faisant comprendre qu'il le connaissait.

— … a aussi parlé de médailles de la Vierge utilisées par les comploteurs pour s'identifier, mais il n'a pu en présenter aucune prouvant son assertion. Pour cette raison, je ne tiens pas à présenter les miennes, je préfère maintenant le laisser se débrouiller avec cette fâcheuse affaire difficile à faire juger. Détruisez donc ces maudites enseignes !

— Comptez sur moi, messire.

— Les femmes ont-elles été interrogées ? demanda Watson.

— Toutes deux ont subi la question ordinaire préparatoire. Michelette a juré ne rien savoir du complot et la seconde a accusé maître Doule de l'avoir volée et trahie. L'affaire est très confuse, mais la première, n'ayant rien avoué, ne sera peut-être pas brûlée. En revanche, pour la seconde, je suis certain qu'elle sera condamnée à mort car Doule semble lui en vouloir particulièrement.

La justice divine se montrait souvent incompréhensible pour les simples mortels, songea Holmes avec amertume. Loys avait trahi son maître et finirait sur le bûcher, non à cause de sa félonie, mais pour un crime qu'elle n'avait pas commis.

— Le duc de Bedford rentrera à Paris d'ici deux semaines, m'a annoncé son oncle qui m'a félicité pour mon mémoire et ma vigilance. Il m'a demandé de garder à l'œil les bourgeois de Paris, mais sans les menacer tant il a besoin de leur alliance.

— Savez-vous ce qu'est devenu maître Lallier ?

— Il se serait réfugié à Lille, sur les terres du duc de Bourgogne. Nul doute qu'il niera tout et que le duc ne le livrera jamais. Cependant tous ses biens ont été confisqués.

Le samedi suivant, la maison à la Corne-de-Cerf reçut la visite de Gilles Girard. Le drapier expliqua avoir été interrogé par le lieutenant criminel et même menacé de la géhenne. On avait fouillé sa maison de fond en comble, sans cependant rien prouver contre lui.

Messire L'Archer s'en était également pris à Pigache et Louviers sans plus de succès. Il avait, pour l'heure, arrêté les poursuites car tous les échevins s'étaient dressés contre ces violences sans preuve.

— … Je suis venu vous remercier, maître Holmes, poursuivit-il, car une nouvelle fois vous avez sauvé ma vie et ma famille. Avec maîtres Pigache et Louviers, nous avons décidé de vous offrir cette aiguière. C'est peu de chose, en rapport de ce que vous avez fait...

Il sortit d'une besace une magnifique pièce d'orfèvrerie en or et en argent qui fit dresser les sourcils de Watson tant l'objet devait être précieux.

— Cependant, et à ma grande honte, je suis aussi ici pour vous demander un ultime service.

— Lequel ? s'enquit Holmes qui s'attendait plus ou moins à ce genre de requête.

— Savez-vous qu'une servante de maître Lallier sera brûlée la semaine prochaine ?

— Je l'ai entendu dire, fit prudemment Edward.

— Elle n'a nullement participé à notre complot mais, lors de mes interrogatoires, on m'a dit que c'était elle qui avait dénoncé son maître. On nous a confrontés et elle a assuré au juge m'avoir vu chez Lallier, mais j'ai répondu que maître Lallier et moi avions des affaires ensemble, et donc que mes visites étaient normales. Elle m'a aussi accusé de porter une médaille de la Vierge comme son maître ce que j'ai réfuté, dit-il en souriant tristement. J'ai appris par ailleurs qu'elle aurait dénoncé Piedefer auprès de Doule, ce qu'il a nié. Bien que n'en ayant pas la preuve, je crains pourtant qu'elle n'ait dit la vérité et que ce maudit receveur des tailles ne soit celui qui a tué mon ami.

— Possible, en effet. Mais comment cette femme a-t-elle été arrêtée ?

— Il y a là encore une grande confusion. Maître Doule a déclaré au juge qu'elle était venue chez lui pour dénoncer son maître contre cinq cents livres. Elle a été saisie ensuite par le lieutenant criminel dans une auberge de la rue Saint-Denis, avec effectivement cette somme en sa possession. Selon Doule, elle savait déjà que maître Lallier avait fui quand elle l'a dénoncé. Elle n'aurait donc toujours agi que par rapacité, trahissant tout le monde. Je partage l'opinion des juges qui ont décidé de sa malemort. Un serviteur doit fidélité à son maître.

Holmes opina du chef.

— Quant à Michelette, elle sera jugée dans quelques jours et risque le même sort. Mais, elle, je veux la sauver car elle a déjà trop souffert.

— Comment ? s'enquit Watson.

— On dit que vous obtenez facilement des lettres de rémission.

— Son procès va avoir lieu, c'est trop tard, répliqua Edward en secouant la tête.

— Vous avez une semaine. N'est-ce pas suffisant ?

Le clerc s'accoisa. Pourquoi sauver cette femme qui avait voulu livrer Paris à la soldatesque armagnac ? Elle n'était rien pour lui, et il ne la connaissait pas.

— Laissez-moi vous raconter sa vie, telle qu'elle me l'a narrée, intervint Girard.

Quand il eut terminé, Holmes réfléchit encore un long moment. Même en assurant que Michelette ignorait que le serrurier chez qui elle vivait forgeait une fausse clef de la porte Saint-Jacques, il doutait que la reine Isabeau lui accorde une lettre de rémission. Elle et le duc de Bedford avaient eu trop peur que le complot ne réussisse et ils exigeraient que la mort des coupables soit terrible afin d'ôter toute envie à d'autres Parisiens de recommencer.

Cependant, le supplice de Loys suffirait peut-être.

— J'essaierai, décida-t-il, mais, en échange, racontez-moi toute la vérité sur votre complot.

Girard s'exécuta, ne dissimulant rien et révélant même comment il avait capturé le serrurier Le Dru afin qu'il ne puisse réparer la fermeture de la porte.

— Qu'est devenu votre prisonnier ? interrogea Watson qui jugeait fort sévèrement Girard et Lallier pour avoir agi ainsi.

— J'ai envoyé un billet à son épouse, révélant où il était enfermé.

— Sans rançon ? ironisa Holmes.

— Sans. On est venu le libérer.

Après le départ du jeune drapier, Edward se rendit chez Germain Rapine à qui il expliqua vouloir rencontrer la nommée Michelette afin qu'elle lui révèle tout sur le complot. Le lieutenant civil agréa sa demande, espérant ainsi en apprendre davantage, mais jugeant cependant que la femme ne parlerait jamais, car si elle était restée muette après avoir avalé de force huit coquemars d'eau, elle n'allait pas répondre à un inconnu.

Michelette avait été mise dans une chambre du Grand Châtelet. Enchaînée, elle ne pouvait recevoir aucune visite et n'avait aucun chauffage. Elle attendait la mort avec résignation, aussi fut-elle étonnée quand le geôlier fit entrer des visiteurs.

— Je m'appelle Holmes et mon compagnon se nomme Watson. Nous sommes anglais, fit Edward en se présentant. J'ai obtenu qu'on chauffe votre chambre. Vous aurez droit à six bûches par jour. Vous serez aussi suffisamment nourrie.

— Pourquoi ? demanda-t-elle, agressive.

— Parce qu'il vous reste des amis.

Il sortit une médaille de la Vierge et la lui montra.

Elle resta pétrifiée. Si ces Anglais possédaient la médaille de Charles VII, il s'agissait de fidèles de son roi.

— Vous en aviez une aussi… affirma-t-il.

— Oui, murmura-t-elle, persuadée que les visiteurs faisaient partie du complot.

— Où est-elle ?

— Je l'ai jetée dans les cendres de la cheminée de ma chambre.

Satisfait, Holmes lui montra les autres enseignes.

— Ce sont celles de Girard, de Fourlin, de Piedefer et de maître Lallier. Vous étiez donc bien leur complice.

Elle comprit alors qu'il l'avait conduite dans un piège. Devant ce nouveau coup, elle perdit toute fermeté et éclata en sanglots.

— Rassurez-vous, je n'utiliserai pas vos aveux contre vous, lui promit Edward. Je vais même tenter de vous sauver, mais je veux connaître la vérité tout entière. Maître Girard m'a parlé de vos malheurs à Paris et à Bourges, mais il ne m'a pas révélé comment vous aviez rejoint ce complot, sinon pour me dire que ce serait messire Lusignan qui vous aurait approchée.

— Vous m'avez trompée, murmura-t-elle.

— Non, je vous le jure. Je ferai tout pour tenter de vous sauver.

Vaincue, elle accepta et raconta son histoire.

En quittant le Grand Châtelet, les deux Anglais se rendirent à l'atelier du serrurier, rue de la Tixeranderie. La porte était ouverte, tout était brisé et on avait volé ce qui avait de la valeur.

Ils montèrent dans la chambre du deuxième étage et Holmes gratta les cendres de la cheminée. La médaille s'y trouvait, à peine déformée par la chaleur.

Le samedi, Loys fut conduite au bûcher. Si les serviteurs de la maison à la Corne-de-Cerf se rendirent à l'exécution avec Constance et Gower Watson, Edward resta dans sa chambre afin de préparer un mémoire qu'il fit porter le soir même à la reine Isabeau et au duc de Bedford.

La réponse ne se fit pas attendre. Deux jours plus tard, un valet du chancelier de France lui apporta un pli fort bref. Le crime de Michelette était bien trop grand et elle serait jugée jeudi.

Elle fut elle aussi condamnée à être brûlée le lundi suivant. Dès qu'il connut la sentence, Edward écrivit à la reine et au duc, qui venait de revenir à Paris[1], les assurant de l'innocence de Michelette d'Auxerre en reprenant la fable déjà détaillée dans son mémoire : Fourlin était le seul responsable, et d'ailleurs le Seigneur l'avait puni en le faisant dévorer par des loups. C'est lui qui était venu chercher Michelette pour lui demander de venir avec lui à Paris et le présenter au serrurier. C'est lui également qui avait convaincu Clément Vaillant. Il ajouta même un témoignage écrit devant notaire : celui du clavellier Le Dru qui reconnaissait, dans le portrait qu'on lui avait présenté, l'homme qui l'avait emprisonné. Le Dru jurait n'avoir vu aucune femme.

Michelette n'avait jamais rien su de l'effroyable complot et, si elle était brûlée, ce serait un crime que le Seigneur Dieu ne pardonnerait jamais, concluait Holmes.

Les heures des journées du samedi et du dimanche s'égrenèrent avec une effroyable lenteur. Edward Holmes ne quitta pas sa chambre de tout ce temps, refusant de voir quiconque. Watson avait du mal à comprendre pourquoi il prenait tant à cœur le sort de

1. Le mercredi 23 décembre, le duc de Bedford revint loger à l'hôtel des Tournelles.

cette veuve. Après tout, cette femme avait mérité sa mort et son ami ne lui devait rien.

L'archer anglais ne pouvait concevoir que c'était le tourment de la défaite qui obsédait Edward, et rien d'autre. Il avait prodigué tout son talent, toute son habileté, pour sauver Michelette, et le revers qui s'annonçait d'heure en heure provoquait chez lui un sentiment d'échec qui le torturait.

La nuit était tombée et tout le monde était couché quand, le dimanche soir, Germain Rapine se présenta à la maison à la Corne-de-Cerf. Tandis que l'escorte se réchauffait dans la grande salle, Edward, en robe d'intérieur, reçut le lieutenant criminel dans sa chambre. Watson et Constance les avaient rejoints.

— Maître Holmes, je sors du Grand Châtelet où messire le chancelier avait convoqué tous les magistrats, dont moi-même, qui ont jugé Michelette d'Auxerre. Messire le duc de Bedford nous a transmis une lettre que vous lui avez fait parvenir…

Edward hocha la tête.

— … en demandant que la mort ne soit pas appliquée à cette femme. Nous en avons débattu durant des heures car, contrairement à votre opinion, beaucoup pensent que ses crimes sont réels. Néanmoins, ne pouvant aller contre les désirs du régent de France, la peine a été modifiée. Michelette a été condamnée à une journée d'exposition au pilori des Halles et au bannissement définitif.

Le soulagement envahit Holmes. Certes, son succès n'était pas total, certes le pilori, par ce froid, pouvait être mortel, et le bannissement était une peine presque aussi funeste qu'une exécution pour une femme sans ressource mais, au moins, elle resterait en vie. Pour quelque temps.

— Pourquoi avez-vous agi ainsi ? demanda alors Rapine.

— La pitié, messire. N'est-ce pas le sentiment que doit éprouver tout bon chrétien ?

Le lieutenant civil ne répondit pas. Il avait bu le vin chaud que Catherine lui avait porté et se leva pour partir.

— Puis-je obtenir de vous que Michelette ne soit pas exposée trop longtemps au pilori, et qu'elle ne restera pas en chemise ?

— Je m'engage à ce que le froid ne la tue pas, répliqua seulement Rapine.

La veuve de Guyot le Bossu survécut à l'exposition et, après un nouveau courrier à la reine Isabeau, Holmes obtint une lettre de grâce. Le bannissement de Michelette fut transformé en un emprisonnement d'un mois dans un couvent. Elle sortit libre à la fin du mois de janvier 1423 et put retrouver sa maison.

Toujours en janvier, le régent fit prêter serment à tous les habitants de Paris, bourgeois ou ecclésiastiques, tant grands que petits, jusqu'aux servantes et aux gardeurs de pourceaux. Ils durent jurer de lui obéir en tout et pour tout, et de nuire de tous leurs pouvoirs aux complices ou alliés de Charles de Valois, soi-disant roi de France. Ce serment fut prêté à contrecœur par bien des Parisiens.

Deux ans plus tard, au printemps 1424, les château et ville du Crotoy se rendirent au duc de Bedford. Au terme d'un accord passé entre le duc et les défenseurs, il fut convenu que les habitants pourraient conserver leurs biens en prêtant serment au régent.

Michel de Lallier, qui se trouvait au Crotoy, invoqua le bénéfice de cet article pour obtenir des lettres de rémission qui furent entérinées au Parlement. Sa grâce fut d'autant plus facilement acceptée qu'il n'y avait eu aucune preuve contre lui, si ce n'est le témoignage de sa domestique, mais l'accusation d'une félonne avait peu de valeur, et la reine se montrait ainsi satisfaite de retrouver un de ses fidèles.

Quant à Bedford, il se jura de surveiller le bourgeois, mais il préférait l'avoir dans Paris plutôt que chez le duc de Bourgogne. Lallier rentra donc en possession de ses biens et de sa maison au milieu de l'année 1424. Sa première visite fut pour la maison à la Corne-de-Cerf. Reçu dans la chambre de Holmes, il le remercia avec chaleur.

C'est en partant qu'il découvrit les cinq médailles d'argent enchâssées dans un cadre en noyer.

La découverte, vers Noël 1422, d'un complot tramé contre le gouvernement anglais par quelques bourgeois parisiens, entre autres Michel de Lallier, motiva les mesures de rigueur prises par le duc de Bedford à son retour de Normandie, c'est-à-dire dès le 5 janvier 1423. C'est probablement à cette conjuration que se rattache une affaire mentionnée au registre criminel du Parlement. Michelette d'Auxerre, veuve de Guyot le Bossu, accueillit et cacha dans sa demeure un messager du parti français, et se chargea même de faire tenir à divers habitants de Paris les lettres dont cet envoyé était porteur ; arrêtée pour ce fait, elle fut appliquée à la question, condamnée à l'exposition au pilori et au bannissement ; le Parlement commua sa peine en un emprisonnement d'un mois.

Commentaire d'Alexandre Tuetey
dans le *Journal d'un bourgeois de Paris*

L'escarboucle de Marco Polo

1

Le samedi 27 mars 1423, veille des Rameaux

Conduit par un jeune écuyer portant fièrement un gonfalon d'azur à trois molettes d'or, la petite troupe de cavaliers constituée d'un chevalier, d'un sergent et de deux hommes d'armes arriva par la rue de l'Autriche. Si les gens de l'escorte portaient brigandine et corselet, le chevalier était revêtu d'une épaisse robe violette et d'une houppelande cinabre avec un chaperon à cornette plus foncé agrémenté d'une croix de Saint-André émaillée.

À la porte orientale du Louvre, le vantail étant ouvert et la herse de bois levée, ils franchirent le passage voûté dans la muraille et débouchèrent devant la salle des gardes où les sentinelles, ayant reconnu le gonfalon et le chevalier, s'écartèrent avec respect. La troupe passa la lice qui longeait le fossé plein d'eau entourant la forteresse, puis franchit le pont dormant et le pont-levis flanqué de deux tours.

— Dieu vous donne le bonjour, messire, déclara révérencieusement le capitaine de la porte tandis que les archers saluaient avec déférence.

Une fois dans la cour intérieure, presque toute occupée par la Grosse Tour et son fossé, le gentilhomme en robe violette mit pied à terre, aidé par son sergent d'armes, et s'avança sur la rampe de pierre qui conduisait au donjon, son écuyer dans ses pas.

Cheveux gris coupés en rondi sur un visage have et allongé, avec de profonds plis aux commissures de lèvres fines et des yeux sombres comme l'enfer, ce visiteur affichait l'expression sévère des gens despotiques habitués à se faire obéir et ignorant compassion ou miséricorde. Il se nommait Jean de Puligny, était seigneur de la Motte de Tilly, avait été chambellan et premier valet de chambre du roi Charles V et, pour l'heure, occupait l'importante charge de garde des joyaux du royaume.

Au bout de la rampe, le pont dormant sur le fossé était en place et la herse du donjon levée. Franchissant la porte dans l'épais mur circulaire, messire de Puligny pénétra dans le corps de garde, une salle ronde, froide, sombre, voûtée en arcs d'ogive avec un escalier à vis bâti dans le mur dont la porte, bardée de fer, n'était pas fermée. Aucune autre ouverture apparente et deux flambeaux de résine éclairaient à peine les lieux en noircissant la pierre. Pas de dressoir, de lit à custodes ou de chaire, mais des coffres et des râteliers d'armes sur lesquels étaient rangés arbalètes, écus, guisarmes et autres masses et marteaux qu'on devait pouvoir saisir rapidement.

En l'apercevant, un gentilhomme en pourpoint à longs boudins safran et gris, coiffé d'un chapeau rond écarlate, épée et dague à la ceinture interrompit la discussion qu'il avait avec un bourgeois de haute taille.

Ce chevalier se nommait Enguerrand de Ganay, c'était le capitaine de la Grosse Tour.

— Que le Seigneur vous protège de Sa Sainte Grâce, messire, fit-il en s'avançant avec respect.

Les rares archers et sergents assis sur les coffres s'étaient levés. Les hommes d'armes plièrent un genou en ajoutant : « Dieu vous bénisse, seigneur. » Le bourgeois l'imita.

Satisfait de leur déférence et de leur soumission, le garde des joyaux opina avec une grimace dédaigneuse en murmurant tout de même : « Loué soit Jésus-Christ. »

Il ajouta immédiatement :

— Sieur de Ganay, accompagnez-nous ! Jehan, ordonna-t-il à l'intention de son écuyer, prends un flambeau et passe devant. Maître Lallemand, suivez-moi !

Le capitaine du donjon branla du chef en s'inclinant. Puligny était le seul à posséder les clefs de la salle du deuxième étage où se trouvaient enfermés les joyaux royaux. Quant au bourgeois, il saisit la besace qu'il avait apportée. Maître Lallemand, un des adroits et des plus respectés orfèvres de Paris, avait boutique à l'enseigne de l'Éperon sur le pont Notre-Dame.

Les quatre hommes montèrent les degrés en silence, passèrent devant une porte garnie de barres de fer et de larges pentures à verrous et s'arrêtèrent au second étage. L'écuyer s'effaça, laissant son seigneur utiliser le gros trousseau de clavelles qu'il gardait à la taille, à côté de sa dague.

Ici, l'huis était renforcé de trois barres de bronze ciselées et rivetées prises dans autant de cadenas. Messire de Puligny utilisa une clef pour chacun, puis une quatrième pour la serrure à vertevelle qui coulissait sur des embrasses aux pentures ciselées en fleurs de lys. Ayant dégagé l'auberon, il tira le verrou, poussa la porte, et pénétra en demandant à l'orfèvre de le suivre et à son écuyer de garder l'entrée, tandis que le capitaine allait se placer dans un passage, un peu plus haut, une sorte de galerie couverte qui faisait communiquer le donjon avec les appartements royaux du Louvre.

Même la porte fermée, la salle des joyaux ne se trouvait pas dans l'obscurité car trois fenêtres ogivales à vitraux l'éclairaient suffisamment. Des armoires de fer tapissaient les murs et, là où il n'y en avait pas, se dressaient des coffres. Ces meubles de métal étaient bardés de bandes rivetées, de pentures frisées de fleurons, de cadenas de toutes formes et de serrures à bosse ou à vertevelle.

— Êtes-vous déjà venu dans la Grosse Tour, maître Lallemand ? s'enquit Puligny en tournant le dos à l'orfèvre pour se diriger vers une armoire.

— Oui, messire, à plusieurs reprises, mais pas récemment. La dernière fois, c'était en présence de monseigneur le duc Jean de Bourgogne.

— Pour ? demanda le garde en se retournant, curieux de connaître la raison de la venue de Jean sans Peur dans ce lieu.

— Il souhaitait me vendre un reliquaire d'argent.

— Vous connaissez donc le pitoyable état des collections d'orfèvrerie royales…

— Oui, messire. Mon père et mon grand-père avaient fourni de belles pièces au roi Charles V et à son fils. Hélas, les troubles et la guerre ont provoqué la dispersion de la plupart de ces magnifiques objets.

Le garde des joyaux laissa filtrer une expression désabusée :

— En effet, Charles V avait considérablement accru le trésor laissé par son père avec des objets d'une grande richesse. L'inventaire fait à sa mort par messire de Savoisy décrivait trois mille neuf cents articles : des joyaux, de la vaisselle d'or et d'argent, des bijoux et des pierres précieuses à profusion.

Il se tut un instant avant d'ajouter avec tristesse :

— Il en reste à peine trois douzaines, pour la plupart d'une valeur ridicule. En trente ans, les besoins financiers de la royauté ont vidé cette salle et provoqué cet incroyable appauvrissement.

L'orfèvre approuva dans une expression compatissante. Comme Jean de Puligny, il n'ignorait rien des causes de ces immenses pertes. En premier lieu, il y avait eu la cupidité des oncles de Charles VI. À la mort de leur frère, les ducs de Berry et d'Anjou[1] avaient puisé dans ce trésor « sitôt qu'il avait eu les yeux clos[2] ». Ensuite, voulant régner avec faste, le jeune roi avait pioché dans l'orfèvrerie de son père. Son mariage avec Isabeau de Bavière, et les fêtes qui l'avaient suivi, avaient été une nouvelle source de dépense. L'avidité et le goût du luxe de la jeune reine n'avaient rien arrangé. Ne s'était-elle pas fait offrir un anneau à rubis d'une valeur inestimable et plus de cinquante objets de grand prix : bijoux, tissus précieux, tableaux d'or, vaisselle d'argent et pierres rares ?

La folie du roi avait aggravé la situation. Pendant que Charles VI n'avait plus sa raison, le duc d'Orléans s'était servi. Le frère d'Isabeau – devenu duc de Bavière – avait à son tour pris sa part, tout comme Jean sans Peur et ensuite les Armagnacs. Si beaucoup s'étaient enrichis en pillant l'épargne du souverain précédent, d'autres avaient seulement voulu financer les grandes affaires du royaume et bien sûr la guerre et la défense de Paris. Quoi qu'il en soit, à l'arrivée des Anglais, les orfèvres de la capitale connaissaient

1. Jean de Berry dit Jean le Magnifique, Louis d'Anjou, roi de Naples.

2. Froissart.

tous la grande misère des collections royales, c'est pourquoi maître Lallemand avait été surpris quand un page de Puligny était venu le trouver pour lui demander de se rendre dans la Grosse Tour du Louvre le lendemain à basse none. Qu'allait lui proposer le garde des joyaux puisqu'il n'y avait quasiment plus d'orfèvrerie à vendre ?

2

— Vous devez donc vous demander pourquoi je vous ai convoqué ? s'enquit Puligny, comme s'il avait lu dans ses pensées.

— Oui, messire, reconnut l'orfèvre qui craignait de perdre son temps.

— Il s'agit d'un travail… Je suppose que vous savez que notre bien-aimé régent va convoler…

— On le dit, messire… On m'a parlé de la sœur de monseigneur Jean sans Peur.

— Damoiselle Anne de Bourgogne, en effet. Les conditions du mariage se négocient en ce moment. Les noces pourraient avoir lieu en juin, aussi monseigneur souhaite que la parure qu'il offrira à son épouse soit prête dans les plus brefs délais. Il s'agira d'un diadème entouré de fleurs de lys d'or que vous ciselerez et qui vous sera payé par monseigneur. Devant et au milieu, vous sertirez l'escarboucle du roi Charles.

— L'escarboucle ? s'exclama Lallemand, sidéré.

— Oui, la fameuse pierre trouvée sur les rives de la rivière Amoy. Un joyau qui présente toutes les qualités de l'escarboucle, mais avec la particularité d'être bleue et non rouge rubis. Vous devez le savoir, il a été rapporté de Chine par Marco Polo qui l'avait reçu de la main de Kubilai Khan, l'empereur mongol. Cette magnifique pierre a été offerte au roi Charles V par l'ambassadeur de Venise à l'occasion de son mariage. C'est le dernier objet de valeur qui reste ici.

— Je.. je… ne l'ai jamais vue.

— C'est bien pour cela que je vous ai fait venir ! persifla Puligny. Je vais vous la montrer et vous laisser la manier à votre gré. Vous pourrez ainsi choisir la meilleure façon de la monter sur le diadème. Quand vous serez prêt, au plus tard dans trois semaines, vous reviendrez avec vos outils et vous ferez le montage ici même.

— Hum…

De nouveau, l'orfèvre se gratta la gorge, hésitant à formuler ses craintes.

— Vous souhaitez savoir combien vous serez payé ?

Léger hochement de tête.

— Le régent m'a parlé de quatre mille livres, cela devrait être suffisant…

— En effet… pour un petit diadème.

Ignorant la réponse, Puligny se retourna vers l'armoire et, utilisant deux clefs en position horizontale, il entreprit de débloquer le grand verrou vertical de la serrure, elle-même protégée par un mécanisme à secret en forme de tête de lion. Lallemand observa qu'il utilisait des clavelles avec un grand nombre de dents de diverses longueurs. Si la serrure possédait autant de pênes, elle était certainement inviolable.

Ensuite, le garde des joyaux s'occupa des cadenas et, enfin, tira à lui le battant de fer.

Les étagères couvertes de velours rouge ne portaient que quelques pièces d'orfèvrerie en argent et un coffret ciselé. Il le prit et le tendit au joaillier qui l'ouvrit avec émotion, découvrant l'escarboucle bleue déposée sur un coussin tissé d'or. À la lumière du jour, la pierre étincelait de multiples éclats, comme un petit soleil turquoise.

Bouleversé par cette beauté, maître Lallemand demeura silencieux, muet de saisissement.

— Voyez-vous comme elle brille ? Des gens se sont entre-tués pour se l'approprier. On m'a même dit que chaque facette correspondait à un crime.

— On m'a parlé de sa sinistre histoire… reconnut l'orfèvre.

— Rassurez-vous, c'était vrai en Chine, mais plus ici. Depuis qu'elle est dans ce coffre, elle n'a causé aucun meurtre ! Le démon a dû l'oublier, ricana Puligny dans un sinistre gloussement.

Lallemand se signa et hocha la tête en déglutissant. Comme le garde des joyaux s'éloignait vers un bahut pour s'y asseoir, l'orfèvre s'approcha d'une fenêtre et osa enfin sortir la pierre du coffret qu'il déposa sur une huche. Ensuite, devant la lumière, il fit tourner l'escarboucle entre ses doigts pendant plusieurs minutes avant de la remettre à sa place. Il tira alors de sa besace une sorte de règle, une feuille de papier attachée sur une tablette et une mine de plomb, puis ressortit la pierre et, s'étant assis sur la huche, en traça le dessin qu'il assortit d'une suite de mesures.

— Je crois avoir relevé tout ce qui m'est nécessaire, dit-il au bout d'un moment en replaçant soigneusement l'escarboucle sur son coussin d'or.

Il apporta le coffret au garde qui se leva, saisit l'écrin, vérifia son contenu et le remit dans l'armoire avant de bien la refermer et de boucler les serrures.

— Quand serez-vous prêt ? s'enquit-il en se retournant.

— Pour Quasimodo[1], messire.
— Dans deux semaines ? Si vite ?
— Oui, messire, je m'y attelle dès aujourd'hui. Mais puis-je venir pour vêpres plutôt que le matin ?
— Entendu !

Deux semaines plus tard

Vêpres n'avait pas encore sonné à l'église de Saint-Germain-l'Auxerrois quand maître Dreux Lallemand franchit le pont conduisant au corps de gardes de la Grosse Tour. Messire de Puligny l'attendait déjà en compagnie du capitaine.

— Dieu vous protège de ses bontés, seigneur, dit l'orfèvre en pliant un genou.
— À jamais, ainsi soit-il. Avez-vous terminé le travail ?
— Oui, messire.
Il tapota sa lourde besace.
— Montons ! ordonna Puligny.
Le même rituel se déroula et les deux hommes pénétrèrent dans la salle du Trésor, le capitaine et l'écuyer demeurant à l'extérieur.
— Montrez-moi votre œuvre ! demanda le garde des joyaux avec impatience.
L'orfèvre sortit une simple boîte de bois de sa besace et l'ouvrit, dévoilant un diadème d'une grande finesse avec un élégant enchevêtrement de croix de Saint-André, de fleurs de lys et de deux léopards debout, toutes griffes devant pour sertir la pierre.
Puligny fit la moue en l'examinant. Il l'aurait préféré plus grand, plus majestueux. Cependant, il

1. Samedi 10 avril.

n'était plus temps de rechigner. Il alla à l'armoire de fer, fit jouer toutes les clefs, ouvrit la porte, et sortit le coffret qu'il tendit à maître Lallemand.

L'orfèvre posa le diadème et souleva le couvercle du boîtier de fer. Son visage se transforma, s'affaissa et devint blême.

— Qu'y a-t-il ? s'enquit le garde des joyaux, brusquement inquiet.

— Seigneur… Regardez… Il est vide…

Lallemand tendit le coffret ouvert. Il ne contenait que le coussin doré.

3

Dimanche, lendemain de Quasimodo[1]

Rue du Coq, dans la maison à la Corne-de-Cerf, la mesnie avait rompu le carême et, après un copieux repas, s'apprêtait à se rendre à Saint-Germain-l'Auxerrois écouter le prédicateur annoncé lors de la messe matinale.

Pour l'heure, le clerc Edward Holmes, assis à son pupitre, complétait les *Chroniques*, dans lesquelles il relatait ses enquêtes, par un récit intitulé « La ville de la peur ». Il s'agissait de la terrible mésaventure survenue durant le mois de janvier au cours de laquelle, accusé de crime et emprisonné, il avait failli finir ses jours ignominieusement sur l'échafaud.

Même si le temps n'était plus aussi glacial qu'en ce mois de janvier, quand la rivière de Seine avait été prise et que le vin gelait dans les barriques, le froid restait vif, alimenté par une bise piquante qui pénétrait partout. Aussi, malgré le feu qui pétillait dans sa cheminée, Holmes écrivait-il en mitaines, bonnet de laine sur la tête et houppelande serrée sur sa robe noire en drap matelassée.

1. 11 avril.

Il entendit carillonner la cloche de l'entrée. Qui cela pouvait-il être un dimanche ? s'interrogea-t-il en se levant pour aller regarder par la fenêtre. Mais les verres en losanges sertis par un filet de plomb étaient couverts de givre, aussi releva-t-il le loquet, ouvrit la croisée et examina-t-il dans la rue. Personne. Le ou les visiteurs devaient déjà se trouver sous le porche. En tout cas, pas de monture. Il décida de descendre. Peut-être quelqu'un venait-il lui soumettre un problème intéressant. Depuis deux mois, il s'ennuyait à mourir même si, au début du Carême, il avait évité l'enfouissement à une femme qui avait porté une potée de purée à son frère, prétendu brigand armagnac caché à Saint-Marcel. L'affaire avait été vite abandonnée quand Edward avait démontré que ce dernier n'avait jamais été un armagnac mais seulement un cocufieur dénoncé pour se venger par le mari de sa maîtresse.

— Que venez-vous faire dans cette maison ? tonna la voix de Watson quand Holmes s'engagea dans l'escalier conduisant à la grande salle.

Le clerc plissa le front. Un visiteur non souhaité ?

Arrivé dans la pièce, il découvrit la scène : Gower, entouré de Constance Bonacieux, des frères Thomassin et Amaury, de l'intendant Mathurin et de son fils Bertrand, considérait le commissaire Lestrade avec tout le mépris du monde. De plus, Watson brandissait sa bonne épée tandis que le visiteur, en pourpoint noir et manteau de même teinte, coiffé d'un chapeau à haute calotte de couleur feuille-morte, yeux baissés, balbutiait des mots incompréhensibles dans lesquels le clerc crut cependant distinguer son nom.

— Eh bien, commissaire, que nous vaut votre visite en ces temps de Carême ?

— Maître Holmes, une fois de plus je fais amende honorable pour mes erreurs passées, et je vous jure que pour rien au monde je n'envisage de troubler la sérénité de cette honnête maison. Mais justement, par loyauté, je me dois de venir vous annoncer une effroyable nouvelle.

Deux mois auparavant, un dangereux individu, astrologue de son état et maître en fourberie nommé Moriarty, avait préparé un infâme piège en faisant accuser Edward d'un meurtre. La cabale était conçue avec une telle habileté par ce traître – surnommé par Holmes le Jules César du crime –, que Lestrade avait tout gobé et fait arrêter les deux Anglais, lesquels étaient promis à l'échafaud. Mais le clerc avait confondu son ennemi et été pleinement réhabilité. Déconfit, humilié, Lestrade avait été contraint de faire amende honorable durant une séance mémorable du tribunal du Grand Châtelet au cours de laquelle procureur et lieutenant criminel avaient dû eux aussi battre leur coulpe, à la grande satisfaction de Gower Watson.

Aux paroles du commissaire examinateur, le teint clair de maître Holmes pâlit un peu plus. De quoi pouvait-il s'agir ? Une nouvelle perfidie de Moriarty ?

— Montez ! décida-t-il. Gower, viens avec nous !

Ils gagnèrent en silence le second étage et pénétrèrent dans la chambre. Sans amabilité aucune, Edward désigna à Lestrade le bahut au dossier finement sculpté d'arcatures tandis qu'il s'asseyait sur son siège à coussins garni de bras et que Watson prenait place sur le lit à boiserie dont le lourd rideau était ouvert.

Le policier poussa délicatement la viole et la haquebute posées sur le siège et s'installa.

— J'arrive du Louvre, messires, expliqua-t-il d'un ton peu assuré. Une épouvantable affaire…

Comme les Anglais restaient silencieux et attentifs, il poursuivit :

— Depuis toujours, les rois de France gardent leurs joyaux dans la Grosse Tour, au deuxième étage. Le sage Charles V avait laissé à son fils un trésor inimaginable : des centaines d'ouvrages d'orfèvrerie, de la vaisselle d'or, des reliquaires… Las, ces beaux objets ont disparu au cours du règne de Charles VI. Il y a eu des prévarications, des dons, des ventes… Évidemment, ce n'est pas à moi de juger de la politique des rois, je n'en dirai donc pas plus. Il reste cependant quelques pièces d'argent et, surtout, il y avait l'escarboucle de Marco Polo.

Comme Watson haussait les sourcils, n'ayant jamais entendu parler de ce joyau, le commissaire au Châtelet expliqua :

— Il s'agit d'une pierre qui a tout du rubis, mais un rubis d'une éclatante couleur bleue ! On dit qu'elle porte malheur, aussi le roi ne l'avait-il jamais fait monter sur une couronne. Mais le régent n'a eu cure de cette superstition et a décidé qu'elle serait l'ornement du diadème de damoiselle Anne de Bourgogne, lors de son mariage. Il a donc ordonné à messire de Puligny, le garde des joyaux, de s'en occuper. Ce dernier a choisi maître Lallemand, un orfèvre réputé…

Cette fois, ce fut Holmes qui haussa les sourcils puisqu'il avait déjà rencontré le bijoutier.

— Messire de Puligny a donc conduit l'artisan dans la chambre du Trésor où il lui a montré la pierre afin qu'il prépare la parure. C'était voici une quinzaine. L'orfèvre est revenu hier pour la sertir sur la couronne qu'il avait forgée mais, quand le garde des joyaux a ouvert l'armoire contenant le bijou, l'escarboucle avait disparu.

— Volée ? s'enquit le clerc.

— Je ne sais, mais certains le disent… Car entre ces deux visites dans la salle du Trésor, une autre personne est venue et a accédé à l'armoire dont elle disposait des clefs.

— Qui donc ? demanda Watson, intrigué.

— La chambellane de la reine, dame Marie de Savoisy.

Edward Holmes savait parfaitement se maîtriser, mais la mention du nom de la femme qu'il aimait lui fit perdre contenance. Comment pouvait-elle être mêlée à pareille histoire ?

— Êtes-vous certain ? parvint-il à articuler.

— Certain, hélas. Elle a été accompagnée à l'étage par messire Enguerrand de Ganay, le capitaine de la tour qui l'avait déjà aperçue et l'a reconnue.

— Un seul témoin ? demanda Holmes qui savait combien un unique témoignage pouvait être sujet à caution.

— Non. Un sergent de la tour nommé Raoul Tassin l'a également reconnue car il l'avait vue à plusieurs reprises lorsqu'elle était venue réclamer les quartiers de la pension de Sa Majesté auprès du trésorier du régent.

— Marie de Savoisy était sans doute là à la demande de la reine. Et si elle avait les clefs, c'est que dame Isabeau les lui avait confiées, observa Watson.

Lestrade secoua la tête plusieurs fois :

— Seul le garde des joyaux possède ces clefs. Personne d'autre n'en dispose si ce n'est le régent qui les conserve dans son coffre.

— Alors comment madame de Savoisy les aurait-elle obtenues ? interrogea Watson en haussant les épaules, marquant ainsi l'impossibilité de l'accusation.

— Ignorez-vous qui était son grand-père ?

Holmes plissa le front. Marie lui avait un peu parlé de Philippe de Savoisy.

— C'était le garde des joyaux de Charles V. Madame de Savoisy connaît parfaitement les collections gardées dans la Grosse Tour et peut-être a-t-elle trouvé un autre jeu de clefs de son grand-père.

— L'avez-vous interrogée ? s'enquit Edward dont l'inquiétude ne faisait que croître.

— Non, et d'ailleurs je n'en serai pas chargé. Trop grave, l'affaire se trouve entre les mains du prévôt de la vicomté. Je ne suis venu que pour vous informer, connaissant… le lien…

Balbutiant d'émotion et de gêne, il ne put terminer sa phrase.

— Je vous en remercie, fit Holmes en se levant tant il avait besoin de marcher pour se calmer. Que savez-vous d'autre ?

— La disparition de l'escarboucle a été constatée hier soir. Le garde des joyaux a aussitôt fait fermer la tour, fouiller archers et sergents et organisé une perquisition générale. Rien. Il a donc fait enfermer tout le monde au premier étage, dans la chambre des prisonniers de marque, sous la surveillance du capitaine de la tour, puis il a fait prévenir le prévôt de Paris et messire Fastolf[1].

» J'ai été appelé dans la nuit, avec d'autres commissaires, pour participer aux interrogatoires des gens de la tour et du palais. C'est ainsi que la

1. Gouverneur de Paris et capitaine de la Bastille.

dame de Savoisy a été identifiée. Dès que son nom a été confirmé, messire Morhier[1] s'est rendu à l'hôtel Saint-Pol. Et moi, ici pour vous prévenir.

— Il doit y avoir une explication fort simple et évidente, soupira Holmes.

Il se tourna vers son ami :

— Watson, nous partons pour l'hôtel de la Reine. Messire Lestrade, merci pour votre obligeance. Je saurai m'en souvenir. N'hésitez pas à venir à toute heure si vous apprenez du nouveau.

— Vous pouvez compter sur moi, maître, je mesure ce que j'ai à me faire pardonner.

Lestrade parti, les deux Anglais se chaussèrent de heuses pour monter mule et destrier et affronter la saleté des rues tandis que Watson expliquait à Constance qu'ils se rendaient à l'hôtel des grands ébattements et ignoraient quand ils rentreraient.

Ce fut dans le Grand-Chemin-Saint-Louis qu'ils échangèrent pour la première fois leurs impressions, personne ne pouvant les écouter.

— Quelle absurdité ! grommela Gower. Qui peut croire que Marie de Savoisy serait allée rapiner cette escarboucle !

— On m'a bien accusé d'avoir assassiné dame Gentillette Audeloncourt, et tout le monde l'a cru ! répliqua Holmes dans un mélange de dépit et de dérision.

— Crois-tu qu'il puisse s'agir d'une intrigue similaire ?

— Nous en savons si peu ! Peut-être Marie est-elle venue prendre ce bijou à la demande de la reine

1. Simon Morhier, ancien maître de l'hôtel d'Isabeau de Bavière, prévôt de la vicomté de Paris.

comme tu l'as suggéré, et tout ne serait qu'une terrible méprise…

— Mais tu n'y crois pas ?

— Hélas, non…

— Je peux cependant fournir une autre explication, que je trouve assez pertinente, suggéra Watson après un long moment de silence.

— Laquelle ?

— Tout simplement une vengeance de Lestrade… Qui n'a rien pardonné.

— Nous aurions grand tort de nier cette possibilité, reconnut Holmes, mais comment aurait-il manigancé cela ?

Watson ne répondit pas. Il n'en avait aucune idée, mais il avait la certitude que son ami découvrirait vite le pot aux roses.

4

À l'hôtel de la Reine, beaucoup de monde clabaudait dans la salle Thésée[1]. Gentes dames, gentilshommes, serviteurs et domestiques avaient appris l'incroyable accusation portée contre la chambellane et ne parlaient bien sûr que de cela. Watson constata que les casaques de gens d'armes du Châtelet étaient nombreuses dans ce public ; certainement s'agissait-il de l'escorte du prévôt. Les deux Anglais firent le tour de la pièce d'un pas lent, cherchant quelqu'un qui pourrait les conduire auprès de Marie ou de la reine Isabeau.

Ils aperçurent alors Simon Morhier en compagnie de Marguerite de Grémonville, une demoiselle d'honneur, qui raccompagnait le garde de la prévôté de Paris. Les découvrant, ce dernier, qui était revêtu d'un élégant pourpoint sang-de-bœuf matelassé terminé par une jupe couvrant ses hanches, se dirigea vers eux :

— Maître Holmes, loué soit le Seigneur pour vous avoir rencontré ici, je m'apprêtais à vous prévenir !

— Messire Lestrade vient de le faire. Je suis venu aussitôt et je vais m'employer à découvrir la vérité.

1. Une des grandes salles.

— Découvrir la vérité ? parut s'étonner le prévôt en haussant les sourcils, ce qui eut pour effet de repousser un peu en arrière son chapeau à haute calotte couleur pervenche. Pardonnez-moi, maître clerc, mais ce n'est pas la vérité qu'il faut découvrir, c'est l'escarboucle. La vérité, nous ne la connaissons que trop, hélas !

— Croyez-vous Marie de Savoisy coupable, messire prévôt ? s'offusqua Edward en s'écartant vers la profonde embrasure d'une fenêtre afin que personne ne les écoute.

— Je ne crois que dans les faits, maître Holmes, et deux honorables personnes l'ont reconnue et vue pénétrer dans la salle aux joyaux de la Grosse Tour. Elle en avait les clefs et a dit qu'elle agissait pour la reine, ce que d'ailleurs Sa Majesté a nié. Personne d'autre n'est entré dans cette salle, ce ne peut donc être qu'elle qui a emporté l'escarboucle.

— Venez-vous de l'interroger ?

— Oui.

— Qu'a-t-elle répondu à ces accusations ?

— Elle nie, stupidement, alors qu'en rendant la pierre les choses pourraient s'arranger ! Messire Fastolf m'a donné jusqu'à demain pour retrouver le joyau, après il préviendra le régent, qui se trouve à Amiens. Ensuite, il sera trop tard. Mademoiselle de Savoisy sera emprisonnée, et sans doute soumise à la question. Plus dramatique, vous savez quel est le châtiment des voleuses ?

Holmes déglutit. Pour les vols les plus graves, les larronnes étaient enfouies vives.

— Allez lui parler, maître Holmes, tâchez de la convaincre. Je vous en prie !

— Et si ce n'était pas elle la coupable ?

— Impossible, hélas.

— Me laisserez-vous interroger les témoins ?

Le prévôt se montra un instant hésitant. Ancien maître d'hôtel d'Isabeau, il connaissait bien Marie de Savigny et aurait tout fait pour la sauver. Il craignait cependant que Holmes ne découvrît des preuves encore plus graves.

— Entendu, je ferai prévenir le gouverneur du Louvre afin qu'on vous laisse entrer, et je demanderai au capitaine de la Grosse Tour de vous écouter.

Ils se saluèrent plutôt froidement, et Marguerite de Grémonville proposa à Holmes de le conduire près de la chambellane.

Dans une robe bleue tissée en damiers alternant le clair et le foncé, avec un corsage bordé d'un tassel[1], Marie se trouvait dans sa chambre à parer, au deuxième étage de l'hôtel. Une amie se tenait près d'elle, et toutes deux étaient assises sur une banquette à coussins brodés de fleurettes rouille et safran. La pièce était richement meublée avec des tentures et une tapisserie représentant une chasse à la licorne. Un lit d'apparat à la couverture de satin trônait entre un bahut ciselé, un dressoir à vaisselle d'argent et une statue de la Vierge posée sur une console. Par une ouverture ogivale, on apercevait la couche de la chambre de retrait aux murs en lambris sculptés. Cette opulence contrastait avec l'absence de serviteur. Aucune servante ou dame d'atours, et c'est un archer du Châtelet, gardien de la porte, qui les avait fait entrer.

Les traits du visage de la chambellane étaient marqués, mais elle n'avait pas pleuré, ou alors elle en avait fait disparaître toutes traces. Restait sa pâleur

1. Pièce de tissu.

qui témoignait de l'inquiétude qui la dévorait. Holmes surprit chez elle un éclair de crainte quand il entra, puis elle le reconnut et se détendit en se levant :

— Mon ami ! J'espérais tant que vous alliez venir, je vis un cauchemar.

— Je viens de l'apprendre mais je vais trouver ceux qui ont manigancé cette infamie.

— Dieu soit loué, vous ne me suspectez pas !

— Des soupçons n'ont même pas traversé mon esprit, ni ceux de Watson.

— J'ai donc encore deux amis. Car ici, pour tout le monde, je suis déjà une voleuse.

— Pas pour moi, dit l'autre jeune femme en lui serrant un bras.

— Je suis certain que la reine n'a jamais cru à cette fadaise, ajouta Holmes.

— Je ne sais, je l'espère... Mais elle est bouleversée.

— Le garde m'a dit que vous ne pouviez sortir.

— En effet, heureusement je peux recevoir des visites. Par chance, mon amie Gabrielle se trouvait au palais depuis une semaine, c'est la seule qui me reste. Je serais devenue folle sans elle.

Holmes s'inclina devant la damoiselle, remarquant une vague ressemblance avec Marie. Toutes deux présentaient le même ovale de visage, un nez légèrement aquilin, une fossette au menton, un teint de neige et des yeux bleu-vert aussi étincelants que des éclats de silex. Leurs maintiens aussi se rapprochaient. Comme Marie, la nommée Gabrielle avait un fier port de tête et affichait une expression autoritaire. Toutes deux avaient leur chevelure rassemblée en truffaux sur les tempes, tressés dans des rubans multicolores ; la différence tenait cependant à leur teinte : si Marie était blonde, la nommée Gabrielle tirait sur le roux et portait une huve.

Un sourire de politesse aux lèvres, l'amie de la chambellane scruta les deux visiteurs avec une expression étonnamment calme, peut-être calculatrice et en tout cas inquisitrice.

— Messire Morhier m'a autorisé à enquêter au Louvre. Je vais le faire en quittant le Palais. De votre côté, que pouvez-vous me dire ? Vous y êtes-vous rendue ces jours-ci ?

— Pas depuis un mois, et je défie quiconque d'affirmer le contraire.

— Connaissez-vous ceux qui assurent vous avoir vue : le capitaine de la Grosse Tour et un sergent d'armes ?

— Non. On m'a présenté messire Enguerrand de Ganay l'année dernière au Louvre, durant la réception donnée par Henri V à l'occasion de l'entrée dans Paris de son épouse Catherine de France[1], mais je serais incapable de le reconnaître. Quant au sergent, j'avoue ignorer de qui il s'agit.

— Cette femme, qui se serait fait passer pour vous, disposait des clefs de la chambre aux joyaux.

— Pas moi ! s'exclama Marie. J'ignore tout de ces clefs et ne les ai jamais vues.

— Êtes-vous restée ici toute la semaine ?

— Oui, j'étais alitée suite à un catarrhe.

— Donc on peut témoigner que vous n'êtes pas sortie.

— Certainement, mais je dispose d'un passage privatif ici (elle désigna sa chambre de retrait). Un escalier à vis dans ma garde-robe permet de gagner les jardins et une poterne de la rue Saint-Pol. Messire

1. Voir *Le Chien des Basqueville*, *op. cit.*

Morhier le sait, bien sûr, donc ma maladie n'a pas été un argument en ma faveur, bien que plusieurs heures m'auraient été nécessaires pour me rendre à pied à l'autre bout de Paris.

— Connaissiez-vous l'escarboucle de Marco Polo ?

— De réputation. Je ne l'ai jamais vue.

Holmes secoua lentement la tête :

— Je vais questionner ces prétendus témoins. Je découvrirai pourquoi ils vous accusent, et ce que valent leurs déclarations.

— J'ai confiance en vous, mon ami, et dans messire Watson !

Les Anglais s'inclinèrent devant les deux femmes. Indifférente, Gabrielle n'avait pas ouvert la bouche mais serrait ses mains avec nervosité. Holmes remarqua à son majeur gauche la bague en émail argenté avec une bande d'azur chargée d'une merlette d'or. Ses armes ?

5

En sortant de la chambre, Edward et Gower découvrirent Marguerite de Grémonville, toujours en compagnie du garde de la porte.

— Messires, Sa Majesté vous attend, leur dit-elle.

Holmes échangea un regard avec son ami. Isabeau avait donc été prévenue de leur présence.

Les précédant, la damoiselle descendit l'escalier et, par une galerie, les conduisit non dans la chambre de parade mais devant le cabinet de retrait d'Isabeau de Bavière. Là, elle gratta à la porte qu'elle ouvrit sans attendre. La veuve du roi de France, coiffée d'un escoffion[1], en robe de damas garnie d'hermine au col et aux manches, avec sur les épaules un manteau doublé retenu par un cordon d'or, trônait devant la cheminée sur une massive chaise à roulettes. Une autre dame de compagnie se trouvait près d'elle.

— Maître Holmes ! J'espérais vous voir plus tôt ! gronda la veuve du roi de France. Mes filles, sortez !

Les femmes s'exécutèrent et les deux hommes s'agenouillèrent.

1. Sorte de coussin enveloppant la chevelure maintenue par une résille de joailleries.

— Vous avez vu Marie, que savez-vous d'autre sur cette grotesque affaire ? interrogea-t-elle avec hargne.

— Pour l'heure uniquement ce que nous en ont dit messire Morhier et le commissaire Lestrade. Nous partons pour le Louvre où j'enquêterai, mais l'imposture est flagrante. Reste à découvrir qui se trouve derrière ces manigances.

— Et surtout qui est la voleuse, insista Isabeau. Faites vite, car le temps va vous manquer. Bedford est à Amiens avec le duc de Bourgogne et le duc de Bretagne. Il prépare un traité d'alliance qui va reposer sur ses noces avec la sœur de Jean sans Peur. Dès qu'il apprendra le vol, il fera saisir Marie, et je ne pourrai plus rien pour elle.

Holmes, sachant tout cela, hocha tête.

— Mais ce n'est peut-être pas Marie qui est visée, poursuivit Isabeau. Vous connaissez la maxime : « Battre le chien devant le loup » ?

— Oui, noble reine. Chaucer l'interprétait ainsi : *To beat the dog before the lion*[1].

— Alors vous savez qui est le chien et qui est le lion (elle eut un sourire sans joie). La prétendue Marie a déclaré au Louvre qu'elle venait de ma part. C'est moi qui suis visée, personne d'autre.

L'idée avait effleuré Edward.

— Mais pour quelle raison, ma reine ? Qui serait votre ennemi ?

— Comment le saurais-je ? fit Isabeau en levant une main. Mais je ne vous ai jamais caché que j'en ai ! Revenez dès que vous aurez appris quelque chose. Ici, je feins d'isoler Marie et de la croire coupable afin d'éviter toute accusation contre moi,

1. *Squire's Tale* (Le conte de l'écuyer).

mais je ne tiendrai pas longtemps ainsi. Elle est à mon service et je n'abandonne jamais mes gens.

Le ton avait changé et Holmes fut surpris par l'émotion qu'il décela dans cet aveu. La reine serait donc plus humaine qu'il ne le croyait ?

— Heureusement qu'elle a près d'elle son amie mademoiselle de Landes, ajouta-t-elle.

— Elle me l'a présentée.

— Mais Gabrielle sera contrainte de partir quand le duc de Bourgogne apprendra la nouvelle.

— Pourquoi donc ?

— Ignorez-vous qui elle est ?

— En effet.

— C'est la fille de Berthaut de Landes, lui-même fils d'un changeur génois arrivé à Paris voici quatre-vingts ans et qui vendait à Jean le Bon de magnifiques pierreries. Pierre de Landes était très estimé de mon beau-père Charles V et, à sa mort, son fils Berthaut a été nommé garde des joyaux et de la vaisselle du roi où il a succédé dans la charge à Philippe de Savoisy, le grand-père de Marie.

— Je viens d'apprendre que Philippe de Savoisy était garde des joyaux, fit le clerc avec un brin de dépit.

— Marie ne vous l'a jamais dit ? C'est lui qui a réalisé le premier inventaire général des collections royales, à la demande de mon époux. Je crois me souvenir que ça s'est fait en 1380.

— Marie m'a surtout parlé de son père.

— Philippe de Savoisy était chambellan du dauphin avant d'être désigné comme capitaine du château de Melun, puis grand maître de mon hôtel. Quant à Berthaut, devenu général maître des monnaies, il a été anobli au vu de certificats génois attestant son origine seigneuriale et il est devenu valet de chambre du roi. C'est lui qui a obtenu l'escarboucle de l'ambassadeur de Venise.

Watson avait du mal à suivre cette avalanche de renseignements, mais Holmes n'en perdait rien, comprenant qu'Isabeau lui faisait passer un message important.

— La richesse de Berthaut de Landes était telle qu'il a noué de magnifiques relations : il a épousé la fille du prévôt des marchands de Paris[1]. Son fils aîné Pierre est devenu général maître des monnaies de France, trois de ses cadettes ont fait de splendides mariages et l'une d'elles, Marie, qui vient de décéder, était l'épouse de Nicolas Rolin, le chancelier du duc de Bourgogne. Gabrielle est la dernière. La pauvre enfant n'avait qu'un an à la mort de son père et, trop jeune, n'a été ni dotée ni mariée. Elle vivait jusque-là avec sa sœur Marie et se retrouve maintenant sans ressource.

Isabeau gratifia Holmes d'un sourire glacial auquel il répondit par un long hochement de tête.

Marguerite de Grémonville les raccompagna dans la salle Thésée et c'est dans l'écurie, où ils avaient laissé leurs montures, qu'Edward fit à Gower :

— Voilà une entrevue intéressante.

— J'avoue ne pas en avoir suivi les arcanes, fit l'ancien archer en montant en selle.

— Dame Isabeau ne m'a pas parlé de Gabrielle de Landes par hasard. C'est même pour elle qu'elle nous a fait venir. As-tu remarqué les ressemblances

1. Michel Guldoe.

entre la dernière fille de Berthaut de Landes et Marie ?

— Peut-être, fit Watson.

— Berthaut, son père, et Philippe de Savoisy ont eu tous deux en leur possession les clefs de la salle des joyaux. Singulière coïncidence, non ?

6

En ce froid dimanche, les rues se montraient désertes de badauds et seuls erraient mendiants et miséreux, aussi furent-ils au Louvre une heure plus tard. À la porte orientale, on connaissait bien désormais maître Holmes, et le sergent en jaque de mailles et chapel de fer les laissa entrer quand le clerc annonça venir pour rencontrer messire Enguerrand de Ganay, le capitaine de la Grosse Tour.

Ils franchirent la porte ornée des statues du roi et de la reine et dont la voûte était semée de fleurs de lys. Ensuite, ayant passé les corps de gardes, ils se rendirent à l'écurie des visiteurs.

Chaque fois qu'il pénétrait dans le château, Holmes ne pouvait s'empêcher d'admirer les lieux même si, ce jour-là, il n'avait pas le cœur à s'intéresser aux innombrables sculptures placées dans des niches ou sur des culs-de-lampe, aux tourelles en encorbellement ou aux festons qui agrémentaient portes et fenêtres. Les deux Anglais ignorèrent donc le portail de la grande chapelle sur le tympan de laquelle la Vierge apparaissait entre de petits anges jouant d'instruments de musique. Ils se dirigèrent directement vers la rampe d'accès de la Grosse Tour.

La masse imposante du donjon construit par Philippe Auguste dominait tout et, avec son fossé, occupait une grande partie de la cour. Holmes n'y avait jamais pénétré mais il savait, par son ami Pierre Baille, un des trésoriers du Louvre, que la tour servait de prison, d'entrepôt pour arbalètes, équipements, lances et hast, de chambre forte réservée aux joyaux et de garde-meuble contenant draps d'or, riches velours, étoffes de Lucques, fourrures rares et tapisseries brodées dont seul l'argentier possédait les clefs des armoires. Seul le dernier niveau était occupé par des clercs de finances qui travaillaient sur de larges tables couvertes de bure. C'étaient eux qui payaient chaque semestre les rentes sur l'État.

Les Anglais s'engagèrent sur la rampe conduisant au pont dormant. À son extrémité, devant la herse baissée, se tenaient deux sentinelles en cuirasse maclée, gorgerin, cubitière, cuissard et bassinet. Les gardes les interpellèrent en leur intimant l'ordre de s'arrêter.

— Mon nom est Holmes, je suis envoyé par messire Morhier, prévôt de la vicomté de Paris, pour rencontrer le capitaine du donjon.

Les sentinelles se consultèrent du regard, puis l'un d'eux se rendit à la herse où il échangea quelques paroles avec un sergent se trouvant de l'autre côté.

— Avancez, messires ! ordonna-t-il à la fin de leur discussion.

En même temps, dans un désagréable grincement, la grille se leva. Edward et Gower franchirent la porte dans le mur circulaire, observant son épaisseur de plus d'une toise. La sombre salle dans laquelle ils pénétrèrent devait être l'arsenal car les murs accueillaient râteliers d'écus et de hasts et quelques coffres ouverts dévoilaient lames, haches, masses et marteaux. Edward remarqua aussi deux bombardes et des boulets de pierre empilés dans des caisses.

Un sergent de haute taille, borgne et dont l'épaisse barbe sortait de la cervelière, s'approcha d'eux dans une démarche chaloupée :

— Dieu vous donne bonne aventure, beaux sires. J'ai fait envoyer quelqu'un chercher messire Enguerrand de Ganay. Voici peu, un page du seigneur prévôt m'a informé de votre arrivée.

— Êtes-vous Raoul Tassin ? s'enquit Holmes.

Le barbu éclata d'un rire tonitruant :

— Non, messire ! Tassin est bien plus beau que moi ! Et il est pas là aujourd'hui. Moi, c'est Cadwallon, mais on m'appelle Cad le Borgnat, depuis Azincourt.

— Gallois ! affirma Holmes qui avait reconnu l'accent.

— Oui, messire.

— Et ancien archer, ajouta le clerc.

— Comment savez-vous cela ? demanda le borgne en plissant le front.

— Vos doigts. Mon ami Gower a les mêmes cals. De surcroît, vous portez votre brassard de cuir !

— Ami Cad, rien n'échappe à maître Holmes ! Avec lui, inutile de mentir, il connaît les réponses aux questions avant qu'il ne te les pose !

— Je ne mens jamais, enfin pas trop ! s'exclama le grand Gallois en riant à nouveau. Oui, j'étais archer. Après que j'ai perdu mon œil à Azincourt, notre bon roi Henri m'a offert cette charge pour m'éviter la misère car mes tirs ne sont plus aussi sûrs. Ce fut un grand honneur quand il m'a dit qu'il voulait des gens à lui pour garder son donjon.

— Archer aussi ! J'étais également à Azincourt, l'ami. Moi, c'est la jambe qui a été touchée ! s'écria Watson d'un ton joyeux.

Il frappa dessus.

Le barbu se fendit d'un grand sourire. Ainsi ce gentilhomme en mantel de riche étoffe et belle épée à la taille avait été son compère de bataille ! Il s'apprêtait à clabauder quand Edward l'interrompit, ayant deviné que, s'il n'intervenait pas, les anciens combattants échangeraient des souvenirs durant des heures.

— Tassin n'est pas de service ?

L'autre haussa les épaules :

— Tassin et moi, on n'est pas compères, mon maître. Il m'a donc rien dit. D'ailleurs, il n'était déjà pas là hier.

Il se tourna vers les arbalétriers qui jouaient aux dés à l'entrée des Anglais et qui s'étaient levés pour écouter.

— Vous savez où il est, vous autres ?

— Pas vu, aujourd'hui ni hier, répondit un maigrichon.

— Qui sait où il habite ? demanda Gower.

— Au fond d'une impasse, rue de la Tonnellerie, en face du receveur de tonlieu[1], entre la halle de Saint-Denis et la halle du Commun[2], répondit un autre.

— Voici une semaine, une dame est venue et a été conduite dans la salle aux joyaux. Qui de vous était là ?

— Pas moi ! répondit Cad le Borgnat, et si j'y avais été, la drôlesse n'aurait pas rapiné la pierre de monseigneur !

1. Taxe sur les marchandises qui entraient aux Halles.
2. Boulanger.

— On ne sait si c'est elle, observa froidement Holmes.

— Qui d'autre alors ? répliqua sans ambages le Gallois. Aucun visiteur n'est venu en deux semaines !

— Qui connaissait cette femme parmi vous ? demanda Edward.

Les archers s'entre-regardèrent et l'un d'eux annonça :

— Le sergent Tassin était le seul, messire.

— Tu étais là, l'ami ?

— Oui, j'aurais jamais pensé que la dame soit une voleuse, elle était si belle et d'une si noble prestance !

— D'où Tassin la connaissait-il ?

— Il a dit qu'il l'avait souvent vue au Louvre.

7

À cet instant, un chevalier apparut dans l'escalier à vis. Le nouveau venu plissa le front de contrariété en voyant les deux Anglais bavarder avec ses gardes.

— Maître Holmes ? s'enquit-il, peu amène, en s'adressant au clerc.

— C'est moi, êtes-vous messire Enguerrand de Ganay ?

— Je le suis. Messire Morhier m'a avisé de votre venue. Voulez-vous venir avec moi ?

— Messire Watson m'assiste, dit Edward en désignant Gower.

L'autre branla du chef et montra l'escalier. Ils s'y engagèrent et s'arrêtèrent au premier palier où le capitaine ouvrit la porte avec une de ses clefs.

— Cette pièce sert de prison et est inoccupée pour le moment, expliqua-t-il. Nous y serons tranquilles pour clabauder. Installez-vous.

La salle était meublée d'un lit à colonnes aux courtines de velours, de deux coffres à dossier, d'une table à tréteaux couverte d'une épaisse nappe avec quelques pots et hanaps posés dessus, d'un lutrin et d'une chayère de retrait. Aucune tapisserie mais un tapis de joncs tressés sur le sol carrelé.

— Nous ne serons pas longs, messire, assura Holmes en restant debout. Je voudrais seulement en savoir plus sur cette dame venue lundi.

— Marie de Savoisy. Elle m'a fait appeler en arrivant et m'a déclaré que la reine, dont elle est la chambellane, l'avait envoyée chercher une bague qui lui appartenait dans la salle du Trésor. Je lui ai répondu que seul le garde des joyaux disposait des clefs. Elle m'a rétorqué qu'il les avait remises à la reine, n'ayant pas le temps de venir, et elle m'a montré le trousseau à sa taille. Je me suis donc exécuté. La salle se situe au-dessus de celle-ci. Ses clefs ouvraient bel et bien cadenas et serrures. Elle m'a dit qu'elle entrerait seule. Elle est restée un moment avant de ressortir. J'attendais devant la porte et je l'ai raccompagnée. Je n'en sais pas plus.

— N'avez-vous rien remarqué de particulier ?

— Quelque chose m'a intrigué : plusieurs de ses clefs m'ont paru rouillées. Celles de messire de Puligny ne le sont pas. J'étais donc à peu près certain qu'elle m'avait menti à ce sujet, mais je n'ai pas osé demander des explications à une dame aussi importante. En vérité, il me paraissait évident qu'il s'agissait d'un trousseau ayant appartenu au roi et que Sa Majesté avait conservé.

Un témoignage dévastateur devant un tribunal, songea Holmes avec inquiétude. Si la reine était mise en cause, comment pourrait-elle se défendre ?

— Aviez-vous déjà vu Marie de Savoisy ?

— Une fois, voici quelques mois à un bal.

— Êtes-vous certain qu'il s'agissait de la même femme ?

— Oui, messire…

Le capitaine marqua une hésitation.

— Enfin, je le crois. J'avoue cependant avoir eu un doute car, en la raccompagnant, je lui ai parlé de l'abbesse de l'Humilité-Notre-Dame[1], dame des Essarts, ma grand-tante qui m'a souvent répété combien la reine lui marquait son affection et la couvrait de bienfaits chaque fois qu'elle en avait l'occasion. Or, quand j'ai interrogé mademoiselle de Savoisy sur la dernière visite qu'elle avait faite à l'abbaye, elle s'est montrée confuse et incertaine. Après son départ, j'étais donc fort troublé et j'ai fait part de mon inquiétude à Raoul Tassin, le sergent de garde. Je lui ai même demandé de la rattraper mais il s'est gaussé de mon inquiétude et m'a confirmé qu'il s'agissait bien de Marie de Savoisy. Il l'avait souvent vue franchir l'entrée du Louvre quand il gardait les portes.

— Avez-vous rencontré l'escorte de la prétendue chambellane ?

— Non, elle est venue seule dans le donjon, sans page, écuyer ou femme de compagnie. Je n'y étais pas et Tassin m'a fait chercher.

— Vous ne l'avez pas raccompagnée dans la cour ?

— Non plus, c'est Tassin qui l'a reconduite… Je vous l'ai dit, j'étais mal à l'aise… Mais je me rends compte que j'aurais dû vérifier la présence de l'escorte.

Entré dans la pièce, Enguerrand de Ganay avait d'abord croisé les bras dans une position d'autorité, puis, au fil de ses explications et des questions de Holmes, il avait commencé à se frotter les mains, manifestant ainsi un malaise qui n'échappa pas aux Anglais. Furieux que cet homme se soit laissé berner,

1. L'abbaye royale de Longchamp dont Isabeau était la patronne.

Edward décida de ne pas le ménager et de le plonger encore plus dans l'inquiétude.

— Pour votre gouverne, sachez que Marie de Savoisy était alitée ce jour-là. Elle n'a pu venir au Louvre et vous avez eu affaire à une intrigante.

Le visage du capitaine s'affaissa.

— Mais il est encore possible de retrouver l'escarboucle : faites saisir ce Tassin. Il vous a menti et je ne serais pas surpris qu'il soit complice. Dès que vous l'aurez jeté dans un cachot, prévenez-moi et je viendrai l'interroger. Je loge rue du Coq, la maison à l'enseigne de la Corne-de-Cerf.

— Dois-je prévenir messire Morhier, maître Holmes ? demanda le chevalier d'un ton soumis.

— Tant que Tassin n'a pas parlé, c'est chose inutile.

— Qui pourrait être cette femme, s'il ne s'agit pas de la dame de Savoisy ? demanda encore le capitaine d'une voix blanche.

— Je n'en ai aucune idée, sinon que vous avez été dupé par une adroite voleuse. Pouvez-vous me dire où loge le garde des joyaux, Jean de Puligny ?

— Rue de la Vieille-Monnaie, il loue un hôtel à un Lucquois argentier du duc de Bourgogne. Il s'agit d'une maison à quatre pignons aux images de sainte Catherine et de saint Jean. Mais songez-vous à le rencontrer ? Que vous apprendra-t-il de plus ?

— J'ai la conviction qu'il me fournira des réponses intéressantes.

Sans autres explications, Edward se dirigea vers la porte, Gower dans ses pas.

— Eh bien ! Watson, qu'en penses-tu ? s'enquit le clerc en débouchant dans la salle basse.

— Voilà une affaire des plus mystérieuses…

Il s'interrompit en voyant Cad le Borgnat venir vers eux.

— Vous partez, messire ?

— Oui, mais nous reviendrons dès que messire de Ganay aura retrouvé le sergent Tassin qu'il va faire chercher, répondit Holmes. À son sujet… Vous ne semblez guère apprécier votre compère.

— Il n'est pas mon compère, je vous l'ai dit, répliqua avec hargne le barbu en faisant signe qu'on lève la herse.

Dans le vacarme du grincement, le Gallois s'approcha de Holmes :

— Je sais que je ne devrais pas dire du mal d'un sergent du roi, mais vous êtes de mon pays, alors je préfère vous prévenir : méfiez-vous de Tassin !

— Pourquoi ?

— C'est un… *rampallian*[1]. Et ses amis des *stinkards*[2].

— Merci de l'avertissement, l'ami, fit Watson en lui frappant amicalement l'épaule.

Ils sortirent et, sur la rampe, Edward déclara à Gower :

— Mais je ne t'ai pas laissé finir ta phrase, mon ami.

— Je suis comme toi convaincu que la femme qui a volé la pierre n'était pas Marie. (En vérité, il ne l'était guère !) Mais elle devait lui ressembler. Serions-nous en présence de sœurs, comme avec Jeannette de la Tour, ou d'une personne grimée à la façon de Moriarty quand il s'est fait passer pour toi ?

— Une fois de plus, Gower, tu te surpasses. Marie a en effet une sœur, mais qui vit chez son frère en

1. Gredin, coquin.
2. Salopards.

Bourgogne et elle n'aurait eu aucune raison de se prêter à ce jeu. Pour l'heure, le mystère reste entier, jusqu'à ce que Tassin nous donne des réponses.

— Pourquoi ne pas aller interroger le maraud tout de suite ?

— Nous ne sommes que deux et on ne le connaît pas. Il pourrait nous échapper et on nous le reprocherait. Or Ganay est fou d'inquiétude. Il risque sa charge, ou pis. Il va donc tout faire pour saisir notre homme et il dispose d'autres moyens que les nôtres pour l'attraper. Je préfère maintenant aller interroger le sire de Puligny.

— Qu'apprendrons-nous de lui ? Il n'était pas là quand cette usurpatrice est venue.

— Les clefs ! D'où tenait-elle les clefs ? Pardonne-moi ce mauvais jeu de mots, mais les clefs sont la clef de tout !

8

Vêpres approchait quand ils arrivèrent rue de la Vieille-Monnaie et Watson, dont le ventre criait famine, songeait depuis un moment que sa mesnie avait terminé de souper. Edward lui avait promis qu'ils rentreraient dès qu'il aurait interrogé Jean de Puligny, mais le garde des joyaux daignerait-il répondre à ses questions ?

L'entrée de son hôtel se faisait par une porte surélevée surmontée d'une statue en bois de sainte Catherine couronnée, tenant une roue dentée d'une main et un livre de l'autre. Le concierge en livrée qui leur ouvrit leur déclara, sans même s'informer de leur nom, que son maître ne recevait pas le dimanche et qu'ils n'avaient qu'à solliciter une audience plus tard. Holmes lui répondit aussi fermement :

— Allez lui répéter ces paroles : « L'escarboucle de Marco Polo ».

Yeux écarquillés et bouche bée, le domestique se demanda un instant s'il s'agissait d'une farce mais, devant la posture de Watson, main agressive posée sur la garde de son épée, il questionna les visiteurs afin de savoir qui ils étaient.

— Je ne le dirai qu'à messire de Puligny, répliqua froidement Holmes, et maintenant faites ce que je vous ai ordonné, sinon je m'en vais et votre maître vous donnera le fouet.

Vaincu, le concierge proposa aux visiteurs de patienter dans le jardin attenant dont il alla ouvrir un des vantaux du porche. Les Anglais firent entrer les montures dans une cour pavée, les attachèrent à un anneau et attendirent en parcourant les lieux du regard : le jardin, planté de cerisiers dont plusieurs n'avaient pas résisté au froid de l'hiver, était entouré d'une galerie à colonnades avec un puits en son milieu. L'endroit exhalait la tristesse.

Le portier revint rapidement et leur annonça que son maître acceptait de les recevoir. Par un corridor en croisée d'ogives, il conduisit les visiteurs dans une sallette contenant un magnifique escalier de chêne ciselé desservant les étages et la belle entrée ogivale de la maison. Un autre passage se dissimulait derrière une tenture azur semée de molettes d'éperon d'or. Un dressoir supportant des pots de faïence était le seul mobilier.

Un flambeau de résine éclairait un individu au visage en lame de couteau, coiffé d'un chaperon à longue cornette dont la têtière s'ornait d'une croix de Saint-André. L'homme, qui attendait devant l'escalier, était revêtu d'une épaisse robe de velours violet avec une dague à la taille. Il approchait de la cinquantaine, jugea Holmes en observant ses cheveux grisonnants. De l'étage supérieur parvenait un son de viole.

Le maître de maison – à son attitude on ne pouvait douter qu'il le fût – affichait un visage hautain et contrarié. Le clerc devinait qu'il s'était fait violence pour les recevoir et c'est pour leur montrer combien il les jugeait méprisables qu'il refusait de les laisser pénétrer dans une salle de son hôtel.

— Qui êtes-vous ? s'enquit-il sans la moindre salutation.

— Edward Holmes, je suis clerc comme vous le constatez. Mon compagnon se nomme Gower Watson. Le prévôt de Paris m'a demandé d'enquêter sur le vol de l'escarboucle.

— Enquêter ? Pourquoi donc ? La coupable se nomme Marie de Savoisy ! persifla l'homme avec un rire de gorge déplaisant.

— Je suis certain du contraire. Êtes-vous le garde des joyaux du roi ?

— Je suis Jean de Puligny, seigneur de la Motte de Tilly, et si vous n'avez rien d'autre à me dire, vous pouvez vous retirer.

— Je n'ai pas terminé, et je pourrais considérer votre attitude comme une volonté de refuser que s'établisse la vérité sur la disparition de l'escarboucle.

Puligny croisa les bras en se campant en arrière dans une position agressive.

— Sachez, maître clerc, que j'ai l'estime de monseigneur le régent et que je lui ferai part de votre insolence, articula-t-il d'un ton menaçant.

— Sachez que je l'ai également, mon frère étant maréchal d'Angleterre. Croyez-moi, si je demande à monseigneur Bedford de vous chasser comme un larron, il le fera. Et ce avec d'autant plus de raisons que vous refusez de vous expliquer sur ce… prétendu vol.

Les lèvres fines de Puligny disparurent entièrement, ne laissant qu'une ligne sur son visage aux traits durs. Ses yeux s'éclairèrent d'une lueur malveillante. Nul doute qu'il envisageait de chasser les fâcheux, voire de les faire bâtonner par ses gens, ou pis.

Du coin de l'œil, Holmes vit la tenture frémir. On les écoutait. Qui se tenait derrière ? Un ou plusieurs serviteurs ? Des sicaires ? Attendaient-ils un signal ? Il portait sa dague sous sa houppelande mais une lutte était la dernière chose dont il eût envie.

— Voici trois mois, j'ai confondu le gouverneur du château des Tourelles de félonie et je l'ai exécuté moi-même[1], laissa-t-il tomber. Vous avez dû en entendre parler.

Puligny demeura impassible, mais les paroles avaient porté. Il venait maintenant de comprendre qui était son visiteur. Il émit un soupir et déclara, plus conciliant :

— Que désirez-vous savoir ?

— En premier lieu, en apprendre plus sur vos prédécesseurs à la charge de garde des joyaux.

— Depuis quand ? Je peux remonter à Philippe le Bel, ironisa Puligny.

— Commençons par le grand-père de Marie de Savoisy.

— Si vous le souhaitez. Jusqu'à Charles V, les joyaux royaux se trouvaient sous la garde du grand argentier. En accédant au trône, le fils de Jean le Bon a demandé à Philippe de Savoisy, capitaine du château de Melun où était conservée une partie de l'orfèvrerie et de la vaisselle royale, de faire un inventaire des collections. Savoisy fut assisté pour cela par un changeur du Trésor : Pierre de Landes, puis nommé garde des joyaux. À la veille de sa mort, désireux d'éviter tout détournement au détriment de son fils aîné, Charles V lui fit rédiger un nouvel inventaire. La richesse des acquisitions royales était alors immense. Dix ans plus tard, après la régence de ses oncles accusés d'avoir participé à l'amenuisement de cette fortune, Charles VI voulut connaître

1. Voir *La Ville de la peur*, *op. cit.*

ce qui lui restait de la fabuleuse collection de son père. Il ordonna la rédaction d'un autre inventaire. Comme il s'y attendait, le Trésor avait considérablement diminué. Ensuite, les pertes se poursuivirent car nombre de pièces furent fondues pour battre monnaie. De surcroît, le roi Charles offrait sans cesse des cadeaux à la reine Isabeau.

» Philippe de Savoisy trépassa en 1398 et Berthaut de Landes, fils de Pierre, lui succéda. Durant les absences[1] de Sa Majesté, les collections d'orfèvrerie se réduisirent encore. Orléans, la reine et son frère le duc de Bavière se sont servis, puis débuta la guerre civile. Le duc Jean[2] tenta en vain de sauver la situation. Charles VI avait nommé Gérard de Montagu garde des joyaux, un homme qui détestait les Bourguignons. Ensuite, ce fut Gérard de Bruyères qui distribua une partie du Trésor à Louis de Bavière. On assista alors à la disparition de la quasi-totalité des objets précieux qui composaient les collections du roi. En 1413, Guillaume Foucault succéda à Gérard de Bruyères, puis ce fut Jacques l'Empereur, de 1415 au mois de mai 1418. Après l'entrée des Bourguignons dans Paris, l'Empereur s'enfuit avec les Armagnacs et je fus nommé à sa place. Je préparai alors un nouvel inventaire qui fut rapide car il n'y avait presque plus rien dans le Trésor.

— Je souhaite consulter ces catalogues.

— Impossible ! Ils appartiennent aux gardes qui les ont réalisés, et j'ai dû moi-même acheter ceux de mes prédécesseurs.

Un silence hostile s'installa tandis que Puligny affichait un fin sourire de façade.

1. Les crises de folie.
2. Jean sans Peur.

— Soit ! concéda Holmes en assortissant sa capitulation d'un signe de la main. Parlons donc des clefs des armoires et des serrures de la salle des joyaux dans la Grosse Tour. Sont-elles changées à chaque nouveau garde ?

— Non, ce sont des fermetures très compliquées et cela coûterait trop cher. Au demeurant, pour accéder à la salle, il faut passer par la tour et son capitaine. Les vols sont impossibles.

— Impossibles, en effet, sauf quand ils ont lieu ! ironisa Holmes. Comment se passe la transmission des clefs lors de la nomination du nouveau garde ?

— Le roi dispose toujours du double des clavelles car certains gardes n'ont pas rendu les leurs. Ainsi, en 1409, les clefs ont été prêtées à Louis de Bavière qui ne les a jamais remises, assurant que sa sœur les avait conservées. Il a fallu en fabriquer de nouvelles.

— La reine posséderait donc un jeu de clefs ?

— Sans doute. Marie de Savoisy ne les a-t-elle pas utilisées ?

Edward ignora l'attaque.

— Les gardes qui ont rejoint le prétendu Charles VII lui ont-ils remis leurs clefs ?

— Je le pense, mais je l'ignore.

Holmes échangea un regard avec Watson, l'incitant à soumettre une question, mais Gower secoua la tête. Il se sentait perdu dans cette énumération de gardes des joyaux.

— A-t-on volé d'autres pièces ? demanda-t-il quand même.

Edward approuva la question d'un hochement de tête. Quant à Puligny, il plissa le front, apparemment contrarié, avant de répondre :

— Oui. Une croix d'or, une salière d'argent semée d'émaux, un gobelet ciselé, une tasse et un hanap d'argent blanc, un drageoir émaillé, une cuiller à épices, une perle, un petit saphir et une médaille à l'image de Notre-Dame, en or.

— Que de petits objets…

— En effet. Mais d'une valeur totale d'au moins cent livres, tout de même.

Puligny se racla la gorge.

— Maintenant, laissez-moi vous donner un conseil, maître Holmes. Ce vol est d'une grande clarté : la chambellane a larronné l'escarboucle, soit pour la reine Isabeau qui a un besoin incessant d'argent, soit en lui subtilisant les clefs qu'elle possédait. Le butin du larcin étant pour elle ou des complices, car on me dit qu'elle a des amants. Vous feriez mieux de vous tenir à l'écart de cette affaire dont il ne sortira que de la boue et des embarras pour ceux qui s'y intéressent.

— Voilà un excellent conseil, messire, que je m'empresserai de suivre sitôt que j'aurai trouvé le coupable ! déclara Edward avec une minime inclinaison de tête. Ami Gower, nous en savons assez, retirons-nous.

Sans rien ajouter, les deux Anglais tournèrent les talons et rejoignirent le jardin, laissant le garde des joyaux dans un état de rage indescriptible.

Poings serrés, mâchoire contractée, Puligny songea à envoyer ses hommes corriger les insolents, puis se souvint des menaces du clerc. Il devait agir plus finement, décida-t-il.

Il appela donc le chevalier qui se tenait derrière la tenture.

— Par saint Dunstan, je commence à y voir clair ! annonça Watson en guidant sa monture près de la mule de Holmes. En prenant sa charge, ce Puligny aurait trouvé les collections royales vidées de tout objet de valeur. La belle affaire ! Il restait encore de belles pièces d'orfèvrerie et il se les est tout simplement appropriées, ce qui explique sa fortune ! Hélas pour lui, après l'inventaire, il n'a pu poursuivre ses rapines. Or il lorgnait l'escarboucle. Il a donc trouvé une fille ressemblant à Marie, lui a confié ses clefs et lui a dit comment emporter la pierre !

— En vérité, Watson, ta perspicacité m'étonne toujours ! fit Edward d'un ton mi-figue, mi-raisin.

— À force de t'observer, je possède désormais à fond ton système, se rengorgea l'archer.

— Il est bien possible que Puligny se soit servi. Son comportement ne plaide pas en sa faveur. Mais quant à avoir préparé le vol, j'en doute.

— Pourquoi ?

— Les clefs de la prétendue Marie étaient rouillées, et pas les siennes.

Watson grimaça son dépit de ne pas avoir songé à la remarque du capitaine de la Grosse Tour et se tut.

Ils s'étaient engagés dans l'étroite rue du Petit-Bourbon, d'où ils gagneraient la rue de l'Autriche, puis la rue de Beauvais et la rue du Coq, quand Watson entendit un léger martèlement de sabots derrière eux, un bruit déjà repéré dans la rue des Fossés-Saint-Germain-l'Auxerrois. Aussi se retourna-t-il et, dans la pénombre, car la nuit tombait, il aperçut une silhouette à cheval qui restait à bonne distance.

— On nous suit, fit-il à mi-voix.

— Plusieurs hommes ? s'inquiéta Edward.

— Je n'ai vu qu'un cavalier.

— Nous avons dérangé les voleurs. La prudence s'impose, désormais.

9

Le lundi matin, les deux amis partirent à l'aurore pour l'hôtel des grands ébattements. Edward se montrait soucieux. La veille, en revenant de chez messire de Puligny, il était persuadé de trouver rue du Coq quelque messager lui annonçant que Tassin avait été saisi. Or personne ne s'était présenté.

Espérant une visite tardive, il était longtemps resté devant la cheminée alors que Watson était allé se coucher avec Constance. Une veille inutile. Le sergent du Louvre n'avait donc pas été arrêté. Certes, sa disparition allait dans le sens de sa culpabilité mais, sans ce témoin essentiel, comment faire surgir la vérité ?

Sur le chemin du quartier Saint-Paul, Watson se retourna souvent. Leur suiveur avait disparu, ou parvenait à se fondre dans la populace des rues car beaucoup de gens étaient dehors, cherchant désespérément à s'approvisionner, les marchés demeurant vides.

À l'hôtel de la Reine, les Anglais furent conduits dans la chambre de la chambellane dès que Holmes l'eut demandé. La pièce était toujours gardée par un archer du Châtelet.

Assise devant une fenêtre, mademoiselle de Savoisy se faisait coiffer par une chambrière. Gabrielle de Landes n'était pas présente.

— Laisse-nous, Philipette, ordonna Marie à sa coiffeuse.

Celle-ci sortie, la chambellane fit asseoir ses amis et leur annonça qu'elle n'avait eu aucune visite après leur départ. Elle ignorait donc ce que le prévôt avait décidé à son sujet et les interrogea sur ce qu'ils savaient.

Holmes lui raconta ce qu'ils avaient fait et appris. Le capitaine de la tour ne se montrait plus aussi affirmatif, la rassura-t-il. Le sergent Tassin semblait être au cœur de l'intrigue, mais où pouvait-il être ?

— Je n'ai jamais entendu parler de cet individu, déclara Marie.

Edward narra aussi son entrevue avec Jean de Puligny et Watson insista sur son implication. Au demeurant, le garde des joyaux avait mis en cause la reine, ajouta-t-il. Selon lui, elle aurait conservé un jeu de clefs remis à son frère.

— Je puis vous assurer que ma maîtresse ne m'en a jamais parlé, ni de l'escarboucle, affirma la chambellane. Certes, elle a reçu de nombreux joyaux de son mari le roi, mais il s'est toujours agi de cadeaux. Pourquoi ce Puligny, que je connais à peine, l'ayant seulement vu quelques fois lors de fêtes ou de bals, m'en voudrait-il ou chercherait-il à nuire à Sa Majesté ?

— Messire de Puligny a-t-il organisé le vol ou veut-il seulement en profiter pour protéger d'anciens larcins ? C'est ce qu'il faut déterminer, dit Edward. Demeure cependant une évidence, cette femme qui s'est fait passer pour vous possédait les clefs. D'où les tenait-elle ?

Marie leva une main fataliste, faisant comprendre qu'elle n'avait pas de réponse.

— Savez-vous si votre grand-père avait conservé les siennes ou fait des doubles ?

— Je ne l'ai quasiment pas connu et n'ai aucun souvenir que mon père m'ait parlé de clefs concernant la salle des joyaux.

— Votre père était-il l'aîné de la famille ?

— Non, mais son aîné, Charles, est trépassé avant sa naissance. Avant lui, il y avait Pierre qui a été trésorier de Saint-Martin de Tours, puis évêque du Mans et de Beauvais, et mon oncle Louis qui a succédé à Pierre comme trésorier de Saint-Martin.

— Ont-ils eu une progéniture ?

— Non, Pierre était prêtre, et Louis clerc, mais mon père a fait allusion une fois à une maîtresse de son frère qui l'avait accompagné quand il avait armé une galère, après sa condamnation par l'Université.

Holmes connaissait les grandes lignes de l'histoire puisque Marie les lui avait narrées : Charles de Savoisy, baron de Seignelay, favori du roi et fort imbu de sa race, était servi par des gens tout aussi arrogants que lui. Un jour où ces domestiques conduisaient les chevaux de leur maître à un abreuvoir le long de la Seine, ils avaient coupé une procession de l'Université et renversé plusieurs clercs et religieux. Outrés, ces derniers les avaient chassés à coups de pierres. Furieux, les serviteurs étaient allés chercher du renfort à l'hôtel de Savoisy et s'étaient attaqués à la procession, blessant gravement leurs adversaires. Le recteur de l'Université avait exigé réparation et Savoisy avait été condamné à payer de forts dommages et à la destruction de son hôtel au son des trompettes. Dépité que le roi l'ait abandonné, le gentilhomme s'était rendu à Rome où le pape l'avait absous à condition qu'il arme deux galères pour combattre les Sarrasins. À son retour, après avoir fait fortune en mer, il était entré au service de Jean sans Peur.

— Maître Pierre de Landes, puis son fils Berthaut ont succédé à votre grand-père dans sa charge de garde des joyaux. Damoiselle Gabrielle vous a-t-elle parlé de clefs qu'ils auraient laissées ?

— Jamais ! Mais, la suspecteriez-vous, mon ami ? (Le ton était brusquement devenu sec.) Auquel cas, vous feriez fausse route. Gabrielle est la plus droite et honnête femme qui soit.

Holmes leva une main conciliante.

— J'explore toutes les voies, ma mie, car en ce moment, je demeure dans l'obscurité.

Marie le gratifia d'un triste sourire.

— J'interrogerai tout de même Gabrielle sur ces clefs, promit-elle.

10

En quittant la chambre, Edward Holmes interpella un valet pour lui demander de les conduire auprès de la seconde chambellane, Isabeau de Malicorne. D'ordinaire, celle-ci ne logeait pas à l'hôtel, mais mademoiselle de Grémonville lui avait dit qu'Isabeau de Bavière l'avait fait appeler pour remplacer Marie de Savoisy.

Le domestique les conduisit à l'étage inférieur, dans un cabinet où madame de Malicorne s'empressa de les rejoindre. Beaucoup plus âgée que Marie, elle avait été la première chambellane vingt ans auparavant, avant de se marier et d'avoir des enfants. Holmes lui expliqua souhaiter rencontrer la reine.

Peu après, elle revint les chercher et les fit entrer dans la chambre d'apparat, puis dans la chambre à retrait où Isabeau était assise dans son énorme siège, devant le feu. Visage imperscrutable, la reine fit sortir les domestiques et demanda aux Anglais de s'approcher d'elle.

— Qu'avez-vous appris, maître Holmes ? s'enquit-elle avec un soupçon d'inquiétude dans la voix.

Il lui répéta le récit fait à Marie de Savoisy, n'esquivant pas sa mise en cause par le garde des joyaux.

Quand il eut terminé, Isabeau demeura muette. Plongée dans ses pensées, elle s'interrogeait sur ce vol et les accusations indirectes portées contre elle. Pourquoi l'incriminer ainsi ? Elle avait des ennemis, certes, mais elle ne représentait plus un danger pour personne. Elle vivait sans faste et la pension bien insuffisante que lui versait Bedford ne grevait guère les dépenses de l'État. Elle n'avait plus de pouvoir, ou si peu. Qui gênait-elle ?

— Je vous aiderai à trouver ceux qui ont manigancé cette cabale, dit-elle enfin. De quoi avez-vous besoin ?

— M'autorisez-vous à vous poser des questions, noble reine ?

Elle hocha la tête.

— Possédez-vous les clefs de la pièce aux joyaux et celles des armoires ?

— Mon frère me les avait confiées, mais je ne les ai plus. Quand les Armagnacs ont pris le pouvoir à Paris après les excès des Cabochiens, j'ai tout fait pour me tenir à l'écart de la tourmente. Je me suis réfugiée à Senlis, à Melun et à Vincennes, des châteaux où je me trouvais en sûreté. Et surtout, le duc de Berry me protégeait. Mais après sa mort, je me suis retrouvée seule et le comte d'Armagnac, maudit soit-il, s'est emparé de tous les pouvoirs. Il a fait arrêter le maître de mon hôtel, Louis de Boisredon, et l'a fait coudre dans un sac jeté ensuite dans la Seine en déclarant qu'il était mon amant. Sans défense, j'ai été exilée à Blois puis à Tours. Armagnac en a profité pour piller mes biens et me spolier. Quand je suis revenue à Paris avec les Bourguignons de Jean sans Peur, je n'ai rien retrouvé. Les clefs avaient disparu.

— Avez-vous cherché à savoir ce qu'elles étaient devenues ?

— Non, peu m'importait ce qui restait des joyaux royaux, les Armagnacs s'étaient approprié tout ce qui avait de la valeur. Puligny a dû vous le dire : quand il a été nommé garde, l'escarboucle était la seule pierre précieuse qui restait. Personne n'avait osé la rapiner, car elle porte malheur. Quant à l'orfèvrerie, elle se limitait à quelques coupes et objets d'argent. À la mort du roi mon époux, il fallut trouver de quoi organiser des funérailles dignes de lui, aussi le Parlement a-t-il autorisé la mise en vente de quelques-unes des dernières pièces de ses collections. L'ensemble fut estimé à un peu plus de vingt-cinq mille livres. Cette somme ne suffit d'ailleurs pas à payer tous les frais et je dus céder sa bibliothèque au régent afin de financer la sépulture.

Ainsi la trace des clefs se révélait impossible, songea Holmes, dépité. Sans nouvelles de Tassin, Puligny restait le seul fil apparent de cet écheveau et il pouvait fort bien ne conduire nulle part.

— Hier, le garde des joyaux m'a dissuadé de continuer à enquêter et il semble m'avoir fait suivre. Il vous a également accusée. C'est l'attitude d'un homme qui craint quelque chose. Que cache-t-elle ? A-t-il pu s'attribuer frauduleusement une partie des collections royales qui restaient ?

— Possible, mais ce qui est certain, c'est qu'il n'est pas mon ami. Durant les exactions des cabochiens, il faisait partie de ceux qui poussaient le plus aux crimes et aux violences. Il a favorisé l'entrée des bouchers dans mon palais et a encouragé les abominations qu'on a fait subir à mes serviteurs et mes dames de compagnie. Plus tard, j'ai réclamé sa tête en vain. Pis, quand le duc de Bourgogne est revenu à Paris après que Périnet Leclerc a ouvert la porte de Bussy, Puligny a obtenu cette charge de garde des joyaux.

Connaissant le personnage, je m'y suis opposée, mais Jean avait besoin d'alliés parmi les anciens cabochiens et peu lui importait les crimes qu'ils avaient commis. Henri V lui a laissé la charge pour les mêmes raisons. Il lui a même offert la seigneurie de la Motte de Tilly. Les Anglais ont besoin de gens comme Puligny, des sauvages que la brutalité ou les états d'âme n'arrêtent pas, conclut-elle.

La situation n'aurait pas été dramatique, Holmes aurait trouvé comique cette dernière remarque de la part d'une reine qui s'était montrée aussi opportuniste que le garde des joyaux.

Devina-t-elle sa pensée ? Elle le considéra dans un mélange de tristesse et de réprobation avant de s'adresser à Gower :

— Messire Watson, laissez-moi seule un instant avec maître Holmes.

L'archer échangea un regard mortifié avec son ami et quitta la pièce.

— Gentil clerc, vous croyez me connaître, mais vous ne savez rien.

Il hocha lentement la tête, inquiet pour la suite.

— Voulez-vous que je vous parle avec mon cœur ? Voulez-vous savoir quelle a été ma vie ? Je vais vous le dire : une longue descente aux enfers. Je n'ai été heureuse que durant ma jeunesse et les premières années de mon mariage. Toutefois, très vite je me suis rendu compte de la faiblesse de mon époux qui de temps en temps prononçait des propos insensés. Puis ce fut la grande crise dans la forêt du Mans où dans sa démence il tua ses proches. La suite ne fut qu'une succession de malheurs : le bal des ardents, la crainte d'être répudiée, la trahison du duc d'Orléans envers moi et l'ignoble façon dont le duc de Bourgogne m'a utilisée. J'ai fini par être honnie des Parisiens parce que je m'éloignais du roi, mais mon époux me menaçait sans cesse dans ses crises de folie, pourtant j'ai toujours recherché la paix dans ce royaume. J'ai accepté toutes les compromissions, toutes les humiliations pour elle… tous les crimes aussi, je l'admets… Et je ne me suis fait que des ennemis.

Ému par cette confession dont il ressentait la sincérité, Holmes s'agenouilla :

— Je ne sais qu'une chose, noble reine : vous m'avez sauvé de l'échafaud.

Elle le gratifia d'un maigre sourire.

— Je doute quand même que Puligny ait monté pareille intrigue pour vous nuire, ajouta-t-il. En revanche, qu'il cherche à en profiter, j'en ai la certitude.

— Qui peut connaître les germes profonds d'une vengeance ? Vous n'imaginez pas tous les méchants hommes que j'ai approchés et la perversion qui les guidait ! Mais vous avez raison, ce n'est peut-être pas moi qu'on veut atteindre.

— Pensez-vous à Marie ? A-t-elle des ennemis si mauvais ? Après la fin de son parrain, j'en doute[1].

— Sauf s'il s'agissait d'une vengeance non contre elle mais contre sa famille. Chercher à ternir son nom, par exemple.

— Mais qui ?

— Son père a causé beaucoup de torts.

— Comme l'affaire avec l'Université ? Cela s'est passé voici vingt ans, qui s'en souvient ?

— La rancœur est toujours présente. Quand l'Université a exigé la destruction de l'hôtel de Savoisy, mon époux a tenté de les apaiser moyennant pécunes, mais rien n'y a fait et il n'a pu obtenir

1. Voir *La Ville de la peur*, *op. cit.*

que seules les galeries bâties sur les murailles de la ville soient conservées car elles étaient couvertes de merveilleuses peintures. Dix ans après la démolition, Savoisy, devenu chancelier, a voulu faire reconstruire son hôtel. Les travaux ont commencé sous l'égide d'un maître maçon qui a dégagé les caves et les fameuses galeries, mais l'Université s'est opposée à la poursuite des travaux qui ont dû être abandonnés. Même Marie, à qui son père a légué la parcelle, n'a pu faire reprendre la construction malgré mes interventions. Depuis, l'endroit demeure un terrain vague.

» Charles de Savoisy s'était fait d'autres d'ennemis. Par exemple, en 1403, Jean de Morgueval, le procureur de l'hôtel du roi, avait fait saisir un de ses domestiques accusé de vol et de meurtre. La réaction du baron de Seignelay ne s'est pas fait attendre : il a envoyé écuyers et valets chez le procureur pour qu'ils lui donnent une leçon. Le magistrat fut bâtonné et blessé de coups d'épée qui le rendirent impotent. Certes les séides furent emprisonnés à la Conciergerie mais Savoisy obtint pour eux des lettres de rémission de la part du duc d'Orléans. Or les enfants de Morgueval sont pour l'un conseiller au Parlement et pour l'autre avocat à la Cour des comptes, et tous deux ne se cachent pas de vouer les Savoisy aux gémonies.

En résumé, les investigations possibles ne manquaient pas, songea Edward, mais laquelle privilégier ?

— Voilà de précieuses informations, noble reine, et je vous remercie de votre confiance. En attendant que l'on retrouve ce Tassin, je m'en vais visiter les ruines de l'hôtel de Savoisy. Sur place, des idées me viendront peut-être.

— Mais n'oubliez pas Puligny, dit Isabeau. S'il vous a fait suivre, c'est qu'il prépare un coup fourré. J'ai entendu dire que quelques-uns de ses lieutenants sortent des bas-fonds et mènent une vie dissolue. Ils auraient déjà causé moult violences et, à coup sûr, finis pendus si le régent ne leur avait accordé rémission car, chaque fois, le garde des joyaux a payé pour leurs crimes.

— Je serai vigilant, promit Holmes.

— Laissez-moi quand même vous donner un conseil…

Ils quittèrent l'hôtel sans mot dire et c'est en se dirigeant vers l'écurie que Gower demanda :

— T'a-t-elle confié des choses importantes ?

— Elle avait besoin de se justifier et je suis persuadé qu'elle était sincère. Elle m'a parlé de sa vie passée et de ce qu'elle a subi. Fille de duc et reine de France, tu peux imaginer combien ces confessions ont dû être difficiles pour elle. Elle a jugé que je pouvais l'entendre parce que mon père était de race noble. Mais, rassure-toi, elle a autant confiance en toi qu'en moi.

Quand ils furent en selle, il ajouta :

— Elle m'a beaucoup parlé du père de Marie et de ses ennemis. Selon elle, ce pourrait être l'un d'eux qui ait manigancé le vol afin de déshonorer sa fille. En chemin, nous nous arrêterons dans la rue Pavée, j'aimerais découvrir ce qui reste de l'hôtel des Savoisy.

11

Ils gagnèrent la rue Saint-Antoine, puis la rue du Roi-de-Sicile. Toujours beaucoup de monde dans les rues et aussi peu de boutiques ouvertes. Après le terrible froid de janvier, la nourriture était rare et s'achetait à prix d'or. Mendiants et miséreux n'avaient jamais été aussi nombreux.

La rue Pavée rejoignait la rue des Francs-Bourgeois et ils n'eurent aucun mal à dénicher l'emplacement de l'ancienne construction de Savoisy puisqu'elle s'adossait sur la muraille de Philippe Auguste. Le mur ceignant l'hôtel était toujours debout et, devant le portail muré surmonté des armes à trois chevrons des Savoisy, avait été scellée une plaque indiquant :

Cette maison de Savoisy, en l'an 1404, fut démolie et abattue par arrêt, pour certains forfaits et excès commis par messire Charles de Savoisy, chevalier et baron de Seignelay, pour lors seigneur et propriétaire d'icelle maison, et ses serviteurs.

Au-delà du mur, on apercevait le sommet du vieux rempart et le pignon d'une maison, mais ils ne découvrirent aucun moyen permettant de pénétrer dans l'enceinte de l'hôtel ruiné. Or, Edward aurait voulu visiter ce qui restait de la bâtisse et voir les fameuses fresques, tout en se doutant que cela n'apporterait rien à son enquête.

Peut-être un boutiquier aurait-il pu leur indiquer comment franchir la clôture mais aucune échoppe n'était ouverte à proximité. Après avoir parcouru deux fois la rue, les Anglais allaient abandonner quand un clerc voûté dans une pelisse mitée les aborda. Cheveux blancs en couronne sous un bonnet de feutre, nez cassé, visage fripé, il avait largement dépassé la cinquantaine.

— Mes seigneurs, je vous ai aperçus quand je revenais du marché Saint-Jean, et je vous ai revus de ma fenêtre. Je suis clerc au Petit-Saint-Antoine[1]. Vous semblez chercher quelqu'un. Puis-je vous aider ?

— Certainement, répondit Watson, nous voulons entrer dans ce qui reste de l'hôtel de Savoisy.

— C'est impossible, messires, tout est clos.

— Il s'agit juste de voir les fresques, expliqua Holmes.

Il écarta sa houppelande entrouverte et mit la main sur son escarcelle en ajoutant :

— Bien sûr, tout service mérite salaire.

— Hum… fit l'autre en se passant une main sur sa joue mal rasée, songeant qu'il n'avait plus mangé de viande depuis longtemps à cause de sa cherté. Je peux trouver un moyen…

Edward le gratifia d'un sourire complice et ouvrit son escarcelle dont il sortit un esterlin. Le vieillard écarquilla les yeux. Une fortune pour lui qui ne voyait pas souvent ces belles pièces d'argent.

— Je peux vous conduire chez un ami. (Il désigna une maison à l'enseigne de la Fleur-de-Lys, adossée

1. Hôpital situé en face de la rue Pavée où l'on soignait lépreux et malades atteints du mal des ardents (le feu de Saint-Antoine).

au mur des Savoisy.) Son jardin a une porte qui ouvre sur les ruines, mais il faudra qu'il accepte…

— Il y aura un esterlin pour lui aussi, promit Holmes.

— Alors, allons-y !

La demeure, aux murs en torchis de plâtre et de paille, était affaissée avec des colombes vermoulues et un flanc de guingois. Une ouverture voûtée en façade, fermée par un double volet haut et bas à la peinture écaillée, témoignait de la présence d'une boutique.

— Mathurin ! cria le vieux clerc en frappant sur la porte.

— C'est toi, Étienne ?

— Oui, ouvre-moi…

L'huis s'écarta et un autre vieillard, en robe de toile noire et bonnet de laine, apparut.

— Ces nobles personnes veulent voir les fresques chez Savoisy, expliqua-t-il. Il y aura un esterlin pour toi.

— Un este… (L'écarquillement de ses yeux prouvait que ce genre de proposition était rarissime.) Entrez, mes seigneurs !

Ils durent se baisser pour passer la porte et pénétrèrent dans une petite salle glaciale à l'odeur rance où se dressaient un fourneau servant à fondre le gras de bœuf, une table avec un dépeçoir à suif et des jattes pour fabriquer les chandelles. Le poêle était éteint et on n'avait pas coulé de graisse depuis des lustres. Holmes en devinait la raison : depuis plusieurs mois, quasiment aucun bœuf n'était abattu à la Grande Boucherie et le lard se faisait rare. Les chandeliers ne travaillaient plus et les luminaires s'avéraient hors de prix.

— Il paraît qu'on peut passer par chez vous, dit Holmes en sortant le second esterlin.

— Oui, maître. Messire Philippe de Savoisy avait acheté cinq maisons qu'il a démolies pour construire son hôtel.

Il eut un petit rire grinçant dévoilant des chicots noircis :

— Il voulait également celle-ci, mais mon père a refusé de la lui vendre. C'est qu'on a une servitude permettant de passer dans sa cour par mon jardin, ce qui le faisait enrager. Bien sûr, elle ne sert plus à rien maintenant que l'hôtel est détruit et l'endroit clôturé. Je vais vous conduire.

Il trottina jusqu'à une porte solidement fermée par deux barres qu'il souleva, Watson l'aidant pour la deuxième.

— Quelle pitié qu'on ait détruit une si belle bâtisse ! Donc, vous voulez voir les fresques ?

— C'est cela. Que reste-t-il ?

— La galerie peinte et une partie de la reconstruction commencée par messire Charles de Savoisy, avec les caves au-dessous qui ont été dégagées à cette occasion.

Clos par un mur d'une toise, le jardin s'étendait en longueur. À mi-chemin se trouvait une porte avec deux gros verrous. Le nommé Mathurin les poussa et ouvrit, découvrant un vaste espace occupé par des tas de gravats d'une à deux toises, tous envahis de taillis et de ronces.

— Attention aux trous de renards, prévint Étienne qui les avait suivis. Heureusement, les loups n'ont pas réussi à pénétrer jusqu'ici cet hiver.

Un sentier sinueux contournait les amoncellements de pierres et de sculptures brisées. D'autres personnes étaient venues avant eux, observa Holmes en examinant les traces. Ils découvrirent la galerie qui longeait l'enceinte de Philippe Auguste. Le toit émaillé était supporté par des colonnettes et des arcs d'ogives dont quelques-uns étaient brisés. Ils s'approchèrent. L'endroit dégageait une tristesse infinie. Les murs accueillaient des peintures représentant des scènes bibliques : le paradis, le déluge, le sacrifice d'Abraham. Edward fit semblant de les admirer mais rien ici n'avait de rapport avec le vol de l'escarboucle.

— Je connaissais bien Noël Baudé, le maître maçon qui s'est occupé de la reconstruction. On partageait souvent un pot de cidre sur ce banc de pierre, dans la soirée, quand les ouvriers étaient partis, fit Mathurin avec nostalgie. Plusieurs fois, même, j'ai eu l'honneur de boire avec messire de Savoisy.

— Charles de Savoisy venait voir l'avancement des travaux ? demanda Edward par pure politesse.

— Non, il s'agissait de son frère Louis qui suivait les travaux. Il était très proche de maître Baudé. C'est lui qui l'avait fait engager par messire Charles de Savoisy. Baudé me l'a dit.

Holmes prêta l'oreille.

— Louis de Savoisy était trésorier de Saint-Martin du Mans, fit-il, un peu surpris par la présence du frère de Charles dans cet hôtel.

— Oui, mais il vivait à Paris…

Mathurin prit un air chafouin.

— Je sais quantité de choses sur Baudé et messire de Savoisy…

Holmes comprit l'allusion. Ce Mathurin avait l'esprit fin : il s'était aperçu que le visiteur ne s'intéressait guère aux fresques, et en avait déduit qu'il était à la recherche de renseignements. Le clerc fouilla dans son escarcelle et sortit un autre esterlin qu'il garda entre pouce et index :

— Que savez-vous ?

Étienne se rapprocha, regard brillant et museau flairant la bonne affaire. Après tout, c'était lui qui avait introduit les visiteurs.

— Baudé avait une très jolie femme. Il m'a fait comprendre une fois qu'elle avait été très proche de messire de Savoisy. Il l'avait épousée alors qu'elle était déjà grosse. Mais grosse de qui ?

— De Savoisy ?

— Voilà ! C'est pourquoi il veillait à ce que Baudé ait toujours une besogne bien payée.

— Où habite ce Baudé ?

— Il est mort peu après l'arrêt des travaux. La décision l'a rendu malade. Que Dieu ait son âme.

— Et son épouse ?

— Trépassée également peu avant, elle a succombé au feu de Saint-Antoine.

— L'enfant ?

— Quand Baudé travaillait ici, ce n'était plus une enfant mais une belle jeune femme, qui ne ressemblait pas du tout à sa mère ! Après la mort de son père, elle avait épousé un cornetier[1], mais l'homme était cabochien et les Armagnacs l'ont pendu en 17.

Watson ne s'intéressait pas à cette discussion et furetait partout. Que lui importaient ce maçon et les maîtresses du trésorier ! Pour l'heure, il avait faim et hâte de rentrer chez lui. Il se tourna vers Holmes afin de lui faire comprendre son désir de partir et demeura sidéré : son ami avait complètement changé. Le front d'Edward s'était plissé de deux lignes raides et ses yeux brillants avaient la dureté de l'acier. Sa tête était penchée en avant, ses lèvres serrées, ses

1. Artisan qui dégrossit les cornes des bœufs pour en faire des peignes.

narines se dilataient à la manière de celles d'un chien de chasse.

Une fille ! songeait Edward. Une fille qui partageait le même grand-père avec Marie de Savoisy ! Lui ressemblait-elle ? Bien possible…

— Et vous, Étienne, connaissez-vous cette fille ? D'ailleurs, comment s'appelle-t-elle ?

— Hélisenne, répliqua Mathurin le premier.

— Je l'ai vue à Noël à Notre-Dame, messire. Elle accompagnait un homme, peut-être son nouveau mari.

— Quel genre d'homme ?

— Un sergent du Louvre, messire, il portait une casaque fleurdelisée.

12

Watson avait également compris que l'enquête venait de prendre un autre tournant. Il intervint tandis qu'Edward donnait la pièce à Mathurin :

— Vous n'avez pas dit où logeait Baudé.

— Rue de la Mortellerie, messire. Comme la plupart des maçons qui vivent autour de Saint-Gervais. Sa maison était à l'enseigne du Bras-de-Fer, juste après la rue des Barres.

En l'écoutant, Edward balayait le terrain du regard. Plus loin se dressaient les ruines d'une tour avec un figuier poussant à l'intérieur. Partout des herbes folles, séchées par le gel. Il n'y avait rien à découvrir de plus ici, jugea-t-il en décidant de partir.

— Vous voulez pas voir la salle du nouveau manoir, messire ? demanda Étienne qui aurait apprécié de gagner une autre pièce.

— Qu'y a-t-il d'intéressant ?

— Euh… Rien. Le plafond n'a pas été terminé et la pluie a tout gâté, mais il reste l'escalier conduisant aux caves que Baudé avait nettoyées.

— Les caves… répéta Holmes, songeur.

Il se souvint des sous-sols du château de Basqueville et du coffre enterré sous une dalle. Tout ce qui pouvait avoir de la valeur avait dû être pillé ici, mais ce serait dommage de ne pas vérifier.

— Entendu, accepta-t-il. Mais ne faut-il pas une lanterne ?

— Je vais chercher la mienne, proposa Mathurin en s'éloignant.

Étienne, fier d'être devenu guide, conduisit les Anglais au fameux manoir dont subsistaient de gros murs de pierre. Pas de porte mais une belle ouverture ogivale. Ils pénétrèrent dans une vaste salle voûtée d'arcs croisés non terminés. Il y avait aussi une élégante cheminée et, dans un coin, un escalier à vis bordé d'un muret rond qui, d'un côté se terminait dans le vide, et de l'autre s'enfonçait dans le sous-sol. Watson fit le tour de la pièce. Holmes s'engagea dans les degrés d'où remontaient des effluves de pourriture. Cependant, au bout de quelques marches, ce fut l'obscurité totale.

— Voilà la lanterne, messire ! entendit-il.

Il remonta et aperçut Mathurin qui revenait, tout essoufflé d'avoir couru.

Gower prit le falot en corne que lui tendit le chandelier et rejoignit Edward.

Ils descendirent les marches. L'escalier débouchait sur une grande salle voûtée au sol sablé. Les murs de grosses pierres étaient sans décoration aucune et de massifs piliers à chapiteaux soutenaient trois rangées de croisées d'ogives. Ils firent l'exploration de la cave sans rien remarquer de singulier.

Déçu, Holmes soupira.

— Partons ! décida-t-il.

Il revenait vers l'escalier quand retentit un bruit sourd. Il se retourna et vit que Gower avait fait tomber une pierre d'un mur.

— Elle dépassait, ça m'a intrigué et j'ai constaté qu'elle était juste posée dans ce trou !

Le clerc revint sur ses pas. Gower éclairait l'orifice. À l'intérieur, un coffre de fer d'un pied sur un demi-pied, sans porte, et vide.

— Une cache astucieuse, fit Holmes en l'examinant, mais quelqu'un l'a trouvée avant toi.

— Il y avait peut-être un trésor à l'intérieur. Les Savoisy étaient riches.

— Le coffre n'est pas bien grand. On n'aurait pu y entreposer que quelques sacs d'or.

— Ça me suffirait !

— Ou autre chose, ajouta Holmes, pensif. On a brisé la porte. Donc ce n'est pas celui qui a imaginé ce coffre qui l'a vidé.

— Le maître maçon ?

— Possible.

Il resta encore un moment à regarder le trou, puis explora plus longuement les autres moellons, mais tous étaient bien cimentés. Gower avait repéré le seul hors de l'alignement.

— Replaçons la pierre, décida Holmes.

Ils quittèrent les ruines de l'hôtel et saluèrent Mathurin et Étienne, ce dernier se montrant déçu de ne pas recevoir une autre pièce. Mais Holmes lui assura qu'il reviendrait sans doute.

— Rentrons-nous rue du Coq ? La malefaim me tourmente les entrailles ! s'exclama Gower.

— Oui, mais je veux faire encore deux haltes en chemin. La première rue de la Mortellerie, ce ne sera pas un gros détour et ne nous retardera pas beaucoup. À la relevée, on ira au Louvre pour savoir ce qu'est devenu Tassin.

Ils ne trouvèrent pas tout de suite l'enseigne du Bras-de-Fer car elle n'apparaissait pas dans la rue. La maison se dressait dans une courette bordée de logis à pans de bois, tous abandonnés. La petite cour était envahie d'herbes folles, sauf un recoin puant qui servait de latrines aux gens du quartier. Au milieu poussait un orme effeuillé. Sur une enseigne en planches couverte de mousse verdâtre, on distinguait à peine un bras armé peint sur le bois. La maison du maître maçon avait deux étages, c'était la seule de cette hauteur dans la cour, avec une fenêtre à chaque niveau. Les peaux de porc huilées tendues sur les cadres étaient déchirées et battaient à la brise comme de tristes bannières. Derrière, on apercevait des volets ferrés en chêne.

Pas âme qui vive aux alentours. Le port au blé, à quelques pas sur la rivière, n'avait plus aucune activité depuis des semaines. Une grange sans porte ouvrait dans un angle de la cour. Ils y laissèrent leurs montures et Watson alla frapper à l'huis.

Rien. Point de bruit. L'endroit semblait déserté depuis des mois ou des années. Holmes se rendit aux autres maisons. Cinq portes en tout dont la dernière était brisée, le logis ayant été mis au pillage. Il appela à plusieurs reprises et ne fit qu'effrayer un rat qui s'enfuit entre ses jambes, le faisant sursauter.

Personne ne répondit à ses appels. Il n'y avait plus d'habitants dans ce lieu, comme dans beaucoup de demeures de Paris.

Dépités, ils revinrent dans la grange utilisée comme entrepôt pour des madriers car restaient quelques rares morceaux d'écorce. Le bois avait dû être découpé et servir de chauffage.

Ils repartirent, traversèrent la place de Grève et s'arrêtèrent dans l'impasse de la Fosse-aux-Chiens.

Celui que Holmes voulait voir dormait encore après une longue soirée de beuverie. Il promit aux Anglais de se rendre chez eux avant la nuit.

C'était haute none quand ils arrivèrent à la maison à la Corne-de-Cerf. Thomassin et Mathurin se trouvaient sous le porche.

— On vous attendait, messire ! s'écria Thomassin, toujours plus expansif que son frère.

Il saisit la bride de la mule et aida Holmes à descendre, son aîné faisant de même avec Watson.

— Qu'y a-t-il ? s'inquiéta Edward, car il était rare que les deux garçons guettent ainsi leur retour.

— Messire Lestrade est arrivé voici peu, il se trouve à l'intérieur.

— Seul ?

— Oui, messire.

Cela rassura Edward qui préférait les visites non officielles. Ils entrèrent et Lestrade, qui se tenait assis sur le coffre à dossier, un hanap de cidre à la main, se leva respectueusement.

— Maître Holmes ! Messire Watson ! Des gens des Halles ont apporté un cadavre ce matin au Châtelet. Je l'ai reconnu à mon arrivée, il s'agit du sergent de la Grosse Tour qui avait assuré avoir reconnu mademoiselle de Savoisy dans la voleuse !

— Raoul Tassin ?

— Lui-même.

Edward se tourna vers Gower qui, ayant arraché un morceau à la miche de pain posée sur la table, la dévorait tandis que Constance lui versait un pot de cidre. Holmes laissa filtrer un sourire malicieux.

— Mon ami, nous transformerons notre dîner en souper, nous repartons !

Constance courut à la cuisine chercher deux morceaux d'oie qu'elle plaça dans un tranchoir.

Déjà le clerc avait dit à Thomassin d'aller chercher les montures ramenées à l'écurie et de faire sortir le cheval du commissaire.

— Messire Lestrade, que savez-vous sur ce cadavre ? demanda-t-il ensuite.

— C'est le palefrenier que les boutiquiers des Halles engagent pour retirer les boues autour des échoppes qui l'a découvert samedi, à la fin de la nuit. Au matin, il l'a transporté au Châtelet dans son tombereau mais, par un malheureux concours de circonstances, je n'ai vu le corps qu'aujourd'hui. Habituellement, chaque jour vers cinq ou six heures, je passe dans la salle basse où l'on garde les cadavres afin de les identifier. Or, quand celui de Tassin a été entreposé, j'avais déjà fait ma visite. Je n'y suis pas retourné le dimanche puisque j'étais au Louvre pour l'enquête sur le vol et ce n'est que ce matin que je l'ai découvert. Quand j'ai vu qu'il portait un surcot de sergent du château, je m'y suis rendu afin de me renseigner sur l'absence d'un garde. À la Grosse Tour, un sergent borgne, que j'avais interrogé la veille, m'a dit que manquait Raoul Tassin. Justement celui qui avait reconnu Marie de Savigny et que je n'avais pu questionner, à cause de son absence. Le borgnat m'a aussi annoncé que messire Enguerrand de Ganay l'avait fait chercher chez lui, mais qu'on ne l'avait pas trouvé. Il avait dû filer par la porte arrière de sa maison en entendant les archers. Depuis, il était recherché. Le sergent m'a ensuite accompagné au Châtelet et a reconnu le cadavre. Je suis aussitôt venu vous prévenir.

— J'avais appris l'absence de Raoul Tassin et demandé au capitaine de la tour de le faire saisir.

— En rapport avec le vol ?

— Bien sûr. En vérité, Tassin est le seul à avoir reconnu la soi-disant Marie de Savoisy. Ganay n'en était pas certain. Tout indique que le sergent était complice du vol. Reste à savoir qui l'a tué. Savez-vous où ce palefrenier l'a découvert ?

— Oui, le commis a écrit son témoignage sur le registre. Le corps gisait au coin de la rue de la Ferronnerie et de la rue de la Tonnellerie. Lardé de coups de couteau, il ne portait que ses habits sur lui. Pas d'escarcelle, d'arme ou de bijoux. C'est un endroit fréquenté par les coupe-jarrets la nuit. Il devait rentrer chez lui quand ils l'ont attaqué.

Holmes laissa filtrer une moue et regarda Watson qui dévorait son tranchoir.

— Che garde le tien ! lui promit l'ancien archer, la bouche pleine.

— Je le mangerai en chemin ! répliqua le clerc.

13

Ils sortirent quand Amaury et Thomassin arrivaient avec les bêtes.

— Les irréguliers, écoutez-moi : j'ai une besogne importante à vous confier, leur annonça Edward.

— Nous vous accompagnons, maître ? demanda Amaury, plein d'espoir.

— Non, cette fois, ce sera un vrai travail : rendez-vous rue de la Mortellerie. Vous chercherez une courette au début de la rue. Il y pousse un orme et toutes les maisons sont abandonnées. Celle qui m'intéresse est à l'enseigne du Bras-de-Fer. À proximité se trouve une grange, vous vous y installerez et surveillerez la maison. Suivez qui y entre ou qui en sort et prévenez-moi ici.

— Qu'y a-t-il rue de la Mortellerie ? s'enquit Lestrade en montant en selle.

— Peut-être une femme, je ne sais pour l'heure.

— Une complice du vol ? Vous sembliez dubitatif quand j'ai dit que des truands avaient tué Tassin ? Ce pourrait être cette femme ?

— Supposition plausible mais, en l'absence de faits justificatifs, il est inutile de se perdre en conjectures ou de tenter de deviner.

Holmes envisageait d'autres possibilités en ce qui concernait le ou les criminels : ce pouvait être des complices qui avaient refusé de partager les rapines, ou simplement des compères de Tassin. Cad le Borgnat n'avait-il pas dit que le sergent fréquentait des coquins ? Enfin, il ne fallait pas exclure le commanditaire de l'entreprise qui aurait voulu s'assurer de son silence.

— Je peux vous prêter des archers pour guetter cette maison, proposa Lestrade une fois en chemin. Ils ont plus d'expériences que vos jeunes gens. Au fait, pourquoi les avez-vous appelés « les irréguliers » ?

— Mes méthodes ne sont pas toujours régulières mais Thomassin et son frère les suivent à la lettre, ce que ne feraient pas vos archers. Voilà pourquoi je les surnomme les irréguliers, et je n'ai eu qu'à me louer de leur habileté.

Au Châtelet, Lestrade conduisit les Anglais dans la salle basse servant de dépositoire aux cadavres découverts dans les rues. Ce jour-là gisaient une douzaine de dépouilles : des femmes, des enfants, des vieillards, allongés sur des tables, en général dénudés, laissant paraître une peau blanchâtre parsemée de pustules et de croûtes, une chair flasque et amaigrie. Peu affichaient de blessures apparentes, la plupart étaient morts de faim ou de maladie. L'endroit puait la charogne.

Le commissaire désigna Tassin, et Edward s'approcha. Il s'agissait d'un homme dans la trentaine avec une barbe en broussaille et une chevelure courte et sale. Il portait toujours la cuirasse maclée de fer des sergents du Louvre avec, par-dessus, une casaque fleurdelisée, souillée de sang bruni et de déjections. Une joue avait été percée par une lame provoquant un amas croûteux avec les poils de la barbe. Un bras était maculé, la gorge avait saigné également et l'une des chausses était couverte de plaques sombres, transformant l'étoffe en une sorte de parchemin rigide.

Holmes souleva chaque bras ; la chair était flasque. Il écarta les lèvres des blessures, vérifiant profondeur et largeur, en découvrit deux autres dans le dos où des lames s'étaient introduites entre les macles de fer. Il fouilla ensuite le corps mais, comme le commissaire l'avait affirmé, il n'y avait rien à découvrir.

— Ils étaient plusieurs ainsi que vous le suggérez, annonça-t-il. Les taillades ont été faites avec trois armes différentes : un couteau de chasse, un tranchoir et une dague. Un chirurgien nous en dirait plus, mais mon impression est qu'aucune blessure n'était mortelle. Seulement, dans la cuisse, un fer a tranché une veine ou une artère et il s'est vidé comme un goret saigné. Nous découvrirons plus de choses en allant chez lui.

— Il logeait rue de la Tonnellerie, m'a dit le sergent du Louvre, mais j'ignore où. Il faudra se renseigner.

— Une impasse, en face du receveur de tonlieu, répliqua Holmes, à la surprise des policiers.

Ils repartirent. Cette fois, Lestrade se fit accompagner d'un archer qu'il prit en croupe sur son cheval.

Ils montèrent la rue Saint-Denis et tournèrent à gauche avant les Innocents pour emprunter la rue de la Ferronnerie. Ensuite, ce fut la rue de la Tonnellerie nommée ainsi en raison des marchands de futailles et de tonneaux qui y étaient établis. La plupart avaient fermé et la voie était quasi vide à l'exception d'une voiture bâchée de toile azur avec deux mules grises attelées ; de jolies bêtes aux harnais richement décorés et aux brides ornées de sonnettes d'argent. Un cocher se tenait sur le siège.

Le receveur de tonlieu avait sa cahute entre la halle de Saint-Denis et la halle du Commun. En effet, en face, ouvrait une étroite impasse, non pavée, comme la rue de la Tonnellerie. Ne s'y dressaient que des hangars de tonneliers et une unique maison. Pas de fenêtre à la demeure de Tassin excepté, dans le pignon, une ouverture tendue de peau de parchemin huilée.

Ils descendirent de leur monture, l'archer restant sur place pour les surveiller. Lestrade se rendit à la porte qui disposait d'un poucier servant à actionner un loquet intérieur. Aucune serrure ne condamnait l'entrée mais Holmes remarqua l'embrasse ronde dans le dormant, et une seconde sur l'huis, permettant de placer un cadenas, pour l'heure absent.

Le commissaire actionna le poucier et pénétra dans une pièce éclairée depuis une porte entrebâillée dévoilant un jardin. L'endroit était glacial. La cheminée ne contenait que des cendres. Immobile, Holmes parcourut d'abord la salle des yeux. Un mobilier cossu, plus opulent qu'il ne l'aurait imaginé pour un sergent du Louvre : un banc coffre à dos sculpté, un lit à custodes ouvertes avec la literie en désordre, un dressoir exposant quelques pots de terre, une chaise à retrait et un gros bahut au couvercle ouvert et au contenu vidé, un tabouret au pied cassé et le plateau d'une table renversée. Deux pots étaient brisés sur le tapis de paille tressée couvrant le sol.

— Watson, va voir ce qu'il y a en haut, dit-il en désignant l'échelle.

Un effluve le dérangeait. Il huma avec lenteur en fronçant les sourcils. L'endroit sentait les cendres froides et l'aigre odeur du sang, puis il discerna un soupçon de jasmin.

Soudain, il comprit et se précipita vers la porte de derrière. La senteur de jasmin était plus prégnante. Au bout du jardin, tout en longueur, il aperçut une clôture avec un battant de bois, ouvert également. Il fonça aussi vite qu'il le put. L'issue communiquait avec la rue des Prouvaires[1].

De quel côté aller ? Se diriger vers Saint-Eustache ou le Grand-Chemin-Saint-Louis ? Il choisit cette direction, mais rien ne retint son attention. Il décida quand même de pousser jusqu'au début de la rue de la Tonnellerie et, alors qu'il arrivait au carrefour, il vit la voiture bâchée de toile azur passer très vite devant lui et filer vers la rue de la Ferronnerie. Les mules trottaient à vive allure, au risque de heurter un passant, les clochettes des brides tintaient gaiement. Sur le flanc du véhicule était peinte une merlette d'or.

Il avait aperçu ces armes sur la bague que portait Gabrielle de Landes.

— Bizarre, très bizarre en vérité, murmura-t-il.

— Qu'avez-vous vu ?

Il se retourna. Éberlué par le comportement extravagant du clerc, Lestrade l'avait suivi et rejoint. Son visage affichait son incompréhension.

— Cette voiture (Holmes la désigna au coin des Saints-Innocents), elle attendait dans la rue quand on est arrivés. Son passager était chez Tassin. C'était une femme.

Le commissaire le regarda avec un air mi-ahuri, mi-incrédule.

— Qui donc ?

— Je ne sais.

1. La rue des prêtres, car c'est là que logeaient les prêtres de Saint-Eustache.

Ils revinrent. Holmes s'efforçait de trouver des explications quant à la présence de Gabrielle de Landes, s'il s'agissait d'elle. Complice de Tassin ? Commanditaire ? Était-elle la femme qui s'était fait passer pour Marie ? Mais alors les supputations qu'il avait formulées s'effondraient.

— Êtes-vous certain d'avoir vu une femme ? Qu'aurait-elle fait ici ?

— Je ne l'ai pas vue, je l'ai sentie. Quant aux raisons de sa présence, je l'ignore… Pour l'instant.

Les deux hommes rentrèrent dans la pièce. Watson descendait de l'échelle.

— Où étiez-vous ? s'enquit-il, goguenard.

— Maître Holmes aurait aperçu une espionne, voulut plaisanter Lestrade.

Watson haussa les sourcils, guigna son ami mais ne demanda rien en le voyant impassible. Edward lui en dirait plus dans un moment.

— Rien en haut, fit-il, à l'exception d'un coffre et un grabat. La huche ne contient que quelques hardes de femme sans valeur.

Edward ne l'écoutait qu'à moitié. Il s'était accroupi et ramassait un objet.

— Qu'est-ce que c'est ? s'enquit Lestrade qui, perplexe, se grattait l'oreille en regardant le clerc, se demandant s'il ne perdait pas la tête.

— Le cadenas de la porte.

Se relevant, Holmes le lui tendit, puis il alla à la huche-banc, passa son doigt sur le dossier, en plusieurs places, et ouvrit le couvercle.

Le coffre ne contenait presque rien. Le clerc alla examiner le bahut, vide aussi à part un couteau rouillé et des chausses déchirées.

— On s'est battu ici, conclut-il.

— À cause des pots brisés ?

Holmes montra son doigt, rougi :
— Savez-vous ce que c'est ?
— Du sang ?
— Oui, du sang caillé. Il y a aussi des éclaboussures sur le tapis. Minuscules, certes, mais détectables.
— Peut-être de vieilles marques.
— Non, il y a eu lutte, mon cher Lestrade. Ensuite, les agresseurs ont mis la maison au pillage et emporté le contenu des coffres.
— Un rôdeur… La porte n'était pas fermée, ni celle du jardin. N'importe qui a pu entrer.
— Celle du jardin a été ouverte par le visiteur de la voiture. Avez-vous vu la trace à la porte d'entrée ?
— Non…
Holmes ressortit et lui montra le mur sur lequel on distinguait les doigts rougis d'une main.
— Voilà ce qui s'est passé : Tassin revenait du Louvre. C'était vendredi. On l'attendait. Deux ou trois hommes. La femme avec qui il vit, elle s'appelle Hélisenne Baudé, devait être entre leurs mains. Ces hommes voulaient le butin du vol commis lundi. Il y a eu dispute, Tassin a reçu plusieurs coups de couteau de la part de truands aussi endurcis au meurtre que le boucher devant un mouton. Alors qu'ils le croyaient trépassé, ses agresseurs ont pillé les lieux et emporté ce qu'ils ont trouvé, dont peut-être l'escarboucle. Mais, après leur départ, Tassin s'est relevé, il a tenté de chercher du secours. Il est sorti, s'est appuyé sur le mur – d'où la trace de sa main – et a gagné la rue de la Ferronnerie pour atteindre la barrière des sergents[1]. Mais il s'est écroulé avant d'y parvenir, vidé de son sang.

1. Elle se situait un peu plus bas, à la Croix-du-Trahoir. Il y avait toujours des archers de garde.

Cette fois, Lestrade parut convaincu et hocha la tête à plusieurs reprises. Watson regardait le visage de son ami et n'y lut aucune trace de fierté.

— Et la femme, qu'est-elle devenue ? demanda le commissaire, acceptant désormais sans réticence que maître Holmes dirige l'enquête.

Voici trois mois, il n'avait pas cru aux talents du clerc et avait failli le payer cher. Cela ne se reproduirait plus, avait-il décidé. En outre, si l'Anglais retrouvait l'escarboucle, il bénéficierait également de la reconnaissance du régent.

— Était-ce elle qui se trouvait dans cette voiture, rue des Prouvaires ? s'enquit-il. Est-elle partie avec les truands ?

— Connaissez-vous le dizainier de la rue, messire Lestrade ? interrogea Edward sans répondre aux deux questions.

— Oui, c'est le notaire maître Fessier.

— Parfait ! Allons l'interroger.

Devinant une piste prometteuse, le commissaire se montra excité et sortit le premier.

Maître Fessier avait sa demeure un peu plus haut dans la rue. C'était un homme maigre à l'air morose, jaune comme un parchemin, avec un regard froid et précis. En robe noire, cheveux frisés grisonnants couverts d'une calotte, il les reçut dans sa chambre dès que son valet annonça les visiteurs.

Il se montra à peine surpris en apprenant la mort de Raoul Tassin.

— Ce sergent avait de mauvais compères qu'il rencontrait à la taverne des *Trumelières* ou à celle de la *Truie-qui-File*, fit-il. Il a participé à de nombreuses rixes et il profitait de sa charge pour encaisser indûment des amendes, mais étant sergent du Louvre, les archers du Châtelet le laissaient tranquille.

— La femme avec qui il vivait, l'interrompit Holmes qui se moquait de telles malversations. Que savez-vous sur elle ?

— Dame Hélisenne Baudé ? Il s'agissait d'une jeune veuve. Je sais qu'ils devaient se marier, car elle était venue me demander de préparer un contrat. Une gentille dame. C'est fort triste pour elle. Comment a-t-elle pris la chose ?

— Elle a disparu, laissa tomber Lestrade.

— Son père était bien Noël Baudé, un maître maçon ? questionna Holmes en connaissant la réponse.

— C'est cela… A-t-elle causé du tort… Ce n'est pas elle, au moins qui…

— Non, ce sont des truands, répondit Holmes. Connaissez-vous certains des compères de Tassin ?

— Je ne fréquente pas cette racaille, répondit maître Fessier avec un sourire contraint.

En quittant le notaire, Lestrade demanda :

— Avez-vous une idée de l'endroit où se trouve cette Hélisenne ? Elle doit tout savoir de l'affaire.

Il n'osa demander comment Holmes connaissait son nom, mais plus rien ne l'étonnait désormais chez ce clerc.

— Je m'occupe d'elle, dénichez plutôt les fredains. Ils possèdent certainement l'escarboucle et il ne faut pas qu'ils s'en débarrassent.

14

Tandis que Lestrade et son archer partaient faire le tour des tavernes du quartier afin de s'informer sur les amis de Tassin, Edward expliqua à Gower qu'il avait besoin de renseignements pour poursuivre son enquête, et qu'il espérait les obtenir de Clément de Fauquembergue.

Conseiller à la Chambre des enquêtes, greffier en chef du Parlement, Fauquembergue était aussi chanoine de Notre-Dame et logeait dans le Cloître, à côté de la cathédrale. Il avait rendu un éminent service à Holmes, quand ce dernier était emprisonné au Châtelet, en lui confiant son couteau. Une lame qui avait sauvé la vie du clerc alors qu'un détenu l'agressait.

Cependant, rallié à la faction bourguignonne par nécessité, le greffier était légitimiste et désapprouvait le traité de Troyes, jugeant la loi salique inviolable et donc que l'héritier du royaume des lys était le jeune Charles VII. Pour ces raisons, il n'aimait pas l'Angleterre, aussi Watson doutait qu'il les aide à retrouver un bijou appartenant à la couronne de France afin que le duc de Bedford se l'approprie. Gower fit donc part de sa circonspection à son ami, jugeant qu'ils trouveraient une oreille plus complaisante en interrogeant maître Chuffart, également chanoine mais surtout chancelier de Notre-Dame et de la reine Isabeau, et chaud partisan des Bourguignons.

— C'est bien parce que je n'ignore rien des penchants de maître Chuffart que je préfère ne pas l'interroger. Il pourrait fort m'entraîner dans une mauvaise direction. Maître Fauquembergue sera plus objectif quant à ce que je souhaite apprendre.

Ils revinrent donc rue Saint-Denis et trottèrent vers le Châtelet afin de franchir la Seine par le pont au Change.

Avec l'effroyable froid des mois de janvier et février, la mort avait durement moissonné les marchands de Paris, et le nombre d'étals fermés était considérable. Cette disette de commerces présentait cependant l'avantage de laisser les deux cavaliers avancer de front et Holmes en profita pour raconter à Watson l'affaire de la voiture à la merlette.

— Bien des nobles familles comptent des merlettes sur leurs armes, objecta Gower. Rien n'assure que la parfumée au jasmin était Gabrielle de Landes.

— Rien, en effet. Mais ce serait tout de même un extraordinaire concours de circonstances qu'une personne venue chez Tassin après sa mort ait quitté la maison à notre arrivée en utilisant une voiture aux armes de Landes.

Gower le reconnut dans un sourire entendu :

— Dans ce cas, parlons clair : si Gabrielle connaît Tassin, ce pourrait être elle la voleuse. Quelle duplicité, alors qu'elle se dit l'amie de mademoiselle de Savoisy !

— Avec une question à la clef : qu'est devenue la femme de Tassin ?

L'intention première de Holmes était de gagner le Cloître par la rue de la Vieille-Draperie mais, en ce début d'après-midi, maître Fauquembergue pouvait encore se trouver sur son lieu de travail, et comme la porte Saint-Michel, principale entrée du Palais, se situait presque en face de la rue de la Vieille-Draperie, le clerc décida d'aller vérifier si le greffier en chef n'était pas resté à son office.

Restait à pénétrer dans l'enceinte du Palais. Sous le commandement du portier, la garde y était vigilante et appliquait des procédures de sûreté qui remontaient au temps où la populace, entraînée par le prévôt des marchands Étienne Marcel, avait assassiné les maréchaux du futur Charles V, encore dauphin. Le bailli royal, appelé aussi concierge, était chargé d'empêcher quiconque n'en ayant pas l'autorisation de pénétrer dans ces lieux où étaient conservées dans une Grosse Tour les chartes, les archives du royaume et une partie du trésor. Cependant, Holmes n'était pas préoccupé. Il avait toujours sur lui le sauf-conduit que lui avait délivré feu Henri V pour se rendre à Basqueville l'année précédente et qui débutait par ces mots : *Par le roi, à la relation du conseil tenu par le roi d'Angleterre, héritier et régent de France, à tous vous mandons et enjoignons expressément de laisser passer et d'assister Edward Holmes, clerc à mon service.*

Les termes en étaient suffisamment vagues pour qu'on lui autorise le passage, d'autant plus qu'il était déjà venu au Palais à plusieurs reprises.

Effectivement, on les laissa pénétrer dans la cour de Mai. Ayant confié leurs montures au palefrenier de l'écurie en planches pour les visiteurs, ils grimpèrent les grands degrés et pénétrèrent dans la galerie mercière. Le dessein de Holmes était de traverser la grande salle pour rejoindre le grand préau et la tour d'Argent qui servait de greffe, mais il n'eut pas cette peine car ils aperçurent la haute silhouette de Fauquembergue, en robe noire et chapeau carré, qui se dirigeait vers eux. Leur ami les gratifia d'un sourire chaleureux dès qu'il les vit.

— Maître Holmes ! Messire Watson ! Que le Seigneur vous protège ! Venez-vous rencontrer quelqu'un ? Puis-je vous aider ? Je me rendais chez un serrurier, mais j'ai tout mon temps.

— Maître Fauquembergue, c'est vous que nous cherchions, mais nous ne voulons pas vous retarder.

— Je vous l'ai dit, j'ai le temps ! Asseyons-nous sur cette banquette et dites-moi ce que vous souhaitez de moi. Ma visite chez le serrurier attendra. Si vous saviez tous les travaux dont je dois m'occuper ici !

Ils se dirigèrent vers un banc de pierre à proximité de la table de marbre[1]. Le greffier poursuivait :

— Je vous avais déjà parlé du désordre qui règne dans cette maison quand mes commis avaient égaré une partie du testament royal. Le Palais dispose d'un greffe civil, dont je m'occupe, et d'un greffe criminel. Tous deux reçoivent quantité d'actes de procédures et de parchemins que nous envoient les notaires et les procureurs. Ces documents, et nos propres registres, sont entreposés dans des sacs, eux-mêmes déposés dans des armoires, mais ces dernières se révèlent insuffisantes et, depuis des mois, on remise les dossiers en vrac un peu partout. Pour éviter ces encombrements, j'ai donc commandé une nouvelle armoire à un huchier, mais il me l'a livrée sans

1. Table devant laquelle étaient jugés les contentieux civils et criminels relatifs à la chasse et la pêche.

serrure ! Je dois donc faire venir un serrurier pour qu'il installe une robuste fermeture à ressort !

Ils s'assirent et Holmes, ayant vérifié que personne ne se trouvait dans les environs pour les écouter, commença :

— Je m'intéresse à Jean de Puligny, le garde des joyaux.

— À propos du vol ?

— Vous êtes bien informé !

— C'est mon métier, sourit le greffier. Que voulez-vous savoir sur lui ?

— Tout ce que vous pouvez me dire, et quel genre d'homme il est.

— Il n'est pas de noble origine et se nomme Jean Chapelain. Garçon barbier d'un conseiller du duc de Bourgogne, il livrait à son maître quantité de renseignements confidentiels qu'il obtenait en gratifiant des fureteurs parmi la domesticité des grands. À vingt ans, il est finalement entré dans la maison du duc où il s'est rendu indispensable. Il est ensuite devenu factotum de Jean sans Terre qu'il a accompagné à Paris. Comme il a rendu de signalés services que j'ignore, le duc, fort généreux avec ce genre d'individu, l'a fait écuyer, puis chevalier et lui a cédé la terre de Puligny en l'anoblissant. En échange, Chapelain est devenu son agent dans toutes sortes d'affaires sordides où Bourgogne ne voulait point paraître. Lors de la révolte cabochienne, l'ancien barbier a joué un rôle discret, mais primordial. Il connaissait bien les bouchers et Caboche, leur chef. Il a donc servi d'intermédiaire entre eux et le duc Jean. Il semble avoir participé à la chute et à la fin tragique de Pierre des Essarts… Savez-vous de qui il s'agit ?

— D'un prévôt de Paris, répondit Holmes.

— Plus que ça. Pierre des Essarts était grand trésorier de France et un protégé du duc de Bourgogne. En 1411, il était effectivement prévôt de Paris dont il avait assuré les approvisionnements au moment du siège par les Armagnacs, ce qui l'avait rendu très populaire. Puis, allez savoir pourquoi, des gens de néant l'ont accusé d'avoir dilapidé les finances et Jean sans Peur ne l'a pas défendu. En fuite, Essarts s'est attaché au dauphin Louis de Guyenne et s'est emparé pour lui de la bastille Saint-Antoine. Mais il a finalement été pris par les Bourguignons, et les Cabochiens l'ont accusé d'avoir voulu livrer Paris aux Armagnacs et dilapidé les finances. Il a été condamné à mort après une parodie de procès, décapité aux Halles et son corps pendu au gibet de Montfaucon.

» Or, devinez qui, au retour de Jean sans Peur en 1418, a reçu les biens de Pierre des Essarts, et en particulier sa seigneurie de la Motte de Tilly ?

— Puligny ?

— Lui-même. Beau retour de fortune car quand les Armagnacs avaient repris le pouvoir, après la fuite de Jean sans Peur, l'ancien roturier Chapelain avait été banni comme cabochien. Durant des années, le duc Jean avait d'ailleurs sollicité son amnistie et, à son retour, outre les biens de messire des Essarts qu'il a dû quand même partager avec le chancelier Le Clerc, Bourgogne lui a attribué une charge de chambellan dans sa maison, celle de premier valet de chambre du roi, ainsi que l'office de garde des joyaux. De surcroît, il a reçu les biens confisqués au précédent garde des collections d'orfèvrerie, Jacques L'Empereur.

— Aurait-il pu tremper dans la mort de Des Essarts ?

— Puligny a pu apprendre certaines choses et les a dénoncées. Ou alors, il les a inventées ou a fait faire de fausses pièces. Bien des rumeurs circulent sur lui au Palais mais, pour être honnête, je n'ai jamais vu passer de tels documents entre mes mains. Tout ce que je sais, c'est qu'il en avait les moyens tant il disposait de gredins à son service. Bref, à cause de ces dénonciations, Essarts, que j'estimais fort, est devenu suspect pour le duc qui l'a abandonné.

— Voilà un homme redoutable, observa Watson.

— Plus que ça. Il paye nombre d'espions et il sait s'entourer de sicaires prêts à tout. Est-ce votre ennemi ?

— Il se pourrait, laissa tomber Holmes.

— Dans ce cas, vous avez tout à craindre.

— Ma foi, j'ai déjà maître Dolé et Moriarty, alors un de plus… fit Edward d'un ton insouciant.

— Vous auriez tort de le sous-estimer. Il est de surcroît fort riche.

— A-t-il pu détourner à son profit des joyaux royaux ?

— On le dit. On m'a parlé d'un reliquaire qu'il se serait adjugé. Par ailleurs, il s'est plaint que les coffres des châteaux de la bastille et de Vincennes avaient été pillés pendant qu'il accompagnait le roi à Troyes et à Beauvais, or il en possédait les clefs et l'enquête n'a pas abouti. Cent vingt objets auraient disparu.

— Cela ressemble au vol du Louvre, fit Watson.

— C'est lui qui tient à jour les inventaires, persifla Fauquembergue. Il reste insoupçonnable à cause de sa fidélité. Le roi Henri V lui accordait sa confiance surtout parce qu'il lui révélait sans scrupule les noms de ceux trop proches des Armagnacs ou du prétendu dauphin. Je sais qu'il dispose ainsi d'agents au Parlement et au Châtelet, de simples valets, ou des archers, mais qui entendent tout. Le régent l'apprécie lui aussi et, voici quelques mois, par lettre patente il l'a gratifié de six cents livres tournois de rente annuelle et perpétuelle à prendre par portion aux quatre termes.

15

— Une seconde personne m'intéresse, maître Fauquembergue. La petite-fille d'un autre garde des joyaux : Gabrielle de Landes.

— Je connaissais son père et, à diverses occasions, j'ai rencontré ses frères et sœurs, mais elle, jamais.

— J'ai appris qu'elle demeurait en Bourgogne, fit Holmes d'un ton indifférent.

— En effet, à Authumes depuis le mois de janvier. Elle ne dispose pas d'une fortune propre et, jusqu'à voici deux ans, elle logeait chez sa sœur qui a épousé Philippe Rolin, le chancelier du duc. Mais celle-ci est trépassée et, fort courtoisement, ce dernier l'a gardée dans sa maison. Fortuné, il se doit de disposer d'un nombre considérable de serviteurs et d'officiers. Après avoir acheté le château d'Authumes à l'occasion de son nouveau mariage, il lui a demandé d'en devenir la chambellane. Elle dépend entièrement de lui, désormais.

— Utilise-t-elle les armoiries de Landes ?

— Sans doute, n'étant pas mariée.

Le silence s'installa. Soit le greffier ne savait rien d'autre, soit il ne voulait pas faire état de ses connaissances. Holmes devina que, s'il n'aimait pas Puligny,

Fauquembergue avait apprécié Berthaut de Landes et ne voulait donc rien révéler contre sa fille.

— Encore un mot, fit Edward. Quel genre de personne était l'oncle de Marie de Savigny, Louis ?

— Le trésorier de Saint-Martin ? Un brave homme, bien différent de son frère Charles toujours prêt à mettre l'épée à la main, fort pieux, bien que porté sur la gent féminine.

— Avait-il des maîtresses ?

— Sans doute, qui n'en a pas ? On m'a même parlé d'une fille naturelle, mais il s'agit forcément de médisance.

— Évidemment ! conclut Edward, sans insister.

— Pensez-vous retrouver l'escarboucle, maître Holmes ? s'enquit Fauquembergue après un nouveau moment de silence.

Le clerc grimaça :

— Il le faudra bien, vous savez que la position de Marie de Savoisy est fort difficile.

— J'ai en tout cas la certitude de son innocence, déclara le greffier.

Il se leva :

— Hélas, il sera dommage de voir ce joyau devenir le bien des Bourguignons, conclut-il.

En revenant rue du Coq, Holmes méditait sur ce qu'il avait appris. Puligny se révélait plus redoutable qu'il ne l'avait imaginé. Pour le reste, il avait lancé des filets au hasard, tant sur Gabrielle que sur Hélisenne, mais s'il existait des accointances entre les deux femmes, Fauquembergue les ignorait ou ne voulait les révéler. Vers où se tourner maintenant ? Amaury et son frère, ses irréguliers, étaient en chasse, comme Lestrade. Il n'y avait plus qu'eux capables d'apporter de nouveaux renseignements. Restait le cas de Gabrielle de Landes. Était-ce elle qui se trouvait chez Raoul Tassin ? Comment le connaissait-elle ?

— Ami Gower, nous sommes tout près du Louvre, es-tu d'accord pour faire un détour ?

De retour à la maison à la Corne-de-Cerf, les deux Anglais tinrent conseil avec l'ensemble de la mesnie rassemblée autour de la table. Holmes mit en garde Constance Bonacieux, ses serviteurs et celui qu'ils étaient allés chercher à l'impasse de la Fosse-aux-Chiens. La prudence s'imposait envers des visiteurs inconnus qui pourraient avoir de mauvaises intentions, leur dit-il. À cet avertissement, les visages des domestiques s'allongèrent d'inquiétude. Tous avaient encore en mémoire la façon dont ils avaient été chassés alors que leurs maîtres étaient arrêtés et emprisonnés, quelques mois auparavant. Cependant, Watson les rassura, persuadé que leur adversaire n'oserait s'en prendre à eux.

Personne n'ayant plus rien à dire, Constance annonça le repas et Gower récitait le bénédicité quand on frappa à l'huis. Il s'interrompit, alla prendre son épée déposée sur un coffre et fit signe aux valets, Bertrand et Robin, de saisir leurs arbalètes tandis que Michel, le concierge, épieu au poing, allait voir par le judas mural qui se présentait.

C'était Amaury. On fit entrer le garçon qui annonça en haletant, car il avait couru pour venir :

— On a vu une femme sortir de la maison, maître Holmes ! Thomassin la suit.

— Bravo !

Edward hésita un instant : devait-il partir sur-le-champ pour la rue de la Mortellerie ? Mais si la femme avait abandonné la demeure pour de bon, que feraient-ils là-bas ? Non, en définitive, mieux valait attendre le rapport de Thomassin et ne se rendre à la maison du Bras-de-Fer que lorsque Hélisenne y serait à nouveau.

— Retournes-y, Amaury, et que l'un de vous revienne nous prévenir quand elle sera revenue. En partant, emporte un morceau de pain pour ton frère et toi.

Ainsi fut fait et le garçon s'en alla.

Le souper se terminait quand Thomassin arriva :

— Maître Holmes, la dame est rentrée ! s'écria-t-il en entrant. Je l'ai suivie tout le temps.

— Où est-elle allée ? répliqua Edward qui s'était précipité à la porte dès que le concierge avait annoncé Thomassin.

— Elle s'est rendue à la rivière pour boire. Sans gobelet, elle a pris l'eau dans ses mains. Elle paraissait assoiffée et malheureuse, et ça m'a fait de la peine, maître. Puis elle est allée à Saint-Gervais. Je l'ai suivie dans l'église où elle est restée à prier dans la chapelle de Marie. Après quoi, elle a marché jusqu'au pont Notre-Dame et est entrée chez un orfèvre : la boutique à l'enseigne de Saint-Pierre. Quand elle l'a quittée, elle est revenue à Saint-Gervais, puis retournée dans la maison au Bras-de-Fer. J'ai retrouvé mon frère qui m'attendait. Il est resté à surveiller et j'ai couru jusqu'ici.

— Plus un instant à perdre, Gower ! lança Holmes en saisissant sa houppelande et son bonnet de feutre à pointe. Bertrand, Robin, préparez vite les montures. Thomassin, aide-les et ensuite tu monteras en croupe sur le cheval de messire Watson.

Ils furent rapidement en route. Edward voulait s'arrêter au Châtelet afin de prévenir Lestrade mais, si le commissaire examinateur ne s'y trouvait pas, ils agiraient sans lui, avait-il décidé.

À peine parvenus au tribunal prison, Thomassin et Watson partirent en quête du policier qui, par chance, venait juste d'arriver. Holmes lui expliqua qu'ils avaient trouvé l'épouse de Tassin et lui demanda s'il voulait les accompagner.

— Je serai fier d'agir avec vous, maître Holmes, répondit le commissaire avec enthousiasme.

— Dans ce cas, allons sur place sans délai.

Lestrade appela deux archers et un sergent à cheval pour l'accompagner et, comme sa monture n'avait pas encore été dessellée, ils partirent immédiatement. Ils sortirent du Châtelet par la rue Saint-Leufroy puis longèrent la rivière jusqu'au port au blé. En chemin, le commissaire examinateur expliqua avoir arrêté plusieurs amis de Tassin mais sans certitude qu'ils soient les assassins ou des complices car, bien sûr, tous niaient le crime. Il s'apprêtait à les interroger quand Holmes était arrivé.

En pénétrant dans la cour de la maison à l'enseigne du Bras-de-Fer, le clerc aperçut Amaury qui se précipita vers eux.

— Elle est toujours dedans, seigneur !

— Sais-tu s'il y a une autre porte à la maison ?

— Oui, maître, j'ai vérifié avec Thomassin. Il y en a une par-derrière, dans le jardin.

— Robert, accompagne le garçon avec un archer pour empêcher quiconque de sortir par là, ordonna Lestrade au sergent.

Ils s'approchèrent ensuite de la porte et, ayant mis pied à terre, le commissaire frappa dessus à coups de poing car il n'y avait pas de heurtoir.

Aucune réponse, pas de bruit.

— On va l'enfoncer, décida-t-il.

— Non, attendez ! fit Holmes qui l'écarta.

» Hélisenne, poursuivit-il en criant, je sais que vous êtes là ! Je suis envoyé par Marie de Savoisy qui veut rencontrer sa cousine.

Silence.

— Hélisenne, Marie de Savoisy sait ce que vous avez fait et vous pardonne. De plus, vous pouvez maintenant l'aider.

Watson, oreille collée à la porte, fit signe qu'il entendait des bruits. Puis des verrous furent tirés et l'huis s'entrebâilla.

Edward pénétra le premier. L'endroit se trouvait dans l'obscurité mais il distingua une silhouette en robe.

— Vous n'êtes pas seul, lui reprocha une voix de femme.

— Non, voici mon ami Gower Watson, et messire Lestrade, commissaire au Châtelet avec un archer. Mon nom est Holmes, Edward Holmes.

Elle resta immobile, mutique, tandis que les quatre hommes entraient.

— Raoul Tassin est trépassé, ajouta le clerc. Nous voulons trouver ses assassins.

Elle demeura impassible, mais, soudain, elle éclata en sanglots.

— Je sais qu'il est mort. J'étais là quand les ribauds sont venus. Il s'est battu et m'a permis de fuir, mais il avait déjà été blessé. Que Dieu l'accueille dans son paradis, bafouilla-t-elle finalement. Raoul avait des défauts, mais il a toujours été bon pour moi.

De nouveau le silence. Enfin, pas tout à fait, car la jeune fille murmurait une prière.

— Vous êtes la petite-fille de Philippe de Savoisy, garde des joyaux du roi Charles V. De là où il est, votre grand-père vous protège. Il ne veut pas que sa descendante soit une voleuse. Aidez-moi et je vous aiderai.

16

— Comment avez-vous appris cela ? demanda-t-elle d'une voix accablée.

— J'ai le talent de découvrir la vérité. Vous avez été élevée par le maître maçon Noël Baudé qui a épousé votre mère, maîtresse de Louis de Savoisy.

Lestrade écarquillait les yeux de surprise à ces révélations. Quant à Hélisenne, elle secouait la tête et son visage marqué par les épreuves était trempé de pleurs.

— Il n'y a que Raoul qui connaissait ma naissance… Je vous en supplie, ne la révélez pas… Je vais avoir une fin ignominieuse, mais faites que personne n'apprenne que je suis une Savoisy. J'ai commis des fautes, j'ai volé et j'ai menti, mais le Seigneur sait que je ne suis pas méchante et que je voulais seulement connaître une meilleure vie. Je lui ai demandé pardon et je ferai amende honorable.

— Quelle a donc été votre vie ? s'enquit Watson d'un ton chaleureux qui parut calmer la malheureuse.

— Mon père est mort en 1415, l'année de mon mariage. Mon époux était cornetier et faisait de si beaux peignes que toutes les femmes des parlementaires en voulaient. Certes, il était âgé et ce n'était pas le mari que j'aurais souhaité, mais il se montrait attentionné. On vivait ici, rue de la Mortellerie et c'est peu après mes noces que mon père a appris que l'Université s'opposait à la poursuite des travaux qu'il conduisait avec tant de passion dans l'hôtel Savoisy. Au même moment, messire de Savoisy a été fait prisonnier à Azincourt. Son frère, qui me comblait de petits cadeaux, est tombé malade et parti pour Tours. L'argent s'est mis à manquer et mon père, découragé, s'est alité. Il est trépassé au bout de quelques jours. Ce ne fut pas la fin de mes malheurs, le Fourchu s'est installé à ma porte et mon mari a été dénoncé pour avoir été cabochien et participé à des émeutes avec les bouchers. Les Armagnacs l'ont arrêté et pendu. Je me suis retrouvée seule et sans ressource. J'ai commencé à vendre tout ce que je possédais. Dans un coffre, mon père gardait papiers et parchemins avec les dessins des travaux qu'il faisait. Je les ai triés pour les proposer à des papetiers et des parcheminiers. Parmi eux, j'ai découvert une lettre de Louis de Savoisy qui s'engageait à verser une rente de dix écus par an à ma mère et à l'enfant à venir une fois que mon père l'aurait épousée. J'ai tout de suite compris que cet enfant, c'était moi et que ce seigneur était mon véritable père.

» J'en suis restée bouleversée pendant des semaines. Ainsi, je sortais d'une illustre famille. J'ai voulu aller à Tours rencontrer mon père, mais c'était impossible, j'ai seulement appris que la fille de mon oncle, Marie de Savoisy, était chambellane de la reine. Sans raison, je me suis mise à la haïr. J'étais pauvre et elle riche. Je vivais dans une maison misérable et elle dans un palais. Je me souviens d'être allée la voir plusieurs fois aux messes de Pâques et de Noël à Notre-Dame. J'ai alors remarqué combien je lui ressemblais. Mais en fin de compte, j'ai accepté mon sort et j'ai survécu comme servante à la taverne du *Grand-Godet*, aux Halles. Je logeais toujours ici, bien qu'une partie du toit se soit écroulée lors des tempêtes, voilà trois ans. Dans le coffre de mon père, j'avais aussi découvert un trousseau de clefs rouillées avec un petit placard attaché sur lequel était écrit : *Trouvé dans la cave de l'hôtel de Savoisy*. Pour quelles raisons avait-il gardé ces clavelles ? J'ai hésité à les porter à un fèvre qui m'en aurait donné quelques deniers, mais je les ai finalement gardées. J'ignore pourquoi.

Elle se tut un instant, plongée dans ses souvenirs douloureux.

— C'est au *Grand-Godet* que j'ai rencontré Tassin. Sergent de la porte au Louvre, il me faisait une cour assidue et je suis allée vivre chez lui bien que je n'aimasse pas ses amis : des ribauds et des drilles. Il avait été marié mais ignorait où était sa femme, alors on ne pouvait s'épouser, puis il a appris qu'elle était décédée et nos noces devinrent possibles. Je lui ai alors parlé de mon vrai père, il ne me croyait pas et je lui ai montré la lettre et les clefs. Voici deux mois à peu près, le capitaine de la porte orientale du Louvre l'a cédé au capitaine de la Grosse Tour. Messire Enguerrand de Ganay manquait de sergents car l'hiver avait provoqué beaucoup de décès. C'est là que Raoul apprit le nom des anciens gardes des joyaux, et que mon grand-père avait été le premier. Il ne cessait de m'en parler, se demandant si ces clefs venant de l'hôtel de Savoisy n'ouvraient pas les coffres de la Tour. Je finis par y croire moi aussi et je les lui confiai. Un jour, prenant prétexte de faire une ronde, il est monté seul au deuxième étage et a essayé les clefs. C'étaient bien celles des serrures et des cadenas. Il est entré et a ouvert une armoire contenant des objets d'argent. Il a volé un gobelet ciselé et une croix d'or.

» On a fondu la croix et vendu l'or une dizaine de livres. Quelques jours plus tard, le garde des joyaux est venu dans la Grosse Tour avec un orfèvre. Raoul avait peur qu'on découvre ses rapines, mais il ne se passa rien. Malgré tout, il proposa de raccompagner l'artisan jusqu'à la porte du Louvre. Mon homme était jovial, inspirait confiance et se montrait adroit pour faire parler les gens. Il apprit ainsi de l'orfèvre qu'il était venu examiner une pierre précieuse, l'escarboucle bleue de Marco Polo, laquelle devait être montée sur un diadème pour la future épouse du régent.

» Jusque-là, Raoul ignorait que cette pierre se trouvait dans une armoire de la salle des joyaux et l'idée de la voler lui vint. Avec un bijou de cette valeur, me dit-il, on pourrait partir pour Gand ou Bruges où on le vendrait et où on vivrait riches, loin de la guerre et de la misère. J'étais tentée, mais comment faire pour ne pas être pris et finir pendu et enfouie ?

» Il faut qu'on accuse quelqu'un d'autre, me dit-il. J'avoue avoir eu la maudite idée de me faire passer pour Marie de Savoisy. Je voulais punir cette cousine qui connaissait le bonheur contrairement à moi. J'ai tant de honte et de regrets d'avoir songé à ça. Raoul prépara tout. Avec le produit de la vente de la croix, il loua une mule richement harnachée, une belle robe avec un manteau et des rubans, et il obtint des casaques aux armes de la Bavière de la part d'un fripier. Il promit à deux ribauds qui n'avaient pas froid aux yeux des objets d'argent que je rapinerais s'ils me servaient d'escorte.

» On réalisa le vol lundi dernier. Je m'étais coiffée en truffaux, ma robe avait une couleur un peu passée et mes rubans étaient de toile et non de soie, mais qui s'en apercevrait dans la tour si sombre ? Raoul devait confirmer que j'étais Marie de Savoisy à son capitaine si celui-ci avait des doutes et ne voulait pas me laisser aller dans la salle aux joyaux.

» On fit comme on l'avait décidé et tout se passa bien. J'avoue que je n'eus aucun mal à faire la grande dame auprès des gardes et du capitaine. Une fois dans la salle, je volai l'escarboucle, un drageoir émaillé, une cuiller à épices et un gobelet d'argent, puis je ressortis…

— Vous oubliez un hanap, une perle, un petit saphir et une médaille à l'image de Notre-Dame, ajouta froidement Edward.

— Non, messire, je vous dis la vérité et je jure sur les Évangiles que je ne mens pas.

— Admettons. Ensuite…

— Les ribauds m'ont accompagnée chez Raoul pour rendre leur livrée. Il ne leur avait rien révélé, mais les estropiats se doutaient d'une rapinerie. Ils m'ont demandé ce que j'avais fait, et comme je refusais de parler, ils ont menacé de me battre. Heureusement, Raoul se méfiait d'eux, aussi avait-il quitté le Louvre peu après mon départ, expliquant à ses compagnons qu'il se sentait malade. En arrivant, il a tiré son épée et les fredains sont revenus à de meilleurs sentiments. Ils ont accepté le drageoir émaillé et le gobelet d'argent et sont partis après avoir rendu leurs casaques. Avec Raoul, on a regardé l'escarboucle toute la soirée. Elle était merveilleuse et il m'a dit qu'elle valait au moins vingt mille livres. Avec cette somme on vivrait comme des bourgeois à Gand, me promit-il.

— Vous a-t-il dit qu'elle était maudite et portait malheur ? intervint Lestrade.

Elle eut une expression horrifiée.

— Non… murmura-t-elle. Mais alors, c'est elle qui m'a apporté ces infortunes…

— Continuez ! ordonna Holmes.

Le ton du clerc était tel qu'elle obtempéra.

— On avait décidé de partir le samedi. Le vendredi, il avait obtenu un sauf-conduit et un cheval. On faisait nos paquets quand les ribauds sont revenus avec d'autres coquins. Par la menace, ils ont exigé qu'on leur donne mes rapines. Sachant ce qu'ils allaient me faire, mon homme s'est battu et m'a crié de fuir. Dans la confusion de la rixe, j'ai filé par la porte de derrière quand je l'ai vu frappé d'un coup de dague. Les ribauds m'ont poursuivie, mais sans me rattraper.

— Et l'escarboucle ? s'enquit Watson.

— C'est Raoul qui la conservait. S'ils l'ont tué, ils l'ont prise avec tout ce qu'on avait volé. Je gardais seulement une salière d'argent dans ma robe. Je me suis réfugiée ici, dans la maison de mon père. J'étais terrorisée, j'avais tout perdu. J'ai prié pendant deux jours, sans manger ni boire. Je voulais mourir. J'ai compris que Dieu m'avait punie. Pour finir, assoiffée, je suis sortie, tout à l'heure. J'ai bu à la rivière puis je me suis rendue à Saint-Gervais prier la très Sainte Vierge de me pardonner. Ensuite, j'ai porté la salière à un orfèvre qui m'a proposé six deniers alors qu'elle en valait dix fois plus, mais peu importait. Je suis retournée à Saint-Gervais et j'ai donné la somme au vicaire en lui demandant des messes pour Raoul et Marie de Savoisy à qui j'avais causé tant de mal. Puis, je suis revenue ici et je venais de décider d'aller me livrer au Châtelet afin d'innocenter ma cousine.

Pour Edward, l'affaire était terminée, les aveux d'Hélisenne innocentaient Marie. Cependant, il n'était pas tout à fait satisfait. Cette femme était plus une victime de son destin que coupable d'un crime. Il se tourna vers le commissaire, sollicitant son avis.

— Il faut retrouver les ribauds, décida Lestrade qui n'avait pas de tels états d'âme. Que savez-vous sur eux ?

— Ils se nomment Colin le Rat et Hallé Le Baston et fréquentent la *Truie-qui-File.*

Rue au Feurre[1], c'était une taverne à cervoise devant le marché aux Poirées, certainement le cabaret le plus sale et le plus sordide du quartier.

— Je m'en occupe, décida le commissaire. Quant à vous, je vous arrête au nom du roi. Vous allez me suivre sans résistance au Grand Châtelet.

— Je le ferai, soupira-t-elle.

Edward fouilla dans sa bourse et sortit un écu d'or qu'il remit à Lestrade :

— Qu'elle ait une chambre seule.

Le policier demanda à son archer d'appeler le sergent par la porte du jardin et ils emmenèrent la petite-fille de Philippe de Savoisy.

— Que va-t-il lui arriver ? demanda Watson quand ils ne furent plus que tous les trois.

— Le sort des larronnesses, elle sera enfouie vivante aux Halles, répondit le commissaire en haussant les épaules.

1. Qui deviendra la rue aux Fers, puis de la Ferronnerie.

17

Rue de la Vieille-Monnaie, messire Jean de Puligny écoutait avec contrariété son secrétaire qui lui résumait un mémoire envoyé par l'intendant de son château de la Motte de Tilly. Les cens devant être payés à Pâques seraient en diminution, annonçait-il, car plusieurs censives se trouvaient délaissées, leurs tenanciers étant morts de froid. Cette mauvaise nouvelle s'ajoutait au non-paiement du dernier quartier de sa pension de six cents livres. Allait-il devoir vendre des tapisseries ou des pièces de son orfèvrerie pour tenir son rang ?

Un homme entra. En pourpoint vert et rouge, chapeau rond à haute calotte de couleur feuille-morte et épée à la taille, il salua son maître et lui annonça la visite d'un clerc.

— Thomas, laisse-nous ! ordonna Puligny à son secrétaire.

Ce dernier sortit après s'être incliné avec déférence.

— Qui est-ce, Geoffroy ?

— Un clerc du prévôt ; celui qui vous renseigne, messire.

— Fais-le venir.

Le chevalier Geoffroy d'Anfreville était le fils du grand-oncle de Puligny. Puligny avait pris très jeune dans sa maison ce cadet roturier, avait changé son nom de Geoffroy Chapelain en Geoffroy d'Anfreville et l'avait fait initier au métier des armes. Le garçon avait combattu quelque temps dans la troupe de Villiers de L'Isle-Adam, lequel l'avait adoubé écuyer. Jean de Puligny avait ensuite envoyé son petit-cousin dans une compagnie de Jean de Luxembourg pour qu'il s'y distingue, sans cependant trop s'exposer car il avait de grandes ambitions pour ce jeune homme qu'il considérait comme son fils. Or, une horde armagnac s'attaqua à la ville de Beaurevoir où s'était installé Luxembourg. Ce dernier la poursuivit dans le comté de Guise avec quelques centaines de combattants, dont Geoffroy, et mit le pays à sac. Pour ses actes de bravoure et de pillage sur les manants du comté, Anfreville fut fait chevalier.

Revenu à Paris, il était désormais chargé de la sûreté de l'hôtel de son maître avec, auprès de lui pour le seconder, un sergent d'armes et quelques mercenaires ramenés de ses aventures, dont un Espagnol longtemps membre de la bande de Rodrigue de Villandrando[1].

Conduit par Anfreville, le clerc entra et s'agenouilla.

— Sais-tu où en est l'enquête ? s'enquit sans préambule le garde des joyaux.

— La chambellane est enfermée chez la reine et messire Morhier a envoyé hier une lettre à monseigneur le duc de Bedford, à Amiens. Je n'ai pu la copier, mais en voici les termes : il y est dit qu'un clerc anglais nommé Holmes recherche l'escarboucle.

1. Capitaine d'une grande compagnie.

Mon maître suggérait au duc de le laisser agir car il serait un homme adroit, capable de réussir.

— C'est tout ?

— Oui, messire. Mon maître devrait recevoir une réponse de monseigneur demain ou après-demain. Je vous en porterai les termes.

— Geoffroy, remets un petit niquet[1] à notre ami et rappelle Thomas.

Une heure plus tard, Puligny donnait des instructions à son secrétaire pour réduire les dépenses de l'hôtel, la principale étant de ne plus accorder de gages aux domestiques, quand Anfreville revint. Il s'agissait d'un autre visiteur. Cette fois, c'était un archer du Châtelet, lui aussi aviseux du garde des joyaux. L'homme s'agenouilla après s'être abîmé dans une révérence.

— Parle !

— Voici quelques heures, j'ai accompagné messire Lestrade jusqu'à une maison de la rue de la Mortellerie, seigneur. Il y avait avec nous deux Anglais nommés Holmes et Watson que messire le commissaire connaît bien. Nous y avons trouvé une femme. J'étais présent quand elle a tout avoué : c'est elle qui a volé l'escarboucle.

— Quoi ? Ce Holmes a déniché l'escarboucle ?

— Non, messire, seulement la voleuse.

L'archer fit alors le récit de ce qu'il avait entendu.

Dans la tête de Puligny, les questions se bousculaient. Cette femme avait avoué, donc il s'agissait bien de celle qui s'était fait passer pour Marie de Savigny. Toutes deux étaient cousines, ce qui expliquait leur ressemblance et la confusion du capitaine de

1. Denier tournois.

la Grosse Tour. Mais comment ce Holmes avait-il mis au jour cette incroyable intrigue ? Ce clerc possédait-il un talent diabolique pour faire apparaître la vérité ? Auquel cas, dans combien de temps découvrirait-il qu'il s'était attribué quelques objets d'orfèvrerie de la collection royale ? Ne devrait-il pas rendre ceux qu'il avait encore ? Personne ne s'apercevrait de son larcin, mais cela représentait tout de même une centaine d'écus, et l'argent allait lui manquer.

Tandis que l'archer terminait en racontant que la femme avait été enchartrée dans une chambre au Châtelet, Holmes ayant payé son séjour, le garde des joyaux se passa une main dans sa barbe naissante. Non, décida-t-il, il fallait agir plus vigoureusement.

— Dès que l'escarboucle sera découverte, reviens me prévenir, mon compère, dit-il à l'archer.

L'homme comprit qu'il était congédié. Anfreville lui remit un demi-niquet et le raccompagna.

Puligny resta seul et se rapprocha de la cheminée. Malgré son épaisse robe tapissée au col et aux poignets doublés de petit-gris, il frissonnait. Pour la première fois, il sentait que sa position à la cour pouvait être remise en cause. Il devait faire taire ce Holmes trop curieux.

Quand le chevalier revint, il avait pris sa décision :

— Geoffroy, rassemble tes meilleurs hommes, les plus discrets aussi. Cette nuit, tu te rendras à la maison des Anglais. As-tu bien repéré les lieux quand tu les as suivis ?

— Oui, messire.

— La porte t'a-t-elle paru solide ?

— Il y a un portail, qui sera certainement fermé. La porte se situe dans un passage voûté, mais rien qui ne puisse être brisé avec un bon bélier et des gens vigoureux.

— Y a-t-il une autre sortie ?

— Non, j'ai vérifié.

— Parfait. Une fois que vous serez entrés, pas de quartier. Pas de témoin, pas de problèmes. Vous pillerez l'orfèvrerie afin que les gens de la prévôté croient à des gueux. Mais la moitié sera pour moi.

Le chevalier branla du chef. Geoffroy d'Anfreville avait appris à faire ce genre de besogne dans le comté de Guise.

18

Minuit avait sonné depuis longtemps au clocher de Saint-Germain-l'Auxerrois. L'orage se déchaînait avec des coups de tonnerre de plus en plus violents qui faisaient vibrer les murs de la maison à la Corne-de-Cerf et trembler les meubles, même les plus massifs. Dans son rêve, Edward, poursuivi par des loups affamés, courait dans une sombre forêt tandis que la foudre tombait sur les arbres autour de lui et que les branches basses le fouettaient avec fureur.

Un fracas plus bruyant que les autres et il se réveilla, mais le cauchemar ne cessa point. Le vacarme demeurait épouvantable et les murs continuaient à trembler.

Holmes comprit alors qu'il n'y avait pas d'orage. Il se dressa d'un bond. La chandelle, qu'il avait laissée allumée dans son bougeoir, éclairait toujours. Il se précipita hors de sa chambre et, dans la galerie, se heurta à Robin qui venait aussi de se réveiller.

— Que se passe-t-il, maître ? demanda le domestique, effrayé.

— On tente de forcer la porte ! Vite, descends !

Dans la salle basse, ils découvrirent les autres hommes de la maisonnée déjà prêts.

La veille, tout le monde s'était mis au travail pour ériger une sorte de barricade avec les coffres de la maison. Si Watson doutait que Puligny s'en prenne à eux, le garde des joyaux ayant bien trop à perdre s'il était mis en accusation, il avait changé d'avis après le récit d'Edward rapportant l'agression fomentée par le père de Marie contre le procureur à l'hôtel du roi. Ses écuyers et valets avaient certes été enfermés à la Conciergerie après avoir rossé le procureur, mais Savoisy avait obtenu pour eux des lettres de rémission, avait expliqué le clerc.

— Puligny peut se sentir assez fort pour avoir la certitude d'être absous, avait-il conclu en provoquant l'effroi de ses domestiques.

— D'ailleurs, avait renchéri celui qu'on était allé chercher à l'impasse de la Fosse-aux-Chiens, il est inutile de laisser des témoins dans ce genre d'affaire. Qui ira accuser Puligny s'il ne reste ici que des dépouilles sans vie ?

On l'a deviné, le nouveau venu était Enguerrand Chabridel, l'ancien valet de chambre de Raoulet d'Octonville, ce conseiller aux finances ayant participé à l'assassinat du duc d'Orléans avant de devenir un des hommes liges d'Isabeau de Bavière. Chabridel, qui avait fait partie un temps de la compagnie de L'Isle-Adam avant de revenir à Paris se mettre au service d'Isabeau ; la reine faisait appel à lui pour des affaires que personne n'avait à connaître.

C'était elle qui avait conseillé à Holmes de demander au mercenaire d'assurer la protection des siens. Edward, ayant eu l'occasion d'apprécier celui qui l'avait libéré de son cachot du Châtelet[1], avait

1. Voir *La Ville de la peur*, *op. cit.*

approuvé l'idée et Chabridel s'était donc installé dans la maison à la Corne-de-Cerf.

C'était lui, avec Watson, qui avait préparé la défense de la demeure. Les barres avaient été placées à la porte jour et nuit et les domestiques ne sortaient qu'accompagnés d'un homme armé. Arcs et arbalètes avaient été entreposés derrière la barricade, ainsi bien sûr que l'arquebuse de Holmes.

Voyant arriver son ami à la lueur des torches installées devant l'antichambre, Gower lui tendit une chemise de mailles tandis que Bertrand bouclait sur son torse une cuirasse maclée et saisissait un bassinet.

Soudain il y eut un grand fracas et les coups cessèrent.

— Ils ont brisé le vantail du porche, annonça Watson. Ce ne sera plus long, maintenant, tenez-vous prêts.

Debout, en brigandine avec cervelière, brassard au poignet, il tenait son grand arc à la main, une flèche engagée, trois autres prêtes. Plus à l'écart, lui aussi debout, en haubert court avec corselet de fer, bien campé sur ses jambes protégées de tassettes et de jambières, braquemart à la taille, Chabridel brandissait une arbalète. Michel – le concierge –, Bertrand, Robin et Amaury, tous accroupis derrière les coffres, tenaient aussi des arbalètes au câble tendu. Eux ne tireraient que sur ordre de Watson, ensuite ils saisiraient les vouges, guisarmes et épieux posés à portée de main, pour les corps à corps.

Holmes s'était confortablement installé dans un angle. Sa haquebute chargée, il avait allumé une bougie de suif pour bouter le feu à la mèche.

Les autres domestiques s'étaient réfugiés dans la cuisine ainsi qu'Amaury qui enrageait de ne pouvoir se battre.

Les coups reprirent, toujours aussi forts, très réguliers, ébranlant murs et meubles. Soudain retentit un épouvantable grondement suivi d'un terrible fracas. Instinctivement, comme si la maison allait s'écrouler, Holmes rentra sa tête dans les épaules. Une épaisse poussière jaillit de l'antichambre d'où toutes les tentures avaient été retirées.

Des ombres armées d'épées, de poignards et de haches surgirent en hurlant :

— Tue ! À mort ! Massacre !

Les estropiats ne voulaient pas se contenter de tuer les habitants de la demeure, ils voulaient massacrer, déchiqueter, fracasser, violenter. Watson eut à peine le temps de distinguer des figures tordues par la rage, des yeux de loup et des bouches haletantes.

— Tirez ! ordonna-t-il en lâchant la corde qui retenait la flèche.

Les viretons sifflèrent et, dans une immense confusion, plusieurs corps d'agresseurs basculèrent. De plus, à peine les carreaux étaient-ils partis que tonna une effroyable déflagration. La salle fut envahie de fumée et les cris cessèrent.

Dans la mesnie, chacun attendait maintenant, lame en main, que les assaillants sortent de la brume provoquée par la poudre noire. Mais rien ne se passa, aucune attaque. Au contraire, plaintes, râles et gémissements montèrent de l'antichambre.

S'échappant par la porte brisée, la fumée se dissipa et Enguerrand Chabridel fit prudemment quelques pas en avant. On l'a dit, l'ancien valet de chambre n'était pas un guerrier honorable. Observant les agonisants étendus dans leur sang, il s'approcha de l'un d'eux qui, à genoux, tentait de se relever tout en crachant du sang. Le mercenaire leva son épée tenue à deux mains et, d'un violent coup, trancha le col du blessé.

— Non ! hurla Holmes. C'est terminé !

La surprise se peignit sur le visage de Chabridel tandis que des supplications et des sanglots montaient de l'amas des corps.

— Si vous ne voulez pas en être débarrassés, débrouillez-vous, mon maître ! rétorqua l'ancien valet en haussant les épaules.

Il essuya sa lame sur les chausses du cadavre et s'éloigna, vexé.

Alors, d'un bond, un des agresseurs se redressa. Il portait casque, corselet et plaque d'armures sous un haubert, et n'avait donc guère été blessé. Il tentait de s'enfuir quand, surgissant de la cuisine, un animal furieux se précipita sur lui en grondant. Dans un saut incroyable, la bête atteignit le dos du fuyard et le fit chuter. L'animal ne se contenta pas de cette victoire et, écume aux lèvres, entreprit de mordre toutes les parties du corps non protégées par des plates.

— Gracieux ! Laisse-le ! ordonna Watson. Thomassin, attrape-le !

Le chien abandonna sa proie avec autant de mauvaise grâce que Chabridel, observa Holmes en avançant avec précaution vers les blessés. Il distingua six corps, dont un sans tête. Deux se redressèrent lentement en suppliant leur grâce. Le premier avait le bras droit hérissé d'un carreau planté dans la chair, l'autre paraissait juste abasourdi. Une troisième victime, allongée, saignait abondamment de multiples plaies et une quatrième ne bougeait plus : la flèche de Watson lui avait traversé la poitrine et le cœur. Celui qui avait tenté de fuir demeurait à genoux, surveillé par Gracieux. Gower ayant fait signe à Chabridel de venir l'aider, ils le relevèrent tandis que Holmes ordonnait à ceux qui avaient demandé merci de s'agenouiller.

— Bertrand, Robin, ramassez leurs armes ! Michel et Mathurin, sortez le décapité, son sang va tacher toutes les dalles !

— Ton nom, maraud ? gronda Watson en s'adressant à celui qu'il tenait.

— Geoffroy d'Anfreville, déglutit l'autre, le visage marqué de plusieurs plaies.

Il ne portait qu'un bassinet sans protection de la face et Holmes avait chargé sa haquebute non d'une balle de plomb mais de petits morceaux de ferraille pris chez un cloutier. Cette grenaille, non mortelle, avait provoqué de multiples blessures. Anfreville avait reçu deux éclats, un dans le menton et un autre au-dessus de l'œil.

— Noble homme ?

Anfreville hésita à peine, mais son hésitation n'échappa pas à Holmes qui écoutait.

— Chevalier.

— Au service de messire de Puligny ?

Pas de réponse de l'homme qui baissa la tête.

— Chabridel, va chercher une corde pour pendre ce fredain à ma fenêtre, sur les lieux de son crime, décida Edward.

— Non ! hurla Anfreville. Oui, j'appartiens à la maison de messire de Puligny.

— Qu'on lui enlève son harnois, décida Holmes. Ensuite, attachez-le solidement.

Il se tourna vers Thomassin et lui demanda d'apporter des cordelettes avant d'ajouter à l'intention du prisonnier :

— Laissez-vous faire, sinon on vous tranchera les poignets et on vous jettera dans la rivière cousu dans un sac.

Il revint aux autres hommes de main. Les deux agenouillés ne paraissaient pas avoir de graves blessures à part le carreau dans le bras de l'un et quelques morceaux de ferraille dans les chairs de l'autre. En revanche, le troisième maraud avait reçu deux traits dont l'un lui avait percé la poitrine. Il respirait à peine et, à chaque expiration, une mousse sanglante sortait de sa bouche. Celui-là était perdu.

— Je vais retirer le vireton, annonça Edward à l'agenouillé. Ça va faire mal, mais les carreaux ne sont pas ébarbés et ne vous déchireront pas.

Le blessé écarquilla les yeux de terreur.

— Calme-toi, l'ami, fit Chabridel, hilare, si tu préfères garder le fer, tu seras crevé demain !

Holmes profita de l'inattention du fredain pour arracher la flèche qui vint avec un peu de chair et beaucoup de sang. L'homme beugla mais sans s'évanouir.

— Constance, Anne, Catherine, fit Edward aux trois femmes qui s'étaient avancées depuis la cuisine, trouvez quelques linges et faites chauffer de l'eau afin de nettoyer les blessures.

» Messire Chabridel, vous avez été barbier, pouvez-vous les panser ?

— Pour quoi faire ? Il est plus simple de les conduire à l'arche Popin et de les jeter dans l'eau, rétorqua le mercenaire en haussant les épaules.

— J'ai encore besoin d'eux pour ramasser les décombres dont ils sont responsables et nettoyer ma maison du sang qui souille les dalles, répliqua Holmes.

Il fit quelques pas vers Anfreville à qui Watson venait de lier les mains dans le dos.

— Messire, votre maître peut-il payer rançon ?

L'autre déglutit.

— Je… Je pense.

— Je l'espère pour vous et pour lui. Je vais vous enfermer dans une chambre et je reviendrai vous voir avec une lettre que vous parapherez. La rançon sera de cinq cents écus qui serviront à rembourser les dégâts que vous avez causés. Si votre maître ne paye pas, je le mettrai en accusation au Parlement pour embusque et je vous ferai dépecer tous deux en place de Grève. Il y a assez de témoins pour obtenir votre condamnation. Watson, quand messire Chabridel aura nettoyé les plaies de ce maraud, conduis-le dans l'ancienne chambre de William. La serrure ferme à clef et il ne pourra fuir par la fenêtre.

Il s'agissait de la pièce où avait logé le demi-frère de Holmes, mort à la bataille de Baugé et qui, depuis, servait de garde-meuble.

19

Le blessé au vireton geignait doucement. Holmes alla vers le quatrième homme et constata qu'il était trépassé. Il demanda à Bertrand et Robin de le jeter dehors, près du décapité, puis fit signe à Michel de l'accompagner à la porte afin d'examiner les déprédations.

Les gonds étaient arrachés et plusieurs pierres descellées. La porte elle-même devrait être refaite. La situation était à peu près la même au portail. Un bélier de bronze traînait par terre.

— Au lever du jour, je ferai venir un maçon, décida Edward en se jurant que Puligny paierait cher cette embusque. En attendant, prépare une fermeture provisoire.

Il songea alors que les sacripants avaient dû venir à cheval.

— Michel, prends une lanterne et viens !

Le portier alla chercher une des lampes préparées par Constance et rejoignit son maître. Ensemble, ils remontèrent la rue jusqu'à un recoin où se trouvaient en effet six chevaux dont un beau destrier qu'ils ramenèrent à l'écurie. Là, Edward chargea Bertrand et Robin d'accompagner Michel pour prendre les autres montures, mais d'en laisser une au porche. Ensuite, il rentra dans la maison. Anfreville, n'était plus là, ni Watson et les deux orphelins.

— Ils conduisent le prisonnier dans le garde-meuble, expliqua Constance d'un ton abattu tant elle était contrariée des dommages commis à sa maison.

Holmes lui annonça que la porte serait réparée en quelques jours et que les travaux seraient payés par la vente des chevaux et ce que possédaient leurs agresseurs, sans compter le bélier qui valait un bon prix.

— Messire Chabridel, dit-il au mercenaire qui terminait les bandages, avez-vous fouillé les marauds ?

— Bien sûr, tout ce que j'ai trouvé est sur ce coffre.

Holmes s'approcha du meuble sur lequel étaient posés deux colliers d'argent, des bracelets et des escarcelles qu'il vida. Chacune contenait au moins un écu d'or et des pièces d'argent et de cuivre. Le prix du crime. Ce butin serait distribué aux domestiques, décida-t-il.

Il s'adressa alors aux deux blessés valides :

— Vous allez nettoyer vos dégâts, ensuite vous transporterez les corps de vos compères et de lui (il désigna l'agonisant) jusqu'au cheval que j'ai laissé sous le porche et vous filerez chez votre maître. Dites-lui qu'il aura bientôt de mes nouvelles et qu'il se prépare à une rude journée.

Sidérés, et ne croyant pas à leur chance, les blessés s'entre-regardèrent. Ils étaient persuadés qu'on allait les livrer à la justice prévôtale, ce qui signifiait une pendaison rapide, or on les libérait.

— Vous avez tort, maître Holmes ! marmona Chabridel en grimaçant.

— Ces gens ne valent pas la corde pour les pendre, répliqua le clerc. Veillez à ce qu'ils nettoient cette pièce proprement. Maintenant, je monte chez moi.

Au deuxième étage, il retrouva Watson et Thomassin qui venaient de boucler le prisonnier. Il les informa de sa décision et demanda à Gower de le rejoindre afin de préparer la lettre de rançon.

— Cinq cents écus[1] ! Par saint Dunstan voilà une belle somme ! s'exclama l'ancien archer avec un sourire satisfait. Voilà qui va nous mettre à l'abri du besoin quelque temps.

— Il faudra payer des travaux de maçonnerie et de menuiserie, et des gages à Chabridel, objecta Holmes, sans en dire plus.

— Mais crois-tu que Puligny va céder ?

Rue de la Vieille-Monnaie, c'est avant l'aurore que le portier de la maison aux images de sainte Catherine et de saint Jean entendit sonner la cloche. Ce qu'il découvrit le laissa pantois : sur un cheval, trois corps, deux en travers derrière la selle et, sur celle-ci Diego l'Espagnol, un des gardiens de l'hôtel, affaissé contre la crinière de l'animal. À côté de la monture, Eustache et Guillot, sans harnois, sans armes, cottes tachées de sang, visages balafrés, épuisés, transis, moribonds. Et où était le seigneur d'Anfreville parti avec eux la veille, une heure avant minuit, équipé en guerre dans sa splendide armure ? De plus, qu'étaient devenus les autres chevaux dont celui portant un bélier ?

1. Cinq cents écus représentaient environ l'équivalent en livres. C'était le salaire annuel d'un grand officier à la cour ou d'un président au Parlement. Un beau destrier coûtait de cent à trois cents livres. Cinq cents livres permettaient à une personne économe de vivre deux ou trois ans avec deux domestiques. Mais ces chiffres sont approximatifs, d'autant que, pour certains prix ou revenus connus, on ignore s'il s'agit de livre tournois ou de livre parisis. La première étant plus faible d'un quart.

Affolé, il souleva les barres, tira les verrous et ouvrit la porte. À peine un battant était-il poussé que Guillot s'écroula, sans connaissance.

— Que se passe-t-il ? Où est messire d'Anfreville ? bredouilla le concierge.

— Préviens… messire… notre maître, balbutia Eustache.

Le portier vociféra en appelant à l'aide et des valets accoururent. D'abord ébahis, ils furent pris de terreur en découvrant qu'un des corps sur le cheval n'avait plus de tête.

— Elle est rangée dans la besace de la selle, expliqua Eustache d'un ton morne.

Les domestiques s'occupèrent des blessés et des morts et, soutenu par des laquais, Eustache, le seul à peu près vif, fut conduit dans la grande salle où une femme lui fit avaler du vin aux épices pour le ragaillardir, et ensuite dans la chambre de messire de Puligny que l'intendant était allé prévenir.

Quand le valet d'armes pénétra dans la pièce, l'intendant avait donc déjà raconté ce qu'il savait à son maître et lui avait décrit l'état des corps. Aussi, c'est un Puligny profondément perturbé qui reçut l'homme d'armes. Le voyant chancelant et bruni de sang séché, il le fit asseoir sur un banc, ce qui n'était pas dans ses habitudes, et lui ordonna de raconter ce qui était arrivé.

Eustache obtempéra. Lorsqu'il en vint à la façon dont ils avaient été accueillis, Puligny ne put s'empêcher de lâcher :

— Les infâmes gredins ! Ils vous attendaient ! Ces crapules vous ont tendu une abjecte embuscade !

Le valet hocha la tête. Les douleurs des blessures provoquées par les ferrailles de la haquebute, encore dans sa chair, le faisaient quasiment défaillir, mais il parvint à poursuivre. Il rapporta la férocité de celui qui avait tranché le col de Ligier le Bel, nommé ainsi pour sa belle tête aux longs cheveux, maintenant à l'abri dans une besace, puis les soins qu'ils avaient reçus et leur libération, messire d'Anfreville restant prisonnier.

— Pourquoi ! Pourquoi est-il enchartré ? glapit Puligny d'un ton âpre et impérieux qui ne visait qu'à cacher sa détresse. Que veut ce maudit Holmes ?

Pour l'heure, il avait du mal à accepter que les gens de la maison à la Corne-de-Cerf ne se soient pas laissé égorger comme des moutons. De quel droit ce clerc et ces manants s'étaient-ils rebellés contre Anfreville, un honorable chevalier ?

— Il a parlé de rançon… Je ne sais rien de plus, seigneur !

— Que la peste emporte ces damnés pourceaux ! Par les tripes du diable, qu'ils finissent tous en enfer !

Déjà, le garde des joyaux ne s'occupait plus du valet d'armes et lui fit signe de disparaître.

Une fois seul, anéanti par ce terrible coup du sort, il tenta d'échafauder une solution. Évidemment Holmes allait prévenir le prévôt. Certes, Geoffroy resterait muet, il n'en doutait pas, mais résisterait-il à la question ? Lui-même serait interrogé, donc il devait préparer ses réponses. Mais dans combien de temps le Parlement le ferait-il saisir ? Sans doute le premier président attendrait-il des instructions du régent ; cependant, les faits seraient si évidents qu'il ne pourrait nier.

Il devait fuir ! Tout quitter, tout abandonner. Il embrassa sa confortable chambre d'un regard circulaire, s'attardant sur les tapisseries des Flandres, les tapis de grand prix, les coffres ciselés, le dressoir empli d'orfèvrerie, son magnifique lit aux custodes brodées. Quelle misère ! Des larmes de détresse lui vinrent aux yeux.

Il fallait acheter des mules et des chariots, charger le plus possible de ses richesses et forcourir rapidement. Il se rendrait à son château de la Motte de Tilly, une forteresse inexpugnable, et se mettrait sous la protection du duc de Bourgogne. Il inventerait que les Anglais du régent complotaient contre lui, il savait combien l'alliance entre eux et les Bourguignons était fragile. Philippe le Bon le protégerait.

Il resta ainsi plus d'une heure à manigancer son départ quand, soudain, on gratta à sa porte. C'était l'intendant.

— Messire, dit ce dernier, un visiteur vient d'apporter une lettre.

— Qui ? aboya Puligny.

— Un garçon inconnu qui a aussitôt disparu, expliqua le domestique en tendant le pli.

La peur se lisait sur ses traits. Le serviteur devinait d'effroyables malheurs à venir.

Puligny prit la lettre et s'approcha d'une des deux fenêtres de la chambre. Installé dans l'embrasure, il se mit à lire la missive. L'intendant, qui n'avait pas bougé, le vit tressaillir, puis se dessina sur le visage de son maître un repoussant mélange de colère et d'effroi.

Le document se terminait par le paraphe d'Anfreville et un H et un E entrelacés formant monogramme dans un cachet de cire.

Traité passé entre Edward Holmes, clerc, et Geoffroy d'Anfreville, chevalier au service de messire de Puligny pour la rançon et délivrance de celui-ci.

L'an de grâce mil quatre cent vingt-trois, le quinzième jour d'avril, appointement est fait entre Edward Holmes, clerc, d'une part, et Geoffroy d'Anfreville, chevalier de messire de Puligny, son prisonnier, d'autre part, touchant le fait de sa finance et rançon pour sa délivrance.

Premièrement, le sire d'Anfreville reconnaît avoir fait embusque à la maison d'Edward Holmes avec d'autres serviteurs du sire de Puligny, et avoir été vaincu et fait prisonnier.

En échange de sa délivrance, messire Geoffroy d'Anfreville demande à messire de Puligny d'acquitter entre les mains de maître Edward Holmes la somme de cinq cents écus de quelque forme qu'il soit en monnaie ayant cours au royaume de France dans un délai d'un mois, faute de quoi il reviendra se livrer et acceptera d'être mis à la hart pour son agression.

Messire Geoffroy d'Anfreville reconnaît agir en consentement et bon gré, sans aucune force ou contrainte.

Maître Holmes attend messire de Puligny le mercredi 14 avril pour lui rendre son parent et lui faire connaître d'autres conditions.

Fait en notre hôtel de la rue du Coq.

La lecture terminée, la peau du garde des joyaux montrait la blancheur de la neige. Ainsi ce fou d'Anfreville avait tout reconnu ! L'ancien garçon barbier se sut perdu et, chancelant, s'affala sur le coussin du banc de l'embrasure.

En l'observant, l'intendant maîtrisait difficilement sa panique. La lettre apportait à l'évidence d'effroyables nouvelles. Puligny sentit la peur du domestique arriver jusqu'à lui et leva les yeux :

— Vous êtes encore là ? glapit-il, honteux qu'on l'ait vu dans cet état de confusion et d'épouvante. Sortez !

L'autre s'éclipsa sans mot dire.

Le garde des joyaux prit une profonde inspiration et, au bout d'un moment, relut la missive plusieurs fois. Il commença alors à réfléchir sur la façon dont il réunirait la rançon.

Car il paierait. Mieux valait perdre cinq cents écus que tout ce qu'il possédait et sa position à Paris. Mais il se jura qu'il aurait sa revanche. Restait à savoir ce que ce maudit clerc voulait lui dire. Quelles seraient les autres conditions ?

20

C'est Thomassin qui avait porté la lettre. Pendant ce temps, son frère était parti pour la rue des Vieilles-Étuves-Saint-Honoré, chez l'étuvier maître Houssay. Ce barbier, chez qui Holmes se rendait une fois par semaine pour se baigner, se faire raser et rafraîchir la tonsure, savait soigner les petites plaies et serait capable de retirer du visage d'Anfreville les éclats de fer qui le faisaient horriblement souffrir. Cette douleur avait cependant eu l'avantage de faire disparaître toute velléité de résistance chez le chevalier qui avait paraphé la lettre de rançon sans même la lire.

Bertrand, le valet d'écurie, s'était lui rendu rue de la Harpe, dans l'Outre-Petit-Pont, à la maison de l'Ours, chez le mareschaucier Laurent Broquet. C'est à lui que Watson avait vendu les chevaux saisis lors de l'affaire Basqueville et, dans un métier où les filous étaient innombrables, Broquet se montrait presque honnête. Le marchand vint plus tard examiner les montures et en offrit cent livres. Le seul destrier d'Anfreville dépassait de beaucoup cette somme et les autres bêtes valaient au moins trente livres chacun, aussi Watson refusa-t-il. Finalement un accord se fit à cent cinquante écus.

Mathurin, le père de Bertrand, s'était lui rendu chez Henri Brisset, maître en maçonnerie, qui s'occupait des travaux de construction dans la cathédrale Notre-Dame. Un artisan que le chancelier Chuffart avait plusieurs fois chaudement recommandé.

Toute la matinée, Holmes et Watson étaient donc restés dans la maison avec Chabridel. Leur présence était nécessaire à cause de la venue du maître maçon et du marchand de chevaux, sans compter l'éventualité, peu vraisemblable mais non exclue, d'un acte de folie de la part du garde des joyaux qui aurait pu tenter de délivrer le prisonnier. De plus, Holmes s'attendait à recevoir des nouvelles de Lestrade. Cependant, à la relevée, il avait prévu de se rendre à l'hôtel de la Reine pour annoncer à Marie la fin de son cauchemar, lui apprendre l'existence d'une cousine et narrer le récit de ses recherches. Voilà les raisons pour lesquelles il n'avait convoqué messire Puligny que le lendemain.

Le maçon arriva avec Mathurin. En quinze ans, l'homme de l'art avait déjà vu un nombre incalculable de maisons et d'hôtels forcés, aussi ne fut-il pas surpris. Watson lui parla vaguement de gueux et lui expliqua les travaux nécessaires. Il faudrait une bonne quinzaine pour les réaliser, selon maître Brisset, car il devrait se procurer des pierres et faire retailler plusieurs voussures. En attendant, il ferait des réparations provisoires et promit d'envoyer un menuisier de ses amis qui s'occuperait de la porte et du vantail.

Peu avant none, alors que la mesnie se mettait à table, après que les hommes avaient travaillé à un remontage transitoire de la porte, Lestrade arriva en annonçant avoir de grandes nouvelles. Holmes lui proposa de partager leur repas et le commissaire accepta avec un brin de confusion. Le temps des conflits entre lui et les Anglais était passé, et peut-être pardonné, mais il demeurait penaud de son attitude.

Il resta bien sûr pantois devant les destructions qu'il découvrit. Non qu'elles soient exceptionnelles, car les attaques de truands contre les maisons restaient hélas courantes, mais parce qu'il s'agissait du domicile de maître Holmes.

— Des gueux ont attaqué notre demeure cette nuit, expliqua ce dernier. Nous les avons repoussés.

— Incroyable ! Êtes-vous allés au Grand Châtelet y demander de l'aide ?

— Pour quoi faire ? s'enquit Watson en riant. Ce sont nos fredains qui avaient besoin d'aide. Ils sont repartis avec quelques viretons dans le corps.

— Les avez-vous blessés ? Pris ?

— Ceux qui n'étaient pas trop meurtris ont emporté les autres. Qu'en aurions-nous fait si on les avait saisis ? Ils se feront pendre ailleurs, répondit Holmes avec indifférence. Dites-nous plutôt ce qui vous amène.

Lestrade demeurait déconcerté. Ne devait-il pas en apprendre plus ? Puis il chassa cette idée qui risquait de contrarier les Anglais, chose qu'il se refusait.

— L'escarboucle de Marco Polo ! Elle est entre mes mains, ou plutôt bien serrée dans un coffre au Châtelet où le garde des joyaux, que j'ai prévenu, viendra la chercher.

— Avez-vous trouvé les assassins de Tassin ?

— Là où nous l'avait dit la jeune femme. La pierre était dans leur tanière.

— Installez-vous donc avec nous et racontez-nous cela en détail.

La mesnie était réunie autour de la grande table et Catherine avait apporté une épaisse soupe de pois. Watson récita un rapide bénédicité et chacun se servit sur son tranchoir de pain, dame Bonacieux la première.

Lestrade, assis à la droite de la maîtresse de maison, dont il avait tant à se faire pardonner, commença son récit dès que Holmes lui fit signe.

— Colin le Rat et Hallé Le Baston étaient connus d'un exempt et de plusieurs sergents à verge, mais aucun d'eux ne savait où ils demeuraient sinon que leur galetas se trouvait aux alentours du cimetière Saint-Jean. Ils se disaient crocheteurs et portefaix au port au blé, mais en vérité ils participaient à toutes sortes de louches trafics. Mes hommes se sont rendus à tour de rôle à la *Truie-qui-File* et ont fini par les apercevoir. Ils les ont suivis chez eux, m'ont prévenu et on a fait le siège de leur repaire. Les marauds ne se sont pas laissé prendre facilement et il a fallu se battre. Colin le Rat a été tué et Le Baston, blessé. Pour l'heure, ce dernier est enfermé au Châtelet et il sera pendu après avoir été interrogé et jugé. J'ai fouillé leur bouge et trouvé quelques pièces d'orfèvrerie en argent et surtout l'escarboucle, cachée dans un cruchon.

— Il n'y a pas à dire, cette pierre semble bel et bien maudite, observa Watson. Voilà un nouveau mort à son actif.

Lestrade hocha la tête d'un air sinistre.

— Quand je suis revenu au Grand Châtelet avec le prisonnier et la dépouille de son compère, j'ai trouvé le capitaine de la Grosse Tour du Louvre à qui j'avais demandé de venir identifier la nommée Hélisenne. Je voulais vous prévenir plus vite, mais j'ai préféré qu'il aille la guigner de manière à disposer de toutes les informations. Messire Enguerrand de Ganay m'a accompagné à la chambre de la femme et a reconnu que ce pouvait bien être elle, mais il n'en était pas certain car elle n'était ni coiffée ni vêtue comme la prétendue Marie de Savoisy. Alors, la prisonnière est intervenue, non seulement pour reconnaître qu'elle était bien la voleuse mais surtout pour détailler et énumérer ce qu'elle avait fait dans la tour en sa présence. Messire Ganay a donc confirmé son témoignage que j'ai ensuite fait écrire par un greffier qui vous en enverra copie. La bonne volonté d'Hélisenne Baudé sera rapportée lors de son audition et j'espère qu'on en tiendra compte pour qu'elle soit étranglée avant d'être enfouie.

Constance, et les autres femmes de la maison se signèrent, tandis que plusieurs serviteurs désapprouvaient cette indulgence d'une moue silencieuse. Cette femme était une larronnesse, quoi de plus normal qu'elle reçoive le châtiment des ribaudes ?

Watson posa quelques questions quant aux déclarations du nommé Le Baston, mais ce dernier ne s'était guère exprimé, sinon par des hurlements après avoir reçu une lame d'épée dans l'épaule et quelques coups de hallebarde.

— Messire Morhier a-t-il déjà été informé de tout cela ? demanda Holmes.

— Dès hier soir, je lui avais fait parvenir un mémoire sur l'arrestation d'Hélisenne Baudé. Un archer présent quand j'ai saisi les marauds et durant la perquisition s'est rendu chez lui aussitôt après, pour lui en faire le récit. J'ai envoyé copie de mon mémoire aux lieutenants civil et criminel, à la reine, au chancelier de France et à messire Fastolf, que j'ai aussi fait prévenir ce matin.

— Vous avez agi avec célérité et efficacité, le félicita Holmes. Personne n'aurait pu mieux faire.

Lestrade rougit sous le compliment.

— Je vous ai apporté une copie de mon mémoire, maître Holmes, dit-il en déboutonnant le haut de son pourpoint pour en sortir deux feuillets pliés qu'il tendit au clerc. Vous verrez que j'ai insisté sur votre rôle primordial dans la résolution de cette affaire.

— Je vous en sais gré, messire Lestrade. Avec messire Watson, nous allons nous rendre à l'hôtel de la Reine et nous lui ferons part de vos qualités. Messire Morhier et monseigneur le régent les connaîtront également.

De nouveau, le commissaire examinateur demeura confus, songeant combien il s'était montré sot quelques semaines plus tôt.

Le repas se termina rapidement, Edward ne reprenant pas la parole et les gens de la mesnie demeurant silencieux. Après qu'on eut servi de la confiture et du nougat, et que Constance eut prononcé les grâces, le policier prit congé et personne ne le retint.

Il partit, la tête encombrée de questions. Pourquoi les Anglais avaient-ils si peu parlé de l'agression qu'ils venaient de subir ? Étaient-ce vraiment des truands qui s'en étaient pris à la maison ? S'il avait parfois de mauvais jugements, Lestrade était perspicace. Il était persuadé que cette attaque avait un rapport avec l'escarboucle maudite. Mais lequel ? Que lui avait caché maître Holmes ?

21

À peine pénétrèrent-ils dans la salle Thésée de l'hôtel de la Reine où peu de monde se trouvait, qu'un écuyer s'approcha d'eux. Edward le connaissait de vue.

— Maître Holmes, Sa Majesté m'a demandé de vous conduire auprès d'elle dès que je vous apercevrais.

— La reine nous attendait donc ?

— Je crois qu'elle vous a envoyé un messager.

— Allons ! fit le clerc.

Le damoiseau les conduisit dans la chambre de retrait d'Isabeau. Elle était assise près du feu dans son large siège avec, auprès d'elle sur des tabourets à coussins, Marie de Savoisy, Gabrielle de Landes, Simon Morhier et Guyot de Champdivers.

Tous quatre se levèrent en voyant entrer les Anglais, lesquels s'inclinèrent devant eux.

— Maître Holmes ! s'exclama Morhier. Nous vous attendions tant nous avons hâte de savoir comment vous avez retrouvé l'escarboucle bleue !

— Messire Lestrade ne vous a-t-il pas informés ? s'enquit Edward avec un fin sourire.

En même temps, du coin de l'œil, il guignait Marie qui paraissait fatiguée, mais soulagée.

— Certes, cependant ce mémoire n'indique pas la façon dont vous avez identifié les voleurs.

— Maître Holmes, messire Watson, prenez place sur ce siège et racontez-nous, intervint Isabeau de Bavière.

D'un geste, elle désigna un banc en face d'elle et les deux hommes obtempérèrent.

— Ce n'était pas si difficile. Il y avait deux problèmes à résoudre : qui était la voleuse et comment avait-elle obtenu les clefs ? La voleuse ressemblait à madame de Savoisy au point de se faire passer pour elle. À l'évidence, mettre en cause la chambellane de la reine ne l'embarrassait pas, même si cela devait conduire une innocente à l'échafaud. N'importe qui en aurait conclu qu'elle ne l'aimait pas. Or, la ressemblance pouvait s'expliquer par un père commun ou une mère. Voici un an, une femme m'a abusé, ainsi que notre reine[1], en se faisant passer pour sa demi-sœur. Je ne cessais d'y penser. Cependant, madame de Savoisy m'avait parlé de ses frères et sœurs et aucun n'aurait pu se comporter d'une si méchante façon. Restaient les frères de Charles de Savoisy, des religieux certes, mais qui pouvaient avoir eu des enfants naturels.

» Dans les familles, il arrive souvent que les bâtards soient rejetés. Je le sais, puisque j'en suis un, et si mon aîné, le baron de Roos, m'aimait comme un véritable frère, le reste de ma fratrie ne m'appréciait pas. Inversement, parfois les enfants naturels détestent leurs frères et sœurs légitimes. J'envisageais de me renseigner sur les oncles de madame de Savoisy quand je me suis rendu à l'hôtel familial. Souvenez-vous, Votre Majesté, vous m'aviez parlé des ennemis

1. Voir *Le Chien des Basqueville*, *op. cit.*

de messire de Savoisy, en particulier de l'Université, et je voulais me faire une opinion. Sur place, un voisin m'a parlé de la reconstruction de l'hôtel en 1414, conduite par Louis de Savoisy.

— C'est en effet mon oncle qui s'en occupait, opina Marie.

— Ce voisin m'a par ailleurs dit quelques mots du maître maçon chargé des travaux, un homme qu'il avait bien connu, et de sa fille, que votre oncle aimait beaucoup. D'après lui, le maçon avait épousé la mère alors qu'elle était grosse.

— De mon oncle Louis ?

— Exactement. Quand j'ai appris que cette jeune femme – votre cousine – vivait avec un sergent du Louvre, pour moi la messe était dite.

— Mais les clefs ? s'enquit Morhier.

— Ce voisin m'a permis de visiter ce qui restait de l'hôtel de Savoisy. Dans la cave, messire Watson a déniché un coffre brisé. C'était le maître maçon qui l'avait découvert et ouvert. Il y avait trouvé des clefs que conservait Philippe de Savoisy. La cousine de madame de Savoisy a fait les mêmes déductions que moi.

Un silence admiratif s'installa, avec des échanges de regards laudatifs.

— Marie et moi possédions plusieurs de ces informations, intervint la reine. Pourquoi ne pas nous avoir interrogées, messire Morhier ?

Embarrassé par cette mise en cause, ce dernier baissa la tête avant de bredouiller, pour tenter de se justifier :

— L'enquête… était entre les mains de mes lieutenants, noble reine.

— Maître Holmes possède les qualités rares de savoir observer et de pouvoir déduire. Quand il s'explique, ses conclusions paraissent évidentes et chacun se dit : pourquoi n'y ai-je pas pensé ? intervint Marie avec chaleur. Mais, en vérité, le commun des mortels est incapable de raisonner comme lui.

La remarque tira du prévôt de Paris un sourire de reconnaissance.

— J'avoue que moi-même je ne croyais guère à ce que m'affirmait maître Holmes au début de mon amitié, quand il me déclarait qu'un examen minutieux de faits conduit toujours à des conclusions infaillibles pour qui sait les interpréter ! ajouta Watson.

— N'est-ce point exagéré ? demanda Gabrielle de Landes avec un sourire suffisant.

Edward haussa les sourcils, troublé par cette charge inattendue.

— Ainsi, maître Holmes, que pourriez-vous conclure à mon sujet ? reprit-elle.

— Que vous vous intéressiez autant que moi à Raoul Tassin, répliqua Edward du tac au tac. Au point d'aller fouiller sa maison.

Les regards surpris se tournèrent vers la dame de Landes qui se montra interloquée. Une ombre de défiance traversa le visage de la reine.

— Expliquez-vous, Gabrielle ! fit-elle d'un ton sec.

Sans expression, le regard de mademoiselle de Landes passa lentement de la reine à Marie, puis à Holmes.

— Comment le savez-vous ?

Elle ne niait pas et Marie écarquilla les yeux de saisissement.

— Je n'en aurais pas parlé si vous ne m'aviez pas mis au défi, répondit Holmes, placide. Mais dois-je m'expliquer ? Quand je le fais, chacun reconnaît que ce que je raconte est la simplicité même et j'ai l'impression de me déprécier !

— Je vous en prie, maître Holmes, insista Gabrielle, de plus en plus embarrassée.

— Entendu. Lundi après basse none, vous vous êtes rendue au Louvre. Vous y avez interrogé un sergent nommé Cadwallon le Borgnat. Vous lui avez posé des questions sur la voleuse et il vous a répondu qu'il n'était pas présent le jour du vol, que le sergent de garde était Raoul Tassin et que ce dernier avait disparu. Vous lui avez alors demandé son adresse et vous y êtes allée, toujours en voiture.

— Êtes-vous un sorcier ? murmura Gabrielle.

— Mais non ! C'est encore d'une simplicité enfantine : quand je suis arrivé chez Tassin, ce même lundi, j'ai humé votre fragrance et aperçu une voiture avec une merlette peinte sur un flanc. La même que sur votre bague.

Gabrielle baissa les yeux sur sa main.

— Il y avait deux explications à votre présence : vous étiez complice de Tassin, supposition que je rejetai, ou vous conduisiez votre propre enquête, auquel cas on vous avait renseignée, et ce ne pouvait être qu'au Louvre. Je m'y suis rendu pour vérifier et le sergent Cad m'a confirmé votre passage.

À ces paroles, la jeune femme se détendit et lâcha :

— Vous êtes dans le vrai sur tout, maître Holmes : j'avais en effet décidé de conduire ma propre enquête pour aider Marie car j'avais l'impression que messire Morhier ne la croyait pas innocente.

Le prévôt fronça ostensiblement les sourcils afin d'affirmer qu'il désapprouvait un tel jugement.

Elle joignit les mains.

— Vous savez que messire Rolin m'a confié le gouvernement de son château. Or, voici quelques mois, j'ai confondu un voleur parmi les domestiques, après avoir conduit l'enquête moi-même. J'avoue avoir pris goût à ce genre d'investigations. Bref, lundi je me suis rendue au Louvre et j'ai interrogé en effet un sergent afin qu'il me décrive la voleuse. Connaissant bien Marie, je savais pouvoir poser des questions plus pertinentes que les examinateurs du Châtelet. Ce sergent m'a révélé l'adresse de ce Tassin qui avait disparu. Je suis allée chez lui. La porte était ouverte, j'ai constaté qu'il y avait eu tumulte, aperçu des traces de sang. J'ai alors entendu parler à l'extérieur et reconnu votre voix, maître Holmes. Effrayée qu'on me découvre, je me suis enfuie par la porte du jardin sans même réfléchir. J'ai eu tort. J'aurais dû m'expliquer mais j'étais persuadée de n'avoir laissé aucune trace.

Elle ajouta chaleureusement :

— Marie m'avait dit que vous possédiez d'incroyables capacités d'observations et un esprit fort vif, je constate combien elle avait raison. Je vous admire, maître Holmes.

Le clerc la gratifia d'un sourire et se tourna vers le prévôt :

— Maître Morhier, je suppose que l'affaire est complètement éclaircie pour vous et que madame de Savoisy est libre ?

— Évidemment. Un courrier est déjà parti pour Amiens, informant monseigneur que l'escarboucle est retrouvée et que la coupable attend son châtiment.

Holmes échangea alors un regard avec Marie et y lut malaise et inquiétude.

— Que va-t-il advenir de ma cousine ? dit-elle.

— Rien de bon, hélas pour elle, intervint Morhier d'une voix morne.

— Je suis certain qu'elle n'est pas une mauvaise femme, remarqua tristement Marie. Qu'en pensez-vous, maître Holmes ?

— Elle a connu beaucoup de malheurs, répondit-il, et de mauvaises fréquentations. Mais je la crois bonne, comme vous.

— J'aurais aimé la connaître. Ma reine, fit la chambellane d'un ton suppliant, pensez-vous pouvoir la sauver du bourreau ?

Visage fermé, Isabeau secoua la tête.

Les deux Anglais revinrent peu après rue du Coq. Un tailleur de pierre s'était installé dans le jardin. Le menuisier était venu, expliqua Constance, et ils auraient porte et portail dans deux jours. Mais, surtout, un serviteur avait apporté une missive cachetée.

Holmes l'ouvrit.

Nous avons entendu que vous détenez en votre main mon serviteur le chevalier nommé Geoffroy d'Anfreville pour s'être attaqué à votre hôtel et l'avez mis à finance et rançon à la somme de cinq cents écus.

Comme vous me l'avez demandé, je serai céans chez vous mercredi à matines pour l'élargissement du dit Geoffroy d'Anfreville et vous entendre. Je m'engage à vous bailler paiement dans le mois suivant la délivrance de mon serviteur. Je vous promets et jure, par la foi et serment, sur le scellé de mes armes et mon honneur, et sur l'obligation de tous mes biens, meubles et héritages présents et à venir, à vous d'acquitter loyalement cinq cents écus sans y faire délai, fraude ou empêchement pour quelconque cause que ce soit, questions, querelles ou autres choses, ou de vous rendre le corps dudit sire Geoffroy d'Anfreville, vif ou mort, à vous ou au porteur. Par avance je renonce à toutes actions, querelles, demandes, questions et défenses, et à toutes choses par quoi je pourrais empêcher ou délayer les paiements et me soumets aux rigueurs et contraintes de toutes cours ecclésiastiques et séculières si j'agissais ainsi.

Fait à Paris le mardi 13 avril en mon hôtel

Jean de Puligny

Le garde des joyaux se présenta le lendemain à matines accompagné de deux valets d'armes qui demeurèrent dans la rue. Il resta un moment à regarder pensivement le maçon desceller les pierres branlantes du porche avant de se décider à pénétrer dans la maison avec le concierge.

Prévenus, Holmes, Watson et Chabridel l'attendaient, ces deux derniers en cotte de mailles, plastron de fer, gantelet d'acier et bassinet, épée à la taille et main farouchement portée sur la garde.

Mathurin s'éclipsa et le silence s'installa. Même le maçon avait cessé de travailler, croyant deviner que ce visiteur était à l'origine des déprédations. Holmes sentait la peur et la haine émaner du garde des joyaux et emplir la pièce.

— Le courrier que je vous ai fait parvenir vous suffit-il pour libérer mon chevalier, maître Holmes ? s'enquit enfin Puligny d'un ton glacial révélant toutefois une pointe d'inquiétude.

Sans attendre de réponse il ajouta :

— J'ai besoin de quelques jours pour réunir la somme.

— Vous avez un mois. Messire d'Anfreville a été soigné. Vous pouvez l'emmener et j'espère ne jamais le revoir.

— Vous aviez d'autres choses à me dire…

— Oui, au sujet des pièces d'orfèvrerie disparues. Messire Lestrade m'a donné inventaire de ce qui a été retrouvé chez les assassins de Raoul Tassin. Ces objets et l'escarboucle sont entre nos mains. J'ai aussi récupéré la salière d'argent que dame Hélisenne, la voleuse, avait vendue à un orfèvre. Elle se trouve sur ce dressoir. (Il le désigna.) Vous l'emporterez après m'avoir signé une décharge. Dame Hélisenne a aussi donné la liste de ce que Tassin et elle ont rapiné dans la Grosse Tour. En collationnant ces dénombrements, j'ai vérifié qu'il ne manque rien. À son retour d'Amiens, je demanderai audience au régent et lui ferai part de ce fait. À vous de le confirmer sans tromperie.

Puligny comprit la menace, même s'il resta impassible.

— Messire Chabridel, allez chercher le prisonnier.

Le mercenaire reprit l'escalier et disparut. Les deux Anglais et le garde des joyaux restèrent face à face, s'affrontant en silence du regard. Holmes devinait que Puligny le vouait aux gémonies, et n'en avait cure.

— Ce qui s'est passé restera-t-il ignoré ? interrogea finalement Puligny.

— Vous avez ma parole. Sauf si vous ne payez pas pour votre homme.

Le garde hocha la tête et alla prendre la salière, puis parapha le document qui se trouvait à côté avec la plume d'oie et l'encrier. Chabridel réapparut alors avec un Anfreville penaud.

— Vous êtes libre, lui dit Holmes, mais revenez un jour ici et vous aurez moins de chance.

Le chevalier et son maître partirent, sans dire un mot. Edward, Gower et Enguerrand Chabridel échangèrent un regard satisfait et se mirent à rire.

— Messire Chabridel, fit Holmes, vous ai-je dit que vous recevrez cent écus quand la rançon sera versée ?

22

Le samedi 23 avril, une copie du traité d'alliance conclu à Amiens le 17 avril 1423 entre Jean duc de Bedford, Philippe duc de Bourgogne et Jean duc de Bretagne, fut apportée au Parlement par l'évêque de Paris. Ce traité renforçait l'union des ducs dans la guerre contre les Armagnacs et confirmait deux mariages : à savoir celui du duc de Bedford, régent de France, avec Anne, sœur du duc de Bourgogne, et celui d'Artus de Bretagne, comte de Richemont et frère du duc, et de Marguerite de Bourgogne qui avait été l'épouse du fils aîné du roi Charles.

Une semaine plus tard, le régent et son futur beau-frère, Philippe le Bon, arrivèrent à Paris avec nombre de capitaines anglais dont Thomas Montacute, comte de Salisbury et lieutenant capitaine de Normandie, William de la Pole, comte de Suffolk et John Talbot, comte de Shrewsbury.

Le régent ne resterait que peu de temps dans sa capitale. Il repartirait rapidement en campagne avec son armée avant de se rendre à Troyes pour son mariage. Pour cette raison, il tint audience durant ces deux jours en présence de sa cour afin de s'entremettre du gouvernement du royaume.

Edward Holmes avait demandé à être reçu et, la veille du deuxième jour, il fut avisé que Sa Grâce le recevrait avec messire Watson, avant dîner, au palais des Tournelles.

Au porche d'entrée, la garde vigilante les laissa passer et un valet les guida jusqu'aux écuries. En chemin, les deux Anglais remarquèrent que les portes brisées de la tour Dedalus avaient été remplacées[1].

Les écuries dégorgeaient de magnifiques montures et des dizaines de palefreniers s'en occupaient. Un garçon vint prendre la mule de Holmes et le destrier de Watson, et leur montra la stalle où il les placerait. Après quoi, les deux amis, conduits toujours par le valet, se rendirent dans l'hôtel.

Ils pénétrèrent dans la pièce voûtée en croisées d'ogives qui jouxtait la salle des Écossais. Là, devant une cheminée dans laquelle se consumait un agréable feu, car il faisait fort frais, se tenaient des chevaliers en pourpoint matelassé et garde-corps, des sergents en cotte armoriée et des clercs en manteau et bonnet noir. Leur guide dit quelques mots à l'un des chevaliers qui examina longuement Watson, le seul armé, avant de les laisser pénétrer dans une sombre galerie lambrissée en chêne que les Anglais ne connaissaient pas. La longue pièce, éclairée seulement par des coupelles de suif, était flanquée de banquettes sculptées encastrées dans les boiseries et sur lesquelles deux douzaines de personnages patientaient. On y voyait à peine.

Holmes passa en revue les plus proches de lui : une poignée de religieux en chasuble et chape noire à capuchon, des magistrats en robe cramoisie et bonnet, de riches bourgeois en houppelande garnie

1. Voir *La Ville de la peur*, *op. cit.*

de fourrure et chaperon à cornette tortillée. Personne de sa connaissance. S'avançant avec Watson afin de trouver une place libre, ils découvrirent plus loin le garde des joyaux en compagnie de l'orfèvre Dreux Lallemand. Holmes ignora Puligny et salua l'artisan d'un signe de courtoisie. Plus loin, sur un autre banc, se tenaient Philippe de Morvilliers – le premier président du parlement de Paris – et messires Morhier et Rapine, ce dernier étant le lieutenant civil de la vicomté de Paris.

Les Anglais s'inclinèrent devant le président, le prévôt et son lieutenant, puis allèrent s'asseoir sur la dernière banquette vide. Au bout d'un moment, Germain Rapine se leva pour venir converser de l'affaire de l'escarboucle. Holmes l'interrogea sur Hélisenne et le lieutenant lui annonça que, si la voleuse avait été entendue en présence d'un greffier, elle n'avait pas encore été jugée ; le premier président voulant connaître la position du régent avant de décider du châtiment. Non, elle n'avait pas reçu la question préparatoire[1].

Un gentilhomme en pourpoint gris et noir et garde-robe olive apparut et appela les religieux. Rapine retourna avec le prévôt et l'attente se poursuivit encore une bonne heure. De nouveaux bourgeois entrèrent, ainsi que des magistrats de la Cour des comptes qui discutèrent un moment avec le premier président. Enfin, revint le gentilhomme en garde-robe olive :

— Monsieur le premier président, messire prévôt et son lieutenant, messire le garde des joyaux,

1. La question préparatoire ordinaire était ordonnée avant le jugement et se pratiquait sur le petit tréteau en faisant avaler à l'accusé six pots d'eau.

maître Holmes, messire Watson et maître Lallemand, monseigneur le régent souhaite vous entendre.

Le chatoiement des couleurs et la richesse des étoffes frappèrent Edward quand il pénétra dans cette grande pièce que l'on nommait la salle des Écossais. Les murs offraient des galeries de blasons multicolores, des étendards brodés de toutes sortes de léopards normands ou anglais de couleur sable, pourpre, sinople ou rouille. De place en place, d'immenses tapisseries couvraient les pierres.

Au bout de la pièce, sur une grande chaire couverte d'un dais fleurdelisé, trônait Jean de Lancastre, duc de Bedford, frère puîné de feu Henri V et régent de France, en robe courte écarlate et bas tricotés jaune vif avec, sur les épaules, un manteau azur. Il était coiffé d'un chaperon à aigrette portant de nombreuses médailles. À sa droite, la reine Isabeau, en robe de satin pervenche fleurdelisée d'or et, à sa gauche John Fastolf, grand maître de la maison de Lancastre et gouverneur de Paris, en doublet violet piqué de losanges verts et jaunes recouvert d'un péliçon de petit-gris avec un chaperon dont la cornette bicolore abricot lui tombait sur l'épaule. Holmes observa que la reine et Fastolf débordaient de leur siège trop étroit pour leurs corps empâtés. Près de ces trois personnages se dressait un écuyer qui portait l'épée royale de Charles VI dans un fourreau d'argent serti de pierreries. Dans les angles et sur les côtés, deux douzaines d'archers, d'écuyers, de sergents d'armes et de chevaliers, tous revêtus de cottes armoriées sur lesquelles l'on reconnaissait surtout les léopards d'or des Lancastre, ainsi que quelques chevrons de la Bavière, des fleurs de lys et les croix de Saint-André de Bourgogne.

À droite du trône, sur une large banquette ciselée séparée en trois sièges à accoudoirs, tous couverts de coussins carmin, étaient assis John Talbot, comte de Shrewsbury, le capitaine qui avait réduit Meaux, puis Thomas Montacute, comte de Salisbury et enfin William de la Pole, comte de Suffolk. Le premier était revêtu d'un pourpoint piqué serré à la taille avec des manches étroites fermées sur l'avant-bras par une profusion de boutons d'argent. Il était coiffé d'un chapeau rond turquoise et noir. Le second arborait un long gilet à boudins et collet droit, très ajusté, bicolore noir et jaune, et d'une houppelande de velours, tandis que le troisième était serré dans un carcaille[1] feuille-morte aux manches évasées et à la taille étroite. Ce dernier était coiffé d'un grand chapel de feutre lilas avec une broche d'or à ses armes.

En face d'eux, seul sur sa banquette, se tenait l'unique Français admis au conseil de Bedford, Jehan de Luxembourg, en robe sans manches sur un gippon couleur soufre, matelassé, avec un grand chaperon dont il avait enroulé la cornette autour de son bras droit.

Le groupe convoqué s'avança en ligne et s'agenouilla. Holmes guignait chacun du coin de l'œil, surpris que le duc de Bourgogne soit absent. Quels seraient ses alliés dans cette assistance ? Il savait ce qui rapprochait ou éloignait certains de ces hommes. Suffolk et Salisbury étaient de bons amis. Tous deux avaient été proches d'Humphrey de Lancastre – le duc de Gloucester –, autre frère du feu roi Henri V qui pour l'heure gouvernait l'Angleterre et, disait-on, complotait contre Bedford, ou tout au moins s'opposait à sa politique d'alliance avec les Bourguignons.

1. Large robe.

Mais Salisbury avait abandonné Gloucester en devenant gouverneur de Normandie. Qu'en était-il de Suffolk ? Edward savait qu'il jugeait Philippe le Bon plus dangereux que les Armagnacs, qu'il le haïssait mortellement et qu'il avait été à l'origine de l'arrestation de Villiers de L'Isle-Adam, le fidèle capitaine de Jean sans Peur, l'année précédente. Mais surtout Suffolk était l'un des responsables de la défaite de Baugé au cours de laquelle son frère le baron de Roos avait trouvé la mort. Quant à Talbot, Edward l'avait rencontré quelquefois. C'était un homme rude dont le visage aux traits marqués et balafrés révélait le caractère impitoyable. Comme Luxembourg, d'ailleurs. Mais ces tempéraments n'étaient-ils pas tous les mêmes pour des chefs de guerre qui passaient leurs temps à batailler, piller et faire exécuter otages et prisonniers qui ne pouvaient payer rançon ?

Bedford n'était pas bel homme avec son nez proéminent et son menton en galoche, pourtant il émanait de lui une telle autorité que personne ne s'attardait sur son visage. Après un regard incisif sur ceux qu'il avait conviés, il ordonna au premier président et au prévôt de Paris de prendre place près de Luxembourg, afin que les voix des Français comptent autant que les voix anglaises, précisa-t-il aimablement.

D'un geste hautain, il fit lever les autres qui restèrent debout.

Holmes surprit alors un sourire amical à son intention de la part du gros Fastolf. Il devina l'allié et en fut rassuré bien que les autres ne laissassent guère filtrer d'expression.

23

— Mes cousins, parlons maintenant d'un sujet moins grave que les Armagnacs, quoiqu'il ait pu le devenir, commença alors le régent. Vous le savez, une larronnesse s'était emparée de l'escarboucle de Marco Polo, un des plus beaux joyaux de la couronne de France que je destinais au diadème de ma future épouse, le jour de ses noces. Ce vol a été commis avec une audace inouïe, à cause d'un manque de vigilance du capitaine de la Grosse Tour que j'ai fait remplacer. Heureusement, maître Holmes, dont vous connaissez la perspicacité, a vite trouvé les coupables et le bijou. Tous les protagonistes de cette méchante entreprise sont présents ici aujourd'hui. Messire Morhier nous fera le récit de l'affaire et maître Holmes nous narrera la façon dont il a résolu ce rapinage. Mais, en premier lieu, maître Lallemand et mon garde des joyaux vont nous montrer le diadème qu'ils ont apporté.

Jean de Puligny s'avança, l'orfèvre demeurant à deux pas derrière lui. Le garde des joyaux tenait un coffret en merisier qu'il tendit au régent.

Bedford le prit et l'ouvrit. Holmes aperçut la pierre qui brillait de mille feux. Le Lancastre sortit le diadème en or. Les léopards tenaient l'escarboucle bleue dans leurs pattes, comme s'ils la présentaient à l'assistance.

Le duc fit tourner la couronne entre ses mains, sourire béat et satisfait aux lèvres, puis il la passa à Isabeau qui l'examina un bref instant avant de la lui rendre. Le diadème alla ensuite dans les mains du gouverneur de Paris. Holmes devinait le dépit de la reine qui devait accepter sans mot dire que cette pierre appartenant à son mari soit offerte à la sœur de Jean sans Peur.

— Vous avez bien travaillé, maître Lallemand. Mon trésorier vous portera la somme due, fit Bedford.

Congédié, l'orfèvre se retira à reculons, priant le ciel que le maître de la France soit de parole.

— Messire Morhier, racontez-nous maintenant comment ce vol a pu avoir lieu.

Le prévôt narra ce qu'il avait appris, s'efforçant de montrer combien il avait été efficace et avisé en faisant appel à maître Holmes.

— J'ai du mal à admettre que le capitaine de la tour ait pu confondre la fille d'un maçon avec la chambellane de la reine de France, observa Bedford. Maître Holmes, éclairez-moi…

Edward s'avança d'un pas et expliqua que, n'ayant jamais cru à la culpabilité de Marie de Savoisy, il était allé interroger les témoins afin de vérifier s'ils connaissaient vraiment la chambellane. L'absence du sergent Tassin, le seul ayant assuré que c'était elle, lui avait fait douter de la sincérité de sa déclaration. Demeurait cependant le problème des clefs qu'avait utilisées la voleuse. C'est Sa Majesté Isabeau de Bavière qui l'avait mis sur la piste de l'hôtel des Savoisy, affirma-t-il en s'inclinant respectueusement devant elle.

Elle le gratifia d'un fin sourire reconnaissant.

L'affection de Louis de Savoisy envers la fille du maçon chargé des travaux de construction et rapporté par des voisins évoquait une enfant naturelle, ce qui pouvait expliquer une ressemblance avec la dame de Savoisy, et quand il avait appris que cette jeune femme vivait maritalement avec le sergent disparu du Louvre, il n'avait plus eu de doute. Une surveillance de la maison d'Hélisenne avait suffi pour l'arrêter.

Maître Holmes raconta ensuite comment le vol s'était déroulé, et le rôle des truands qui, après avoir escorté la fausse chambellane revêtus de cotte d'archers de la reine, avaient assassiné le sergent et volé la pierre et les pièces d'orfèvrerie.

En expliquant ainsi les cheminements de sa pensée et de son enquête, Holmes guettait les réactions de l'assistance. Les Anglais branlaient souvent du chef, approuvant ses dires. Luxembourg, un coude appuyé sur le bras de son siège et menton reposant dans sa main, dissimulait les traits de sa bouche mais paraissait attentif. Morvilliers avait croisé les bras et se montrait indifférent. Morhier et Rapine échangeaient des regards complices qui affirmaient leur confiance dans le clerc.

— Tout s'avère donc d'une complète clarté, conclut Bedford. Messire de Morvilliers, je veux un procès rapide de la femme et du ribaud complice, et des exécutions si sévères qu'elles ôteront l'appétence à quiconque de recommencer.

— L'audience criminelle aura lieu demain, monseigneur. L'homme sera éventré place de Grève et la femme enfouie aux Halles.

— Bien. Messire de Puligny, vous êtes le garde des joyaux…

— Oui, monseigneur.

— Il me semble que vous les avez mal gardés.

— Je fais amende honorable, monseigneur, mais je n'étais pas présent le jour du vol, sinon, vous pouvez me croire, je ne me serais pas fait abuser.

— Admettons mais, sans maître Holmes et son talent, vous auriez perdu votre charge, répliqua sèchement Bedford. Vous veillerez donc à l'indemniser des dépenses qu'il a engagées pour retrouver le joyau.

— Je m'y appliquerai, monseigneur.

— Monseigneur, je crois savoir que maître Holmes a une supplique à vous faire, intervint alors la reine Isabeau.

Le régent haussa un sourcil. Tout n'avait-il pas été dit ? Le clerc souhaitait-il une autre gratification ? Bedford détestait qu'on abusât de sa patience, mais il ne pouvait négliger une demande de la reine. De surcroît, ce Holmes venait par deux fois de lui rendre un signalé service[1].

— Je vous écoute, maître, dit-il au clerc.

— Monseigneur, ma demande va vous paraître insensée, et je quémande par avance votre indulgence et votre généreux pardon pour mon audace.

Maintenant intrigué, le régent opina lentement.

— Tous les objets volés ont été retrouvés, sauf une croix d'or estimée entre dix et vingt livres. Je suis prêt à acheter un crucifix d'une équivalente valeur pour le remettre au Trésor.

— Vous ? Pourquoi donc ?

— Je souhaite vous parler de Philippe de Savoisy. Il fut un honorable gentilhomme qui servit avec loyauté le roi Charles V. Ses trois fils ont été de respectables gentilshommes et leurs enfants seront de fidèles sujets de Sa Majesté Henri VI.

1. Voir *La Ville de la peur*, *op. cit.*

Le silence s'était fait dans la salle et l'on entendait seulement le crépitement du feu. Personne ne souhaitait perdre un mot de la singulière requête du clerc.

— Hélisenne fut conçue dans cette noble famille qu'elle n'a pas connue. Si la chambellane de la reine de France avait su qu'elle avait une cousine, je ne doute pas qu'elle l'aurait prise sous sa protection et ce rapinage n'aurait jamais eu lieu. Étant moi-même fils naturel de William de Roos, qui a été un des premiers à rejoindre votre père Henri de Bolingbroke[1], précisa Holmes, jugeant utile de rappeler cette fidélité, j'ai eu la chance d'être pourtant aimé par le baron de Roos. Hélisenne de Savoisy n'a pas eu ce bonheur. Élevée dans une famille de peu, elle a perdu son mari, pendu injustement parce qu'il était bourguignon. Pourtant, elle était femme de bonne vie et d'honnête réputation.

» Elle est ensuite tombée sous la coupe d'un sergent du Louvre qui fréquentait des gens parjures, blâmables et de méchante vie. Sous la menace, ces mauvais garçons l'ont contrainte à voler ce qu'elle refusait. "Vous volerez, car c'est ma volonté !" lui avait déclaré l'homme chez qui elle vivait en la menaçant de son couteau. Elle n'avait eu de cesse de supplier ce méchant homme et de prier la très Sainte Vierge de la sauver, elle dut pourtant s'exécuter et devenir infâme.

» J'ai parlé avec elle. Bien qu'innocente, elle accepte son châtiment et je suis certain que le Seigneur, qui nous juge tous de là-haut, lui a pardonné. Puisqu'elle n'a commis aucun crime de sang, ni rompu de vie, qu'aucun joyau n'a été aliéné, au nom de la noble famille de Savoisy, je vous supplie, monseigneur, de

1. Devenu Richard IV.

ne pas la marquer de la tache indélébile que serait la mise à mort d'un de ses rameaux.

Cette fois, des regards réprobateurs s'échangèrent.

— Vous le savez, monseigneur, je suis homme de loi et, quand je ne suis pas convaincu de la culpabilité d'un accusé, ou lorsqu'il s'avère qu'un prisonnier est de bonne renommée sans vilain reproche, je supplie humblement Sa Majesté qu'une rémission lui soit accordée par pitié et compassion, grâce et miséricorde devant primer dans ces cas sur les rigueurs de la justice.

Holmes balaya du regard l'assistance. Isabeau le gratifia d'un maigre sourire, les seigneurs anglais restaient impassibles, sauf messire Fastolf dont le balancement de la tête indiquait l'indécision. Le régent mâchonnait une inexistante bouchée, un travers qui témoignait de sa perplexité. Quant au président du Parlement, la façon dont il secouait la tête indiquait sa totale réprobation. En revanche, le prévôt et son lieutenant semblaient approuver sa plaidoirie.

— Il serait généreux, monseigneur, qu'à l'occasion de vos noces, votre miséricorde touche cette pauvre femme et sa famille. Si vous vous montriez ainsi charitable, je m'engage à ce qu'elle fasse un pèlerinage à Notre-Dame de Boulogne[1]. À quoi servirait la mort infamante de cette femme, puisqu'elle ne recommencera pas et que l'orfèvrerie n'a pas été perdue ?

Holmes planta son regard dans celui de Puligny, attendant sa réaction, et ce dernier comprit le message.

— Maître Holmes n'a pas tort, dit-il, sans s'engager plus.

1. Notre-Dame de Boulogne-sur-Seine avait été construite sous le règne de Philippe le Long, par une confrérie de pèlerins.

Bedford se leva. Son visage tourmenté trahissait son indécision.

— Qu'en pensent mes seigneurs ?

Du regard, il balaya les Anglais et Luxembourg, jugeant les autres sans importance. Ce fut le gros gouverneur de la Bastille qui répondit :

— On a dit beaucoup de choses, parfois déplaisantes, sur cette escarboucle, monseigneur. La grâce que vous accorderez changera une fois pour toutes la réputation de cette pierre. Ce ne sera plus un joyau qui apporte le malheur, mais au contraire qui conduit au bonheur. De surcroît, je suis certain que madame votre épouse n'aimerait pas porter un diadème qui a provoqué la mort d'une femme.

Par un profond plissement du front, Bedford laissa filtrer son inquiétude. La remarque, fort habile, venait de porter.

Suffolk intervint à son tour :

— Monseigneur, j'ai combattu à Baugé au côté du baron de Roos. Il m'avait vanté les qualités de son frère Edward, aussi suis-je prêt à lui faire confiance.

Salisbury, ami de Suffolk, hocha la tête, tout comme le prévôt et Germain Rapine. Luxembourg hésitait. Être du même avis que Suffolk, son mortel ennemi, le hérissait, mais cette femme avait perdu son mari parce qu'il était bourguignon, et les Savoisy étaient des fidèles de Philippe le Bon. Il approuva donc à son tour d'un lent signe de tête.

— Pour l'honneur de la famille de ma chambellane, j'approuverai une telle grâce, intervint Isabeau.

Le silence s'installa. Le régent se rassit et demeura pensif.

— Entendu, décida-t-il au bout d'un long moment, mais avant son pèlerinage, cette femme fera amende honorable à la chapelle du Louvre, un cierge de six livres à la main.

» Mes seigneurs, allons dîner. Maître Holmes, j'aurai l'occasion de vous revoir.

Anne de Bourgogne épousa Jean, duc de Bedford, à Troyes le 14 juin. À son front brillait l'escarboucle bleue dont, semble-t-il, la malédiction avait été levée. Pour un temps.

Tandis que le duc de Belfort, constitué régent du royaume de France, se trouvait à Amiens, advint un audacieux rapinage dans la grosse tour du Louvre. Une femme de peu déroba de très riches et précieuses orfèvreries et un inestimable joyau : l'escarboucle de Marco Polo. Un clerc anglais fort habile mit au jour la méchante entreprise et retrouva la pierre.

Enguerrand de Monstrelet, *Chroniques pour la maison de Luxembourg*, année 1423 (partie contestable des *Chroniques* qui auraient été écrites par un suiveur inconnu).

BIBLIOGRAPHIE

BERTY, Adolphe, *Typographie historique du vieux Paris, région du Louvre*, 1885.

BEAUNE, Colette et LEQUAIN, Élodie, *Femmes et histoire en France au XVe siècle : Gabrielle de la Tour et ses contemporaines*, Médiévales, n° 38, 2000.

BILLOT, Claudine, « Le collège des chanoines de la Sainte-Chapelle de Paris (1248-1550) », dans : *L'État moderne et les élites*, actes du colloque international CNRS-Paris I, 16 au 19 octobre 1991.

BOVE, Boris, « Les palais royaux à Paris au Moyen Âge (XIe-XVe siècles) », dans M.F. AUZEPY, J. BOZOKY Edina, *Les Moyens de la protection privée*, Cahiers de recherches médiévales, 8 – 2001, 175-192.

BOZOKY, Edina, *Les Moyens de la protection privée*, Cahiers de recherches médiévales, 8 – 2001, 175-192.

BRUGIÈRE de BARANTE, Amable-Guillaume-Prosper, Gachard Louis Prosper, *Histoire des ducs de Bourgogne de la maison de Valois, 1364-1477*, Volume 1.

CORNETTE, Joël, *Palais et Pouvoir, de Constantinople à Versailles*, Presses universitaires de Vincennes, 2003.

CAZELLES, Raymond, *Paris de Philippe Auguste à la mort de Charles V*, 1975.

CHATENET, Monique et WHITELEY, Mary, *Le Louvre de Charles V : dispositions et fonctions d'une résidence royale*, Revue de l'Art, 1992, n° 97.

CONAN DOYLE, Arthur, *L'Escarboucle bleue.*

COVILLE A., *Recherches sur Jean Courtecuisse et ses œuvres oratoires*. In : Bibliothèque de l'École des chartes, tome 65, p. 469-529, 1904.

DELHUMEAU, Herveline, *Le Palais de la Cité*, Actes Sud.

DELORME, Philippe, *Isabeau de Bavière*, Pygmalion, 2003.

DESPLANQUE, Alexandre, *Projet d'assassinat de Philippe le Bon par les Anglais 1424-1426*, 1867.

DU FRES BEAUCOURT, Gaston Louis Emmanuel, *Histoire de Charles VII, Le roi de Bourges, 1442-1435.*

FAUQUEMBERGUE, Clément de, *Journal, 1417-1435.*

FAVIER, Jean, *Les Contribuables parisiens à la fin de la guerre de Cent Ans*, Droz, 1970.

—, *Paris au XV*e *siècle*, Hachette, Paris, 1974.

FENIN Pierre de, *Mémoires comprenant le récit des événements qui se sont passés en France et en Bourgogne sous les règnes de Charles VI et Charles VII (1407-1427).*

FOURNIÉ, Pierre, HAMON, Étienne, WEISS, Valentine et BÉCHU-BÉNAZET, Claire, *La Demeure médiévale à Paris*, Archives nationales, Paris, 2012.

GAUVARD, Claude, *La Violence commanditée. La criminalisation des « tueurs à gages » aux derniers siècles du Moyen Âge*, Annales. Histoire, Sciences Sociales, 2007.

HAMON, Étienne et WEISS, Valentine, *La Demeure médiévale à Paris*, Archives nationales, 2012.

HENWOOD, Philippe, *Administration et vie des collections d'orfèvrerie royales sous le règne de Charles VI (1380-1422)*, Bibliothèque de l'École des chartes. 1980, tome 138.

LOMBARD-JOURDAN, Anne, *Les Halles de Paris et leur quartier*, Études et rencontres de l'École nationale des chartes, 2009.

LORENTZ, Philippe et SANDRON, Dany, *Atlas de Paris au Moyen Âge*, Parigramme, 2006.

MONSTRELET, ENGUERRAND de, *Chroniques, 1409-1444.*

POCQUET DU HAUT-JUSSE B.-A., *Anne de Bourgogne et le testament de Bedford*, Bibliothèque de l'École des Chartes, 1934, tome 95.

POTIN, Yann, *Archives en sacristie. Le Trésor est-il un bâtiment d'archives ? Le cas du « Trésor des chartes » des rois de France (XIIIe-XIXe siècles)*. In : *Livraisons d'histoire de l'architecture*, n° 10, 2e semestre 2005, p. 65-85.

SCHNERB, Bertrand, *Armagnacs et Bourguignons : la maudite guerre*, Tempus, 2009.

Journal d'un bourgeois de Paris, 1405-1449.

Autour de Notre-Dame, Action Artistique de la Ville de Paris, 2003.

REMERCIEMENTS

Sans les pertinentes remarques et les talentueuses suggestions de Valentin Baillehache, mon éditeur aux éditions 10-18, et de Sophie von Kayser, ce livre aurait présenté bien des défauts. Mille mercis.

Je dois remercier mon épouse, mes filles et maintenant ma petite-fille Juliette qui restent les plus sévères juges… sans oublier mes lectrices et mes lecteurs auxquels rien n'échappe !

Fin mars 2017

Vous pouvez joindre l'auteur :
aillon@laposte.net
http://www.grand-châtelet.net

Du même auteur

Aux éditions Le Grand-Châtelet

La Devineresse

Aux éditions Le Masque

Attentat à Aquae Sextiae
Le Complot des Sarmates
L'Archiprêtre et la Cité des Tours
Nostradamus et le dragon de Raphaël
Le Mystère de la Chambre Bleue
La Conjuration des Importants
L'Exécuteur de la haute justice
L'Énigme du Clos Mazarin
L'Enlèvement de Louis XIV
Le Dernier Secret de Richelieu
La Vie de Louis Fronsac
L'Obscure Mort des ducs
Marius Granet et le trésor du palais comtal
Le Duc d'Otrante et les Compagnons du Soleil

Aux éditions Jean-Claude Lattès

La Conjecture de Fermat
Le Captif au masque de fer
Les Ferrets de la reine
L'Homme aux rubans noirs
Juliette et les Cézanne
Les Rapines du duc de Guise
La Guerre des amoureuses
La ville qui n'aimait pas son roi

Aux éditions Flammarion

Le Secret de l'enclos du Temple
La Malédiction de la Galigaï

Dans les griffes de la Ligue
Rome, 1202
La Bête des Saints-Innocents
Rouen, 1203
Le Grand Arcane des rois de France
L'Évasion de Richard Cœur de Lion
Béziers, 1209

Aux éditions J'ai Lu

Marseille, 1198
Paris, 1199
Londres, 1200
Montségur, 1201
Récits cruels et sanglants
La Vie de Louis Fronsac

Aux éditions Presses de la Cité

De taille et d'estoc
Férir ou périr

Aux éditions 10/18

Une étude en écarlate
Le Chien des Basqueville
La Ville de la peur

MIXTE
Papier issu de
sources responsables
FSC® C003309

10/18, une marque d'Univers Poche,
est un éditeur qui s'engage pour
la préservation de son environnement
et qui utilise du papier fabriqué à partir
de bois provenant de forêts gérées
de manière responsable.

Imprimé en France par CPI

N° d'impression : 3021571
Dépôt légal : juillet 2017
X06875/01